Алекс Крисвэлл

Приключения

ПРИНЦА АР-ТУ

*iv*Pub

2022

Редактор: Л. Сысоева
Оригинал-макет: Т. Афинская
Обложка: Т. Афинская

Крисвэлл А.
Приключения Принца Ар-Ту/ Алекс Крисвэлл. Роман. —
Ванкувер, Вашингтон: ivPub, 2022.— 444 с.

ISBN 978-0-578-35273-2

ЧАСТЬ ПЕРВАЯ

*Оставляя прошлое,
простирайтесь вперёд.*

Из «Книги Жизни»

ДВА КОРОЛЯ

— Ваше Величество, — докладывал управляющий по защите интересов государства, — в соседнем государстве королева весьма скоро ожидает рождения ребёнка. Новорождённый будет наследником короля Стоуна, с которым мы в сложных отношениях и для нас, появление этого ребёнка, нежелательно. Наш департамент продумал несколько вариантов решения проблемы…

— Зачем столько суеты, — мягко остановил король Дарк. — Я, конечно, ценю вашу предусмотрительность, но ведь может родиться дочь, и проблемы отпадут сами собой. Принцессе предстоит выйти замуж за того, кто и будет будущим королём. Вам необходимо подсунуть ей человека с благородными манерами, но всецело преданного нам. Только-то и делов будет.

— Ваше Величество, всё это так, но ведь принцесса должна полюбить. А принцессы в этом вопросе часто капризны.

— Я понимаю ваше беспокойство. Эта тонкая и деликатная работа ляжет на ваши плечи, но вы же знаете поговорку: любовь зла — полюбишь и козла. Вот и обеспечьте несколько парадных петухов на её вкус и выбор. Принцесс редко учат разбираться в людях. Пока будет гореть эта чувственная и пылкая любовь, организуйте скоропалительную свадьбу. И дело будет сделано, и награды на груди будут, и риска меньше. Во время влюблённости принцессы не осознают, что жить не столько с его парадным видом, сколько с его петушиным характером.

— Ваше Величество, всё это так, — ответил управляющий по защите интересов государства, — но, с вашего позволения, разрешите представить хороший план действий в случае рождения наследника. Это специальный план «Даборосса»: под шум торжества рождения наследника наши люди незаметно снимут с младенца бесценный Камень Наследия и, никого больше не трогая, вернутся назад. Всё тихо и мирно, а вы получите гарантию, что будущий король будет на вашей стороне. Война — хорошее дело, но от пушечной пальбы иногда уши болят. А так ни шума, ни пыли, без жертв и грохота орудий.

К трону короля приблизилась фигура, с лицом под тенью капюшона, и тихо произнесла:

— Ваше Величество, если только это, то я советую, пусть попробуют. Конечно, весьма редко, но иногда и большие дела получаются просто и с наскока. А если неудача, то всего-то два-три агента, зато управляющий по защите интересов государства, не будет докучать вам своими ранними предупреждениями: я говорил, я предупреждал и так далее. А зачем вам лишнее беспокойство?

Король Дарк мягко улыбнулся.

— Гм... а может, ты и прав, Удобный Случай, — также тихо ответил король, и дал согласие на приведение плана «Даборосса» в исполнение.

X

По широким переходам, сопровождаемый двумя спутниками с факелами, быстро шёл человек. Сквозь высокие узкие окна чуть брезжил рассвет, слегка озаряя высокие своды королевского дворца с его причудливыми украшениями, но внизу, в переходах, было ещё довольно темно. Люди явно спешили. Редкая стража при виде их сразу переставала зевать, вытягивалась в струнку, и открывала проход. В спальне короля было пусто.

— Где король? — нетерпеливо спросил вошедший.

— Вечером он сюда не заходил, видимо, уснул в тронном зале, — ответил стражник.

Зайдя в тронный зал, они увидели стражу по сторонам пустого трона, а сбоку, в тени, покрытая королевской мантией, была еле видна фигура короля. Он стоял на коленях и молился.

— Ваше Величество, — обратился вестник. — Ваше Величество, — повторил он после паузы, — у вас родился наследник. Ребёнок здоров, а королева чувствует себя уставшей, но счастливой и здоровой.

Король обернулся, его глаза были полны счастливых слёз.

— Слава Творцу, — произнёс он, вставая. — Я так боялся, что случится что-то непоправимое. Ведь никто, кроме Творца, не даст гарантии, что всё будет хорошо, — говорил король, спеша к королеве.

Сколько было радости и счастья: был сделан пир, палили салют из пушек, а гости приносили свои поздравления. Но не все гости пришли, чтобы поздравить и не все восприняли это как радостную новость. Наследник — мечта каждого короля, но другие вздыхали: лучше бы была дочь, было бы меньше хлопот и волнений.

Тайные агенты-воры из тёмного королевства уже заранее были на месте. Они ждали удобного случая, чтобы под шум торжества снять с младенца Камень Наследия, дающий ему право на наследство и возможность стать королём. Дарку не хотелось иметь рядом с собой могучего короля, хорошо охраняющего своё государство от грабежей и войн. Ему нужен был другой король, король, послушный его воле, его желаниям и подсказкам. Дарк мечтал видеть других королей своими куклами, а себя — кукловодом и хозяином театра, как ему иногда казалось.

Вы же знаете, что немало придворных и важных людей нередко желают видеть на должности короля, султана или президента слабовольного человека, который не может ни принять, ни исполнить решения, не ценит мораль и находится в рабстве своих пороков и наслаждений. Даже являясь королём, такой человек не сможет ограничить воровство подданных и поэтому любую страну можно разворовать и при этом пребывать в почёте. Вот о таком короле для своих соседей и мечтал Дарк.

План воровства Камня Наследия был приведён в исполнение. Тайным агентам был вручен особый мешочек, в котором был еле заметный усыпляющий дымок. Все, кто его вдохнет, засыпали мгновенно, но ненадолго. При необходимости можно было усыпить любого, кто мог помешать, и незаметно уйти. Всё просто, понятно и доступно.

Этот план выполнялся хорошо до тех пор, пока агенты-воры не приехали ко дворцу. Тут они поняли, что здешний король тоже не промах: ему палец в рот не клади, по локоть откусит. Дворец хорошо охраняли, и незаметно пронести мешочек с усыпляющим дымком, было невозможно. Усыпить весь дворец — никакого дыма не хватит. Они удачно подкупили истопника печек, чтобы тот пронёс мешочек во дворец и там передал его им. Как известно даже самый гениальный план легко могут испортить плохие исполнители. Истопник, получив половину денег и взяв мешочек в руки, от больших чувств сильно хлопнул по нему рукой. Мешочек развязался, и весь дымок как фонтан брызнул в сторону агентов. Все сразу уснули. От страха печник закричал, но тут же и сам уснул. На крик прибежала стража. Агенты-воры были связаны и брошены в тюрьму, а король Стоун, узнав об этом, принял дополнительные меры безопасности.

КРАЖА

Королевская чета пышно праздновала день рождения двухлетнего наследника. Приехало много важных гостей и немало гостей из других стран. Среди них был очень интересный гость: красивый, с утончёнными манерами, внимательный и деликатный. Как говорят о таких мужчинах в народе: женский сердцеед. Глядя на него, даже пожилые женщины вздыхали: ах, где мои семнадцать лет. Это был тайный агент короля Дарка по кличке Удобный Случай.

На самом деле Удобный Случай был во дворце короля Стоун и раньше, но имел другой внешний вид. Он хорошо понимал, что такие серьёзные операции так просто и быстро получаются весьма редко и, наблюдая, как их агентов-воров отправили в тюрьму, только покачал головой.

Удобный Случай не думал воровать сразу, хотя не исключал и эту возможность. В числе гостей он внимательно осмотрел и запомнил Камень Наследия, его форму и оправу, одетую на золотую цепочку на ребёнке. Затем, вернувшись в свою страну, по рисунку заказал ювелирам сделать такой же, но фальшивый.

Тайный агент Удобный Случай имел благородное происхождение, высокий дворянский титул и являлся разносторонне одарённой личностью: был хорошим художником, музыкантом, поэтом, бизнесменом, имел феноменальную память и познания. Умел хорошо танцевать, был деликатным ухажёром, но особенно отличался глубочайшими познаниями в психологии человеческой натуры и всех её тонкостей. Он быстро замечал в людях их тайные страсти и желания и мог искусно, как в шов грецкого ореха, вбить клин и расколоть его счастье.

Вы же знаете, что многие знаменитости очень одарённые личности в своём деле и ремесле. Именно поэтому плохие, но умные люди, которых мы часто уважаем и почему-то считаем своими друзьями, нас так легко обманывают и развращают добрые нравы. Пока мы думаем, что мы тоже умные, нас уже обманули, завели в тупик, выжали как лимон и выбросили вон за ненадобностью. Мы ещё и удивляемся: как это наш друг нас так обманул? А всё просто. Такие люди никогда нас и не считали своими друзьями. Они просто смотрят на нас, как на очередную курицу для бульона. А то, что мы считаем их друзьями, то это наши проблемы, а их гордость. Вот как я его обманул, смеются они, а он меня даже своим другом считает. Ха-ха-ха.

С таким умным временным другом легче всего попасть в беду, в плохую историю или вообще испортить свою жизнь. В этом случае есть верная поговорка: есть друзья — держись от них подальше. Это большая беда, когда мы не умеем различать просто знакомых и замаскированных врагов, ждущих удобного случая, от настоящих друзей.

Удобный Случай воровал и обманывал не потому, что его просили это сделать или хорошо платили, а потому, что это был стиль его жизни. Он тщательно готовился к каждому делу, умел долго ждать, выбирая удобный момент, и тогда действовал наверняка. Ошибался он очень редко. Удобный Случай очень любил посмеяться над теми, кто попадал в его сети, а затем с удовольствием продавал их в рабство.

Те, кто знал его секретную работу, так и звали его: господин Удобный Случай. Настоящего его имени уже никто и не помнил.

X

В этот праздничный вечер все гости были веселы и шутили. Удобный Случай, на виду у всех и глядя в глаза королевы, взял в руки драгоценный Камень Наследия и, как всем показалось, положил его себе в нагрудный карман и, тут же достал его, как опять всем показалось, из кармана стоящего рядом родственника короля.

Королева тут же придирчиво осмотрела уже фальшивый Камень Наследия, проверила нагрудные карманы шутника, где, конечно, ничего не нашла, и успокоилась.

А настоящий Камень Наследия уже надёжно лежал в одном из потайных карманов в рукаве одежды вора. Аплодируя и восхищаясь мастерством исполнителя, все думали, что это просто искусный развлекательный трюк. Воровства Камня Наследия никто не заподозрил.

Для успокоения всех, так как колдовство в этом королевстве было запрещено, он ещё раз медленно проделал этот трюк, но уже с фальшивым Камнем Наследия.

— Весь фокус в искусстве рук и никакого обмана, — торжественно улыбаясь, объяснил он.

Подмену заподозрили намного позже, а по-настоящему осознали только лет через десять.

Мудрец Илий, приглашённый во дворец по этому случаю, осмотрел камень, с сожалением покачал головой и, положив камень на Книгу Жизни, вынес его на солнечный свет. Все увидели, что камень сразу стал мрачным и даже страшным. Как будто на всех, из камня, смотрели глаза живого страха и ужаса.

— Если бы вы позвали меня раньше, — сказал мудрец Илий, — то можно было бы что-то исправить. Но сейчас, когда принцу уже двенадцать лет, когда он не желает ни слушать, ни уважать вас, вы почти ничем не можете помочь ему. Остаётся только надежда, что он сам захочет это исправить, если, конечно, не побоится. Ему необходимо отправиться в опасное путешествие, чтобы найти настоящий Камень Наследия и, хотя бы по частям, вернуть его, а уже потом соединить всё в одно целое.

— И куда же ему надо будет ехать? — растерянно спросили король с королевой, — где искать части этого камня?

— Никто не знает этого, — ответил Илий. — Думаю, что в своё время камень разобьют на части и отдадут опытным разбойникам и работорговцам. Они умеют и знают, как ловить людей. Принц и те люди, владеющие частями его Камня Наследия, будут чувствовать друг друга на расстоянии. Так что они обязательно встретятся, только никто не знает, как и когда это случится и чем закончится. Одно скажу, как только Его Высочество возьмёт в руки часть своего камня, пусть ни в коем случае не отпускает его. Второй раз будет намного трудней и больней взять его. Камень только тогда твой, когда полностью снят с противника.

— А если мой сын никуда не поедет, — испуганно спросила королева Елизавета, — что тогда?

— Тогда ваш сын станет рабом и уже никогда не сможет быть королём. Но если он вернёт себе настоящий Камень

Наследия, то, когда придёт время, народ с радостью примет своего нового короля.

После короткого молчания король Стоун повернулся к принцу и сказал:

— Сын! Мы, как твои родители, всегда любили, и будем любить тебя даже таким, какой ты есть. Но раб не может наследовать свободное королевство. Теперь, когда мы знаем всё, тебе, несмотря на свой возраст, самому надо решить свою судьбу. Если хочешь остаться просто любимым сыночком, то можешь сидеть дома. Если хочешь продолжать дела отца и стать королём, то тебе надо идти искать свой подлинный Камень Наследия. Завтра утром ты должен дать нам ответ. Да, — после паузы продолжил король, — если надумаешь искать, то заодно реши, каким путём ты хочешь идти: по суше или по морю. Честно говоря, никогда не мечтал видеть своего сына рабом тайного королевства.

Родители поцеловали сына, приказали до утра их не беспокоить и в печали ушли к себе в покои. Они были так огорчены всем, что просто не имели никаких сил делать какие-то дела.

Утром, гораздо раньше обычного, король и королева вошли в тронный зал, решив там получить ответ принца. К их удивлению, принц был уже там. Он стоял у окна и смотрел вдаль, на пристань и море. Одетый в капитанский мундир, в котором он иногда играл в капитана, с офицерским кортиком на поясе он выглядел красиво и решительно. Подойдя к родителям, он остановился, поклонился, чего он никогда раньше сам не делал, и сказал так, как никогда раньше не говорил:

— Простите меня за всё, что произошло по моей вине, за мой характер и недостойное поведение. Я рад быть вашим любимым сыном, но отец прав, ни одни родители не мечтают видеть своих детей рабами. Я принц, сын свободного государства, сын известного короля и королевы, наследник престола и я хочу быть таким сыном, которым вы сможете гордиться, и который будет достоин, продолжать дела, начатые вами. Я пойду искать подлинный Камень Наследия, чтобы обрести свободу и стать королём, достойным своих родителей. Благословите меня в этот путь и прикажите снарядить корабль. Я хочу отправиться как можно скорее.

Призванный мудрец Илий тут же объявил правила для каждого, кто идёт на поиски своего Камня Наследия:

1. По закону Определяющего Время принц должен взять с собой то, что положено всем, и ничего больше, кроме торгового груза.

2. Для торговли родители могут снабдить его любыми товарами, но количество золота и серебра от родственников ограничено. Чем меньше, тем лучше.

3. Золото, заработанное от торговли или других добрых дел, искатель может собирать сколько угодно.

4. Искатель Камня Наследия для защиты от морских пиратов и с дозволения портовых приказов может иметь пушки на корабле, но использовать военный корабль нельзя.

5. Искатель должен отплыть не позже чем до заката третьего дня от дня принятия решения.

Таковы правила для всех искателей Камня Наследия. Каждое отклонение от этих правил оборачивается проклятием для путешественника.

— Но почему всё так строго и ограниченно? — недовольно произнесла королева, всплеснув руками. — Он королевский сын! Неужели мы не имеем права помочь ему так, как мы хотим и можем?

— Если вы не сумели помочь ему раньше, то и теперь не сможете, — парировал Илий. — Для жизни неважно, кто вы, в жизни каждый платит за свои ошибки. Но на этот раз, за ваши ошибки платите и вы, и он.

— Да как это так!? — возмутилась королева и топнула ногой. — Я королева! Он мой сын!! Он принц!!! И я не могу ему помочь!?

— Это его жизнь, и это его дело. Вы не будете жить за него, — невозмутимо ответил Илий, — а ваша боль и бессилие, это только ростки семян, что посеяны, плоды ещё впереди.

— Что!!? — гневно воскликнула Елизавета, — ты упрекаешь, что мы сеяли плохие семена!? Ты упрекаешь меня, королеву Елизавету???

— Из семян редиски пшеница не вырастет, и если плоды плохие, значит, было плохое семя. Дети не различают левую руку от правой и сами не осознают, что необходимо для хорошего будущего. Это обязанность родителей: удалять плохое и, объясняя, сеять доброе. К сожалению, вы опоздали, — холодно ответил Илий и продолжил: — как граждане страны исполняют закон короля, так и дети делают то, что позволяют родители. Недостаточные и непостоянные меры — это всепозволение, от которого в стране хаос и разруха, а у детей растёт эгоизм и пренебрежение ко всем, включая и самых близких.

Никто не может изменить этого, но вы можете давать советы и молиться за него.

ЛИШЁННЫЙ НАСЛЕДСТВА, НО НЕ РАБ

Утром третьего дня и с началом отлива (раньше все парусные корабли уходили в море только вместе с морским отливом), корабль принца был готов выйти в море.

После благословения родителей Илий взял две книги: «Книгу Жизни» и «Книгу Капитанов» и сказал, что ежедневно принц обязан лично сам читать хотя бы один лист из каждой книги и вести запись в корабельном журнале. Эти книги написаны кровью и болью, жизнью и смертью тех, кто прошёл впереди нас. Эти книги учат безопасности жизни и призывают не повторять прошлых ошибок. Илий открыл «Книгу Капитанов» и прочитал:

«Настоящие капитаны — это смелые и сильные духом люди. Они знают, что всякое зло и обман приходят в мир только через человека и по разрешению человека. Настоящим капитаном признаётся тот, кто не раб своих чувств, эмоций и привычек.

У капитанов нет страха, и они готовы сражаться и стать Титанами и Героями, но чтобы защитить мир от зла из своего сердца.

Капитаны знают: идти вниз легче, но подвиг и слава только на вершине, а первый подвиг добродетели — это избегание своих пороков.

Успех капитана в том, что он не боится сказать себе правду о себе, и его сила в признании своих ошибок. Они знают, что служить истине и Творцу трудней, но почётней и только в этом есть истинный смысл жизни.

Капитаны знают, чтобы не платить за прошлые ошибки в будущем, их надо исправлять сейчас. Они знают, что судьба не камень, но что посеешь, то и пожнёшь.

Капитаны осознают, что приняли жизнь из рук Творца и несут ответственность за своё будущее. Они знают, что твоя жизнь — в твоих руках.

Капитаны знают, чтобы есть плоды «прекрасного далёко», надо сеять и сажать сейчас и сегодня. Они знают, что неважно кем и каким ты был, важно, кем и каким ты стал.

Капитаны, оставляя прошлое, простираются вперёд, стремятся через тернии к звёздам, а из тьмы к свету.

Настоящий капитан стремится жить так, чтобы Творцу не было стыдно назвать его своим другом».

X

Потом мудрец открыл «Книгу Жизни» и прочитал:

«...Ищите же прежде Царства Божия и правды Его, и это всё приложится вам..., и что посеет человек, то и пожнёт».

Принц взял обе книги и обещал всё выполнять. Он поцеловал родителей, махнул рукой всему народу, пришедшему его провожать, взбежал на корабль и отдал свой первый приказ:

— Отдать швартовы. Поднять якоря. Поднять малый парус. Курс в открытое море.

Когда якоря подняли, кто-то из матросов крикнул:

— Капитан, якорь чист.

Чистый якорь был хорошей приметой для мореплавателей тех далёких времён.

Они уже проплывали крепость, защищающую вход в гавань, как раздался прощальный салют из трёх пушек.

Когда берега стали сливаться в единую тёмную полосу, принц приказал:

— Снять этот королевский флаг «Принц бла-бла-бла» и поднять вот этот. Он раскрыл небольшой сундук с другим флагом, на котором было написано: «АР-ТУ» и внизу, буквами поменьше, «Лишённый наследства — но не раб».

— Какой у нас капитан! — услышал он восхищённые голоса двух матросов. — Вот даёт.

— Да-а-а, — поддержал другой, — сразу видно, что настоящий капитан.

— Прекратить болтовню, и делайте свое дело, — сердито произнёс принц, не оборачиваясь.

— Вот это капитан, — уходя, бормотал один матрос, — точно настоящий.

А другой произнёс:

— Здорово его мудрец обработал, ну да ничего — и не таких умных видели.

Принц не слышал этих слов и не знал о подобном мнении. Он был погружён в свои раздумья. Первый день в море и уже не игра, а он действительно отдаёт приказы, от которых зависит жизнь и его, и его команды, и всего корабля. От волнения всё как бы слилось в одно важное и большое, но без деталей и подробностей.

Весь день принц провёл на палубе корабля, стоя чуть сбоку рулевого и смотрел вперёд. После того как берега слились в сплошную серую полосу, он даже не оглядывался назад. Его волновало то, что будет впереди, а то, что прошло, он и так знал.

Ущемлённое чувство гордости и собственного достоинства заставили его принять решение плыть на поиски Камня Наследия. Как это может быть, что я — такой особенный, я — такой сильный и красивый, я — сын короля и матери королевы, я — наследный принц — и вдруг, я недостоин стать королём. Просто потому, что кто-то украл мой Камень Наследия.

Принц не хотел осознавать, что причина крылась в его высокомерном и презрительном отношении к окружающим людям, включая родителей. Ему вообще казалось, что всё их королевство существует только для исполнения его желаний. Он считал, что родители — это как особая прислуга, поэтому и впадал в истерику, когда они не выполняли его желания. Остальных людей он, в принципе, не замечал, считая всех почти рабами. И вдруг всё так жестоко и несправедливо нарушилось, его просто выгнали из столицы. За что??? Но всё же, он решил поступить как настоящий герой и искать свой Камень Наследия.

— Ну, поплаваю немного, а через год-два они меня как миленького назад примут, — рассуждал наш герой.

Принц не знал о законе, что для того, чтобы из ребёнка вырос пренебрегающий всеми раб своих эмоций, ему надо всё позволять и баловать, но он уже жил по этому закону.

Отплывая, ему казалось, что всё будет легко, просто и романтично. Но сейчас, когда они одни в море, стало приходить понимание, что не всё так просто и весело. Если бы не штурман Расс, то он бы и понятия не имел, где они сейчас и куда надо плыть, чтобы достичь другой земли. Раньше он только слышал страшные морские истории о том, как на кораблях, сбившихся с курса, часто все умирали от недостатка воды, разбивались о камни, пропадали без вести или становились лёгкой добычей пиратов. Теперь ему было страшно от мысли, что он и сам легко может оказаться в таком положении. Как хорошо, что Расс, несмотря на молодость, был уже опытным штурманом.

Штурман Расс имел немного странную фамилию: Удительность. Он был выше принца, худощавый со светло-рыжими волосами, жилистый и сильный. Черты его лица как будто нарочно были ярко подкрашены природой: голубые глаза, темноватые брови и ресницы, и яркие губы. Многие девушки позавидовали бы сочности красок его лица.

Расс был очень наблюдателен и от его глаз не ускользали даже небольшие детали и малейшие подробности событий. Его невидимая улыбка постоянно ощущалась на его лице, как будто улыбка внутри, а снаружи только её лёгкое отражение. Позже принц не раз замечал, что чем больше и ближе опасность, тем чётче обозначались следы этой улыбки. Расс давно привык улыбаться навстречу опасности и часто говорил, что выбирать дела надо по их последствиям. Это было его любимая поговорка.

В этот день принц не заходил в свою каюту. Он впервые встретил заход и восход солнца в море, с палубы корабля, а не из окна королевского дворца. Когда вокруг тебя только море и ничего больше, то многое воспринимается совсем по-другому. Тогда начинаешь понимать, как мир велик и что на самом деле он не вращается вокруг тебя, а живёт по своим законам и правилам. Ты во всём этом, хотя и гордая, но всего лишь маленькая пылинка, стремящаяся выжить в круговороте событий.

С другой стороны, выход в море и необычность происходящего обострили все его чувства и восприятие. В нём, как иногда и в каждом из нас, вдруг проснулось сильное чувство, что он рождён для чего-то великого и особенного. Возможно, для какого-то очень важного подвига, о котором он пока ничего не знает, но который он должен совершить.

Только на другой день вечером он вошёл в свою каюту и стал читать «Книгу Капитанов», когда раздался стук в дверь.

— Войдите, — крикнул принц.

— Капитан, — сказал вошедший матрос, — вы ни вчера, ни сегодня ничего не ели, съешьте хотя бы вот это. Мы специально сохранили это для вас. С этими словами он поставил прибор на стол и собрался уходить.

— Как тебя зовут? — спросил принц.

— Меня зовут Эмм, а фамилия Оция.

— Спасибо Эмм. Иди.

— Интересно получается, его имя и фамилия вместе означают чувство «эмоция». Какие-то странные у некоторых имена и фамилии, — удивлённо рассуждал принц, отрывая обеденный прибор и взирая на свои любимые лакомства.

Эмм только вышел и хотел закрыть дверь капитанской каюты, когда перед его носом пролетел обеденный прибор со всеми сладостями. От неожиданности он замер, его глаза округлились, а лицо стало длинным, как огурец.

— Ого! Так ведь и убить можно! — удивлённо воскликнул кто-то. — Ну и капита-ан!

Эмм что-то недовольно пробурчал, когда раздался окрик капитана:

— Эмм, спасибо, но принеси что-нибудь из матросской еды и побыстрее.

Матрос опять что-то пробурчал, а кто-то рядом негромко произнёс:

— Вот уж не думал, что мудрец его так обработать успел, а ведь совсем наш казался.

Принеся заказ Эмм увидел, что принц читает «Книгу Капитанов», а рядом лежит «Книга Жизни» и раскрытый корабельный журнал, где была запись: «Такого-то числа. Первый день в море. Название корабля изменено, и поднят новый флаг «Ар-ту. Лишённый наследства, но не раб». На этом запись обрывалась.

— Капитан, — обратился Эмм к принцу, — кораблю без капитана нельзя. А вы при такой нагрузке и заболеть може-те. Двое суток почти без еды и сна. Отдохните, а потом всё сделаете. А вообще, я слышал, что на других кораблях запись в корабельном журнале ведут штурманы. Это намного легче для капитана. Ведь у вас и так дел полно, а заодно и точней запись в журнале будет.

Принц посмотрел Эмму в глаза.

— Извините капитан, это ваше дело. Вот ваш заказ, матросская еда.

Эмм поставил прибор на стол, поклонился и вышел.

Это был серьёзный клин, ловко и удачно вбитый в настроение принца. Он действительно сильно выдохся за это время. Его пыл и решимость прошли, он устал, даже изнемог, и вот тут его вдруг пожалели. А этого ему так не хватало. Он так привык, что мама его всегда жалела, хотя и была им недовольна.

Любая наша привычка в жизни — серьёзное дело, она часто работает даже тогда, когда мы этого и не замечаем.

Эмм вышел, а принц сразу раскис, поел и лёг спать. На другой день он поручил штурману Рассу вести записи в корабельном журнале. Расс пробовал возразить, что это обязанность капитана, но приказ есть приказ, его надо выполнять.

— Этот ни Эмм. Смотрится как добряк, но не жалеет, а без него никак нельзя. Ну и команда у меня, — тихо бурчал принц, уходя на другую часть корабля.

ПЕРВЫЕ ВСТРЕЧИ

Постепенно всё стало сливаться в будничные дни. Расс был хорошим штурманом и помощником капитана. Однако после споров о корабельном журнале между ними возникло какое-то расстояние, не дающее им подружиться по-настоящему, хотя внешне они относились друг к другу хорошо и уважительно.

Они уже побывали в нескольких портах и пока удачно вели торговлю. Собственно первое время дела вёл Расс, а принц только учился. В одном порту кто-то легонько толкнул в бок одного из матросов принца.

— Не оборачивайся. Наконец-то хоть тебя встретил, — произнес незнакомец. — Что случилось? Мы тут все с ног сбились…, себя тихо ведём, чтобы не пугать никого. Вас ведь по всем морям ищут, а вы тут, оказывается. Наши даже бояться стали: уж не случилось ли чего плохого? Не завернул ли он сразу, куда не надо?

— Уф-ф! Наконец-то. Здравствуй дорогой, — тихо произнёс матрос, не оборачиваясь и делая вид, что рассматривает какой-то товар.

— Пока не додумался туда завернуть. Да кто бы мог подумать, что он, как только отойдёт от берега, сразу флаг и название корабля сменит. Такое ни у кого в голове даже поместиться не могло.

— И кто же вы теперь, — спросил незнакомец, делая вид, что он что-то выбирает.

— Теперь он «Ар-ту» или «Лишенный наследства».

— Артём или Артур? — переспросил незнакомец.

— Нет. Просто Ар-ту. Кто его знает, откуда он это взял. Так, кличка какая-то, а не название корабля или имя для принца. Он, вообще, приказал себя только так называть.

— Слушай! Да я вас в море уже два раза видел, — удивлённо произнёс незнакомец, — и кто бы мог подумать, что это вы. Хорошо, что тебя встретил. Теперь хоть знаем кто и где он. Как у вас обстановка?

— Не очень-то. Чуть-чуть в непонятное доверие втёрлись, а дальше пока никак. Крепко его мудрец обработать успел. Не думал, что это так серьёзно.

— Что же ты так, а? — насмешливо произнёс незнакомец. — На тебя вроде не похоже. Ты же знаешь, что за хорошо подготовленных чести, наград и денег больше.

— Да знаю, знаю, — недовольно пробурчал матрос. — Чего соль на раны сыпешь? Выслужиться хочешь?

Они помолчали.

— Вы когда в порт пришли?

— Вчера и уходим примерно через неделю. Он подолгу нигде не задерживается.

Опять помолчали.

— Штурман — это тот долговязый?

— Угу.

— Да-а-а, сразу видно, что опасный тип. Я думаю, хорошо бы дать капитану самому дозреть, дойти до нужной кондиции, а потом уже легче будет работать с ним. Есть у меня одна идейка… — и он замолчал, а потом продолжил. — Ну что же, надо порадовать своих хорошей новостью. Нашёлся всё-таки. Гляди в оба. Удачи и до встречи. Да, из пушек лучше не стрелять, а то в суете в своих попасть можно.

Незнакомец бросил на прилавок монету, взял какую-то безделушку и ушёл не оборачиваясь.

X

Через несколько дней погода испортилась: подул противный ветер, заштормило. Многие капитаны, в том числе и Арту, решили подождать лучшей погоды для выхода в море.

В обеденное время принц вместе с тремя матросами сидел в кабачке, ожидая, когда вернётся штурман Расс, который с остальной командой готовил товары к погрузке. Сегодня Арту несколько раз чувствовал сильную непонятную тревогу и беспокойство, которые то проходили, то усиливались. «Нездоровится что-то», — думал он, сидя в трактире и с интересом слушая, что рассказывают другие посетители: кто, где бывал и что диковинного видал. (Это сейчас телевизоры, радио, интернет, а в былые времена этого не было. Книги были редки и стоили очень дорого. Раньше все любили послушать да рассказать что-нибудь интересное и необычное).

Принц неожиданно ощутил сильное беспокойство, что-то сильно и тревожно заныло в груди. Сердце забилось, как при тяжёлой работе, в висках застучало, он почувствовал, как кровь бежит по всему телу с удвоенной силой, наполняя теплом мышцы, а тело покрылось мурашками, как при испуге от неожиданной опасности.

В кабачок вошла шумная группа людей. Один из них странно уставился на принца и, усаживаясь, не сводил с него глаз.

— Он, — неожиданно громко произнёс незнакомец и указал на принца рукой. — Взять его! И первый бросился в драку. Эмм, сидевший сбоку, тут же толкнул ногой другой стол под ноги незнакомцу. Это задержало его. Началась потасовка.

— Стоя-я-ять!!! Прекратить драку! — неожиданно раздался чей-то громкий и грозный окрик. — А не то я всех, как собак, перестреляю! — с этими словами хозяйка трактира, пожилая, но ещё подвижная и крепкая женщина, привыкшая ко многим неожиданностям жизни, выхватила из-под прилавка пистолет и выстрелила в потолок. В толстом бруске под потолком, было уже немало дырок.

Это только добавило масла в огонь. Драка пошла полным ходом: переворачивались столы, ломались стулья, летели бутылки и посуда. Эмм хотел схватиться с главарём, но между ними словно вырос какой-то верзила с ножом в руках. Его нож удачно проткнул сиденье табуретки, которой Эмм успел закрыться.

Принц сначала ничего не понял, и если бы не друзья, то его бы быстро схватили. Неожиданно его взгляд привлёк ослепительно сверкнувший на шее у незнакомца камень. Принц сразу всё понял:

— Камень Наследия! Так вот как это работает. Значит, это один из тех, кто должен поймать меня: работорговец, пират или ещё кто. Так значит, это всё правда!? — стремительно пронеслось у него в голове. — Значит, правда всё, что говорил мудрец. Значит, меня не просто выставили из дворца, чтобы никому не мешал. Значит, правда есть Камень Наследия и то, что меня могут продать в рабство.

Осознание истины и реальной угрозы происходящего наполнило его страхом, но этот страх словно подстегнул его.

Надо что-то делать? Но что? Он понимал, что один на один с этим главарём он, конечно, не справится. Принц был подростком, а главарь — взрослым мужиком, закалённым в боях и драках.

Главарь пробивал путь к столу принца, который сидел, ошеломлённый происходящим. Бандит грудью прыгнул на поверхность стола с протянутыми вперёд руками, рассчитывая сразу схватить принца за горло или одежду. Ар-ту ловко присел под стол, и чужак сильно ударился головой о стойку, выступающую из стены. Под руки принца попалось бутылка с разбитым горлышком. Забыв про кортик и хватив её как оружие, он выскочил сбоку от незнакомца, вцепился рукой в его одежду и одним движением ловко разрезал пояс вместе со штанами. Главарь тут же скатился в бок, вскочил и хотел опять броситься на принца, но штаны без пояса упали на сапоги, связав ему ноги.

Теперь, со штанами на коленках, он не мог быстро двигаться или прыгать. Чужак странно засеменил мелкими шажками к принцу, крича:

–Держите его!

Заметив, что сзади главаря стоит табуретка, принц прыгнул вперёд, со всех сил толкнул бандита назад и удачно вцепился в Камень Наследия. Падая, чужак крепко схватил принца руками, прижал к себе — и они вместе полетели на пол.

Как только принц схватил Камень Наследия, его тело пронзила сильная острая боль. Он не знал, что до тех пор, пока держишь свой Камень Наследия, который на другом человеке, будет сильно жечь руку и тело. Он не знал, что вдобавок боль другого человека переходит тебе, как будто вы стали одно целое. Упав сверху на чужака, он всем телом ощутил боль от удара на своей спине. Это была боль чужака, ведь это он упал на спину, но от этого принцу было не легче.

— Отпускать камень нельзя, — вспомнил он слова мудреца, — если взял его, то держи, пока не сорвёшь с противника.

Куда там держать! Тут всё тело словно огнём прижёг кто-то. От боли принц так закричал, что все вокруг на мгновение замерли. Так получилось, что, упав сверху на незнакомца, он заорал ему в самое ухо. Незнакомец отпустил его, отвернулся и зажал уши руками. Принц тут же сорвал Камень, скатился в сторону, вскочил и с криком «уходим!» — первый бросился к двери кабачка.

Как только принц сорвал Камень, вся команда противника внезапно ослабла и пришла в замешательство. Это помогло ему и его друзьям быстро выбежать и скрыться за ближайшим углом.

События в кабачке пронеслись со скоростью ветра и с виду удивительно удачно, но на самом деле принц здорово струсил. Только настоящий страх пришёл позже, когда принц Ар-ту уже скрылся от своих преследователей. Он сменил место ночлега и на другой день вышел в море и уже там, ещё два дня, жил под страхом нападения и даже во сне переживал эти события снова и снова.

Однако всё это принесло определённую пользу. Успокоившись, он стал читать «Книгу Капитанов» и всерьёз делать физические упражнения. Каждый раз, когда корабль выходил в море, он усердно занимался стрельбой из лука и пистолета, а также фехтованием саблей. Всех, кто так храбро защищал его в той драке, он приблизил к себе, но особенно доверенными стали Эмм и Гор. Может, просто потому, что ему с ними было более приятно проводить время, а может, и по каким-то другим, даже ему непонятным причинам.

Надо сказать, что Эмм и Гор оказались весьма хорошими фехтовальщиками и поэтому они часто шумно сражались с принцем на палубе. Особенно Эмм, он то посмеивался над его неудачными движениями, то хвалил и подбадривал, когда принц уставал. Это укрепляло их дружбу, и принц всё более попадал под влияние этих людей. Он всё чаще поступал по их совету, хотя они и не всегда были удачными.

Эмм как-то заметил, что принц стал читать «Книгу Капитанов» и по-дружески сказал:

— Принц, это, конечно, ваше дело. Читать, наверное, интересно, когда время есть, но не это главное. Главное — практика, а не теория. Главное — сила мышц и власть своего влечения, — при этом он согнул руку так, чтобы были видны его мышцы, и добавил: — Лучше провести день в физических тренировках, чем полчаса за чтением.

Это подействовало: принц перестал читать, а позже обнаружил, что из разных мест «Книги Капитанов» было вырвано более десятка листов, а «Книга Жизни» совсем пропала. На какое-то время это вызвало у него настороженность и подозрительность.

От Эмма и Гора принц перенял не только опыт фехтования, но и некоторые их привычки и наклонности, которые одобряли далеко не все члены команды.

— Я знаю. Я не глуп и сам вижу. Кто здесь капитан? — не раз отвечал он Рассу и вообще, принц стал более высокомерным и раздражительным при обращении с командой.

Расс весьма деликатно говорил капитану, что не ко всем советам Эмма и Гора необходимо прислушиваться, и что дела надо выбирать по их последствиям. Штурман напоминал, что «Книга Жизни» учит думать и предвидеть, чтобы избежать проблем и что неплохо, так же, узнать мнение штурмана, а уже потом что-то предпринимать.

— Ты что…! Будешь учить меня…, твоего капитана и принца, какие советы слушать, а какие нет!? — с раздражением выкрикнул принц и после этого их отношения стали ещё хуже.

Расс был прекрасным фехтовальщиком, но для принца его методы тренировок казались скучными и слишком придирчивыми. Расс был расчётлив и требователен и этим напоминал принцу отца. Расс уважал простую похвалу и не любил больших и пышных эмоций. Он требовал точной отработки искусства движений, скорости реакции и балансировки тела.

Эмм и Гор учили по-другому. Они не добивались от него ни искусства фехтования, ни балансировки тела и, честно говоря, не столько тренировали, сколько льстили, поддавались и жалели. У принца, выросшего во дворце и избалованного эмоциями и жалостью матери, осталась потребность в людях, создающих ему подобные чувства. Эмм и Гор были почти идеальны для этого. Они лестью утверждали его авторитет и достоинство и при этом жалели, сочувствовали и высмеивали Расса.

В результате штурман Расс оказался далеко от близких друзей принца. Расс и Ар-ту стали как два берега одной реки: они были необходимы друг другу, но никак не могли сойтись вместе.

МОРСКОЙ САД

Чудны тихие морские вечера! Лёгкий ветерок ласково раздувает паруса. Корабль легко скользит по тихой воде, разрезая ленивую, словно утомлённую волну. Море, расступаясь с лёгким шумом, пропускает корабль и, сворачиваясь лёгкой пеной, бежит по обеим его сторонам.

Как прекрасен и романтичен закат в море. Огненный диск, приближаясь к горизонту, становится больше и краснее, движется всё стремительней и кажется, вот-вот рассечёт морскую гладь. Стихии как исполины сходятся в единоборстве, и невольно ожидаешь фонтаны и снопы брызг, огня и пара от столкновения великих и противоборствующих стихий огня и воды. Но вот, словно прощаясь, одинокий луч скользнул по парусам и угас.

В море нет уличных фонарей, зато какое там звёздное небо! Оно поражает глубиной и переливами мириадов мигающих звёзд. Какие они большие и яркие! Сколько романтики навевают они на тех, кто, утопая в их бесконечности,

наблюдает за их красотой. А как чудесен в ночи светящийся зеленоватый след на воде за кормой корабля! Шлейф, светясь магическим отсветом тайн потревоженного моря, шевелится и кружится в волнах, завораживая всех редким и необычным зрелищем. Даже в тёплых южных морях такое зрелище не часто бывает.

На корабле никто не спешил спать. Почти все сидели на палубе и рассказывали различные интересные истории.

— Какая красота! — романтично прошептал Эмм, глядя на звёздное небо. — А сколько красоты, которой я никогда не видел и, наверное, никогда и не увижу. — Задумчиво добавил он.

— Это точно, — отозвался Гор.

— Смотрите! Вон, почти на горизонте, Малая Медведица, а Большая Медведица даже за горизонтом скрылась. А это сбоку, что как светлая полоса, Млечный Путь. А смотрите, в Млечном Пути звёзд больше, они ближе друг к другу, только немножко не такие яркие, а как в лёгком тумане.

Неожиданно раздался тяжёлый вздох, и недалеко от корабля в небо шумно полетел большой фонтан воды.

— Ну вот, даже кит приплыл рассказы о звёздах послушать, — весело произнёс Гор.

— А говорят, что в море есть прекрасный Морской Сад, где цветут необычные морские цветы, — вздохнув, сказал Эмм. — Это место не остров и не берег, а безграничный сад посреди моря, так как только море ограничивает его со всех сторон.

Круглый год цветёт Морской Сад, но только раз в три года он расцветает особенно пышно и красиво. Говорят, что сейчас это как раз третий год.

Всё это было похоже на выдумку, но Ар-ту когда-то уже слышал об этом.

— Это не Морской Сад, а морское болото, — раздался из темноты голос Расса. — Многие, кто туда заплывают, не возвращаются. Лучше на острова Дисци сплавать, — сказал он своё мнение.

— Да что ты такое говоришь, — резко вспылил Эмм, подскочив как ужаленный. — Что ты путаешь да ерунду несёшь? Мы говорим о Морских Садах, а ты о каких-то болотах. Что у них общего, а?

— Слушай, ну не с тобой же разговаривают и не тебе это предлагают, — поддержал Эмма Гор. — Ты делаешь свое дело, вот и делай то, что тебе капитан укажет? Здесь принц всё решает, а не ты.

Настроение у принца было хорошее и он, чтобы его не портить, предложил:

— Давайте сегодня спать, а завтра решим, что делать.

Всю ночь принцу снились сказочно прекрасные Морские Сады.

Утром, подавая капитану завтрак, Эмм спросил:

— Что решили, капитан. Сплаваем посмотреть Морской Сад? Я столько про него слышал, а видеть ни разу не видел.

— Посмотрим, — уклончиво ответил принц, — но он мне всю ночь снился. Только никому не говори об этом.

— Так точно капитан, — обрадовался Эмм.

— Вот и отлично, а пока идем по курсу, как и назначено.

В очередном порту, сдав груз и удачно распродав свои товары, принц немного задержался. Он был уже довольно опытный как в мореплавании, так и в том, что одному ходить опасно. Он всегда держал при себе Эмма и Гора. Вечером они втроем сидели в портовом трактире «Морской Рак», где было немало народу и, пользуясь случаем, принц спросил посетителей о Морских Садах.

— Так там не только Морской Сад, а большой остров, окружённый этими садами, — пояснил незнакомый боцман, сидя за столиком с двумя матросами. — Там всё прекрасно: и необычный морской сад, и остров с хорошим портом, и роскошный большой город на берегу моря. Там даже есть единственный в мире Цирк Капитанов, но это только для избранных или для гостей по специальному приглашению.

— А какие товары там ценятся? — спросил Ар-ту.

— Там главное, чтобы ты приехал, а не твой товар, — ответил боцман. — Там даже праздники устраивают для новичков. Встречают торжественно, красивые девушки из морских цветов венок на шею оденут, в щёчку поцелуют. Все тебе улыбаются, поздравляют с приездом. Если бы не дела так и жил бы там, — добавил он.

— Место красивое, это правда, — сказал пожилой человек с посохом, сидя за другим столиком. — Я там два раза бывал, но весь этот остров: с морскими садами и с красивым городом — это тюрьма огромного размера и оттуда так просто не убежишь. Если бы не помощь пастуха …

— Эй! Закрой рот! — грубо и резко выкрикнул Гор и зло стукнул кружкой по столу.

— Ну, если тебе там не понравилось, то это не значит, что надо портить всем настроение, — тоже сердито отозвался боцман.

— Лучше плыть на остров Дисци, — продолжил незнакомец, обращаясь к Ар-ту. — Там лучше. Там есть то, что необходимо для счастья. Там можно научиться предвидеть, чтобы избежать...

Гор злобно оттолкнул табуретку ногой, вскочил и схватился за шпагу.

— Или ты замолчишь, — гневно выкрикнул он, — или …

Незнакомец спокойно встал, взял свой посох и пошёл к выходу. Гор кивнул боцману, боцман кивнул ребятам, и двое пошли за незнакомцем из трактира. На выходе за ними устремился ещё один здоровяк.

Ар-ту понял, что бедняга попал в беду, хотел остановить это…, но Эмм и Гор положили руки ему на плечи и посадили на место.

— Это его проблемы, — сказал Гор, — а не твои. Каждый отвечает только за свои дела.

Назад долго никто не возвращался. Боцман забеспокоился, вдруг его ребята перестарались? Двое других побежали узнать, в чём дело и скоро притащили одного матроса под руки. А двое других кое-как плелись сзади, хотя никаких синяков и даже следов драки видно не было. Те, что пришли сами, что-то бормотали и ругали себя за какие-то дела. Тот, кого притащили, вдруг очнулся и заговорил о прощении. Боцман, злобно рыча, выплеснул на него кружку напитка, дал пощёчину и грубо приказал:

— Молчать! Остынь немного!

Весь трактир замер от страха и удивления, словно спрашивая: «Как это могло случиться? Ведь их было трое и все бывалые и здоровые ребята».

— И как я сразу не догадался, — досадно бурчал боцман, — что старик из клана Дневных Сов. Его ведь даже по поведению и манерам вычислить можно. Только они, таких молодцов, быстро могут на стык миров отправить.

— А что такое «стык миров»? — спросил Ар-ту.

— Тебе лучше не знать об этом, — огрызнулся боцман, — спокойней жить и спать будешь.

— Да мы его сейчас, всей толпой, в грязь превратим! — стукнув кружкой, выкрикнул молодой матрос, гордо сидя за соседним столом.

Боцман неожиданно так треснул кулаком по его столу, что посуда со звоном подпрыгнула, и что-то упало на пол. Матрос побледнел, замер и под столом образовалась лужа.

— Трус! — морщась, презрительно произнёс боцман. — Стука испугался, а ещё хвалишься. Эти, уже попробовали это сделать, — и он с досадой кивнул на своих ребят.

— Вообще, — сказал боцман, — без очень острой необходимости, Дневных Сов лучше не трогать. Они очень трудная и опасная добыча.

Взглянув на своих, Ар-ту заметил, что Эмм застыл в нерешительности и был красный, как от стыда, а у побледневшего Гора нервно задёргался подбородок и правая щека. Гор стал трясти Эмма, приводя его в чувство, затем схватил принца за плечо и потащил обоих наверх в комнату.

Принц чувствовал, как у всегда сильного и самоуверенного Гора дрожали руки. Тащась за ним, Ар-ту вдруг подумал, что если честно, то в его команде всего две сильные личности: это Гор и штурман Расс. Просто Гор почему-то, держится в тени, Эмм явно в его власти и исполняет его желания, или, как говорят, палочка выручалочка, чтобы таскать каштаны из огня. Вся команда разделилась между Гором и Рассом, каждая сторона подчиняется только своему лидеру и между ними идёт война за влияние на принца.

— Уходим! Уходим! — сильно тормоша за плечо и не давая думать, кричал Гор ему в ухо. — Для тебя слишком опасно даже видеть такое. Наверняка кто-то приготовил для нас ловушку.

Два дня, пугая засадой, Гор не разрешал своему капитану выходить из комнаты. Корабль был срочно загружен зерном, и они сразу отплыли. Уже в море Ар-ту сказал Рассу рассчитать курс на остров Цирк. Расс отказался это сделать. Гор, слышавший их ссору, подошёл и тихо сказал принцу.

— Так у тебя не получится. Ты капитан, и ты должен не просить, а требовать: я, капитан, приказываю… — и тогда он сделает то, что тебе надо.

Принц повторил всё, как научил Гор. Расс сразу обмяк, осунулся в лице, но пошёл исполнять приказ.

— Здорово ты научил! — восхищённо сказал принц. — Я теперь со всеми так говорить буду.

— Нет! Со всеми не надо, — с тревогой на лице и немного испуганно ответил Гор. — Мы всё-таки друзья. Но если Расс тебя не слушается, то для него это в самый раз.

X

Время шло, как наконец рано утром все прилипли к борту корабля от крика впередсмотрящего (впередсмотрящий — это человек, который сидит на верху самой высокой мачты в специальной корзине и смотрит вдаль вокруг корабля).

— Земля! Земля! Справа по борту и прямо по курсу я вижу землю! Подплыв ближе, все увидели покрытую причудливыми растениями и цветами, простирающуюся до горизонта бескрайнюю долину. Подплыв вплотную, они рассмотрели, что в лучах восходящего солнца, поражая воображение цветами и оттенками, на лепестках цветов как бриллианты сверкали капли воды, а всё поле оказалось выступающими из воды цветущими морскими водорослями. По этому полю никогда с ликующим криком не пробегут дети, не раздастся их озорной смех или счастливые голоса родителей. Здесь никогда не ступит нога человека.

Принц невольно вспомнил слова Расса: это не морской сад, а морское болото.

— Это и есть Морской Сад? — удивлённо спросил принц.

— Да ну-у-у. Это только начало, — самодовольно ответил Гор. — Я думаю, нам надо взять вправо и плыть, пока мы не найдём проход. Здесь должен быть чистый проход к острову Цирк.

Корабль взял вправо и к полудню нашли широкий проход, прямой как дорога к звёздам и чистый от всех водорослей.

— Здесь особое морское течение, — пояснил Эмм. — Оно как раз ведёт к острову Цирк и огибает его с одной стороны, а потом разделяется на несколько узких протоков. Остров Цирк как бы защищён от неожиданных нападений почти со всех сторон, — с гордостью добавил он.

Подгоняемый попутным ветром и сильным морским течением, корабль грациозно плыл по проливу а по сторонам действительно было прекрасное зрелище. Морские водоросли, уплотнённые течением по краям пролива, поднимались над морем. А кое-где, набросанные друг на друга штормами, были очень похожи на холмы. Это были необычные и способные цвести над водой водоросли. Море цветов, переливаясь всеми цветами радуги, создавало захватывающее и грандиозное зрелище. Всё это посреди открытого океана простиралось настолько, насколько глаз мог видеть. Они как бы неслись на корабле по прекрасной и бесконечной садовой аллее.

— Корабль на горизонте. Прямо по курсу и справа по борту вижу корабль, — закричал вперёдсмотрящий.

Глядя в подзорную трубу, принц задумчиво сказал:

— Странный корабль. У него обломаны мачты и порваны паруса. Может, им помощь нужна? — добавил он.

— Кому им? — переспросил Эмм. — Там уже никого нет. Он, вероятно, лет десять стоит здесь, а то и больше. Просто застрял в водорослях, вот и всё.

— Слушай, так ведь и мы можем застрять и погибнуть, как они?

— Не-ет, если плыть по течению адмирала Влеко, то никогда не застрянешь, а когда двинемся обратно, то возьмём разрешение и лоцмана, который выведет без проблем. А эти, — Эмм махнул рукой в сторону остова корабля, — сами плыли, без лоцмана, вот и влипли.

— Оттуда так просто не убежишь, — вспомнил принц слова человека из клана Дневных Сов. Страшная догадка промелькнула в его голове, но он опять промолчал.

— Не печалься за них, — ободрил принца Эмм, — лузеры и невезучие всегда есть, а мы скоро будем в уютной пристани красивого города. Ты уже несколько лет плаваешь, а по настоящему ни разу не отдыхал. Разве ты не заслужил отдыха? — не умолкая, говорил Эмм. — Ты трудился, не жалея ни себя, ни команду и накопил немало богатств. Разве ты или мы не достойны хорошего отдыха за свои труды? Пожалей себя, принц! Расслабься, здесь нет врагов. Сюда со всего мира едут отдыхать и наслаждаться красотой Морского Сада и острова Цирк. Побудь здесь немного, а там видно будет.

Эмм прекрасно знал, что напоминания принцу о жалости к себе, но не к другим, всегда отлично срабатывает, в пользу желаний Эмма. Зная рычаги воздействия на капитана, Эмм умело использовал их в своих целях.

А ветер нёс и нёс сладковато-терпкий аромат морских цветов, от которого увеличивалось возбуждение. У всех заблестели глаза, грудь вздымалась от глубокого дыхания, а кровь стучала в висках. Думать уже ни о чём не хотелось.

Только Расс и его друзья печалились и молчали, однако принц уже не обращал на это внимания. Отчаявшись, Расс решительно подошёл к принцу и предложил:

— Ваше Величество, давайте повернём назад. Мы уже посмотрели морские цветы и ощутили их аромат, теперь можно и обратно повернуть, — очень деликатно предложил он.

— Что!? Ты чего придумал, а? Назад повернуть? — резко и злобно набросились на него Эмм и Гор. — Да мы ещё на острове не были. Капитан, дай ему приказ не вмешиваться, — брызгая слюной, злобно кричал Гор, и его правая щека нервно задёргалась.

Принц, возбуждённый дурманящим запахом цветов моря, обращаясь к Рассу и его друзьям, резко произнёс:

— Как капитан я приказываю больше таких предложений не делать. Никаких вопросов не задавать, назад поедем, когда я прикажу. Всем ясно?!

Ближе к вечеру они увидели вдали остров. Окружённый со всех сторон яркими цветами моря, покрытый с одной стороны лесами и небольшими горами, он был как желанная жемчужина в прекрасной оправе.

В уютной и просторной бухте острова было много как кораблей, так и небольших судёнышек и лодок, нагруженных цветами моря. Из этих цветов на берегу сплетали венки и симпатичные девушки, с озорными улыбками, торжественно одевали их каждому сходящему на берег.

С той стороны океана, откуда часто дули сильные ветры и приходили большие волны, порт был хорошо защищён высоким скалистым берегом, а у входа в гавань стояли два сторожевых корабля, всегда готовых к выходу в море.

ЯРМАРКА ЯЗЫКОВ

Город был красив и живописен. Кроме прелестей природы его украшали здания различных размеров и стилей. Старинные и современные, просто красивые и горделивые как королевские дворцы, причудливые и совсем необычные.

В глубине» города красовалось огромное и ярко украшенное здание особой формы.

— Это что за здание? — спросил принц.

— Это Цирк Капитанов, — с гордостью ответил Гор и добавил: — Я думаю, что мы там побываем.

— Так мы можем и сейчас пойти посмотреть.

— Нет-нет. Тех, кто первый раз приехал, туда просто так не пускают. Надо сначала приглашение получить, а потом ходи, сколько хочешь.

Какое ещё приглашение?

— От хозяина цирка или от мэрии города. Ну, от городского управления, — пояснил Гор.

— Знаешь, я никогда раньше не слышал о Цирке Капитанов, — признался принц. — Почему он так называется?

— Не знаю, но я думаю, придёт время, узнаем, — уклончиво ответил подошедший Эмм. — Если хочешь, пошли скорее, город посмотрим. Да, о корабле и о товарах не беспокойся. Тут всё честно и везде порядок. Портовые смотрители всё определят. Они специально для того и приставлены, чтобы все приплывшие могли отдохнуть и расслабиться.

— Откуда ты всё так хорошо знаешь? — удивился принц. — Вы же говорили, что ни разу здесь не были?

— Земля слухом полна, — опять уклончиво ответил Эмм.

Принцу и самому не терпелось всё посмотреть. Когда на берегу девушки грациозно одевали им венки из морских цветов, он заметил, как Гор странно подмигнул одной девушке, и она, тут же заменила его венок на другой. Запах от венка сильно возбуждал принца и позже он почувствовал, как кровь упругими волнами ударяет в виски, и как-то странно изменилось его зрение. Почувствовав себя неуверенно, несмотря на возражения Гора, он отшвырнул свой венок в сторону.

Перед входом в город на центральной улице была красивая триумфальная арка и надпись: «ЗДЕСЬ ВСЕ — КАК КОРОЛИ».

Переходя из здания в здание, принц был поражён размерами и роскошью отделки залов. Он видел высокие колонны, пышно украшенные наверху лепкой, и сложную мозаику, а в некоторых местах потолок состоял из двух, трех и даже четырёх ярусов, уходящих один за другой. На стенах и на потолке были и красивые картины, и орнамент, и золотая отделка. Всё это создавало полную иллюзию глубины пространства, свободы чувств, роскоши и воображения.

Часть залов была освобождена для желающих танцевать, а вокруг стояли различные столики, покрытые зелёным сукном, за которыми люди азартно играли и разговаривали. Если кто-то желал пить или что-то перекусить, то стоило поднять руку, как сразу подбегала прислуга и быстро приносила то, что заказывали.

Принц вырос во дворце и поэтому не был шокирован всем, что увидел в этом городе. Он понимал, что почти всё это — дешёвая подделка, но всё было в таком масштабе и разнообразии, что поражало воображение и смотрелось роскошно, пышно, ярко и необычно. Всё это восхищало и усиливало чувство гордости и самозначимости людей.

Во всех залах принц чувствовал тонкий, возбуждающий и дурманящий аромат. Этот аромат Гор называл запахом свободы, денег и славы.

Необычными были не только здания и украшения, но и всё остальное: люди, одежда, манера поведения и разговоров, мнения о жизни и так далее. Здесь, словно по мановению волшебной палочки, всё было собрано в одну пёструю кучу и выпячено — выставлено на показ. Видимо, большой плакат: «ЗДЕСЬ ВСЕ — КАК КОРОЛИ» имел сильное влияние на сознание, гордость и эмоции присутствующих.

Многие стояли и восседали более горделиво, чем настоящие императоры. Их взгляд на всё и на всех был снисходительным, свысока и с различной долей пренебрежения. Чтобы подчеркнуть своё превосходство и достоинство над другими, многие громко разговаривали, как истые знатоки обсуждали какие-то проблемы, азартно спорили, но никто друг с другом не соглашался. Некоторые говорили надменно и часто применяли неприличные слова и выражения, видимо, думая, что этим подчёркивают свою особенность. Все их споры в основном были о чем-то, что часто не бывает важным ни для жизни, ни для торговли, ни для других дел. Главное, они старались сделать вид, что они действительно знатоки чего-то и профессора наук. На самом деле многие были совсем не деловые и не крутые люди, как это показалось сначала. Но здесь они выставляли себя, как звёздные короли. Неожиданно всё это произвело неприятное впечатление на принца.

— Вы знаете, — обратился принц к своим друзьям, — здесь многое напоминает историю про графа Баламута.

— Никогда такой не слышал, — признался Эмм.

— Мне отец иногда рассказывал, — продолжил принц, — как, надеясь получить хорошую придворную должность, к одному королю пришёл человек и торжественно представился: прямо из-за границы, профессор всяческих наук, граф Баламут к вашим услугам. В разговоре граф Баламут много говорил о потусторонних тайнах, о прекрасной ауре вокруг короля и о прочих подобных вещах. Король понял, что на самом деле Баламут проходимец и мошенник и сказал графу:

— У моего порога и так грязи много. Только тебя здесь ещё не хватало. Для страны нужны деловые люди, а не деловые мошенники. И мне нужны люди, умеющие думать государственно, а не только о своём кармане.

Король приказал выгнать Баламута из своего королевства. Говорят, что без таких людей на королевской службе страна до сих пор живёт богато и счастливо.

— И к чему ты это вспомнил? — кисло удивился Эмм.

— Да к тому. Я думал, что здесь особенные люди: ну бизнесмены на отдыхе или действительно крутые, которые большие дела делают. Ведь недаром же они крутые. А тут-то всей особенности: смотри на всех свысока, чаще вставляй грубые или неприличные слова, болтай, что в голову пришло, и делай вид, что ты граф на отдыхе. Вот и всё. Со стороны сразу видно, что они не те, за кого себя выдают.

Они даже не думают, что грубость и эгоизм всегда отталкивают и этим портят впечатление о себе. С ними страшно дела иметь. Они ненадёжны, и не дай Господи, с такими деньги делить. Они сразу страшней врагов станут.

— В общем, так, — махнув рукой, небрежно произнёс принц, — дешёвая подделка. Настоящие крутые так себя не ведут.

— Неужели!? — насмешливо сказал Гор, — правильно говорят, что первые два-три недостатка, какие сразу видишь в других, в тебе точно есть. Вот ты это и заметил.

— Видишь, какое это хорошее место, — насмешливо добавил Эмм, — ты даже умнеть начал.

Принц поморщился как от кислого лимона, но сказал о другом:

— Мой отец говорил: несчастен и ненадёжен тот человек, кто считает себя намного лучше, чем он есть.

— А это ещё почему!? — удивился Гор.

— Такой человек недоволен любым своим продвижением, так как уверен, что достоин большего, и ненавидит своё настоящее, так как считает, что это унижает его достоинство. Такие люди легко становятся завистниками, а завистники всегда опасны. Они предают друзей просто так, из-за своей зависти. Завистливый друг — это тайный враг, от которого надо держаться подальше. Всегда хороши те люди, кто, может, и не так способен, но зато доволен тем, что имеет, а значит, более надёжен.

— Смотри, как ты здесь поумнел, даже рассуждать стал необычно для себя, — недовольно прервал его Гор. — Лучше по сторонам посмотри. Какая красота кругом! Пошли, я кое-что покажу тебе, — и он неопределённо махнул рукой. Он явно старался прекратить рассуждения принца, но сказать прямо об этом пока не решался.

КОНФЛИКТЫ И ВОЙНЫ

За время, проведённое в роскошных залах, принц многое увидел и наслушался разных историй, случаев и мнений. Здесь хорошо работал принцип: мы странно встретились и странно разойдёмся. Ты меня не знаешь, а я тебя не знаю. Даже если я поделился своей тайной, ты не расскажешь тем, кому нельзя этого знать, потому что вы просто не знаете друг друга. Это древний принцип, когда люди более откровенны с чужими, чем с близкими или друзьями.

Здесь рука случая и судьбы собрала в пеструю кучу всё: от нелепых и смешных историй, до покалеченных судеб и страшных запутанных путей и понятий жизни. Здесь не только в зале, но даже за одним столом, развалившись в креслах, могли беседовать люди разного образа жизни: успешный сельский житель, бизнесмен, мошенник, вор карманник и человек с большой дороги. Для одних беседа была отдыхом, для других работой, ведь им надо было определить свою очередную жертву. (На острове Цирк старались не писать в газетах о частых кражах и разбое.)

В одном зале принц с интересом наблюдал, как король, царь, султан и хан, весело смеясь, играли в кости под щелчки в лоб. Каждый, кто получал щелчок, снимал корону и потом надевал её. Один из них даже помахал принцу рукой, хотя принц видел его впервые.

За другим столом были азартные игроки в карты. Случайно зелёная скатерть с этой стороны стола была сдвинута, и принц заметил, как под столом, в рукавах, за поясом, или в специальных лифчиках, двое из них быстро меняли свои карты. Вероятно, играли опытные шулеры, но другим двум они казались честными игроками.

Прогуливаясь по залам, принц часто вступал в разговоры и спорил, но его не все понимали, над ним посмеивались и даже намекали на неприятности. Живя во дворце, принц думал, что он один такой особенный, необычный и крутой. А как же? Ведь он сын короля и королевы и наследный принц своей страны. Здесь он понял, что каждый считает, что только он необыкновенный и что только он исключение из всех правил жизни и таких тысячи и миллионы. Особенно его поразили некоторые услышанные убеждения людей:

— А я считаю, что всё честно и правильно, когда я поступаю особым образом. Но это уже не честно, когда со мной тоже так поступают.

— Совесть требует благодарности и уничтожает месть и обиду. А зачем мне совесть, если для меня месть — это наслаждение.

Подобных мнений было немало, но почему-то они вызвали бурное противоречие в душе юноши. Честно говоря, Ар-ту и сам жил примерно так, как говорили эти люди, но считал, что это только его особые понятия о честности и других духовных качествах. Раньше он не задумывался, как уродливо может выглядеть подобное искажение нравственности в больших масштабах. Теперь, когда он увидел это в огромном количестве и разнообразии, собранное в одно место и выставленное на показ как особое достоинство, то невольно подумал, что на самом деле это похоже на болото с тухлым запахом, и что он уже в этом болоте. Его охватил ужас. В страхе, ещё считая себя кем-то особенным, он как бы закрылся в крепости для обороны и невольно стал защищать другие ценности жизни, слышанные им от родителей, Расса и мудреца Илия.

— Наверно, есть что-то, что удерживает мир от разрушения, — думал он, — если жить только так, как здесь говорят, то мир давно бы погиб. Но раз мир ещё есть, значит, что-то его держит?

— А вот у меня был в жизни другой случай, — услышал принц в другом месте, — мои родители были потомственные бухгалтеры. Они с детства высмеивали в нас жалость и сочувствие к другим. Они приучали нас быть равнодушными к их нуждам и смеялись над нами, когда нам, детям, было кого-то жалко. Даже неважно кого: зайчика, белочку или человека какого. Нельзя так сочувствовать и быть жалостливыми, — говорили они. — Помните, нахальство — это второе счастье. Сухой расчёт — ваше будущее, а жалость, порядочность и совесть — к бухгалтерии, не относятся.

— Ну и что же из этого получилось? — с интересом спросил сосед по столику.

— Я думаю, что получилось. Как только одна из сестёр обманом и лестью добралась до денег и имущества родителей, то сразу выгнала их из дома. Нас было два брата и две сестры, но когда это случилось, то никто не взял их к себе. Так никто и не знает, где и как они померли.

— Да-а-а, хорошо вас воспитали, — с насмешкой сказал толстый господин и все засмеялись.

— Хорошо-то хорошо, — согласился рассказчик, — да со временем беда появилась. Мои дети выросли, знают наше прошлое, хорошо усвоили бухгалтерию, но у них, как и у многих сейчас, совсем нет терпения: им хочется сейчас, всё и сразу. Я богат, и у нас есть всё, но жить стало страшно. Того и гляди, родные дети обманут и выгонят или ещё что-нибудь хуже сделают.

— Да-а-а. Это уже серьёзная проблема, — добавил сосед по столику, — вы явно перестарались с их воспитанием. На одной бухгалтерии долго не проживёшь, быстро за ненужностью спишут. Нас родители учили, что во всём должна быть доля сочувствия и морали, тогда жить будешь безопасней, счастливее и дольше.

Принца как будто за язык дёрнули, и он вступил в разговор.

— Знаете, в племени дикарей один человек сказал детям, что завтра поведёт своих родителей к священным крокодилам на краю света.

— Зачем? — спросил старший сын.

— Родители уже старые, и теперь в этом есть смысл. Не надо будет кормить и заботиться о родителях — это раз. Я сразу стану богаче и хозяином всего — это два. Будет больше места в доме — это три.

— Отец, возьми меня с собой!

— Зачем?

— Я тоже хочу того, что и ты хочешь, и я уже почти вырос. Я уже сейчас хочу знать ту дорогу, по которой скоро потащу тебя к крокодилам.

Все засмеялись, а принц продолжил:

— Не зря Творец учил, что надо почитать отца и мать. Ваши родители надругались над этой заповедью. Вы пошли дальше, а ваши дети, похоже, хуже зверей стали. Хотя, конечно, если считать по эволюции, что человек — это животное, то у животных всё может быть. Я понимаю, что нехорошо требовать от животного того, что ему не свойственно.

— Молодой человек! — взвизгнув от обиды, оборвал его кто-то. — Не надо обвинять человека за его воспитание. А вообще, как говорят либералы, если вы в тайне делаете то, что выходит за принятые рамки морали у вас в семье или перед Творцом, то мы с вами уже одинаковы. Мы просто откровенны с вами о своих взглядах, а вы свои, пока занавесочкой прикрываете, чтобы не так видно было. Вот и думаете, что мы хуже вас. Так вот, мы не такие плохие, как вы думаете, но мы можем помочь вам освободиться от всякой морали, совести и личной ответственности.

Выслушав, принц задал вопрос:

— А вы сами как считаете, откуда произошёл человек?

Наступила пауза.

— Человек — это высшее звено творения природы и эволюции. Да, человек — это животное, но это животное является венцом в цепи эволюции, — гордо произнёс незнакомец.

— А чего тогда вы обижаетесь на мои слова? — удивился принц. — Неважно, какое вы звено в этой цепи, но важно понимать, что животное — всегда животное.

— Вы невоспитанный нахал, — брызгая слюной, выкрикнул человек в лицо принца, стараясь обидеть.

Принц понимал, что, начав подобную игру, он не может уподобиться злобному человеку в своём ответе. Поэтому произнёс:

— Говорят, что врачи на больных не обижаются. Больной есть больной. От него всего ожидать можно. Я на вас тоже не обижаюсь. Нехорошо обижаться на животных — они ведь даже не знают, что делают.

Незнакомец сжал кулаки и, брызгая слюной в порыве злости и ненависти, весь подался вперёд. Но между ними появились Эмм и Гор.

— Остынь! — грозно прошипел Гор в лицо собеседнику принца, — его время ещё не пришло. Понял!?

— А ты поменьше упоминай о Творце и морали, — неожиданно строго и сердито, словно приказал Гор принцу.

Негодуя на приказной тон, принц сказал:

— Как капитан я приказываю всем немедленно вернуться на корабль, и мы отплываем.

Это вызвало некий шок, Эмм побледнел и задёргался, как от внутреннего перенапряжения.

— Слишком поздно, чтобы ты мог мне приказывать, — надменно усмехаясь, ответил Гор и добавил: — Раньше надо было, а теперь мы уже там, где надо. Лучше походи вокруг, остынь от гнева и недовольства.

Принц был в шоке от приказного тона, но проглотив оскорбление от Гора, отправился прогуляться, подумать и поразмышлять над происходящим.

ЧЁРНЫЙ ОРАКУЛ

Под влиянием услышанных личных откровений людей ему стало казаться, что их, этих принципов жизни, вообще не существует. Что действительно всё можно и всё безнаказанно. Только в глубине его сознания что-то твердило, что это не совсем так и что он здесь, как в болоте.

Ему даже казалось, что все, словно сговорившись, пытались убедить его в том, что вся эта мишура обмана, измены и прочего — и есть норма жизни. Они словно нарочно старались расшатать и развалить то, что он, хотя и не жил так, но ещё считал моральными устоями жизни. На какой-то момент юноше стало просто нехорошо, и он присел отдохнуть за столик.

— Ба-а-а! Смотрите! Чёрный Оракул новые уши нашёл! — насмешливо сказал кто-то из проходивших, и все засмеялись.

Ар-ту посмотрел на худощавого человека, с равнодушно скучающим лицом сидящего напротив, но, не видя ничего необычного, спросил:

— За что они вас так не любят?

— Это не только меня, но всех, кто мыслит не так, как они, — ответил незнакомец. — Пока человек жив, у него может не быть друзей, но враги, насмешники и завистники всегда найдутся.

— Люди здесь немного странные, — поделился впечатлениями принц, — очень горды и как будто перевозбуждены чем-то.

— Здесь в воздух добавлен особый наркотик чёрных цветов моря, — объяснил незнакомец. — Запах наркотика называют запахом свободы и денег, власти и безнаказанности. Этот запах возбуждает некоторые чувства и эмоции, но сильно подавляет здравый смысл. Как богатому страшно жить среди бедных, так и человеку, имеющему значимость и ценность чувств, опасно жить там, где нет морали. Если ваша душа что-то не принимает, то лучше уезжайте.

— А вы что, правда, оракул и пророк?

— Не совсем. Чёрный Оракул или Чёрный Пророк — это моё прозвище. Но я называю себя мистер Пепел. Пепел — это пыль от золы, в которой уже нечему гореть.

С одиннадцати лет я плавал на работорговом корабле, где мой отец был хозяином и капитаном. На корабле я не знал слова «НЕТ» и мне было позволено абсолютно всё. Если в своё первое плавание я уходил мечтательным мальчиком, то в тринадцать лет я уже был циничным и развращённым эгоистом и работорговцем. Я провёл бурную и беспорядочную молодость, был уверен, что всё можно и всё безнаказанно. Я жестоко ошибся. Я не знал, что ошибки прошлого всегда догоняют в будущем и что за прошлое приходится платить в настоящем. В моей душе все чувства и эмоции словно умерли и выгорели дотла. Меня уже ничего не волнует, не радует и не вдохновляет. На моём лице вы видите следы расплаты за прошлое, печать духовного банкротства: тоска, скука и безразличие. Хотя я физически здоров, богат, силён и мне ещё нет и сорока лет. Люди с таким банкротством — наркоманы и алкоголики. Но я есть то, что пока есть.

— А что страшного вы пророчите?

— Напоминаю закон бухгалтерии, что за всё приходится платить: как физически, так и духовно. Предупреждаю, что беспорядочное использование чувств, эмоций и наслаждений приводит к потере их значимости и ценности в человеке. Эта утрата и есть духовное банкротство.

— У каждого свои приоритеты, — усмехнувшись, возразил Ар-ту и откинулся на спинку стула.

— Это не из той оперы, — ответил ухмылкой мистер Пепел, отпивая из бокала. — Одно дело, когда разговор о товаре, другое, когда вы теряете личное счастье и даже радость и смысл жизни. Нас окрыляет, вдохновляет и даёт сил только то, что есть значимо и ценно именно для нас. В жизни только одно вызывает наслаждение — это тепло от горящих чувств, а не созерцание цифр, холодного камня или металла.

Древние тоже знали об этом, например, у древних греков, есть большое количество историй на эту тему. Когда люди, после потери ценности и значимости своих чувств, бросали красавиц жён, детей и друзей, обычные и большие дела и уходили на поиски чего-то особенного. На поиски того, что, по их мнению, могло бы опять оживить их чувства, сделать их счастливыми и значимыми. Проходили годы, и они возвращались на родину, так и не обретя то, что искали. Они с горечью видели, что уже стали чужими как жёнам и детям, так и своим согражданам. Они вдруг с ужасом понимали, что их жёны — были самыми красивыми и верными, что их дети выросли хорошими, но без них, а брошенные ими дела закончены теми, кем теперь гордятся и называют героями и великими.

Беда, когда люди забывают, что духовные ценности создают и ищут внутри себя, а не снаружи. Правда, от таких людей тоже есть польза: они вошли в историю народов и стали примером того, как не надо жить.

— Красиво сказано, но как это может быть?

Мистер Пепел сделал короткую паузу и отпил из бокала.

— Точно так же, как мы физически выбрасываем из походного сундука то, что не представляет для нас ценности. Точно так же наше подсознание безжалостно уничтожает и удаляет всё, что потеряло для нас духовную значимость. Тогда нас уже ничего не возбуждает и не вдохновляет, ничего не радует, всё становится неинтересным, серым и скучным. Как говорят: он — лёд и камень. Или ещё говорят, что человек сам от себя устал и сам себя пережил. Когда это случается, то уже не живут, а безрадостно, скучно и бесцветно доживают свою жизнь, как бы отбывая свой пожизненный срок. Такой человек духовно обанкротился.

— Ну, это, наверно, только в глубокой старости, — усмехнулся принц.

— Здесь дело не в возрасте и не в силах или здоровье, — возразил мистер Пепел. — Дрова горят не оттого, что их зажгли, но оттого, что в них есть чему гореть. Чувства, эмоции и радости — горят только своей ценностью, своим смыслом и значимостью.

Когда молодые люди впервые берут друг друга за руки, то в них вспыхивает трепет, пожар чувств и эмоций. Это соприкосновение рук их греет, радует, восхищает и для них много значит.

А когда для людей любовь значит не больше, чем ещё раз воды попить то, что в них будет гореть? Что будет их возбуждать и радовать? Что будет воспламенять и вдохновлять?

Мы рады и счастливы, только когда наслаждаемся теплом чувств, их смыслом и значимостью. Если их нет, то нет ни счастья, ни радости наслаждения жизнью. Что собственно и случилось со мной и со многими другими.

— Красиво сказано, — нервно и сердито произнёс Ар-ту. — Я никогда не думал, что ценность и значимость чувств так важны, но не надо сильно пугать. Со мной такого никогда не случится.

— Не спешите повторять чужие ошибки, — возразил мистер Пепел, — не вы первый думаете, что вы особенный. Лучше скажите, что вы будете стараться соблюдать это или будете более осторожным с чувствами. Так будет меньше личных проблем в будущем.

— Да что вы прицепились!? Я сказал, что со мной такого никогда не случится. Что здесь неправильного?

— Ваше заявление, «со мной такого никогда не случится», да ещё сказанное в таком тоне, очень опасно. Сказав так, вы сами отметились у судьбы для испытаний. Судьба любит испытывать на прочность и жестоко доказывать обратное. Мой совет, прямо сейчас отрекитесь от этих слов. Скажите, что вы погорячились, что не успели подумать, просто скажите, что будете осторожней. Такое помогает избежать жестокой проверки судьбой. Говорят, что даже Творец гордым противится. Зачем вам эта война против Творца и судьбы?

— Да кто вы такой? Как вы смеете так говорить? Вы что, мне угрожать будете? Если вас послушать, так и радоваться ничему нельзя, — подавшись вперёд, сердито вспылил Ар-ту.

— Почему? Всё создано для радости. Радуйтесь, веселитесь и будьте счастливы сколько душе угодно, но делайте всё так, чтобы это не обесценивало ваши чувства и для вас не теряло своей значимости.

— А может, вы такой же болтун, как и многие здесь, а я должен верить вам? — насмешливо произнёс принц, явно стараясь уколоть.

— Я ни во что не верю, но всё-таки я чту слова Христа — Мессии, — сказал Чёрный Пророк. — Как человек даст отчёт за каждое слово, так и за всякое доброе дело — не потеряет награды своей.

Эмм и Гор были далеко и не могли слышать их разговора, однако, как только Чёрный Пророк упомянул имя Христа, они сразу оказались рядом, очень недружелюбно посмотрели на Чёрного Пророка и позвали принца в другое место. Уходя, Гор негромко, но так, чтобы принц слышал, произнёс, — понапьются тут всякие и начинают всякую ерунду нести.

Принцу не нравилось то, что сказал Чёрный Пророк, но пророк точно был не пьян и, даже не выпивши, а его судьба и судьбы многих алкоголиков и наркоманов были доказательством сказанного.

В это время подошел служащий и сообщил, что некто приглашает принца к своему столику.

Человек средних лет и с приятным лицом, внимательно смотрел на приближающегося принца, как бы определяя его достоинства и недостатки. Одет он был изысканно по городской моде, но без особых украшений. Принц заметил, что Эмм и Гор были с ним как старые знакомые, и это смутило его, ведь он был уверен, что они видели друг друга впервые. Проходившая мимо официантка поставила напитки, и началась беседа.

— Как давно вы здесь? Как вам тут нравится? Откуда вы?

Узнав от Гора, что принц из королевской семьи, человек был в восторге.

Надо отметить, что незнакомец говорил не спеша, но и не дожидаясь никакого ответа. Он как бы уже знал или предполагал мнение и ответ. Он сам-то задавал вопросы, то сам сразу обсуждал их.

— Да, — сказал незнакомец, — забыл представиться. Многие дружески называют меня Большой Нянь. Конечно, это не совсем моё имя, но я с ними не спорю. Конечно, всем хочется помочь: кого утешить, кого пожалеть, кого наставить на путь своего «Я». Всё это мои заботы, — словно воркуя, говорил он.

— Спасибо, что рассказали историю о вашем детстве. Вы знаете, — произнёс он, стуча пальцами по столу и сделав серьёзное лицо, какое часто бывает у врачей, когда они определяют очень трудный диагноз болезни, — у вас определённо трудное детство. Да-да, — с чувством повторил он, — не удивляйтесь этому. Если хотя бы один из родителей постоянно старается приучить вас к ответственности, к уважению других и дисциплине, то это ужасно.

А если вас приучают убирать у себя в комнате и понимать слово «НЕТ», то это уже слишком. Это определённо — трудное детство. Вообще, дорогой мой, — продолжил Большой Нянь, — в жизни ты сам принимаешь то, чего ты желаешь. А если чего-то не желаешь, то это тебе и не нужно. Запомни, «я так хочу» — это одна из важнейших заповедей нашего острова. Это закон и определение для твоей жизни. О последствиях лучше не думать или думать тогда, когда они придут. Если желаешь, то моя сестра Анархия объяснит тебе больше.

Конечно, это не значит, что у нас всё позволено. У нас есть и свои запреты, — многозначительно подняв палец, добавил Большой Нянь, затем, подмигнув, продолжил: — У нас, например, очень любят высмеивать и травить «белых ворон» или «чёрных овец», так что лучше не быть ими. Да кстати, — продолжил он, — а как вы сейчас относитесь к жизни? Вы согласны, что мутная вода лучше чистой? В чем разница? — без умолку и не ожидая ответа, продолжал Большой Нянь. — Да просто в мутной воде лучше и легче некоторые делишки делать, а со стороны это не так заметно и даже вообще всё нормально и прилично выглядит. А в чистой воде попробуй, сделай что-нибудь? Сразу все видят и говорят, что это воровство, а это мошенничество или аморально. С вами не будут согласны. А ведь осуждение — это всегда так ужасно для нашего «Я» и нашей духовной сути.

— Вы знаете, — смог вставить слово принц, — я пока с вами не совсем согласен.

— Жа-аль. Весьма жаль, — поморщившись как от лимона, пробурчал Большой Нянь и забарабанил пальцами по столу.

— Ах да, я забыл, — добавил он, — у вас было очень-очень трудное детство и поэтому для вас, пока, это простительно.

Тут он взглянул на карманные часы, сразу куда-то заспешил, пожелал принцу обо всём подумать и ушёл.

X

В этот момент на сцене появился симпатичный человек с гитарой, а конферансье торжественно объявил: «Знаменитый певец свободы и любимец публики, Дима-а-а...!» Зал залился рукоплесканиями, и говорить стало невозможно.

Певец слегка тронул струны, гитара запела, а вместе с ней запел Дима.

— Великий Я, когда на мир смотрю Я,
На всё, что создал Я рукой творца,
На всех существ, кому свой свет даруя,
Я как пример для жизни и добра.
Я так велик, Я так велик....

С разных сторон послышались громкий шёпот и недоумённые рассуждения:

— У него что, ум за разум зашёл? Его даже слушать стыдно. Какой же из человека творец миров? Развалить, конечно, ещё можно, но кто может создать такое великое...? Природа? Так если честно, она мертва, слепа и не имеет ни разума, ни сознания ....

— Да его стыдно слушать! — раздражённо воскликнул кто-то. — Он что, не понимает, что таким сравнением высмеивает и унижает наше достоинство?

— Прекратить!!! Остановить его! — неожиданно раздался чей-то властный и громкий возглас. — Он показывает ничтожность гордости и тщеславия человека. Он покрывает стыдом наше мнение о себе. Он будит совесть...!!! Убра-а-ать его!

Видимо, этот голос хорошо знали и несколько человек буквально смели певца со сцены вместе с его гитарой.

— Как же так, — сразу возмутился принц, — никто никого не должен осуждать, как говорит ваш главный закон, а сами осуждаете. Вы же нарушаете свой закон!?

— Знаешь, что дорогой, — сердито ответили ему, — пойди и хорошо выспись. А то жужжишь, как муха в бутылке. Толку нет, а всех раздражаешь.

Принц так и сделал. Он ушёл, но на душе было неспокойно. «Куда я попал, — размышлял он, — конечно, в какой-то степени — это то, о чём я раньше мечтал, но я не думал, как это страшно в большом масштабе и количестве. Видимо запах безнаказанности и вседозволенности, вырвал из контроля разума нечто, что теперь выплёскивалось наружу в самозначимости, пренебрежении и цинизме. Но разве так должно быть в настоящей жизни?»

В его сознании мир треснул и раскололся на две части. В глубине своей сути и своего я он впервые понял и ощутил, что есть два мира: этот — где он сейчас и где каждый только прикрывается моралью как занавеской, и другой, настоящий мир, где дружба есть дружба, где любовь есть любовь и где верность есть надёжность. Он жил этой жизнью, но теперь, даже для себя, ему было трудно назвать нынешнюю жизнь настоящей.

— Ну, где-то же должна быть настоящая жизнь, — подумал он. — Где можно по-настоящему верить и доверять, где хоть что-то будет надёжным и всё такое. Только где это?

Он взял лист бумаги и решительно написал.

— Человек не животное.

Тогда он и не и не думал, что с этой записи, со временем, он начнёт вести свой Дневник Жизни.

— Надо уплывать отсюда, пока не поздно, — думал он засыпая.

Всю ночь он метался в кошмарном сне, его преследовали люди, голоса и крики.

— Что? Совесть! А зачем мне совесть?

— Что!? Верность друг другу? — удивилась девушка и истерически засмеялась. — Неужели они лучше меня!? Как я могу верить им, если я сама обманываю?

Девушка вдруг зарыдала, всплеснула руками и в истерике закричала:

— А я счастья хочу-у-у! Счастья и надёжности. Только где это!? — И рыдая, девушка растаяла, как в тумане.

Во сне принц то стоял на отвесной скале, а кто-то кричал: «Трус! Трус! Смотрите, он боится прыгнуть!» То с трудом и опаской шёл по тонкому и скользкому льду, который трещал, грозя проломиться. То тонул в трясине болота, задыхался и для спасения не на что было ни опереться, ни схватиться.

Вдруг он увидел человека, одетого в странные доспехи и необычным, отсвечивающим огнём, мечом на поясе. Вокруг него прыгали, ревели и шипели разные звери и чудовища, но никто не решался напасть на него.

— Я иду туда, где любовь есть любовь, где дружба есть дружба и где верность есть надёжность. Если тебе это действительно дорого, можешь пойти со мной, — сказал незнакомец и протянул ему руку.

Принц проснулся, словно вынырнув из каких-то глубин. Он жадно и судорожно вдохнул воздух и стал приходить в себя.

КУКЛОВОД НЕВИДИМКА

Проснувшись, капитан Ар-ту увидел Гора, который поспешил извиниться за свою грубость и доложил, что его давно ожидает слуга от важного человека и просит у принца немедленного приёма.

— Пусть войдёт.

Появился шикарно одетый слуга и с поклоном, на разносе, подал письмо. Там сообщалось, что как важного гостя его приглашают на вечернее торжество и поэтому желают с ним срочно увидеться.

Принц бросил письмо и ответил, что он принял решение об отъезде.

— Ну и что? — удивился слуга. — Сходите на торжество, пообщайтесь с моим господином, а потом уедете. Чего тут плохого или трудного? Людей уважать надо, а то и вас уважать не будут, — особым тоном добавил слуга.

Принц согласился и направился на приём. Его ждали, и он был принят очень радушно.

Хозяин был человек средних лет, очень представительный и приятный. Имел небольшой животик, но было видно, что когда-то у него была хорошая атлетическая фигура.

Хозяин сразу представился: почётный член городского правления, мистер Влеч. Фамилия у него была иностранная, что-то вроде как Ение. Позже, через пару лет, принц узнал, что его полное имя было Влечение Всепозволения.

Влеч вежливо и почтительно пригласил юношу на торжественное вечернее представление в цирке.

— У нас так принято, — говорил он, — что все гости должны быть представлены в цирке, а уже потом это их дело, кто и когда будет уезжать. Прошу не нарушать наших традиций.

Принц согласился и пообещал быть на представлении.

— У меня к вам ещё одно предложение, — сказал Влеч. — Вы очень интересный человек и наследный принц, но вы лишены права на наследие королевства. Вы, отверженный принц. Мы можем вам помочь восстановиться в правах и наследовать королевский престол. Это всё официально, легально и законно во всех отношениях. Никакого повода к недоразумениям со стороны князей, герцогов и прочей знати или простого народа не будет. Что вы на это скажете?

Это было непредсказуемое предложение, но принц, за время плаваний, привык к неожиданностям и сразу понял, что не всё так просто.

— Чем же я буду обязан вам, за такую услугу? — спросил он.

— Не так много. Только гарантией вашей лояльности к нам и позволение нашим людям торговать с вами на обоюдовыгодных условиях.

— Слишком туманно, — ответил принц, — с торговыми людьми ещё понятно, но что вы имеете в виду под лояльностью.

— Это позволение нашим советникам принимать участие в деятельности вашего государства.

— То есть это постоянная зависимость и контроль от вас?

— А это что? Большая плата за помощь стать королём?

— Спасибо, — ответил принц, — я думаю, что у меня есть другой путь получения королевского трона.

— Принц, если вы надеетесь собрать все Камни Наследия до восемнадцати лет, то это не так просто, как вы думаете.

Принц был в шоке и замер с открытым ртом, не донеся бокал до рта. Он был ошеломлён такими знаниями о себе.

— За три года вы с трудом собрали два из них, и то не очень крупных, — продолжал мистер Влеч и намекнул, — и то, скорее всего по счастливой случайности. Кто знает, как вам повезёт дальше.

Это сообщение просто потрясло принца. «Он что, читает мои мысли, — подумал Ар-ту и спросил: — Откуда вы это знаете?»

— Мне по долгу службы положено знать очень много. Да и вообще, — продолжил он, — у нас на важных постах глупых не держат.

Принц рассмеялся.

— Ну да, как же! Я в ваших залах развлечений такого наслушался…!? Что вы на это скажете?

— Очень просто. Вы попали на ярмарку языков и нравов. Здесь люди говорят обо всём, не думая. Лишь бы тебя слушали, раскрыв рот. Каждый из себя короля или султана строит. Каждый считает себя самым умным, самым лучшим и особенным, и считает, что вся земля только вокруг него крутится. А земля вращается только так, как ей и положено и не зависимо от того, кто и что из себя воображает.

Мы разрешаем каждому высказывать то, что у него в голове. Для умных — это находка, способ без труда узнать: кто есть кто. Как сказал древний мудрец Сократ: «Говори что-нибудь, чтобы я мог познать тебя». Вот и весь ответ. И совет: не стоит строить представления на их болтовне и не надо слушать любителей политики. Вы умный человек и понимаете, что вам надо прислушиваться к советам тех, кто делает, планирует и создаёт эту политику.

Всё это было сказано так сильно, решительно и властно, что произвело отрезвляющее впечатление на принца. Во всяком случае, Ар-ту чётко понял, что его пригласили, не просто чаю попить и познакомиться. Кто-то, ведя большую игру, решил, что пришло время указать его место и роль в этой игре и узнать его отношение к дальнейшему соучастию.

Принцу стало неприятно от этой догадки.

— Позвольте, но я пока остаюсь при своём мнении, — мягко и дипломатично ответил он.

— Давайте так, — предложил Влеч, — нам с вами торопиться некуда. Впереди ещё три года до права наследия, если, конечно, ничего не случится. Подумайте об этом и, если в какое-то время вы соизволите решить, что вам нужна помощь, то дайте нам знать. Мы вам, всегда поможем. Хотя, конечно, чем раньше знаешь об этом, тем легче решить этот вопрос. Да, вот ещё, — добавил Влеч, — свято место пусто не бывает, а без короля — королевство не будет. Если не вы, то королём будет другой. Я думаю, что за это место под небом стоит бороться. То, что мы просим за помощь — это мизер по сравнению с тем, чего мы вам обещаем достичь. Ну а сегодня вечером я жду вас в нашем цирке. До встречи, принц. Да, постарайтесь, пожалуйста, одеться как для особо торжественного случая.

На этом они раскланялись и расстались.

— Я забыл, какую службу занимает господин Влеч в городском правлении? — спросил принц у слуги, который провожал его до выхода.

— Господин принц, то, что вам нужно — вам уже сказали, а то, что не нужно — то об этом лучше не говорить, — вежливо ответил слуга.

ЦИРК

Вечером парадно одетые принц и его команда отправились в цирк. Великолепное здание цирка было ярко освещено и со всех сторон к нему стекались любители занять места получше. Принц, как и просили, пришёл заранее. У входа они предъявили приглашения и узнали, что как новичкам, им необходимо зайти в другую дверь, объяснили, что принц и приближённые слуги, Эмм и Гор, должны отправиться в отведённую комнату для дальнейшего приготовления. Остальную команду отведут на уже приготовленные места. Так всё и сделали.

Выделенная для принца и его друзей комната была небольшая, но интересная и больше напоминала гримёрную артиста. У стены стояло большое зеркало с подсвечниками, стол и два стула, а всё остальное пространство занимала всякая всячина для грима: парики с волосами и без волос, усы, бороды, различные носы, бородавки, пудры и кремы.

Минут через пять кто-то прибежал и сказал, что прислуге необходимо пройти к распорядителю цирка. Принца попросили не покидать комнату, чтобы не тратить время на его поиски. После представления он может занять место рядом со своей командой.

Наконец представление началось. Принц услышал, как торжественно заиграла музыка. По традиции почётных гостей представляли в начале шоу: выход принца был первым.

Торжественный момент наступил. Дверь открылась, и принц услышал, как конферансье объявляет его выход.

Зал был полон. Оркестр играл парадный марш Михельсона, написанный специально для выхода королей. Арена ярко освещена. Впереди пробежали две миловидные девушки и быстро-быстро посыпали лепестки роз на проходе к почётному пьедесталу, на котором будет представлен принц. Рядом со своим капитаном шли Эмм и Гор, оба со шпагами у пояса, как и подобает для охраны принца.

Зал рукоплескал. Эмм и Гор помогли принцу подняться на пьедестал, а подскочивший конферансье, указывая на принца рукой, торжественно объявил:

— Уважаемые дамы и господа — принц Ар-ту Великолепный! Пока принц раскланивался на разные стороны, зал задыхался от рукоплесканий. Быстро подошли девушки, и надели венки из морских цветов. От запаха цветов принц почувствовал, как в нём закипела кровь, глаза расширились, а ноздри раздулись, как у арабского скакуна после пробежки.

Теперь вперёд выскочили Эмм и Гор. Оркестр грянул туш или ещё что-то торжественное, а конферансье, указывая на них рукой, объявил:

— Наши непревзойдённые дрессировщики капитанов, лучшие из команды Эмоций, Гордости и Саможалости, Эмм и Гор со своим строптивым, но всё-таки покорённым и дрессированным принцем Ар-ту.

В недоумении принц не сумел понять, о какой дрессировке идёт речь, как сверху на него опустилось полотно, и погас свет. Он почувствовал легкую боль в ушах и в носу, опять загорелся свет, и полотно поднялось. Принц оказался запряжённый в лёгкую повозку, на которой в наряде дрессировщиков, стояли Эмм и Гор. Они дружно выхватили шпаги из ножен, и он увидел, что это кнуты с ручками как у шпаг. Гор и Эмм звонко щёлкнули кнутами по воздуху, и принц ощутил резкую жгучую боль внутри всего тела. От боли он вытянулся, вздрогнул и побежал, покатив за собой повозку, на которой стояли дрессировщики.

В носу у принца было вставлено большое золотое кольцо, как у породистых быков, а к кольцам в ушах были привязаны тонкие верёвочки, дёргая за которые, Эмм и Гор управляли принцем.

Принц, в парадной одежде, с венками из морских цветов на шее, с кольцами в носу и ушах, под свист, хохот и улюлюканье толпы бежал по цирковой арене, как дрессированный страус. Эмм и Гор физически ни разу не ударили его, но каждый раз, когда они щёлкали кнутами, принц вздрагивал от обжигающей острой боли внутри и бежал быстрей и быстрей.

Чего только с ним не делали в цирке: заставляли прыгать через горящие кольца, тыкали лицом в грязь и вытирали об него ноги. Его заставляли есть какие-то рожки из одного корыта со свиньями и при этом беспределе Эмм и Гор, указывая на него руками, восклицали: «Смотрите! Смотрите! Принц Ар-ту Великолепный пирует со своей свитой. Они поедают остатки его святых чувств». Весь зал задыхался от смеха. Под финал представления, уже замученного, оборванного и грязного принца снова поставили на пьедестал и, указывая на него руками, восклицали: «Смотрите, принц Ар-ту! Ха-хаха!». И его тут же всего облили вонючей грязью.

После всех насмешек и издёвок его, обессиленного, грязного и растерянного, отвели за кулисы и до конца представления посадили в клетку за шторкой, закрывающей от главного прохода. Рядом стояли другие, ещё пустые клетки.

Через щель в занавесках принц видел, как конферансье уже представлял очень-очень красивую девушку, с которой случилось всё то же самое, что и с ним.

Неожиданно он всё понял: он раб. Это было обращение в рабство. Когда при людях у тебя забирают всё, что возможно. Когда насмехаются не только над тобой, но безжалостно опошляя и цинично выставляя на посмеяние всё, что для тебя ещё может быть свято и дорого, ты становишься никто и ничто. Ты — раб. У тебя, как у раба, уже нет ничего своего. С тобой делают всё, что захотят, как с бесправным и бездушным товаром.

— За что!? Что я плохого сделал? — думал принц. Ему было жалко как себя, так и ту очень красивую девушку, над которой тоже надругались, и всех остальных, кого он не видел, но уже понимал, что с ними будет.

После представления его отвели к команде, для которой вход в другую цирковую комнату, оказался входом в клетку, и посадили отдельно, но так, чтобы они могли видеть друг друга. Кругом стояли длинные ряды клеток, которые наполняли люди: мужчины и женщины, юноши и девушки, мальчики и девочки. Все они, уже добровольно порабощённые своими эмоциями, гордостью и самомнением, были новыми и бесправными рабами тёмной стороны в стране короля Дарка.

Принцу было стыдно за всё происшедшее, но изменить он уже ничего не мог. Это были те самые независимые от нас последствия наших дел в прошлом, которые всегда догоняют нас в будущем. Это был результат его характера и плохих привычек, результат его неумения отличать врагов от друзей.

От стыда и обиды он не мог смотреть в глаза команде и опустив голову на колени, он зарыдал как маленький мальчик. Но жалеть его было некому. Он сделал свой выбор раньше, а теперь пришло время расплаты.

На другой день бывшие верные друзья принца пришли в отличном настроении и с ними ещё двое. Они шли выпятив грудь и громко смеясь а подойдя, сообщили:

— Познакомься, твои новые друзья до гроба: При, по фамилии Вычка и Зав, по фамилии Исть. Теперь у нас полный комплект друзей и мы твоё настоящее и будущее до скончания века, — смеялись они.

— Послушайте, почему вы сделали это? Вы всегда были моими лучшими друзьями. Вы сражались, защищая меня, а теперь…, что случилось? Почему вы предали меня? — возмущённо заговорил принц.

— Мы…!? Тебя защищали…!? — улыбаясь, переспросил Гор. — Эмм, ты когда-нибудь защищал принца?

— Конечно, нет, — хохоча, ответил Эмм и добавил: — Никогда и ни-за-что.

— Да как же так, — горячо возразил принц, — вы же прекрасно всё помните? Мы же друзья!

— Ха-ха-ха. — Смеялись они в ответ. — Держите меня, я умираю от смеха, — громко кричал Гор и, показывая на принца пальцем, говорил:

— Вы только послушайте, какую чушь несёт этот неблагодарный раб. Ха-ха-ха. Он говорит, что мы защищали его. Ха-ха-ха. Он думает, что мы были его друзьями. Ой, не могу. Я, наверно, умру от смеха.

Но всё же Гор решил внести ясность:

— Послушай, я даже не думал, что ты настолько глуп от своей самозначимости. Из тебя действительно мог бы получиться отличный король, какой нам и нужен. У тебя большие эмоции и чувство гордости. Ты уже полон плохих привычек, наклонностей и зависти и, ничего этого за собой не замечая, считаешь себя чуть ли не святым.

— Ха-ха-ха, — засмеялись все. — Зря ты не согласился с предложением господина Влеча. Во всяком случае, ты бы не попал сюда, а был бы уже в почёте, как настоящий наследный принц.

Вдруг, что-то вспомнив, Гор, сузив глаза в щелку, сделав злое лицо и тяжело дыша, произнёс:

— Я ненавижу тебя. Понял? Не-на-ви-жу, — медленно и нарочно брызгая слюной, прошипел он в лицо юноши. — Да, мы очень хорошо заработали на тебе, но это гроши, по сравнению с тем, что мы могли бы получить. Уже сейчас мы могли бы стать советниками и наставниками будущего короля! А теперь приходится ждать, когда сойдутся звёзды!

Гор продолжал с особой насмешкой:

— Мы никогда не были твоими друзьями. Слышишь! Мы никогда не помогали и не защищали тебя. Мы сражались только за свою прибыль и за свою выгоду. Не могли же мы допустить, чтобы после наших тяжких трудов, по твоему перевоспитанию, вся слава досталась другим проходимцам. Даже если они наши друзья и помогали в чём-то. Жизнь — это лестница, где вместо ступенек твои друзья, — цинично закончил Гор.

Принцу стало не по себе от таких жестоких высказываний.

Желая вонзить кинжал правды ещё глубже и доставить как можно больше боли, Гор произнёс повторно:

— Мы никогда, запомни, ни-ко-гда не были тебе друзьями и никогда не сражались за тебя. Мы сражались за свою выгоду. — И плюнув в лицо принца, он отошёл в сторону.

При, стоящий рядом с принцем, с презрением ударил его по щеке.

— Чего бьёшь, — возмутился принц, — если я сделал плохо, то скажи, что, а если хорошо, то за что бьёшь?

— Ба-а-а. Да среди нас юный философ, — с удивлением и насмешкой произнёс При, — не иначе как умнеть начал. А я тебе так отвечу: а что ты сделал доброго и хорошего в своей жизни? Или где ты приблизился к истине, что тебя не за что бить и наказывать?

И с издёвкой добавил:

— Твоя глупая самоуверенность и самоправедность для нас, как желанная конфетка наслаждения и радости. Ты жил и служил своему Я и своим привычкам. Мы, воплощение твоих привычек, зависти и желаний. Мы — твои господа. Ты же знаешь: кто кому служит, тот тому и раб. Ты раб гордости, своих несдержанных чувств, желаний, страстей и эмоций. Ты — наш раб.

— Друзья, — подключился к разговору Зав, — тем не менее, мы заработали на принце больше, чем многие другие. Так стоит ли портить настроение? Давайте завершим наше соединение с ним и пойдём радоваться и веселиться. А если он так достал своим характером Эмма и Гора, то давайте отведём его в клетку к застрявшим на Стыке Миров. Пусть помучается.

— Точно! На Стык Миров его. Пусть помучается, — обрадовался Эмм.

Они взяли принца за левую руку и хором произнесли:

— Как мы, порождение твоего характера и привычек, так и в тебе, да будет порождено и усиленно всё, что мы пошлём тебе. Да будет это тебе сетью боли и мучений, и да не будет в тебе сил противиться этому. Да совершится: кто кому служит, тот тому и раб.

Словно тень прошла через каждого и сползла в руку принца. Его пронзила острая жгучая боль, он вздрогнул, вскрикнул, как бы прощаясь со свободой, но уже всё прошло. Он клеймённый раб. После обряда единения все стали чувствовать друг друга даже на расстоянии. Проверив, что принц уже физически не мог противиться их приказу, они повели его в клетку на Стык Миров. Там, как говорили они, были одержимые или гонимые ветром миров.

X

Его вели не спеша, наслаждаясь его чувством страха и подавленности, перед всем, что он видел вокруг. Его провели за особую стену, где длинными рядами стояли клетки с измученными людьми. При виде всего этого принц совсем поник духом. Проходя между клеток, за поворотом, принц увидел двух человек в проходе. Мужчина усталым голосом говорил какой-то очень молодой девушке:

— Эльвира, я много раз объяснял, что пощёчины надо бить не сильно и без зла и жестокости. В глазах должно быть только одно: презрение и равнодушие. Боль к человеку приходит не от силы удара, а от твоего презрения к нему, выраженного в пощёчине и усиленное взглядом. Пойми, если ты не научишься терпению и не сумеешь маскировать под благородные манеры своё чувство мести и ненависти, то мы никогда не сделаем тебя принцессой и королевой. Все чувства могут быть в тебе, но всё должно быть спрятано и подчинено только холодному и равнодушному расчёту, как в бухгалтерии.

— А ведь и ты уже мог бы быть в этой школе, — с упрёком произнёс Гор, кивая на девушку.

Обернувшись, девушка неожиданно остановила взгляд на принце. Она была довольно симпатичной, но далеко не красавицей. Просто юность — лучшее украшение. Пальцем она поманила принца поближе и обратилась к нему тихо, томно и нежно:

— Дорогой мой, я так ждала тебя, и ты пришёл.

От неожиданности принц замер с широко раскрытыми глазами.

— Она знает меня!? Она пожалела меня! Кому-то я ещё нужен! —радостно мелькнуло в его голове. — А может, она мне и поможет, — скользнула другая мысль. — Наконец-то хоть что-то доброе, — подумал он и почувствовал, как весь немного обмяк и расслабился.

Он пытался понять, кто она и почему обратилась к нему. Принц заглянул в её глаза, но не успел рассмотреть их глубину. Две пощёчины, одна за другой, мотнули его голову и вернули в реальность. Принц побледнел, отступил назад и затем покраснел от стыда и обиды. Его спутники, на всякий случай, схватили его за руки. Теперь, глядя в её глаза, принц видел в них только унизительное презрение.

— Прекрасно, восхитительно, — сразу вдохновился человек рядом с девушкой. — Благодарю за надежду, что я не напрасно трачу время на ваше воспитание.

Вся компания принца, дико смеясь над произошедшим, пошла дальше. За угловой клеткой стояла запряжённая четвёркой лошадей карета, к которой подходил щеголеватый человек. Неожиданно перед каретой, лицом вниз, упала та девушка. Человек, не задумываясь, наступил ей на спину, как на ступеньку, и сел в карету.

— Я буду для вас всё, только воспитайте меня до высшего уровня, — не шевелясь, произнесла она.

Господин тронул её тростью, девушка поднялась. Он произнёс:

— Твоя преданность и готовность впечатляют. Наши доктора могут сделать из тебя чудо-красавицу. Но если ты не совладаешь со своими некоторыми сильно развитыми чувствами, ты будешь бесполезна для высшего уровня наших дел. Нам нужны преданные люди, с безупречными манерами, умеющие прикрыться благородными идеями, но тёмные, мутные, безжалостные и расчётливые внутри. Да, ещё одно: мы поощряем непокорность, ложь и обман ко всем, но не по отношению к своему начальству.

Он откинулся на спинку сиденья, слуга закрыл дверцу, и карета поехала.

ЗАСТРЯВШИЕ НА СТЫКЕ МИРОВ

Двигаясь дальше, принц услышал, как из клеток доносились нечёткие бормотания, отдельные слова и фразы. Одни люди сидели, другие что-то бубнили и ходили в клетках от стенки к стенке или кругами. Кто-то бился головой и выкрикивал разные, совершенно не связанные между собой фразы: «Как я мо-о-ог!? Как я мо-о-ог!?»

Из другой клетки доносилось: «За что? Зачем я сделал так? Что я получил?» При этом пленник рыдал как ребёнок.

«Не-е-ет. Я не челове-ек? Люди так не поступают! Я зверь, я животное. Я изверг! Я псих! Так обмануть…! Так предать…!», — неслись откуда-то со стороны вопли, сопровождаемые тяжёлыми ударами о клетку.

Вся эта какофония криков, слов, стенаний и стуков по клеткам произвела на принца страшное впечатление. Его новые друзья-повелители только посмеивались, видя, как он ёжится и бледнеет, а глаза наполняются страхом. Теперь его пришлось насильно тащить к свободной клетке.

— Чудак. Твое счастье, что ты в отдельной клетке, а не с кем-то из них, — сказал Зав, когда дверца захлопнулась.

— Так что будь счастлив, — подхватил При. — И мечтай, чтобы никто из них не вырвался и не влез к тебе. Клетка — это твоя защита.

— Спокойной ночи в кругу новых друзей, — ехидно добавил Гор.

Все засмеялись и ушли.

В одиночестве принц сразу почувствовал страх и разбитость. Глядя на своих буйных соседей он ужасом думал: «Какие же это гонимые ветром? Они же все какие-то...?»

Ар-ту сжался в комочек и замер. Мимо его клетки, насмехаясь и подгоняя как скот, охранники провели ещё нескольких страдальцев.

— Что, бежать хотел? — слышалась издёвка, — а ведь тебе говорили, что отсюда не убежишь. Не верил, да? Ну, теперь что, убедился? Чудак. Будешь убегать, мы тебя в клетке жить оставим. Понял? Будешь тут вместо пугала огородного.

— А я всё равно убегу, — твердил несчастный. — Всё равно убегу.

— Убежишь-убежишь. Конечно, убежишь, — насмешливо отвечала охрана. — Ты раз десять в бегах был. Умные уже прилаживаются к нашей жизни, а ты до сих пор ни здесь и ни там. Всё бегаешь, всё ищешь чего-то. А чего ищешь — и сам не знаешь. Я тебе вот что скажу: чудак ты, и силы воли у тебя нет.

Приведённых рассадили по клеткам, и охрана ушла.

Незаметно мысли принца вернулись к прошлому. Он вспомнил родителей, их наставления, своё детство, сверстников из знатных семей. Осознал, как часто он был несправедлив ко всем, кичась и гордясь своим титулом и как своим поведением унижал придворных, многие из которых годились ему в отцы и деды.

«А ведь как обидно и тяжело им было слышать мои оскорбления и исполнять капризы мальчишки? — думал принц. — А родители? Ведь это из-за меня у мамы рано седина появилась».

Что доброго оставил я в памяти у родителей и близких людей? Сколько боли, страданий и позора причинил я им, разрушая надежды на то, что буду достойным продолжателем семейных дел. Как хорошо, что они не видят меня сейчас и как хочется, чтобы они никогда не узнали об этом позоре.

Неожиданно он увидел чьи-то глаза, в которых было столько боли и скорби, что принц непроизвольно вскрикнул. Это был фантом, но он узнал эти глаза. Это были глаза Расса. «Расс! Расс, — зашептали его губы, — прости меня! Расс! Ты ведь говорил! Ты предупреждал! Расс!? Я заслужил это своей жизнью, а вы-то за что страдаете? Только за то, что доверяли мне как капитану!? Какой я капитан...?»

Внезапно что-то стукнулось о его клетку и принц вздрогнул.

— Эй! Я вижу, ты не из буйных. Это уже легче, — раздался голос. — Ты новенький?

— Не знаю. Но в этом месте я первый раз, — ответил принц.

— Счастливчик. Дожил до такого возраста и ещё ни разу не был на Стыке Миров. Хотя знаешь, всё в жизни бывает впервые, но не значит, что это последний раз. Я тебе так скажу, это жуткое и страшное место. Особенно ночь. Отсюда не все уходят живыми.

От этой новости по телу пробежал холодок, и принц невольно поёжился.

— А ты что, уже бывал здесь? — спросил он незнакомца.

— Да приходилось.

— Так что же это за место?

— Это стык двух миров. Каждый, кто попадает сюда, переносит это по-разному, и каждый раз сталкивался с тем, чего не должно существовать в природе. Происходящее здесь противоречит всем научным законам, всему здравому смыслу и всей эволюции существующего. Это то, чего просто не должно и не может быть. Но вопреки всему, оно есть.

В таком объяснении принцу даже не за что было зацепиться умом, чтобы что-то понять и обдумать. У него всё поплыло и закружилось в голове, а незнакомец продолжил:

— Наш мир не так прост. И здесь, видимо, проходит стык разных миров. Поэтому для нас это так страшно, ужасно и непонятно. Но иногда этого можно избежать, хотя это и не так просто.

— Отсюда можно убежать!? — переспросил принц.

— Ты же видел этих бедолаг, которых привели. Они тоже думали, что отсюда легко убежать. Охрана или твои новые друзья, иногда нарочно помогают бежать. Зато потом, сколько для них азарта, страсти и гордости поймать беглеца. Как только они не унижают, когда поймают. Побег — это как бы развлечение и охота на умного и опасного зверя. Вот и всё.

— Разве я могу быть для них опасным? — удивился принц.

— Ты, нет. Но некоторые, бывают очень опасны.

Помолчав, незнакомец добавил:

— Одно утешение — что обычно, здесь подолгу не задерживаешься. Хотя, гарантии в этом, ни у кого нет.

— Что же тут происходит? О каких мирах ты говоришь?

— Много будешь знать — быстро состаришься, — уклончиво ответил незнакомец.

— Тебя как зовут? — спросил принц.

— Зачем тебе моё имя? Мы, может, и не встретимся больше. Хотя мне всё равно. Меня зовут Виктор.

— Виктор, как я понял... я что? ... Могу быть опасным для своей охраны?

— А ты не глуп, — отозвался Виктор. — Только безопаснее приспособиться жить с ними в мире. Стать опасным для них — значит, обязательно изменить свою жизнь, а это очень опасно и для тебя. Я не думаю, что ты этого захочешь. Лучше приспосабливайся.

Виктор насмешливо продолжил:

— Пойми, твои новые «друзья» тоже хотят нормальной и спокойной жизни. И тебе мой совет: сиди тихо, как и сидел. Может, если повезёт, то для тебя всё спокойней будет.

Виктор замолчал.

В соседнюю клетку привели связанного пленника. Его одежда была порвана, а возбужденное лицо, покрытое синяками, показалось принцу знакомым.

— Ну что, допелся, петух, — бурчала на него охрана, — кто тебя за язык тянул, а? А это стихотворение? Как только такое у тебя в голове поместиться могло? Вот до чего большая свобода человека довести может. А ведь как жил..., как жил... Лучший певец..., а теперь какой позор для всех.

Принц узнал певца Дмитрия. Объявили приказ: к певцу на ночь поставить личную охрану, наружную — усилить.

— Эй! Это ты певец Дмитрий? — крикнул кто-то, когда всё стихло.

— Да. А что?

— Да ничего. Просто думаю, что случилось, что знаменитости сюда попадать стали? Здесь ты, там... — говоривший махнул рукой, — поэт сидит. Его за какой-то стих посадили. Ну и компания собралась на эту ночь.

— Эй! Поэт, — крикнул Дмитрий, — тебя за что посадили? Вместо ответа поэт начал читать стихи.

— *Наш век, амбар ростовщика...*

— Та-а-ак, поэт. Закрой рот, — грубо оборвал его один из охранников.

— Слушай! А ты к кому, собственно говоря, приставлен? А? — возразил поэт. — К певцу? Вот за ним и смотри. Если у самого совесть выжжена, так хоть так постоишь да послушаешь. Может, здесь, на стыке миров, и совесть проснётся.

Охранник только затряс головой и закрыл уши руками.

Страшная догадка поразила принца: Совесть!? Неужели совесть!? Здесь, возможно, проходит сила, пробуждающая совесть и здесь люди страдают от угрызения своей совести как за отдельные дела, так и за всю жизнь. Принц и раньше слышал, что совесть в любое время настигает любого человека: как простых подданных так и королей. Он слышал, что иногда, совесть человека выносит смертный приговор самому себе.

Принц не хотел думать и боялся этого. Он не был готов к мучительным размышлениям. Но мысли шли, лезли и так напирали на его сознание, что он не в силах был препятствовать им. Ему некуда было деться или сбежать. Да от себя и не убежишь.

— Так вот что называют Стыком Миров!? — шептал он, не замечая, что рассуждал вслух, — конечно, совесть и только совесть — это то, чего не может и не должно существовать в этом физическом мире. Совесть — это противоречие всему: как с точки зрения науки, так и эволюции и в понимании человека. Даже в кошмарном сне никто не создаёт в себе и для себя то, что будет противоречить твоим некоторым желаниям, жестоко обвинять и осуждать тебя в настоящем за прошлое. Да как совесть, вообще, могла возникнуть!? Да так, что тысячелетиями сохраняется и передаётся другим поколениям. Какая тут эволюция!? Совесть — это кошмар, позор и опровержение эволюции.

Совесть не состоит из материи как земля, камень или наше тело. Совесть не материальна. Её не должно быть, но она есть, она существует и карает всех по своим законам.

Принц не мог заглушить голос, говоривший в его сознании.

— Первый закон природы и эволюции — «всё случайность совпадений». Это не требует ни жизни, ни разума, ни закономерности или ответственности. Ну, когда два-три, ну десять раз подряд случайно совпало, это ещё понятно. Но когда это миллиарды совпадений и сразу одно за другим, да ещё совпадает по времени и по месту, где это происходит, по составу и всему прочему и необходимому — это уже никак не может быть случайностью. Да и во всём этом, чтобы возникла жизнь, за миллиарды совпадений не должно быть ни одной ошибки. Да такое даже миллионы современных учёных повторить не могут, как же это могло возникнуть случайно!?

Случайно происходит только простое, например, пожар или наводнение, но не такое сложное. Раз была закономерность и результат, значит, была цель, но определить цель — это только способность разума. Какого разума???

Принц вспотел и почувствовал усталость от таких рассуждений и выводов. В нём возникло ощущение опасности перед большой ответственностью и сильно заколотилось сердце. Но внутренний голос, наперекор его воле и желанию, продолжал:

— Главный закон эволюции гласит: «Выживает сильнейший и более безнравственный. Если ты выжил, то ты прав». Другой закон эволюции говорит: «Каждый сам за себя. Ты ешь или тебя едят — и это весь выбор в жизни».

Законы разума и жизни доказывают обратное. Сильные часто погибают ради спасения своих слабых жён, детей и даже чужих людей. Какое дело мёртвым до живых!? Но мораль, предпочитает свою гибель, ради спасения жизни других. Все живые называют это подвигом. Но это же противоречие эволюции!??

Существует и такой принцип: даже самый сильный, но если он один, то он уже слабый и умрёт. А если люди вместе, плечом к плечу, заботятся друг о друге, то они выживут и создадут цивилизацию.

Принц стал понимать, что действительность законов жизни уже уничтожает мёртвые законы эволюции. Вернее, эволюции просто нет, а значит, есть разум, дух и ответственность. Принц не хотел признавать и соглашаться с этим, но он уже понял, что реальность не зависит от его желания. Ему было не по себе от сравнений жестоких законов эволюции и жизни. От страха он поёжился, а голос внутри настоятельно вещал:

— В мёртвой природе нет понятия добра и зла. Ей не нужна нравственность и совесть. Это раз. Понятия «добро», «зло», «мораль», «совесть» не являются необходимыми для выживания. Наоборот, они препятствуют выживанию. Это два. Третье: совесть очень сложное и разумное явление. Чтобы судить, совесть имеет свои, независимые от меня законы. Откуда во мне эти законы совести? Откуда у совести эталон сравнений, что и как должно быть? Почему это как две личности в каждом человеке? Или это со стороны в нас говорят? Такая совесть не могла возникнуть сама и случайно.

Откуда совесть в человеке? Её могли вложить только извне, снаружи и даже насильно. Точно так, как мы пишем слова и буквы, кто-то взял и записал в нас, в нашем сознании и генах — совесть. Записал так, что она не исчезает и не стирается в тысячелетиях. Только иногда спит до времени. Только разум, который больше и сильнее, чем наш, мог сделать такое. Зачем??? Чтобы каждому напомнить о себе???

Принц устал и сопротивлялся мучительным мыслям, но внутренний голос не останавливался:

Я совесть. Я есть, и я живая. Я имею разум, способный различать зло и добро и любые мотивы твоих дел и поступков. Я, совесть, я свидетель и представитель высшего разума и жизни. Я, требую ответственности. Я заявляю, что каждый ответит за своё зло, обман и поступки. Я есть в тебе, чтобы ты каждый день и час убеждался, что жизнь создана разумом и жить надо по законам осознанности и морали.

От таких рассуждений по его спине пробежали мурашки, а в груди появился холодок страха. Он замер. Он не хотел и боялся рассуждать дальше. В изнеможении он вытер со лба холодный пот и прислонился к решётке. Он чувствовал, как в висках бьётся кровь, а в сознании, в такт с его сердцем, пугая смыслом и правдой, бились мысли: «Совесть есть! Другой разум есть. Другой мир и ответственность тоже есть. Совесть и ответственность есть, есть, есть...»

Принц забился и закричал, пытаясь заглушить голос внутри себя, и, как и многие, заметался по клетке.

Да, здесь, на Стыке Миров, шла война. У войны не женское лицо, у неё нет жалости. Здесь совесть объявляла свои жестокие решения: от прощения до смертного приговора. Совесть — это первая линия фронта, линия огня и обороны на стыке двух разных сил и миров. Здесь идёт война: и этот бой в тебе, за тебя и за твоё будущее.

В это время поэт стал читать своё крамольное стихотворение, за которое его и посадили в клетку на Стыке Миров.

> *Наш век, амбар ростовщика,*
> *Где всё, что ветхо и подгнило,*
> *Собрала времени рука*
> *И в кучу пёструю сложила.*
> *Какой здесь понабросан хлам,*
> *То здесь валяются, то там*
> *Куски стыда, обрывки чести,*
> *Остатки дружбы вековой.*
> *Лоскут, что назван был любовью,*
> *И совесть, съеденная молью.*
> *А где-то там, в сыром углу,*
> *Внизу, на самом дальнем плане,*
> *Кусочек правды на полу,*
> *Лежит, завёрнутый в обмане.*

Поэт замолчал, а кто-то со стороны вдруг произнёс:

> *Я принцем был усыновлённым,*
> *Когда-то другом был твоим,*
> *Теперь потомок обезьяны –*
> *И без морали и мерил.*

Принц видел, как охранники закрывали уши, и понял, что они боятся гораздо больше, чем те, кого приходилось охранять.

Сумерки сменились темнотой ночи, которая как бы разделила всех. Негромкие разговоры сменились мыслями вслух.

— Вот ведь что, получается, — доносилось со стороны певца, — ну ладно, спел то, что не понравилось. Ну, наказали. Это понятно, логично и нормально. Ну, отобрали у меня всё, что хотели. Ну и всё на этом. Так ведь нет же. Они придумывают всё новые и новые издевательства. Всё с ненавистью, всё с болью и с издёвкой. Такое ощущение, что они делают зло ради зла и наслаждаются этим. Это как десерт для них. Неужели зло и страдания других может приносить радость? Здесь что-то не так!?

— А что не так? — отозвался поэт. — Всё так. Раз человек делает зло ради зла, значит, в неизвестной форме, физически и как живое, существует и само зло. Отсюда страдания человека и зло ради зла, это его пища и добыча.

— Слишком заумно, — возразил певец. — Ты думаешь, что в неизвестной физической форме существует живое зло, а значит, и темная, и светлая сторона. Если так, следовательно, есть и Всемогущий Творец.

Помолчав немного, певец добавил:

— Хотя это ничему не противоречит... Ну никогда не думал, что приду к этому через происходящее зло ради зла.

Ночью певец забуянил. Он долго что-то шептал, о чем-то рассуждал, что-то себе доказывал и отвергал. Потом его шёпот стал громче.

— Оправдания ищешь? — спрашивал он самого себя. — Так ты же знаешь, что оправдания нет. Чего искать? Есть только осознание и принятие одного или другого.

В это время кто-то из охраны вылил на него ведро воды.

— Остынь, дорогой. У тебя уже из ушей дым валит.

Певец затих, но скоро опять что-то зашептал. Чувствовалось, что он сильно волновался и пытался выразить словами что-то невыразимое. «Вот, вот, нет, да, так», — шептал он. И вдруг, сразу, без всяких переходов он запел. Сначала его голос дрожал, но быстро окреп, набрал силу и зазвучал необычно громко:

Прости меня, Боже, прости я молю.
Прости, что так поздно к тебе прихожу.
Прости, что я раньше Тебя не познал,
Что друга иного тогда я избрал.

Дмитрий пел и с этими словами он словно рос и набирал силу. Поднявшись и раскачиваясь, он стоял, держась за клетку. Неожиданно налетел мощный порыв ветра и, как удар грома, что-то зарокотало. Эхом задребезжали клетки. Дмитрий продолжал петь и сквозь шум стремительно нарастающей бури отчетливо слышался только его голос:

И вот я в молитве стою пред тобой.
Веди ж меня, Боже, своею рукой.
И жизнь я свою посвящаю Тебе.
Ты только не дай мне погибнуть в борьбе.

Стремительно стала сбегаться охрана, но в это время гром так рявкнул, что земля задрожала, и налетел порыв ветра. Раздался треск, скрежет металла и всё вокруг всколыхнулось. Принц видел, как Дмитрий, продолжая петь, вышел из того, что осталось от его клетки, и пошёл на свободу. Двое отчаянных охранников бросились к Дмитрию, но какой-то неведомой силой были так отброшены на землю, что остались лежать до утра. Остальная охрана попряталась.

Принц наблюдал, как ломались и другие клетки. И из них выскакивали люди и пошли за Дмитрием, но скоро разбежались.

Принц забился в угол своей клетки, прикрыл голову руками. Его клетка тоже была сломана, но страх сковал его и бежать он боялся.

Утром его отвели искупаться, поесть и отдохнуть. Ему показалось, что теперь его никто не охранял. Позже он узнал, что в эту ночь пыталось бежать человек десять. Но реально бежали, вернее с достоинством уверенно и свободно ушли только двое: певец Дмитрий и безымянный поэт. Остальных нашли и вернули к прежней рабской жизни.

КРУТОЙ РАЗГОВОР

Дня через два после Стыка Миров принцу дали приличную одежду и без объяснений куда-то повели.

Господин Влеч встретил его, как ни в чём не бывало. После приветствия им подали чай и Влеч спросил:

— Что вы думаете по поводу всего случившегося с вами? За эти дни вы получили достаточно много жизненного опыта и представлений о реальной жизни.

Отпивая чай, Влеч продолжал:

— Жизнь, может меняться в одно мгновение. Причём как в плохую, так и в хорошую сторону. Цари могут стать рабами, а рабы — господами.

— Опыт хорош, — ответил принц, — но было бы лучше, если бы вы меньше вмешивались как в мою жизнь, так и в жизнь других.

— Самое интересное, молодой человек, что всё произошло с вами по вашему желанию. Вы не предполагали, что есть места, куда можно войти, не имея возможности выйти. Многие не думают, что каждое слово и каждый шаг не только приближают к чему-то, но и имеют свои последствия. Эти последствия не зависят от того, чего мы хотим, а зависят от того, что мы делаем.

Например, если вы самоуверенно шагаете в пропасть, то это не значит, что вы через неё перенесётесь по воздуху. Но когда вы сделали этот шаг и стали падать, то не стоит говорить, что вас толкнули. Более того, не стоит винить судьбу. Ваше падение — это уже независимое ни от чего следствие вашего добровольного решения и действия. Как палка о двух концах, так и в любом деле: вначале дела ты хозяин, а потом — ты раб последствий.

Неожиданно Влечь круто сменил тему разговора:

— Да, кстати, зерно и другие ваши товары проданы по хорошей цене, и у вас хорошая прибыль. Это заслуга Эмма и Гора. Не стоит на них сильно обижаться. Они нормальные ребята.

Вы свободны, но жить будете в западной части города. Выезд вам не разрешён. Торговые дела ведите через своих доверенных Эмма и Гора. В восточную часть острова и в большой порт вам заходить не разрешается.

Да, то, что с вами произошло, будем считать специальным тренингом по превратностям жизни. Подобный тренинг действительно имеет место для специальных курсантов в наших службах. Так что вы теперь, как бы продвинутый.

Влеч говорил так, словно давал распоряжение своему слуге или рабу. Принцу стало противно слушать и ему очень захотелось отомстить за обиду Влеча:

— Вы хвалитесь свободой для всех, а сами всего за несколько слов и строк уничтожили певца Дмитрия и поэта.

Влеч снисходительно улыбнулся и ответил:

— Вы ещё очень юны и наивны. Многие люди даже не подозревают, что я и наш мир можем физически присутствовать в вашем мире. Хотя наша физическая сущность совсем не такая как ваша. Не удивляйтесь, но мы с вами представители разных миров и, однако, мы стремимся к одной общей цели. Люди немало знают о нас, хотя и считают нас мифом, а некоторые — предметом будущих исследований учёных. Они называют нас по-разному: параллельным миром, инопланетянами и кому как вздумается.

Мистер Влеч замолчал и, держа чашку и покачивая головой, тихо засмеялся.

— Я это к тому, что мы с вами смотрим и видим тоже совсем по-разному. Люди думают: сказал и всё. Что тут такого? А в нашем мире мы точно знаем, что нет силы мощнее, чем сила слова. Взрыв атомной бомбы, что тайно изобретают учёные, это пшик и детская хлопушка, по сравнению с силой и несокрушимостью слова. Весь деловой и политический мир зависит всего от нескольких слов, которые бережно хранят на бумаге. По одному слову короля миллионы людей делают то, что приказано: строить — значит, строить, война — значит, война, убивать — значит, убивать. За боль и обиду от сказанных слов люди готовы убить или умереть на дуэли. Всего от нескольких слов люди счастливы или несчастны. Всего одним словом согласия или отказа человек определяет свою судьбу и будущее. За каждое сказанное слово человек даст отчёт. Вот вам и смысл, и сила, величие и значение слова.

Все эти знания содержатся в секретном курсе спецназа для особо избранных и продвинутых. А вам говорю дружески и откровенно, как принцу, как будущему королю, как лидеру и сотруднику. Лидеру, который не только расталкивает людей на своём пути, но кто, не задумываясь, может шагать по спинам друзей и близких.

Мурашки на спине и холод под сердцем ощутил принц от этих откровенных слов. Он понимал: с ним не шутят. Если Влеч учит этому, то для него судьбы людей и даже весь мир, не больше чем охапка хвороста на костре своих желаний и наслаждений. А он, принц, нужен как временная хворостинка для ворошения углей.

— Чёрный Пророк абсолютно прав, порнография и распущенность выжигают чувства, но ему ни вы, ни другие не верят. Поэтому мы его и не трогаем, — продолжал Влеч.

— Певец Дмитрий и поэт страшнее атомной войны. Своими словами они будили совесть и могли произвести бунт и революцию в сознании и сердцах людей. Этого нельзя допустить, и мы защищаем наши интересы и права на своих подданных.

Принц был поражён такой осведомлённостью Влеча. Словно угадав его мысли, Влеч сказал:

— Да-да, вы правы. Вы даже представить себе не можете, до каких глубин о вас и о других доходит информированность нашего отдела. У нас глупых не держат.

И после паузы Влеч добавил:

— Недаром говорят: для того, чтобы прикинуться дураком — надо не быть им.

От всего слышанного принцу стало нехорошо. Он не любил, когда его учили, да ещё унижая и считая своим подданным.

— У вас нет свободы, — резко выпалил он, — у вас все рабы.

— Кто кому служит, тот тому и раб, — надменно ответил Влеч, — и не вы первый такой строптивый. Мы имеем корни в вашем сердце, а значит, имеем право на вас и вашу жизнь. Но вы правы. После прошлых опытов мы сейчас осуществляем бриллиантовую идею: люди думают, что они обретают свободу, но на самом деле становятся рабами своих бесконтрольных чувств, влечений и эмоций. Вернее, нашими рабами.

Чем внушительнее моральная и духовная слепота, чем больше каждый мнит о себе и выше технические достижения, тем быстрей всё идет к своей погибели, вернее, к нашей цели.

Однако, если вы так любите свободу, то почему же вы не бежали вместе с ними? Ваша клетка почти на треть была разрушена ураганом, но вы, забились в угол как мышь, и даже не пищали от страха. Вас освободили. Вам вернули все, чем вы владели, а вы тайно стараетесь отомстить и нанести удар в спину.

Влеч знал, что причинил этими словами острую боль самолюбию принца. Ведь у него ещё была совесть, и он считал себя не таким, как другие.

— Будь перед вами грубиян, — продолжал Влеч, — вы бы молчали из-за страха, чтобы вас не избили. А сейчас что? Страх прошёл, отдохнули, видите перед собой воспитанного человека, понимаете, что я не ударю, и сразу дерзкий голос обвинения прорезался?

Влеч продолжал:

Некоторые люди сознают, что поступают плохо. А вы так спрятали своё плохое, что убедили себя в его полном отсутствии. Вы боитесь прошептать себе, правду о себе даже мысленно. Как же вы, дорогой мой принц, будучи столь трусливым, неблагодарным и мстительным, можете считать себя лучше других? — унизительно рассуждал Влеч. — Если честно, вы много хуже их. Но это лучше для нашего с вами дела. В вас это скоро пройдёт. Ваша душа обгорит, очерствеет и покроется жёсткой аппетитной корочкой. Вы станете тем, кто нам и нужен.

Принц молча опустил голову. Влеч словно сорвал покрывало с того, что ему ещё казалось ценным. А там, вместо ценностей, даже не безразличная пустота, а только грязь и нечистоты самозначимости. Ему и самому стало страшно и стыдно от того, что он увидел в себе, и уже ничего не мог возразить.

Всей своей сутью Ар-ту почувствовал и осознал, с какой властью и силой он столкнулся. Он ощутил страх от того, как она, эта сила, легко и свободно вскрывает и познаёт твоё тайное и действительное. Он чувствовал, как от напряжения его тело покрывалось липким потом. Сначала от пота потемнела рубашка под мышками, потом на спине и шее, и наконец, от стекающего пота, появились неровные круги на боках. Постепенно пятна пота слились в одно целое, и всё стало похоже на седло со стременами, укреплённое на спине принца.

Влеч смотрел на принца с самодовольной улыбкой, как смотрят на хорошо сделанную работу.

Обуздать и оседлать строптивого — так называется ситуация, когда крупные банкиры и дельцы, не желая нарушать дела, в тяжёлом разговоре заставляют строптивых смириться и начать скрупулёзно выполнять их указания и требования. Сегодня принц прошёл первый раунд объезживания непокорных.

— Ну а теперь всего вам доброго. Вас проводят, — неожиданно закончил Влеч. Слуга проводил подавленного принца к выходу.

ЖИЗНЬ НА ВЫЖИВАНИЕ

Таких как принц Ар-ту на острове было много. Гор, Эмм и новые «друзья» денег не давали и, чтобы выжить, Ар-ту и его команда работали, кто и где мог. Попасть на постоянные работы, где больше платят, оказалось непросто. Изначально приходилось трудиться на малооплачиваемых работах, чтобы тебя заметили. А уже потом, заслужив авторитет, можно надеяться перейти на лучшее место.

Работать бывает нелегко, но необходимо для жизни. Для этого люди и идут учиться в надежде, что, получив образование, можно будет получить хорошую должность и зарабатывать в два, десять или в сто раз больше за тоже время, чем другие.

Здесь, была своя учёба: «Бери больше — кидай дальше» — это девиз для тех, кто был на земляных работах. А на разгрузке говорили: нужны люди, у которых глаза завидущие, а руки загребущие. Им объясняли: склад или корабль — это то, где можно взять, а куда носишь — это где можно продать. Вот носи и продавай, сколько можешь. Конечно, это шутка, но удачная шутка скрашивает трудное время.

На постоянную работу принц попал к очень сердитому бригадиру, которого многие называли Бугор, или Босс. В среде грузчиков он имел больше влияние: в его власти зарплату повысить или уволить. Каждый день в воздухе витала злоба, и у Босса была словесная война с грузчиками. Многие грубо оговаривались, на что Босс тоже отвечал резко и жёстко. Угодить Боссу казалось невозможно.

Как-то принц признался Рассу, что ищет другую работу.

— Окрики Босса нервируют и унижают. Босс постоянно придирается: не так берёшь, не так несёшь, не так дышишь, не так ложишь. Да это моё дело, как я беру и несу. Я делаю это не хуже других. Я урождённый принц и он не смеет кричать на меня, — обиженно говорил Ар-ту.

— А я говорил, что дела надо выбирать по последствиям, — ответил Расс. — Думать никто не мешает. Я знаю, ты считаешь, что ты думал, но на самом деле ты не думал, а просто решил, что будет так, как ты хочешь. А в жизни так не работает, а школе за такое двойки ставят. Учёные, например, сначала опыты на собаках делают, а ты сразу на себе. Вот сам и выбрал то, что сейчас имеешь.

— Расс! Я принц!!! Хватить соль на раны сыпать да мораль читать. Лучше скажи, что теперь делать? — вспылил принц.

— Здесь ты раб, а не принц! — усмехнулся Расс. — Вот если вырвешься отсюда, то опять станешь принцем. Ты же знаешь, что некоторые хозяева к скотине лучше относятся, чем к рабам. Это раз. Во-вторых, исполнение морали облегчает жизнь, но из-за своей слабости мы боимся признать свои ошибки. Пойми, нельзя выпрямить то, что ты считаешь прямым.

В-третьих, босс хоть и кричит, но учит, как и что правильно делать, чтобы ты мог лучше работать и не сорвал себе спину. Другие не кричат, но и не учат.

— Да какая же это учёба, — обиделся принц, — когда на тебя орут как на скотину. Разве так учат?

— Ну, если ты не учился, когда тебя вежливо учили во дворце, то учись, когда на тебя кричат. Не забывай, ты бесправный раб. Ты сам выбрал этот путь. Учиться на себе всегда больно и это трагедия, зато есть шанс поумнеть. Проблемы и трудности — это как таблетки от глупости. Одна беда: пока на своём опыте учишься, на исправление ошибок часто жизни не хватает.

По мне, пусть он кричит, но учит. Ты хоть неделю попробуй точно выполнять то, что он говорит. Ну не развалишься же ты от этого, а там видно будет, что дальше.

Сжав кулаки и стиснув зубы, Ар-ту перенёс обиду, что Расс не поддержал и не пожалел его. Однако две недели, терпя окрики и грубости Босса, он терпеливо и скрупулезно выполнял все требования. Результат поразил. Он как бы стал сильней и выносливей. Все заметили, что он носил теперь больше, быстрей и получал больше, а уставал намного меньше.

— Ну и чудеса, — думал Ар-ту, — прав был Расс. Босс хоть кричит, но передаёт знания и опыт. Надо уметь учиться не только тогда, когда к тебе как к принцу обращаются, но и когда учат в жёсткой форме. Лишь бы учили.

Как-то после очередного окрика, и исполнив требование Босса, Ар-ту спокойно сказал, — спасибо вам, что вы меня так учите, — и пошёл дальше. У босса даже челюсть отвисла, а на другой день принцу ещё раз повысили зарплату.

Рассу принц тоже выразил признательность за науку, а учиться в любых условиях стало его девизом. Обидно, конечно, но сам виноват, раз по-другому не доходит.

— Ты мне напомнил одну историю, — сказал Расс. — В одной семье, когда отцу было около сорока, а сыну семнадцать, сын часто повторял: «Отец, — ты ничего не понимаешь в жизни. То было ваше время, а теперь наше. В наше время всё по-другому и вообще ваше к нам не подходит». Позже, когда сыну было тридцать, он говорил отцу: «Да, я знаю, что ты кое-что понимаешь в жизни и бываешь прав, но не сегодня и не в этом случае». Когда отец умер, а сыну стало пятьдесят, он думал: «Ну и глупец был я, что отца не слушал. Как хорошо он знал жизнь, и как он был прав. Отец мечтал, чтобы мы, дети, были счастливей и не повторяли его ошибок. А я прожил жизнь, повторил его ошибки, да ещё и своих наделал».

Так что у тебя есть надежда, что ты будешь лучше того сына и поумнеешь раньше пятидесяти лет, — весело закончил Расс.

Они посмеялись, и принц добавил:

— Говорят, что мудрость приходит с возрастом, но иногда возраст приходит один. Как я хотел бы, чтобы мудрость пришла сейчас, а не в старости.

Ар-ту научился носить различные грузы на своей голове, как грузчики в Индии. Иногда так легче, только спину всегда ровно держать надо. Когда он носил на голове кирпичи, то это было похоже на цирк: он приспособил на голову деревянную подставку, подбитую мягкой кожей. Сам, забрасывал на площадку на голове кирпичи так, что они укладывались столбиком, и уверенно шёл с ними по качающейся доске на причал к месту разгрузки. Всё это смотрелось так изящно и грациозно, что люди специально приходили посмотреть и даже бросали деньги.

Успех Ар-ту не понравился его «лучшим друзьям». Зав и При силой заставили Ар-ту работать в кабачке-ресторане, где был боксёрский ринг для развлечений. Здесь любили посидеть и попробовать силу своих кулаков сынки-подростки богатеев. Хозяин местечка специально держал молодых людей, которые за определённую плату были живыми мешками для богатых любителей бокса. Модный вид уличной драки привлекал в клуб многих клиентов и дела у хозяина шли неплохо. Платил он тоже неплохо. Но была постоянная потребность в тех, кто будет «живым мешком». Часто драться никто не желал и не мог, так как иногда сильно избивали, не считая разбитых бровей и свёрнутых носов. Вот таким живым мешком принца и заставили работать. Ар-ту пришлось подчиниться, но он мечтал стать сильным и когда-нибудь избить и Зава, и При, и Эмма, и Гора. Но это была только мечта.

Закон для живых мешков был прост. Ты не можешь избить клиента. Ты не должен часто выигрывать. Ты не должен быстро проигрывать, но ты можешь не дать избить себя. Правда, если многие клиенты не могут справиться с тобой, то они теряют интерес, а у тебя падает заработок. То есть ты должен делать всё, чтобы клиент был счастлив и получал удовольствие от силы своих кулаков. Со ставок боец тоже имел определённый процент дохода, так как это было и его искусство — зажечь публику азартом.

Сегодня принц имел третий бой за вечер. Это было городским рекордом. Здоровенный детина уже дважды укладывал принца на пол и теперь мечтал послать его в нокаут. Быстро росли ставки: сумеет ли принц продержаться до конца раунда, или громила Стив уложит его раньше. Все помнили: у Ар-ту это третий бой за вечер, и он явно устал и выдохся.

Рослый Стив понимал своё преимущество и был уверен в успехе. Он ходил за принцем из угла в угол, куда загонял его мощными ударами, с гордо поднятой головой и руками.

Расс шепнул: «Хозяин удвоит твой процент, если не упадёшь до конца раунда».

Громила Стив вынудил Ар-ту стоять ближе к центру ринга. Шли последние секунды боя. Болельщики ревели, ожидая развязки, а ставки стремительно росли.

Шатаясь, принц стоял в стойке бойца, но его руки были почти опущены, а лицо открыто. О такой стойке смеясь, говорили: бей не хочу. Верзила Стив выжидал. Он мечтал отомстить за разбитый нос и красиво ударить в последние секунды. Кто-то из судей громко стал отсчитывать секунды до конца раунда. Пятнадцать, четырнадцать…, когда судья досчитал до восьми, Стив сильно оттолкнулся ногой от пола и сделал резкое движение всем корпусом для удара.

Всего на долю секунды раньше, шатаясь от усталости принц упал, чуть в сторону и на одно колено. Мощный удар Стива прошел над его головой. Сам Стив, от толчка ногой, по инерции перелетел через принца, упал на ринг, проскочил под канатами и ударился головой в судейский гонг, на несколько секунд раньше возвестив о своём поражении. За эти секунды принц сумел подняться и так же, шатаясь, продолжал стоять на ринге.

Публика взревела, казалось, что здание вот-вот рухнет. Кричали все, так как все сразу проиграли. Одни ставили на то, что Стив уложит Ар-ту в нокаут. Другие на то, что Ар-ту упадёт сам. Третьи на то, что Ар-ту продержится до конца. Но никто не ставил на то, что шатающийся от усталости Ар-ту будет победителем. Да, он еле стоял на ногах, но на ринге был только он и он стоял. Судья объявил его победителем! Банк ставок достался хозяину ресторана.

Расс положил на себя сползшего с ринга друга и унёс в заднюю коморку.

Немного позже кто-то сильно толкнул замкнутую дверь коморки. Другой мощный толчок сорвал крючок, и вломился хозяин. От неожиданности он замер и его лицо вытянулось. Он резко захлопнул дверь и прислонился к ней. Ар-ту, еле живой Ар-ту, которого только что унесли из зала, с вполне жизнерадостным лицом спокойно и уверенно сидел на лавке, прислонившись спиной к стене. Ни разбитых бровей и ни одного кровоподтёка на лице. Они удивлённо смотрели друг на друга.

— Слушай! Я думал, ты тут умираешь от побоев. Даже за доктором послать хотел, а ты тут…

И после паузы хозяин уточнил:

— Так ты это… ты это что, нарочно так? На случайность что-то уже не похоже?

— А вам как надо? Так и считайте, — усмехнулся принц.

— Так ты это… ты это, что… великий артист бокса? А как же кровь?

— Кровь? А что кровь? Дал ему в нос легонько, а потом по лицу размазал. Вот и кровь. Ну, упал пару раз, для большего азарта, вот и всё что публике надо.

— Ну и силища же у тебя тогда, — восхитился хозяин. — Так обмануть всю публику, заставить поверить в свою беспомощность, заставить сделать такие ставки. Да ещё какие ставки! С твоей помощью я выиграл больше, чем за полгода работы. Я плачу тебе втрое больший процент со ставок.

— Спасибо за оплату, но я всё равно не хочу иметь три боя за вечер. А насчёт моей силищи вы зря так думаете. Сил у меня не так уж много, но слава Господу, что Он, хотя бы так, учит меня жизни. Для меня, другого пути, видимо, нет.

— Ну и не надо по три боя, — согласился хозяин. — Я только желаю, чтобы ты так же красиво и ловко вёл себя как сегодня. Только чтобы никто не знал об этом. У тебя так шикарно вышло, что никто даже и не думает, что ты в такой хорошей форме. Возьми часть денег сейчас, остальные получишь завтра, а то взбешённая твоей победой публика весь ресторан разнесёт. Да, отсидись дома пару деньков, чтобы все верили, что ты был сильно избит.

И хозяин ушёл.

На другой день к принцу пришли Зав и При.

— Ну ты молодец, — хлопая Ар-ту по плечу с гордостью говорил При. — Весь город только и говорит о твоей неожиданной победе. Хозяин, говорят, здорово заработал на ставках за этот бой.

— Да и тебе, наверно, перепало что-нибудь, — с доброй улыбкой отметил Зав, — не грех и поделиться с друзьями.

— Ну, так что вы ко мне пришли? Хозяин получил, вот к нему и идите. Может он и поделится, — парировал принц.

— А ты не здорово умничай, — сразу сменил тон Зав. — Деньги давай.

— Так что же вам давать? Вы и так себе всё гребёте. Ты, При, Эмм, Гор себе уже хорошие особняки купили на мои деньги. Так что это вы делиться должны.

Вместо ответа Зав ударил принца. Принц увернулся раз, но второй удар пропустил, отлетел, ударился о стенку и медленно осел на пол.

Зав и При молча стали искать деньги. Перерыли всё, забрали какие-то гроши, пригрозили избить, если это не все деньги, и довольные ушли.

Позже, когда Расс вернулся с деньгами, и они вместе наводили порядок в комнате, принц размышлял:

— Я одного никак не пойму. Почему я могу выстоять три боя по три-шесть раундов на ринге, почему я могу уйти от удара противника, но никак не могу справиться ни с Завом, ни с При. Я тренируюсь на ринге, чтобы стать сильней и одолеть их, но я, против них, как ребёнок против силача.

— Они не то, что ты видишь и думаешь, — усмехнувшись, ответил Расс. — Они не люди. Они взращённые тобой привычки, гордость и эмоции, которые воплотились в плоть.

Поэтому ты никогда не сможешь их победить. Хотя победить их можно, но не такой силой.

— Пф-ф-ф, — фыркнул Ар-ту. — Расс, ты умный, хороший и верный друг, но иногда такую ерунду говоришь, что невозможно воспринять это всерьёз. Они не люди? А мы тогда кто?

Расс молчал.

— Знаешь, я не хочу и не могу так больше жить, — продолжил принц. — Меня тошнит от всего, что заставляют делать Зав и При. Они отбирают и заставляют тратить то, что мы заработали. Я противен сам себе, когда они заставляют поднимать грязные ноги на стол, за которым едят, плевать на пол, грубо и цинично разговаривать с людьми, курить сигареты и наркотики из садов моря. Если я не подчиняюсь им, то они избивают меня и причиняют мне столько острой внутренней боли, что кажется, что я схожу с ума.

Я понимаю, что всё это есть в жизни, но я не могу смириться с тем, что это нормально, правильно и что только так и должно быть. Это не настоящая жизнь.

Я помню слова Дмитрия и поэта: если люди совершают зло ради зла и находят в этом удовольствие, значит, физически существует и само зло. А раз существует живое зло, значит, есть и живая Истина, и Любовь, значит, есть настоящие Надёжность и Верность. Только где они?

— Это только по ту сторону Стыка Миров, — ответил Расс. — Это хорошо, что у тебя сохранилась совесть, но что это изменило для тебя? Другое дело — Дмитрий и поэт. Они не только поняли это, но и нашли в себе силы, сокрушая гордость и своё самолюбие, признаться в своём бессилии и просить помощи у Творца. Ты сам видел, им немедленно помогли, и они с достоинством ушли на ту сторону Стыка Миров. Раз они смогли, значит, и ты и другие смогут.

— Слушай! А ведь девушки тоже бывают такие, как я сейчас? — неожиданно спросил принц.

— Ну и что?

— Как что? А если мне попадётся такая жена? Двое таких под одной крышей?! Да нам целый город тесным будет. Мы же жить будем в ссорах и раздражении друг на друга. Да я не хочу такой участи.

— Погоди, — рассмеялся Расс. — Во-первых, до свадьбы ещё дожить надо. А во-вторых, сначала сам стань лучше, да думай не только о красоте, но и о характере невесты. Как штурман, я тебе так скажу: ты смотришь правильно, но твой корабль жизни плыл и плывёт не в ту сторону.

Наступила пауза.

— Мой отец нередко предупреждал, что если совесть человека спит, то никакие сторожа не удержат его от плохого. Таких людей лучше никогда не приближать к себе. Расс! Расс!!! Я сейчас тот человек, от которого мой отец старался спасти меня.

— Может и так, — ответил Расс. — Но раз ты стал хуже, значит, можешь стать лучше. Просто надо плыть в правильную сторону.

— Я не хочу, не хочу так больше жить. Я должен бежать. Я освобождаю вас о присяги данной мне и моему отцу. Вы свободны от меня и от всего. Но я буду бежать от такой жизни. Я не знаю куда. Я не знаю как, но я знаю — чем скорее, тем лучше. Если кто хочет, то может бежать со мной. Кто — нет, значит, нет.

Раздай другим деньги, что мы получили за этот бой. Пусть каждый сам решает, что ему делать. Мне всё равно нельзя деньги иметь. Зав и При всё отберут.

ПОБЕГ

На другой день принц устало сидел в людном месте и вдруг услышал знакомых голос. Виктор! — сразу узнал он. — Точно, он. Это его голос. Но какой он? Было темно, когда мы разговаривали в клетках на Стыке Миров, и я даже не рассмотрел его лица.

Принц внимательно огляделся и понял, кому принадлежит знакомый голос. Молодой человек, лет на пять старше принца, хорошо одет, с солидным, живым и располагающим выражением лица и имел атлетическое сложение, хотя он явно не качок.

— Виктор, — воскликнул принц, подбегая к молодому человеку. — Какими судьбами? А я уж думал, что мы больше не увидимся.

Молодой человек замер от неожиданности, словно оценивая обстановку.

— Я помню вас, но забыл ваше имя, — уклончиво ответил он. — Кто вы?

— Меня зовут Ар-ту. Мы с вами как-то хорошо беседовали и спасибо за ваши наставления.

— Ар-ту, дайте мне закончить моё дело, и мы продолжим беседу, — ответил Виктор и добавил: — Приятно снова встретиться с вами.

Часа через два они уже сидели в небольшом кабачке и разговаривали как старые знакомые. Принц не спешил много рассказывать о себе и о своих делах.

— Я предполагал, что ты тоже сбежал со всеми в ту ночь, — сказал принц негромко.

Виктор помолчал, смотря принцу в глаза, и так же негромко ответил вопросом:

— А ты что, бежать собрался?

— Да причём тут я, — удивился принц, чуть не упав со стула от неожиданного вопроса. А у самого в голове тут же мелькнула мысль: «в наших департаментах глупых не держат», уж очень он легко и быстро раскусил меня.

— Я просто так почему-то о тебе думал, что ты тогда убежал, — уклончиво заюлил он.

Вскоре Виктор засобирался. Уходя, он небрежно сказал:

— У меня здесь, завтра тоже дела, так что если нужна помощь в том, что ты задумал, то можем встретиться здесь в это время.

— Хорошо, — машинально ответил принц, и они расстались.

На следующий день они продолжили разговор, во время которого Виктор вдруг начал объяснять:

— Через порт уйти невозможно, но за городом есть небольшие горы и всего два перевала. За горами небольшая полупустыня. Что за ней, я не знаю, но это не конец острова. Наш остров длинный, хотя и не очень широкий. Проход у горы Кентавр всегда охраняется, вернее, там всегда много охотников на кабанов и оленей, ну и заодно они охотно ловят беглецов. Но где-то у Западного Воина, говорят, есть звериная тропа, по которой можно перейти гору. Там можно спуститься в долину или в полупустыню и по ней уйти. А там — попутный корабль — и ты ушёл.

Да, без еды ты можешь прожить более двадцати дней, но без воды, только два-три дня. Так что бери воды побольше и подумай, стоит ли это делать. Всё-таки это, хоть и большой, но остров.

Они молча допили напитки и расстались.

X

— Слишком твой знакомый умён и всё знает, — бурчал Расс, расхаживая по небольшой комнатушке, где сидела вся команда, — не из простых он. Как бы в ловушку не угодить.

— Зато подсказал и не выдал, — возразил принц.

— Не выдал, ещё не значит, что друг, а то, что подсказал, может, и не значит, что хотел помочь. Вдруг это подстава? Откуда ты знаешь, что он не выдал, а? Как убежать с острова, когда нет корабля? Может, там, вообще, только пустыня дальше.

— Ну, слушай! Ну не убежим! Ну, поймают! Ну, посижу ещё в клетке, и посмеются над нами! Ну и всё! Потом всё по-прежнему будет, как и сейчас. Но всё-таки есть причина, почему они охотятся на беглецов. Это раз, а во-вторых, мы уже точно будем знать, что и к чему на этом острове. Брать всё, что может пригодиться, но так, чтобы не мешало передвигаться. Главное: запас воды, верёвки, оружие, огниво и еда.

— Ты, что? Уже бежишь? — удивился кто-то из команды.

— Мы ведь совсем не готовы к этому. Даже оружия никакого нет. Ножи да одна сабля.

— Если Виктор подставил нас, то им тоже надо время на подготовку. Уходим завтра утром, как будто на работу пошли, а сами у старой фермы встретимся и сразу к Западному Воину.

X

Гора Западный Воин издали действительно была похожа на воина в доспехах. Тропу нашли довольно легко. Узкая, но хорошо видимая тропа повела их сначала по склону горы, но скоро круто пошла к вершине. Все спешили, хотя морякам идти в гору было непросто. Тропа петляла, временами почти исчезала из видимости и все начинали сомневаться в правильности пути. Стала наваливаться усталость, и теперь вместо разговоров слышалось только тяжёлое дыхание. Наконец, после очередного поворота на спуске, показалась полупустынная местность, местами покрытая небольшим кустарником. От перегретого солнцем воздуха всё сливалась в сплошное мутное марево, и хорошо увидеть горизонт не представлялось возможным.

— Только верблюдов не хватает, — хмыкнул Расс. — Интересный остров: и морской сад, и горы, и даже почти пустыня. Интересно, что по другую сторону песчаного царства?

Спуск был небольшой, но крутой. Вернуться этой дорогой назад почти невозможно.

— Ну что же? Жребий брошен! — сказал принц, и они начали спуск. Чтобы не рисковать, обернули верёвку через дерево и, держась за верёвку, стали спускаться.

— Как гусята за мамой, — пошутил кто-то.

Внизу, после короткого отдыха, пополнив из крохотной чистой лужи запасы воды, беглецы продолжили путь. Местность постепенно поднималась вверх, поэтому не было видно, как далеко тянется полупустыня. Поднявшись на холм, они увидели на горизонте, за низкими кустами, тёмную полосу. Низкий кустарник и марево в воздухе не давали рассмотреть, что это такое.

— Прямо по курсу земля! — пошутил кто-то. — Может, уже и дошли до края пустыни?

КАМЕННАЯ РЕКА

Подгоняемые надеждой, все прибавили ходу. Поднявшись на очередной холм, чтобы осмотреться, они застыли завороженные страхом и ужасом. То, что простиралось прямо за холмом, для людей, привыкших к просторам моря, было что-то невообразимое. Было то, о чём они никогда не слышали. Было то, чего по их понятию не может быть, но оно, это невозможное, было здесь и было реально.

Прямо у подножия холма, во всей своей красе, словно вышла из страшной волшебной сказки, лениво катила свои волны каменная река. Она была не очень широкой и на самом деле никуда не текла, но у всех было такое впечатление, что камни действительно двигались в одном направлении. Узкие, высокие, немного разные по цвету клинообразные камни выходили из земли очень близко друг к другу. Они не были ровным ни по высоте, ни по форме, ни по размеру, а некоторые имели различные изгибы. Одни в рост человека, а некоторые почти по пояс. Имея клиновидную форму, они, тонкими и под острым углом обломанными вершинами, устремились в высь и от этого казались ещё выше и неприступней. Руки и инструмент человека никогда не касались этих камней, но несмотря на хаотичность их положения они стояли очень плотно. У самой земли они почти касались друг друга, не оставляя между собой места даже для одной узкой стопы.

Сбежав с холма вниз, все стали пробовать протиснуться между камнями, но скоро все поняли, эту реку так просто не пройдёшь. Даже если ты смог встать и втиснуться между первыми камнями, следующий камень стоял точно на твоем пути, делая дальнейшее движение нереальным. Прыгать как акробаты по скошенным верхушкам камней, было слишком рискованно, и не все могли рискнуть для этого.

— Да здесь только мышь перебежать может, лиса и то застрянет, — в отчаянии произнёс Расс.

— Вот те на-а-а, — растерянно произнёс кто-то. — Что делать будем?

А за каменной рекой местность была более весёлая: и кусты повыше и попышнее, и местами даже деревья стояли. Но это всё было по ту сторону, а по эту — они стояли в растерянности, ища глазами хоть какой-нибудь проход. Но ничего подобного не было видно.

— Ну, вот и пришли, — досадно произнёс Ар-ту. — И чего нас ловить, когда даже убежать невозможно.

— Может, для того и ловят, чтобы ты здесь не помер, — усмехнулся Расс. — Ты им живой нужен, а не мёртвый. Только одно не пойму, почему никогда не слышал о такой каменной реке?

— Может, мы дальше всех зашли, — ответил Ар-ту. — А может, это как особая граница: перешёл каменную реку — значит, спасся, поэтому и рассказать о ней некому.

— Назад не пойдём, — предложил Ар-ту. — Двинемся на восток. На западе на горизонте скала. Там каменная река может в скалу упираться. А на востоке точно есть выход к морю, и думаю там, по воде, можно будет обойти камни.

Уныло, долго и скучно, под палящим солнцем идти вдоль каменной реки и думать, как близко спасение и как оно неожиданно недостижимо. Держались как можно ближе к камням, чтобы в воздушном мареве было невозможно рассмотреть их в подзорную трубу.

Постепенно заросли стали немного гуще, появились раскидистые деревья. Ар-ту забрался на ветки, чтобы осмотреться. Каменная река в этом месте была повыше, но поуже, а на той стороне, прямо у самых камней, тоже стояло дерево. Оно было не высоким, но с толстыми далеко расходящимися в стороны ветками.

— Верёвку бы перекинуть и перебраться, — задумчиво произнёс принц. — Только как? Тут хоть недалеко, да рукой ведь не докинешь.

Они расположились передохнуть и решить, что делать. Неожиданно, издалека донёсся выстрел. Все вскочили.

— Погоня!? За нами!?

— Уходим. Быстро уходим, — дал команду Расс.

Все похватали вещи и быстро скрылись в ближайших кустах.

Очень скоро после ухода команды Ар-ту здесь появилась группа девушек. Было видно, что они измучены жаждой, устали и очень спешили.

— Тоже мне, мужчины, — сердито бурчала Анна, на ходу засыпая в пистолет порох и забивая пыж со свинцовой пулей. — Сильные, храбрые и все герои, а сами на девушек собак пустили. Последний заряд остался. Все пули на собак перевела.

Дойдя до каменной реки, они от неожиданности замерли, потом дружно стали пробовать протиснуться между камнями, но все было бесполезно. Одна девушка, впадая в истерику, принялась раскачивать камни, пытаясь вырвать их из земли.

— Это невозможно, — бессознательно твердила она. — Такого не может быть! Такого не бывает! Не-е-ет!

Она хваталась то за один камень, то за другой, но глыбы не шелохнулись. Судорожно всхлипывая, с глазами полными слёз отчаяния, она в изнеможении тихо опустилась на землю рядом с каменной рекой.

— Весь остров, словно тюрьма большого размера, — произнесла София, облизывая пересохшие губы. — Даже убежать некуда.

— Девчонки, смотрите! Здесь кто-то был. Вот даже верёвка осталась и мешок какой-то, — воскликнула Снежана.

— А вдруг это охотники на беглецов забыли, — ответила другая. — Уходить надо.

— Девчонки! Да это же кожаный мешок с водой, — радостно прозвучал голос Снежаны. — Как раз для нас.

Счастливые своей находкой, девчата за целый день, наконец, утолили свою жажду. В побеге они не были готовы к тому, что встретилось им в пути: ни к безводной полупустыне, ни к травле собаками, ни тем более к встрече с каменной рекой.

— Охотники или нет, не важно, важно, что верёвка длинная и если её перекинуть на дерево на той стороне, то можно перейти на тот берег, — сказала Анна.

Услышав стук топора, все вздрогнули от плохого предчувствия. Анна тут же выхватила пистолет, но оглянувшись, они увидели, что Снежана тесаком вырубала короткую толстую палку.

— Ты что шумишь, — напустились на неё все. — Нас могут услышать и понять, где мы спрятались.

Но Снежана не обращала на это никакого внимания. Она молча завершила свою работу и тут же принялась обрубать верхушку одного из небольших деревьев.

— Значит так, — сказала она, по тону её голоса сразу стало ясно, что она просто командует и не собирается обсуждать и выслушивать никаких возражений или мнений, — давайте верёвку. Скорее. У нас только одна попытка перебросить верёвку на то дерево за каменной рекой. Если палка с верёвкой упадёт между камней, то мы её уже не вытащим. Сейчас это наш тренировочный бросок.

Обмотав верёвкой высокий обрубок дерева, который стал похож на большую рогатку, девушки дружно пригнули ствол вниз. В заранее вырубленную выемку Снежана осторожно положила палку без верёвки.

— Пуск! — крикнула она и махнула рукой.

Палка, брошенная рогаткой как катапультой, описав красивую дугу, довольно высоко пролетела рядом с деревом на той стороне.

— Пойдёт, только лучше целиться надо. Необходимо бросить точно через центр дерева на той стороне.

Взяв другой обрубок и привязав к нему верёвку, она приспособила палку на рогатину и скомандовала:

— Тяните!

Стоя за спиной девчат, она точно видела направление броска:

— Все подвинулись влево, — железным тоном произнесла она, — ещё чуть-чуть. Сильней натянуть! Пуск!

Тонкой змеёй метнулась верёвка за палкой на другую сторону. На этот раз бросок был точнее, но не такой сильный. Зацепив макушку, полка всё-таки перелетела через крону. Все замерли, а кричать от радости боялись. Отвязав свой конец верёвки, Снежана подбежала к высокому стволу дерева, стоящего напротив дерева на другом берегу каменной реки. Подсаженная руками подруг, она мгновенно взлетела на нижние ветки. Поднявшись выше, она перекинула конец верёвки через толстый сук и крикнула:

— Тяните, только медленно.

Верёвка сначала пошла, потом стала натягиваться, вдруг сорвалась и ослабла. Все ахнули и замерли. Сорвалось!?

— Тяните ещё, но медленно, — продолжала руководить Снежана.

Неожиданно все увидели свою палку, которая, сорвавшись откуда-то, теперь находилась между двумя толстыми ветками дерева на той стороне.

— Тянем, — звенел голос Снежаны.

Наконец все поняли, что бросок был удачным и верёвка надёжно закреплена на другой стороне каменной реки. Натянув веревку покрепче, так что верхушка дерева на их стороне слегка наклонилась, девчата — одна за другой — начали переправу. Спускаться по наклонной верёвке было не тяжело, но страшно. Торчащие камни не вода, если в них упадёшь, то уже не выйдешь.

На небольшом холмике, не так далеко от них, показалась довольно большая группа людей.

— Вот они, — закричал кто-то, — попались голубчики. — Ну, держитесь теперь! Я вам за своих собачек всё припомню!

— Слушай, да это не команда принца, — глядя в подзорную трубу, произнёс один охотник.

— Как не они. А кто тогда?

— Братцы, да это же девчата. Да если бы мы раньше знали, что это девчата, уже давно бы переловили.

— А где тогда принц?

— А кто его знает? Может, на запад пошёл, тогда завтра на восток пойдёт, тут мы его и поймаем. В пустыне да без воды — как раз еле живой будет.

— Ты смотри, смотри что удумали, а! А ну скорей мужики, а то не ровен час, и вправду уйдут на ту сторону.

Анна последней забиралась на дерево, когда рука подбежавшего преследователя скользнула по её ноге, но хорошо схватить не успела. С ловкостью кошки она добралась до верёвки, но в бешенной спешке потеряла пистолет. Охотники тоже кинулись на дерево и ветка, не выдержав двух тяжёлых мужчин, обломилась. На смену им уже лез более быстрый и ловкий Зав.

— Сейчас я тебя... — угрожающе рычал он.

Анна уже сцепила ноги на верёвке и начала спуск, как он схватил её за поднятые ветром волосы.

— Ну, теперь повиси, повиси немножко. Я разрешаю, — великодушно произнёс Зав.

Страшный вопль Анны вспугнул всех. Это был вопль отчаяния, но в ту же секунду, ножом, единым взмахом руки, она обрезала волосы и заскользила вниз по верёвке. От неожиданности Зав потерял равновесие и чуть-чуть не упал. Пока он выправил своё положение, Анна уже была на той стороне.

Преследователи не сдавались. Зав уже начинал спуск, а другой ждал своей очереди. Толпа охотников ревела и подбадривала друг друга.

— Давай Зав! Давай! Скорей! Уйдут!

Кто-то из девушек в панике пронзительно закричал. Все замерли, и в этой тишине раздался громкий и уверенный голос Снежаны:

— Эй, вы! Там…! Получите, что искали, — с этими словами она ударом тесака перерубила верёвку. Дерево на той стороне выпрямилось: тот, что был на дереве, полетел далеко в кусты, а Зав, крутнувшись, как жук на короткой верёвочке, сильно ударился о дерево и, обламывая ветки, без сознания упал вниз.

ХОЗЯЙКА КАМЕННОЙ РЕКИ

Тем временем Ар-ту и его команда вышли к большой воде, с берегом заросшим колючим кустарником, растущим прямо из воды. Сквозь эти заросли вдали была видна долгожданная полоса чистой воды.

— Вода морского залива, — решили все. Рассуждали так: — если отойдём от каменной реки, то вполне вероятно, что приблизимся к деревне, где нас могут заметить. Безопасней идти вдоль камней, должны же они, в конце концов закончится.

Шли по воде, которая то доходила до колен, то опускалась до щиколотки. Но перейти или проплыть между камнями было невозможно. Шли, стараясь держаться плотной кучкой, как неожиданно Расс остановился и поднял сжатую в кулак руку. Все замерли.

— Что случилось? — тихо спросил Ар-ту.

— Не знаю. Но я чувствую, что на нас смотрят, — ответил Расс.

Все притихли, всматриваясь в сразу ставшие враждебными кусты и камни. Услышав шипение, все повернулись на звук и...

За камнями, лежа на воде в узком проходе среди камней, на них немигающим взглядом смотрели глаза гигантской змеи. У неё была огромная голова, а тело было покрыто неровным узором цвета воды и камней. Время от времени из пасти высовывался длинный раздвоенный язык, более чем с руку длиной. Все замерли. Чудовище, несколько раз высунув язык, пошевелилось и, отрезая их от берега, стало не спеша выплывать из своего убежища. Змея понимала, что здесь от неё никто не убежит, и поэтому не спешила.

Зевая, она широко раскрыла свою пасть, показывая огромных размеров ядовитые клыки, резко выделяющиеся на фоне простых зубов. Все поняли, одним человеком такую тварь не накормишь.

— Если эта тварь вылезет, она всех передушит, — тихо произнёс кто-то.

Голова змеи приближалась к краю камней.

— Господи, прости и помоги, — пронеслось в голове Ар-ту. Он бросился в бок за камень, выхватил саблю и подняв клинок над головой в ожидании замер. Змея, казалось, не обратила на это внимания. Как только её голова высунулась из камней, Ар-ту нанёс удар, стараясь одним движением отсечь её голову. Всё было правильно, кроме одного: кожа змеи, как рыба чешуёй, была покрыта небольшими твёрдыми чешуйками. Они, защитили её от острого лезвия, а тело змеи, чуть прогнувшись на воде, так ослабило удар, что даже следов не осталось.

Ар-ту отскочил, а броситься на него змея не могла, так как была ещё зажата между камнями. Она повернула к нему голову и, раскрыв пасть, зашипела.

В то же мгновение чей-то сапог ударил змею в ядовитый клык. Чьи-то руки сунули в пасть обломок большой деревяшки. Кто-то прыгнул на неё так, чтобы своим весом не дать ей поднять голову, и тут же вонзил ей нож в глаз, а прямо по ноздрям чудовища уже кто-то бил зажатым в руке камнем. Змея, как могла, дёрнула головой, оттолкнула несколько человек, но не сумела сбросить седока со своей головы. Всё равно медленно и тяжело она стала поднимать свою голову. В этот момент кто-то поймал змеиный язык руками и сильно потянул его на себя и в сторону, пытаясь опустить и повернуть змеиную голову. Это был удачный приём, поворачивать голову змеи, держа её за язык. Сверху на голову змеи уже уселся ещё один человек и, как только её голова оказалась опять у воды, Ар-ту, держа рукоять сабли обеими руками, нанёс колющий удар сверху, пытаясь проткнуть её шкуру. Он чувствовал, как сабля упёрлась во что-то твёрдое, он навалился всем телом, шевеля и толкая остриё вниз. Раздался хруст, всё вокруг вздыбилось в змеиных кольцах и сразу замерло. Ар-ту продолжал давить и шевелить саблей, пытаясь отрезать голову. Все были настолько озлоблены, что никто не ждал, что будет дальше. Все тянули, били, вырывали, и вскоре голова чудовища была отрезана, а частично просто оторвана от своего тела. Только теперь все остановились в кровавом месиве воды.

И если бы появилось, какое другое чудовище, то они, не задумываясь, ринулись бы в бой. Но было тихо.

— Как хорошо, что она лежала между камней и не успела поднять головы. Иначе всех передушить могла, — произнёс Ар-ту.

— Это точно, — отозвались другие, — зато как удачно ты попал между позвонков! Если бы попал в кость, то трудно сказать, чем бы всё закончилось. А так сразу — раз, и сломал позвоночник!

Расс, как по дорожке, пробежал по телу змеи между камней и вернулся.

— Я подумал, что она через всю каменную реку лежит, но ошибся.

Выбив на память ядовитые клыки, они одели голову змеи на камень так, словно она пыталась его проглотить.

— На, жри! — произнёс кто-то, — только косточками не подавись.

Все устало засмеялись и пошли дальше. День близился к концу, и они спешили.

К своему удивлению, они увидели, что каменная река далеко уходила в залив, пока не была полностью покрыта водой. Странным казалось и то, что в уютной бухте повсюду находилось много разбитых кораблей.

— Это что, морское кладбище? — мрачно пошутил кто-то.

— Да, странное местечко, — согласился Расс. — Очень похоже, что это и есть знаменитые мыс и бухта Разбитых Надежд. Смотри, сколько их тут уже погибло.

— Один вопрос, — произнёс Ар-ту, — ночевать тут будем, или пока светло через каменную реку переплывём?

Уже в глубоких сумерках они выбрались на берег на другой стороне каменной реки.

ЧАСТЬ ВТОРАЯ

ГРОЗНЫЙ СТРАЖ ВОСТОЧНЫХ ГРАНИЦ

В темноте они ещё долго уходили подальше от залива. Наконец, почувствовав себя в безопасности и от усталости, они разом повалились на землю. Несколько позже беглецы развели костёр, и сразу стало веселей, теплей и уютней. Неожиданно послышалось негромкое блеяние овец, и на свет костра вышел пастух с небольшим стадом. Остановившись неподалёку, он приветливо спросил:

— Разрешите и мне, Христа ради, погреться у вашего огонька.

— Подходи, если с миром пришёл, — устало, но любезно отозвался Ар-ту.

— Мы здесь странники и ищем покоя, так почему и другим не погреться у нашего огня, — поддержал его Расс. — Правда, угостить тебя нечем. Наша пища — это наша свобода, — продолжил он, думая, что пастух всё равно поймёт, что они не из местных, а значит, лучше сразу правду сказать.

— Мой приход мирный, — отозвался пастух, — спасибо за разрешение, добрые люди. Своим ответом вы мне напомнили историю об одном нищем. Он часто просил милостыни так: подайте, Христа ради, водицы попить, а то так есть хочется, что даже переночевать негде.

Все засмеялись. Ночной гость явно оживил всех и поднял настроение.

— Это как раз о нас, — сказал кто-то. — А то вода и ночлег под звездами обеспечены, а есть так хочется, что живот от голода волком воет.

— Ну, раз вы, такие, как тот нищий, то, может, и я, могу чем-то помочь, — смеясь, произнёс пастух.

Он попросил помочь подоить овец и достал из сумки хлеб. Вскоре все наслаждались вкусом хлеба и парного молока.

— Сегодня гостей ждать будем, — неожиданно сказал пастух, — вовремя вы огонёк развели.

Эта новость никого не обрадовала. Что за гости? Может, их костерок привлекает того, кого не нужно? Да и пастух, конечно, местный, но кто он? Свой — чужой?

— Подумать всегда есть над чем, — словно угадав их мысли, сказал гость, — но думать надо без зла и суеты, а ещё лучше выбирать дела по последствиям. Тогда больше пользы от раздумий. Уставшие, но сытые и разомлевшие от теплого костра, Ар-ту и его друзья засыпали один за другим.

Ар-ту не спал и незаметно задумался над своей жизнью. Он вспомнил детство во дворце, прощание с родителями и седеющую прядь волос в причёске ещё молодой и красивой мамы. А ведь это из-за меня у мамы ранняя седина, — подумал он. Неожиданно он ощутил присутствие некой великой и могучей сущности. Он не видел её, но ощущал её так близко, как будто они вот-вот могли соприкоснуться.

Нередко сравнивая себя с различными людьми, мы удовлетворённо отмечаем свои преимущества, а когда их нет, то для себя делаем успокаивающий вывод: ну и что? Я всё равно не хуже его. Однако сейчас Ар-ту сильно забеспокоился: он почувствовал, что не может сравнивать себя с этой Личностью. Второе, он никак не мог найти подходящих слов для своего сравнения и понимания необычности Личности.

Расс, ворочаясь во сне, что-то бессвязно бормотал и неожиданно внятно и чисто произнёс: «Святость». Святость, громким эхом отозвалось в сознании и душе юноши. Он сразу ощутил, как мал и жалок по сравнению со святостью. Жар души, страх и трепет охватили его, и он преклонился перед невидимой, но Великой, Могучей и Святой Личностью.

Трудно признать величие другого, ведь это значит признать свою неспособность быть равным. Но признать Святость другого, пусть даже великого, ещё трудней, ведь это признание своей духовной несостоятельности и неправоты всей своей жизни. Не все могут пересилить свою гордость и признать это. Как люди не терпят пятен грязи на парадной одежде, так и Святость не терпит рядом ничего нечистого. Вина всегда наказуема, и тогда остаётся только одно — надежда. Надежда на милость Святости, при добровольном личном раскаянии.

Стремление раскаяться во всём, получить милость прощения и хоть немного начать подражать Великой Святости, как жар охватило принца. Его губы задрожали, пытаясь что-то произнести, но великий страх и ужас парализовали его, тело не подчинялось сознанию, а только иногда бессильно вздрагивало.

Время шло. В нём жестоко боролись два чувства: одно – стремление просить прощения и подражать великой личности, другое — из-за страха молчать и оставить всё так, как есть.

Ар-ту так и не сумел пересилить страх и переступить порог раскаяния, отделяющий его от Святости. Ощутив сильные толчки, принц очнулся. Пастух по-прежнему сидел по ту сторону костра, а остальные спали.

— Что, гостей почувствовал? — улыбнувшись, спросил пастух.

Принц вскочил на ноги. Кровь бешено колотилась в висках. Камень Наследия!? Да, такое он испытывал, только если кто-то был с его Камнем Наследия. Значит, охотники были уже близко и с помощью камня искали его в темноте. Стали просыпаться и остальные, и скоро, в сумраке ночи, послышался шум идущей толпы гостей.

— Вы сидите здесь, — сказал пастух. — Так будет лучше. Это гости ко мне, хотя и за вами. Но вы приняли меня ради Христа — Мессии, и я помогу вам.

Он поднялся и повторил:

— Оставайтесь здесь, я сам поговорю с ними.

Пастух пошёл навстречу гостям, а его овцы, без всякого зова, поднялись, встали полукругом, и пошли за ним.

— Надо же, — прошептал Расс, — как армия за полководцем.

Они остались у костра, но каждый из них был готов к битве. Отойдя в темноту, пастух остановился, а за ним встали полукругом его овечки. Гости подошли близко, когда неожиданно для всех, громко и властно прозвучал голос пастуха:

— Стойте! Не приближайтесь ближе!

От неожиданности все замерли.

— Вы нарушили запрет Определяющего Время и перешли границу, — так же властно продолжил пастух. — Зачем вы пришли сюда?

— А ты кто такой? Думаешь, что в одиночку можешь так разговаривать с нами? — насмешливо ответил кто-то из толпы. — Неужели ты думаешь, что один можешь удержать нас от того, для чего мы пришли?

— Я Страж восточных границ, — ответил пастух с достоинством. — И вы знаете, что, придя сюда, вы нарушили запрет и границу. Вам лучше прямо сейчас уйти обратно.

Ар-ту с друзьями удивлённо переглянулись.

— А мы-то думали, что он пастух, — тихо произнёс Ар-ту. — А он, оказывается, Страж восточных границ. То-то он смел, как лев, и голос у него, как у полководца.

— Послушай, — сказал голос из толпы. — Позволь забрать то, что принадлежит нам, и мы сразу уйдем.

Принц узнал голос При.

— Они пришли ко мне добровольно и приютили меня у своего огня, — так же уверенно ответил Страж. — Уходите с тем, с чем пришли.

— Братцы, да он же один! Чего мы его тут слушаем? — сказал другой голос, в котором принц узнал Гора. Толпа всколыхнулась.

В ответ пастух тихонько стукнул посохом о землю. Тук... Негромкий стук ещё стоял в ушах, а где-то вдали раздался раскатистый мощный гул, иногда чередующийся быстрым потрескиванием то в одной, то в другой стороне неба. Приближаясь, звук зашелестел так, как будто что-то стремительно неслось и катилось по тёмному небесному своду. Потрескивая, нечто описало круг над головами всех, на долю секунды замерло, и вдруг целый пучок ярких молний заметался прямо над головами пришедших. Молнии шипели и трещали, шли зигзагами и пересекались, и казалось, что сам небесный свод проламывается так, как ломается тонкий ледок от тяжести. Как бы извиняясь за опоздание, прямо над головами пришельцев так грохнул гром, что земля вздрогнула и резкий порыв ветра всколыхнул всё вокруг.

И охотники, и принц с командой со страху уткнулись лицами в землю. В отсвете молний Ар-ту успел заметить, что стоял только Страж, но сейчас он был совсем не похож на прежнего пастуха. Его величественная фигура внушала страх, а за ним полукругом стояли его овечки.

Прошло время, прежде чем гости начали шевелиться и Гор насмешливо произнёс:

— Надо же, как грозы испугались! А ты нам фокусы не показывай, мы в цирке и не такое видели

Договорить он не успел: сверкнула молния, и Гор долго дёргался в отсвете её вспышек, пока не упал. Как подкошенные все опять упали от страха и замерли. Стало тихо.

Наконец, послышался робкий голос:

— Прости нас великий Страж. Мы виноваты. Позволь нам уйти.

Наступила тишина.

— Все согласны, что мы виноваты? — нетерпеливо спросил тот же голос, и в ответ дружно раздалось: — Прости нас, Великий Страж.

— Уходите.

Пришедшие поднялись и, боясь отстать друг от друга, стали уходить, унося на руках не пришедшего в себя Гора. Страж, постояв немного, вернулся к костру.

Это был уже прежний пастух. За ним так же, опережая одна другую, бежали овечки, а его голос был такой же мирный и приветливый, как и прежде.

ПРИКОСНОВЕНИЕ К ДРУГОМУ МИРУ

Потрясённые происшедшим все сидели молча, боясь заговорить с грозным Стражем восточных границ.

— Спасибо за помощь, — наконец осмелился произнести Ар-ту. — Мы теперь спасены?

— Спасение даёт только Творец, но с одним условием, если ты сам и добровольно просишь об этом, — ответил Страж. — Но сейчас вы в безопасности.

Неожиданно у Ар-ту опять возникло ощущение, что он стоит вплотную к чему-то великому, новому и неизвестному. Может, даже у порога иного мира. Страх перед могуществом Стража сдерживал его, но любопытство взяло верх, и он, спрашивая, как бы прикоснулся к этому миру.

— Великий Страж, если ты так близок к Творцу, то скажи, почему на земле так много страданий, скорбей и несправедливости?

Страж поднял камень и спросил:

— Что будет, если я отпущу камень? Он повиснет в воздухе?

— Такого не бывает, чтобы камень, который ничего не держит, не упал, — удивился принц.

— Вот точно так и не бывает, чтобы человек, сердце которого наполнено злыми помыслами, не мог не причинять другим страдания. Сказано: «ибо из сердца человека исходят злые помыслы, прелюбодеяния, убийства, обман» и что «не может дерево худое приносить плоды добрые».

Всякое зло приходит только через человека, только через его сердце и по разрешению человека. Страдания и скорби

— это плоды и последствие зла и обмана. Во всей вселенной только моральные законы способны сохранить мир от зла и его последствий.

— Но если Творец есть, и если Он добр, то почему Он одних отвергает, а других прощает?

— Творец отвергает только тех, кто сам отвергает Творца. Чтобы получить новое гражданство, надо признать власть царя и исполнять его законы. Сказано: «каждый, кто призовёт имя Господне, спасётся». Как видишь Творец, или Определяющий Время желает принять всех.

— Тогда как правильно понимать: только Творец избирает, или каждый сам прийти может? Где свобода, если Творец сам избирает и определяет спасение?

— У тебя бывает так, что ты думаешь, что так будет, и так точно сбывается?

— Конечно, бывает.

— Если даже ты способен предвидеть своё будущее, то почему Творец Миров, определяющий всему своё время, не может знать всего будущего?

Не дожидаясь ответа, Страж продолжил:

— Как ты думаешь, когда люди ссорятся, то мир зависит только от одного человека, или от обоих? Создание семьи зависит только от одного человека? Когда приходишь к врагу мириться, мир зависит только от приходящего? Надёжность и верность друг другу зависит только от одного человека? Когда просишь прощения у царя, помилование зависит только от просящего?

— Конечно, нет. Всё и всегда зависит от двух сторон, — ответил Ар-ту.

— Милость, прощение и раскаяние нельзя требовать и их нельзя заслужить. Это только добровольное решение каждого. Раскаяние — это добровольное решение и дело человека. Прощение и помилование — это добровольное и независимое решение от Творца. Отдавайте кесарево кесарю, а Божие Богу и не ложи заботы обоих в одну кучу.

— А если Творец уже избрал, тогда что, можно что хочешь делать, и всё равно спасён будешь?

— Почему ты бежал из города Цирк?

— Душа не всё принимает, вот и сбежал.

— Если твоя душа не приняла это, и ты сбежал, то тем более избранные, сами и всеми силами будут бежать от всякого зла и неправды. Они имеют полную свободу, но в Господе. Но даже если они упадут, то всегда покаются. Они всегда стремятся не уронить честь и достоинство Творца и жить так, чтобы Отцу Вечности не было стыдно назвать их своими друзьями.

— А почему Творец нарочно кладёт соблазн перед праведником, а когда он согрешит, то не прощает его? Разве это справедливо!?

— Правильно так сказано, что «согрешит и умрёт в грехе своём», — поправил Страж и спросил: — А какой он праведник, если он согрешил и не раскаялся в этом? Прощение и милость это последствия раскаяния. Если ты сам не раскаиваешься то, как станешь избранным и как простить? Спасаются раскаянием и милостью Творца, а не своей самоправедностью.

— Тогда зачем Творец допустил и создал зло? Какой Он Владыка Миров, если не может уничтожить зло и сразу всех сделать добрыми? Почему Он не сделает так, чтобы все сразу признали Его? — с нарастающим чувством спрашивал Ар-ту.

— Творец не создавал зла. Зло обозначает отсутствие добра и справедливости, а значит, отсутствие Творца в человеке. Творец всё создал для славы своей. Только полная свобода может прославлять Творца и проявить величие Его творений. Творец не хочет ни насилия, ни ограниченных кукол-роботов. Свобода — это независимый выбор. Твой выбор — это твоя жизнь в твоих руках. Что сам посеешь, то сам и пожнёшь. Творец, как Владыка, выбирает только лучшее из лучшего, а ненужное, нераскаявшиеся, будет сожжено. В этом есть справедливость, но нет насилия и нет ограничения свободы.

Творец ищет только добровольных единомышленников и друзей, и только в этом настоящая надёжность, величие и слава.

От начала Он дал человеку знания зависимости: что от чего, почему и как это будет. Творец учит предвидеть, чтобы избежать плохого. В помощь человеку Он всем дал интеллект и записал в каждом совесть и личную ответственность.

— А это правда, что Творец похож на старого деда?

— «Творец, сотворивший мир и всё, что в нём, Он, будучи Господом неба и земли, не в рукотворённых храмах живёт и не требует служения рук человеческих, как бы имеющий в чём-либо нужду, сам давая всему жизнь и дыхание и всё» — произнёс Страж и улыбнувшись, спросил:

— Ты думаешь, такая личность может быть похожа на старого дедушку? Только для людей, Он в образе, подобном человеку.

— А какой самый страшный грех?

— Это не прощённый Творцом грех. Часто это грех, который ты любишь делать и поэтому не раскаиваешься и погибаешь. «Не обманывайтесь: Творец поругаем, не бывает. Что посеет человек, то и пожнёт: сеющий в плоть свою от плоти пожнёт тление, а сеющий в дух от духа пожнёт жизнь вечную», Творец знает помышления сердец и здесь обман или притворство, не помогут.

— А что больше всего Творец ценит в человеке?

— Творец, а также и люди, ценит постоянство и надёжность. «Человек с двоящимися мыслями не твёрд во всех путях своих» и ненадёжен как для царства Небесного, так и для людей.

Зло и тьма не имеют постоянства: там «да» только до тех пор «да», пока не стало удобно обмануть тебя.

— А почему Творец так строг и придирчив к людям?

— Почему придирчив? Он милостив. Адам согрешил и не раскаялся, за что был наказан, а разбойник грешил, но раскаялся на кресте и был прощён по милости Творца. Раскаяние и послушание дороже жертв, всесожжений и обещаний.

Прощение Творца не зависит ни от возраста, ни от прошлой жизни и дел. Неважно кем и каким ты был, но важно, каким ты стал. Отец Вечности всем даёт надежду на спасение, сказав: «каждый, кто призовёт имя Господне — спасётся». Каждый может стать Его сыном и дочерью.

— А почему только надежду, а не само спасение? Почему так??? — возбуждённо воскликнул Ар-ту.

— Призыв к надежде спасения — это от Господа, раскаяние для спасения — это личный выбор человека, милость прощения — это решение Творца. Если сам не раскаялся, то надежда напрасна. После прощения Творец даёт только одно условие: «иди и в впредь не греши».

Творец поклялся, что «ничего нечистого не войдёт в покой Мой». Значит, так и будет.

— Не, ну должно же быть хоть что-то, что влияет на Творца, — удивился Ар-ту, разводя руками.

— Конечно. Это такое раскаяние человека, когда Творец сам захочет его простить.

— А почему Творец не всем и не всегда помогает?

— Надо самому что-то делать, чтобы Творцу было в чём помогать, а для большой помощи надо дружить с Творцом. Человек должен делать свою часть работы: предвидеть и трудиться, переживать и молиться, а Творец делает свою. Он не любит ленивых и не будет делать вместо тебя то, что ты сам должен сделать.

— Но должно же быть хоть что-то, что физически доказывает, что Творец есть? Ну, хоть что-то доступное и понятное даже дикарю!? — возбуждённо воскликнул Ар-ту.

— Как ты думаешь, почему люди решили, что существуют уже много тысяч лет?

— Ну как почему? — удивился принц. — Археологи находят следы труда человека в древних слоях и породах земли. Эти следы никогда и ни с чем не спутаешь. Вот мы и знаем.

— А если ты найдёшь вот это. — Страж камнем на камне нацарапал круг и крест внутри круга и сказал:

— Для этого рисунка не надо ни огня, ни железа. Как определить, как давно это сделано и что это сделано природой или человеком?

— Это уже следы информации, а любая информация создаётся только разумом и только для разума. Все знают, что никакая информация не может возникнуть сама собой, об этом даже никто не спорит. Значит ясно, что такое мог сделать только человек, — уверенно ответил Ар-ту.

— Да ну, — удивился Страж. — Такие рисунки легко делают даже двухлетние дети. Неужели могучая природа не может этого?

— Природа не может создать даже простую информацию. Только разум, подобный человеческому, может сделать это.

— Посмотри, что ты видишь? — спросил Страж и налил в чашку воды.

— Только своё отражение, — удивился Ар-ту.

— Не только, — уточнил Страж. — Ты видишь тот Разум и тот отпечаток информации, который ни за какие миллиарды лет не может создать ни эволюция, ни природа. Ты видишь разум и жизнь, способные творить, создавать, понимать и передавать другим любую информацию.

Скажи, почему для создания рисунка обязательно нужен разум, а для создания самого разума ни знаний, ни ума не надо? Почему сложный разум появился раньше, чем простой рисунок на камне?

Скажи, почему ты веришь в это противоречие?

Ар-ту молчал, а Страж продолжил:

— В «Книге Жизни» так сказано: «Ибо что можно знать о Господе, явно для них, потому что Господь явил им. Ибо невидимое Его, вечная сила Его и Божество, от создания мира, через рассматривание творений, видимы...»

— Ты сам, сам для себя — неопровержимое доказательство того, что тебя и всё живое создал только Великий Разум. Разум, который и есть Творец и Хозяин всего и Отец Вечности.

Ты сам обвинил себя и весь мир, признав, что ничего в мире не может ни создать, ни скопировать даже простых следов труда человека.

Ты и всё человечество признало, что сама собой не может появиться никакая информация, которая создаётся только разумом и только для разума.

Ты и всё человечество видите и знаете, что этот мир слишком хорошо устроен и понимаете, что такое невозможно создать путём случайных совпадений.

Ар-ту молчал, а Страж продолжил:

— Не все ищут доказательства веры, но многие ищут пути отвержения твёрдой истины, для самооправдания и избегания личной ответственности.

«Если бы вы были слепы, то не были бы виновны», но как вы утверждаете, что видите разницу между делами природы и живого разума, то вина остаётся на вас. А ты сам чего ищешь? — неожиданно спросил Страж.

Ар-ту покраснел и опустил голову. Он замолчал и ни о чём больше не спрашивал.

ОСТРОВ ДИСЦИ

Проснувшись утром, они увидели, что пастуха уже нет, но под его оставленным плащом они с благодарностью нашли хлеб и молоко.

В рыбацком городке, который назывался Новой Надеждой, было немало историй о грозном Страже, который под видом пастуха иногда защищает беглецов, но описания очевидцев не подходили ни для кого из местных.

Они узнали, что у жителей этого города были хорошие торговые отношения не только с островом Дисци, но и с другими местами. На своё счастье они познакомились с капитаном Кук, который, узнав их историю, решил помочь им. Он согласился взять их на работу для рыбного промысла, а потом отвезти на остров Дисци.

Ар-ту написал письма доверенным людям, у кого втайне хранил свои сбережения за годы плаваний. Сбережений было немало, и если всё собрать, то можно было купить и хороший новый корабль, и снаряжение, и товары. Письма были отданы капитанам, которые плыли в города, где жили эти люди. В посланиях Ар-ту объяснил своё положение и просил срочно выслать деньги в столицу острова Дисци, куда он уже отплывал.

На рыбном промысле все обошлось без приключений, если не считать, что вместе с селёдкой они поймали огромную рыбу-меч и наслушались множество морских историй.

Подплывая к острову Дисци, они издали увидели великую статую воскресшего Христа — Мессии. Статуя была вырублена прямо из скалы почти белого гранита, в некоторых местах с примесью сине-голубого оттенка. Христос был изображён во весь рост с радостью на лице и с поднятыми, как для приветствия руками. Он словно желал обнять всех прибывающих на остров. С его поднятых рук и до самых ног складками свисала каменная ткань одежды.

— Статуя Мессии — это символ острова и столицы? — спросил Ар-ту.

— Нет, — ответил капитан Кук. — Из-за большой ответственности жители побоялись сделать её символом острова. Они боятся, что по ошибке сделают что-то неправильно, и это будет позором для Христа. Статуя — только символ веры, надежды и спасения.

Подплыв ближе, Ар-ту прочитал надпись на постаменте: «Придите ко Мне. Я воскрес, чтобы вы поверили».

Остров Дисци оказался очень большой и живописный. Городская гавань могла вместить много кораблей и была хорошо защищена от свирепых штормовых волн и ветров.

Здесь никто не встречал их с цветами, но как только Ар-ту и его друзья сошли на берег, они почувствовали приветливое и тёплое отношение со стороны местных жителей.

Капитан Кук заплатил им больше, чем обещал.

— Это счастье и удача, — с чувством произнёс Кук, — когда действительно надо помочь, и ты это сделал. Ложка хороша к обеду, а помощь — вовремя, — сказал он и, хитро подмигнув, добавил: — Конечно, если помощь не как откуп за грехи.

На другой день принц и его друзья неожиданно получили приглашение на ужин к графу Комп, со странной фамилией Ас. Он был мэром (градоначальником) города Дисци. Кстати, на ужине было и немало людей из городского управления. Граф Комп, для удобства в обращении, разрешил называть себя господин Мэр.

За ужином принц рассказал, где бывали, что повидали и о своих злоключениях на острове Цирк. Ар-ту с восхищением поведал о верности Расса и команды и об их бесстрашном сражении с гигантской змеёй. То, что он урождённый принц, он сообщил только Мэру и попросил никому больше не говорить.

Всех особенно заинтересовала их встреча со Стражем восточных границ. Время от времени они слышали различные истории об удивительном Страже, но участника такой встречи все видели впервые. Рассказ из первых рук всегда очень важен и полезен.

— С острова Цирк бежит немало людей, — сказал Мэр, — но редко кто встречался со Стражем границ. Раз вы так уже отмечены судьбой, разрешите и мне, в качестве помощи от всех нас, сделать вам привилегию. Мы предлагаем для всей команды бесплатное обучение в нашей Школе Секретов Жизни.

— Никогда не слышал о такой школе, — сознался Ар-ту. — Это что, опять математика, физика…

— Не совсем так, — под общий смех успокоил Мэр. — Предлагаю вам завтра начать знакомство с нашей школой, а заодно, может, и работу себе найдёте. У нас много деловых людей, которым нужны хорошие работники.

ТАЙНЫЕ СЕКРЕТЫ ЖИЗНИ

На другой день принц уже читал программу школы. Она оказалась совсем не такой, как он думал, а была таинственной и необычной. В программе школы некоторые лекции имели краткое дополнительное пояснение. Это помогало лучше понять, что именно включено в эту лекцию и облегчало выбор того, что сейчас для тебя важнее. Посещать занятия и брать материал для самостоятельного изучения можно было в любом порядке.

Глаза Ар-ту беспорядочно прыгали с места на место программы, выхватывая то одно, то другое название лекций.

Курс: Азбука и чтение Языка Тела
Умение читать то, что скрыто за парадной вывеской на лицах, когда вам говорят одно, но на деле — совсем другое. Как определить отношение к вам человека по выражению его лица или позы тела. Есть поза просителя, поза хозяина, поза противоречия, поза враждебности и так далее. Как читать человека как книгу.

Курс: С Господом всё возможно
Пояснение из «Книги Жизни»: «Стучите, и будет отворено, просите, и дано будет вам».

Лекция: Сила мышц, сила взгляда и сила духа
Доверие Богу, вера, смысл и цель — как суперсила вашего духа. Не быстрому достаётся бег и не сильному победа, но на всё воля от Господа. Голиаф был сильней физически, но победила сила духа в Давиде. Из записей героев веры: Когда дух уныл и сломлен, ты уже побеждён.

В чём разница: не твоё тело имеет дух, но ты дух, который имеет тело.

Подтверждение сказанного: в жизни не все, и не всегда страдают физически, но все и каждый день страдают духовно от обмана, несправедливости, от потери дружбы, надёжности и прочих стрессов. Человеческое уныние, радость, наслаждение, гордость и тревога — это всё для нашего духа, а потом для тела. Потеря надежды — иногда стоит жизни. Везде духовное важней.

Ваш взгляд должен быть уверенным, спокойным и отражать ваше внутреннее равновесие. Часто, взгляд в глаза — это вызов. Делая вызов — знай и умей, как отразить его.

Камень обиды, брошенный в твоё сердце, должен выплеснуть только истину в любви.

Лекция: Предвидеть, чтобы избежать.

Мы живём в мире дел и последствий. Творец от начала дал человеку интеллект, способный предвидеть последствия, чтобы избежать плохого. Теория и практика реального предвидения последствий ваших желаний, дел и поступков. Умение решать ссоры и конфликты. Не принимай желаемое за действительное. Сделать — одно мгновение, а последствия — на всю жизнь. Совет: выбирайте дела по их последствиям. Не принимайте решений в момент бурных чувств и эмоций. Если в момент принятия решения вас что-то торопит в душе, то решение часто будет неправильным.

Лекция: Мы и закон замещения

Свято место пусто не бывает. Чтобы взять, надо что-то отдать. Христос взял наши грехи, и отдал свою жизнь, чтобы дать нам спасение. Чтобы получить прощение — необходимо твоё раскаяние. Чтобы тебя уважали — уважай других. Первая добродетель — удаление своих пороков.

Лекция: Тьма и Зло

Луч света разверзает темноту. Тень — это место, прикрытое от света, но это не луч тьмы. Темнота — это слово обозначает отсутствие света, но физически, самой по себе, темноты не существует.

Зло — само по себе не существует, но это слово обозначает отсутствие добра, нравственности и любви. Творец — эталон добра, заботы и любви. Дьявол отвергает Творца, и как результат, стал отцом зависти, зла и лжи. Если тьма — это отсутствие света, то зло — это отсутствие Бога.

Для победы добра, одного доброго дела недостаточно, а война со злом начинается примирением с Творцом в твоём сердце.

Лекция: Оставляя прошлое — простирайтесь вперёд
Неважно кем и каким ты был, но важно кем и каким ты стал, в жизни и перед встречей с Творцом.

Лекция: Как стать мудрым
Из Книги Жизни: «Начало мудрости — ненавидеть зло. Начало мудрости — страх Господень».

Советы мудрецов: всегда помни, что ты обычный человек. Мудр тот, кто умеет использовать ум других. Общаясь с Творцом, получаешь Его мудрость.

Много знает мудрец, но всё знает глупец. Не думай о себе больше, чем ты есть. Каждый человек, должен иметь царя в голове. Битва со злом начинается не с махания мечом, а с осознания своих пороков. Невозможно исправить то, что ты считаешь правильным. Зло, приходит в мир через человека и, если ты мудр и силён, то сохрани мир от зла из своего сердца.

Лекция: Надёжность — как стрежень жизни
«Творец не человек, чтобы Ему изменяться».
«Человек с двоящимися мыслями, не твёрд во всех путях своих...»
Без ответственности и постоянства характера, нет надёжности, а значит, нет счастья.

Лекция: Скажи себе правду о себе
Честно сказать себе правду о себе — это смелость, сила и путь к подвигу.

Почему мы любим обманывать сами себя? Я — не центр мира.

Реальное понимание своего положения в жизни и обществе — начало пути к успеху. Учись смотреть на себя и на всё, как бы со стороны наблюдателя. Со стороны — часто видней.

Курс: Как встречать врага и как выбирать друзей
Есть «друзья» — держись от них подальше. Иной «друг» — опаснее врага. Друзья могут уйти, а враги могут накапливаться.

Другом может быть тот, с кем у вас общие духовные ценности.

Самое мощное оружие против врага — твоё доброе, честное и уважительное отношение к нему. У настоящих друзей должны быть те же ценности в жизни, что и у тебя.

Дополнительный материал: книга «Как встречать врага».

Лекция: Смотреть и видеть, слышать и разуметь
Хорошо, когда мы видим недостатки других, но важней знать и видеть свои недостатки и слабости. Учитесь видеть не только дела, но и мотивы дел и поступков. Поняв, что влечёт человека, ты поймёшь, для чего он так поступает, и сумеешь предвидеть его поступки. Например, воры ласково говорят и отвлекают для того, чтобы легче было украсть и обмануть. Пример: Учитель, позволительно ли давать подать кесарю?
Что стоит за этим вопросом?
1. Вопрос задан, чтобы уточнить истину или чтобы знать мнение учителя?
Ответ: Вопрос задан для того, чтобы уловить, обвинить и осудить Христа в Его словах.
Ответ Христа: «Отдавайте кесарево кесарю — а Божье Богу».

Курс: Подготовка к подвигу. Кто такие сильные люди? Как стать сильным?
Люди, умеющие сказать себе правду о себе и способные признавать и исправлять свои ошибки. Люди — не дающие

злу и неправде пройти в этот мир через их сердце. Люди, способные постоянством характера, заслужить доверие.

Курс: Скорочтение. Запоминание. Анализ.

Скорочтение — развитая тренировкой способность быстро и на уровне подсознания различать буквы, понимать смыл слова и всего написанного. Запоминание (фотопамять) — развитая тренингом способность легко воспроизводить в памяти то, что вы прочитали, услышали и увидели.

Анализ или различение — развитая тренировкой и навыком способность быстро различать, куда ведут последствия дел: к доброму или плохому. Выбирай дела по их последствиям. К курсу прилагаются игры для дополнительного развития скорочтения и фотопамяти детей и взрослых.

Курс. Логика жизни (Мужская логика. 2 лекции) и Женская логика. (33 тома или 33 сокращённые лекции.)

Пример логики по-женски: иногда ДА значит НЕТ, или НЕТ значит ДА, но только попозже. Как это различить?

Мужская логика проще и понятней, но женская часто интересна и необычна.

Курс: Семейное счастье: из чего оно состоит и что держит его

Утверждение: Чем больше здание, тем твёрже должно быть основание. Для семейного счастья необходима надёжность, уверенность друг в друге, и Творец в сердце каждого. Творец — есть твёрдое основание.

Для размышления:

1. Полезное искусство для семейного счастья: управлять людьми так, чтобы они этого не замечали.

2. Совет мудрецов: мудр не только тот, кто умён, но и тот, кто умеет использовать ум и способности других.

3. Из «Книги Жизни»: «нитка, втрое скрученная — не скоро порвётся».

И совет: Пригласите Господа в своё счастье.

4. Многие умеют отстаивать своё мнение, но в семье важно уметь принимать мнение другого.

5. В семье важнее не то, кто что хочет, а то, что ведёт к миру и уважению обоих.

6. Где нет уважения — там нет любви.

7. Только любовь превращает холод стен — в тепло родного очага.

8. Мой дом там, где меня всегда ждут, где я всегда нужен, где есть тепло уважения, доверия и взаимопонимания. Это есть в вашем доме?

9. Всегда сильней и умней тот, кто первый сделает шаг к миру.

10. Даже в ссоре ищите доброе друг в друге, это поможет примирению.

11. Счастье не оттого, что имеешь, а оттого, что ты доволен тем, что имеешь.

12. Любовь — это тёплая и постоянная забота друг о друге.

13. Творец всегда ждёт вас и готов помочь вам.

14. Правда (истина) тяжела и часто разрушает, но истина в любви — всегда созидает.

Лекция: Как найти то, что вы ищете для семейного счастья

Напишите то, что вы хотите видеть в другом. Честно ответьте: в вас это тоже есть? Вы готовы это делать для другого? Ведь от вас тоже что-то ожидают.

Совет из опыта ловцов, следопытов и следователей: чтобы кого-то поймать, надо знать: для чего вы хотите поймать, кого вы хотите поймать, где это водится и как оно ловится. Вопрос-подсказка: вам действительно нужно то, кого вы ловите или нужно что-то другое?

Совет: настоящий поиск счастья начинается внутри себя.

Курс. Что такое прощение? Кому нужней прощение: тому, кто обидел, или тому, кого обидели?

Зачем люди обижают? (Ответ: чтобы другим причинить боль.)

Ты не можешь быть счастлив, пока в тебе есть обида, зависть и недовольство. Горечь обиды как яд разъедает твою жизнь, искажает мысли, ведёт к злу и раздражению. Твоё прощение обидчика — это единственное противоядие и возврат к счастью. Прощение важнее тебе, а обидчику важнее раскаяние.

Из «Книги Жизни»: «Солнце да не зайдёт во гневе вашем». «Пойди прежде примирись с братом твоим, а потом принесёшь дар твой для Господа». «Прости нам согрешения наши, как и мы прощаем»

Лекция. Может ли что-то влиять на прощение и помилование?

Почему Творец должен вам верить и прощать? Что и как должен сделать человек, чтобы вы сами захотели простить его? Может так надо и перед Творцом?

Из «Книги Жизни»: «Каждый, кто призовёт имя Господне — спасётся…». Единственное, что влияет на Творца, это такое раскаяние, при котором Он сам захочет простить вас.

Курс. Камень Наследия или Камень Свидетельства Твёрдого Основания. Невидимая печать усыновления.

«Вы друзья Мои, если будете исполнять слово Моё». «Вы — дети Мои...» «Таких единомышленников ищет Отец Мой...»

Курс. Жизнь, как она есть. Цель и смысл жизни. Светлая и тёмная сторона жизни и их влечение. Последствия выбора влечений

Из «Книги Жизни»: «Ничего нечистого — не войдёт в покой Мой».

Служить истине трудней, но почётней и только в этом есть честь, подвиг, будущее и смысл жизни.

Курс. Отличие добра от зла, спрятанного под видом благих желаний и добренького человека

Последствия добрых дел не должны умножать лени, зла и обмана. Необдуманное добро — часто удобренная почва для зла. Лютые волки прячутся под овечью шкуру. Каждый несёт свою ответственность. «Кто соблазнит одного из малых сих, тому лучше не родиться…»

Курс. Полное преображение жизни. С чего начинается изменение жизни?

Преображение — это полная смена духовных ценностей жизни: изменение характера, привычек и поведения. Посеешь привычку — пожнёшь характер. При искреннем раскаянии и принятии Творца, многие сразу освобождаются от привычек алкоголизма, наркотиков и плохого характера.

Лекция: Вы не рабы своих эмоций. Искусство владеть собой и влиять на других. «С Господом — всё возможно»

Эмоции — враги счастья и эмоции — друзья и украшение счастья. Эмоции нужны, но только те и тогда, когда они вдохновляют и обогащают вас, когда вы позволяете им увлекать вас в хорошем и добром. Дети делают то, что позволяют им родители, а если в нас плохие эмоции, значит, мы это позволяем и в этом, не обвиняйте других.

Совет: во время ссоры измените тембр голоса к мирному, говорите спокойно и тихо, не произносите обидные слова. Говорите то и так, что ведёт к миру, если не знаете, как это сделать, то лучше промолчать.

Истины из «Книги Жизни»: «Мягкий язык перемалывает кости, а вздорное слово — подымает бурю».

Курс: Милость и правосудие

Особенно рекомендуется для принцев, принцесс и сотрудников высшего королевского двора и правосудия.

Милость и прощение невозможно требовать, можно только умолять об этом. Милость зависит только от милующего, но не от просящего. Только искреннее раскаяние способно влиять на прощение и помилование?

Курс. Реальное понятие о подвиге, настоящих ценностях и сокровищах

Подвиг — не допустить злу выходить из твоего сердца и не быть рабом плохих чувств и эмоций. Сокровище — надёжность в Господе.

Из «Книги Жизни»: «Ибо там, где сокровище ваше, там и сердце ваше будет».

Лекция: Победить, до начала проблем

Причины проблем: недовольство, неблагодарность, ропот и недостаток терпения и настойчивости. За непослушание Творцу, при выходе Израиля из Египта, погибли десятки тысяч, но за ропот и недовольство — миллионы. Как избежать этого?

Из «Книги Жизни»: «Великое приобретение — быть благочестивым и довольным».

Лекция-тренинг: Говори — но знай о чём молчать

Пример первый: Умный хвалится матушкой с батюшкой, а глупый — казной да женой.

Пример второй: У семьи были свои тайны, но друзья рассказали о них всему городу. Надо ли было делать это?

Из «Книги Жизни»: «Не будь переносчиком в народе своём».

Лекция: Зависть и её последствия

Закон из Книги Жизни: не пожелай или не завидуй.

Не допускайте зависти других к себе и сами никому не завидуйте. Ваша зависть отравляет именно ваше счастье. Многие преступления и предательства совершаются из-за зависти, но за последствия платите вы.

Лекция: Твоя жизнь в твоих руках. Завтра начинается сейчас и сегодня

Через годы, дни, часы и секунды, как через строй солдат, все идут в вечность. Каждый, в своих руках, несёт чашу своей жизни: чашу своих влечений и желаний, решений, дел и поступков. Каждый час и даже секунду, выбирая как поступить, мы определяем своё завтра и своё будущее. В начале дела ты хозяин, но сделав дело — ты раб последствий.

Лекция: Самое главное для успеха в любом деле.
Пояснения: В любом деле более успешны те, кто умеет сохранять интерес к делу.

Потеря заинтересованности — это потеря цели, успеха, карьеры и счастья.

Практика искусства: как создавать заинтересованность для себя в любом деле и стать более успешным.

Лекция: Как заставить других делать то, чего вы хотите?
Единственный способ заставить другого сделать то, чего вы хотите, это дать ему то, чего он хочет для своей души. Чего может хотеть другой человек? Это стремление среди друзей, в семье или обществе быть оценённым и признания своих достоинств и значительности. Умея правильно платить этим другим, взамен, вы получите то, что вам нужно.

Из Книги Жизни: «не делай другим того, чего себе не желаешь».

Пример: у одного ложка, у другого каша, уступите друг другу, и оба будете сыты. Для разумного человека это ни жертв, ни денег не требует.

Совет: в неразумных желаниях опасайтесь обмана

В это время вошёл Расс и сказал, что человек от губернатора ждёт их, чтобы познакомить с деловыми людьми и с городом. Ар-ту бросил недочитанную программу на стол, и они быстро вышли.

НОВЫЕ ДРУЗЬЯ

После посещения двух достопримечательных мест города Ар-ту попросил провести их в мастеровой ряд, где мечтал найти работу. Гид — проводник сразу предложил им начать с кузнецов Терпа и Наста. Он слышал, что у них очень много работы, а значит, могут взять работников.

— Они не только отличные мастера, — говорил провожатый, — но и по характеру хорошие, что тоже очень важно.

Их полные имена: Терп по фамилии Ение и его друг Наст по фамилии Ойчивость.

— Интересные у них имена. Это получается кузнецы Терпения и Настойчивости, — смеясь, сказал Расс.

Ещё издали они услышали знаменитый кузнечный перезвон. Мастер или один кузнец бьёт маленьким молоточком, указывая куда бить, а другой, молотобоец, точно в это место должен сильно ударить молотом. Вот и получается знаменитое динь — бум, динь — бум.

Зайдя в кузницу, Ар-ту был поражён красотой тела и мышц стоящего к ним спиной кузнеца. Кузнец был всего чуть выше среднего роста, работал в широком кожаном фартуке спереди и с открытой спиной, имевшей форму трапеции. Работая тяжёлым молотом, он методично ударял им по раскалённому металлу. В момент удара, на его открытых боках, в огненном отсвете горна и железа, словно короткие вспышки молний, зигзагами вздымались бугры мышц. В такт движениям на его вспотевшей спине, как тяжёлая морская волна, вздымались и раскатывались мышцы, а на руках красиво перекатывались мускулы.

На пришедших никто даже не обратил внимания. Кузнецы ковали раскалённый металл, отвлекаться было некогда.

— Вот это да! — восхищённо прошептал Ар-ту. Как и многие молодые юноши, он тоже мечтал быть сильным и иметь если не такие мышцы, то хотя бы что-то подобное.

Кузнецы только закончили работу, как зашли два человека. Один из них был весьма сердит, и ещё заходя, размахивал подковой и сердито кричал:

— Эй!!! Это ваша работа!? Смотрите, это ваша работа? Вы какие подковы делаете, а? Это же просто гнильё какое-то, а не железо! За что такие деньги платил? Вот вам ваша работа! — С этими словами он разогнул подкову, потом ещё пару раз согнул, и подкова сломалась.

— Вот вам ваша работа, — сердито повторил гость и швырнул половинки в горн.

Кузнецы молча переглянулись. Наст ловким движением выхватил одну половинку клещами и бросил на наковальню, а потом и другую. Он перевернул их, и кузнецы ещё раз переглянулись.

— За вашу работу треть цены платить надо и то много будет, — сердито продолжал пришедший, — если продадите мне сорок комплектов за половину цены, то я никому не скажу о вашем гнилом железе и работе.

Кузнецы ещё раз переглянулись, и Терп подал сердитому гостю другую подкову и сказал:

— Если и эту сломаешь, то на треть цены уступлю, но если заплатишь гнилыми деньгами, то тогда вдвое дороже платить будешь.

— Согласен, — буркнул гость.

Надо сказать, гость был намного выше Терпа и Наста, широк в плечах и имел крупную кость. При виде таких людей в народе часто говорят: «Смотри, богатырь какой!»

Гость взял подкову, поднатужился, но подкова только чуть-чуть подалась и остановилась. Как он дальше ни старался, он так и не сумел ничего сделать.

— Вот это железо, — похвалил он. — Такое мне и надо. Ладно, согласен платить за это, как ты сказал, на одну треть дешевле.

— Ты ж не сломал подкову. За что — на треть дешевле? И задаток сначала дай, — отозвался Терп.

Достав кисет с деньгами, гость небрежно бросил несколько монет на наковальню.

— Мелких нет. Это полная плата за вашу работу, — уверенно произнёс он. — Мне товар быстро нужен. Когда забрать смогу?

— Не спеши дорогой, — отозвался Наст, — товар будет готов вовремя. Деньги сначала проверить надо, не гнилые ли они.

Он взял золотой и легко согнул его в пальцах руки. От неожиданности и удивления у сердитого гостя открылся рот, а глаза сразу стали круглыми. Терп взял другую монету и точно также согнул её между пальцами.

— Ты что же это, а? — сердито произнёс Терп. — Хороший товар хочешь, а сам гнилыми деньгами за товар платишь? Ты знаешь, что за фальшивые деньги бывает? Это сколько же надо свинца в золото добавить, чтобы монеты так гнулись?

Гость всё понял и рассмеялся:

— Ну и силища у вас. А свою подкову разогнуть можешь? Наст молча взял подкову и разогнул её.

— Вот это да, — восхищённо произнёс хитрый торговец. — А с виду вы вроде и не так велики. Да-а-а. Ну и силищу вам Бог дал.

— Ты нам зубы не заговаривай, — оборвал его Терп. — Нам твоя похвала не нужна, а лучше плати договорную цену: вдвое больше, как и договорились. Нашу подкову ты не сломал, деньги у тебя гнилые, а договор есть договор.

— Да вы что, ребята! Я же просто так пошутил!

— Шутил ты или нет, это твоё дело, но мы так договорились, ты был согласен и тут даже свидетели есть. — И он указал на Ар-ту и его друзей. — Да и нас ты не уважил. Размахиваешь тут перед лицом чужой подковой и разговариваешь грубо. Думаешь, если ты высок да широк, так можешь со всеми, как с преступниками разговаривать. Так что плати сразу полную сумму за товар, как договорились, вдвое дороже.

— А то знаешь, мы ведь тоже, хорошо шутить умеем, — многозначительно добавил Наст.

Гость понял, что с ним не шутят. Покраснев как варёный рак, он вынул кисет и наперёд, вдвое дороже, полностью заплатил за товар. На том они и расстались.

Ар-ту всё не отводил глаз от двух друзей-кузнецов. Он восхищался их силой, красотой их мышц и тем, как они ловко сумели проучить жадного гостя. Правильно говорят в народе, не рой другому яму — сам в неё попадёшь. Хотел запугать ростом, силой и обманом заплатить меньше, а самому пришлось платить вдвое дороже.

Все весело посмеивались, а проводник Ар-ту весело сказал:

— Точно в народе говорят: молодец среди овец, а на молодца так и сам овца. Здорово вы его своей силой напугали, вот он и заплатил. А то ушёл бы просто так и лови его потом, как ветра в поле.

После знакомства и рекомендации принц удачно договорился о работе для себя и Расса. Другим членам команды пришлось искать работу в другом месте.

Ар-ту знал, что Расс был опытней и знал больше, чем он. Честно говоря, иногда это раздражало, и было обидно. Но теперь, когда они вместе работали в кузнице, он заметил, что Расс учится всему быстрее его. Одно дело научиться физической работе, например, носить грузы и кирпичи на голове. Другое, когда надо не только молотом бить, но и знать и определять все тонкости кузнечного дела. Недаром говорят: смотреть легко, да сделать трудно. Для Ар-ту это оказалось не так просто, как он предполагал.

Для каждого металла и каждого вида работ надо знать свою температуру разогрева и условия ковки. Следить за тем, чтобы перегрев не ослаблял металл. Знать, как улучшить металл в горне, сколько его там держать и чем топить горн. Знать, при каком цвете металла и сколько раз, для чего, в каком порядке и с какой силой надо ударить именно это место. С виду простая работа оказалось целой наукой. Для Ар-ту эта наука давалась нелегко и непросто.

— Никак не пойму, — раздражённо сказал Ар-ту Рассу. — Почему у тебя всё получается лучше и быстрей, чем у меня. В чём секрет? Ты что, из другого теста сделан?

— Тесто то же, только замес другой, — ответил Расс. — А секрет прост: чем больше привык запоминать мелкие особенности и делать точные мелкие движения руками, тем легче учить новое. Я всегда много читаю, а новое дело для меня как вызов, — а я смогу так!? Мускулы и мозоли не только на руках, но и в голове должны быть. Свой мозг, как спортсмен мышцы, развивать и тренировать надо, тогда и запоминать быстрей будешь и учиться легче. Другого не дано.

Все любят делать то, что для них легко и просто. Это всегда то, чему мы научились раньше, значит надо и сейчас учиться. Не зря говорят, что ученье свет, а неучёные встают чуть свет.

— Слушай, да я не собираюсь ссориться. Зачем ты начинаешь выяснять отношения?

— Да при чём тут отношения...? Ты ведь не маленький, чтобы ещё верить в волшебный меч и волшебные палочки, которые сразу сделают тебя умным и непобедимым. А если ещё веришь, то пойми, ты и есть та самая волшебная палочка, которая из тебя может сделать чемпиона, героя или гения. Если сам не примешь решения, что тебе это надо, если сам не будешь тренировать свой ум и тело, то никто и ничто тебе не поможет. К «прекрасному далёко» надо готовиться заранее, а не тогда, когда будущее уже пришло.

— Да как ты мне надоел со своей моралью! — огрызнулся Ар-ту, — чуть что, сразу мораль читаешь: это не так, это не то, дела надо выбирать по последствиям? Надоел уже.

— Мораль можно не любить, но её нельзя отвергать. Ты прав, мораль не удовольствие, но она, как для полководца военный план перед битвой. Она помогает понять ошибки прошлого и избежать их в будущем. Творец не зря дал интеллект и учит предвидеть, чтобы избежать проблем. Пока сам в себе не согласишься, что ты не прав, ты никогда этого не исправишь и никогда ни лучше, ни способней не станешь.

— Вот теперь ты правду сказал, что всё дело в себе, а не в Творце. Правильно говорят, что Бог то Бог, да сам не будь плох.

— Ну, началось, — усмехнулся Расс, — первое, не сваливай всё в одну кучу, сортировать надо. Сказано, что отдавайте кесарево кесарю, а Божие Богу. Господь ленивым не помогает и, вообще, делай что-нибудь сам, чтобы было в чём помогать тебе.

— Да отстань ты! — буркнул Ар-ту, — тоже мне, советчик. Больше ничем не буду делиться с тобой.

— Ар-ту, ты мне друг, но истина дороже. Истина — это реальность, а не мечты и желания. Согласиться с истиной не так просто, ведь иногда это признание своих ошибок, неправоты и несовершенства. Не секрет, что многие считают себя лучше других, поэтому им, из-за гордости, ещё трудней признать свои ошибки. Выбор всегда личное дело, но каждый выбор имеет свои последствия, — произнёс Расс и отошёл в сторону.

Как ни сердился Ар-ту, но он понимал, что Расс был прав. За годы плавания он действительно ничего не читал. Ему было горько и обидно, но это была обида на себя. Ну, кто виноват, что я не читал? Ну, кто виноват, что у меня память не так развита, что вместо мозгов вата, а руки умеют только кирпичи таскать да немного саблей махать? Ведь если честно, то даже торговлей несколько лет Расс занимался, а он только деньги пересчитывал. Ну, кто виноват в этом!!!?

— А если я не люблю читать, тогда что? — пробурчал Ар-ту более миролюбиво, но Расс услышал.

— Вкус развивается к тому, что ты ешь, — ответил он, — а время находим тогда, когда решим, что это важнее других дел. Например: как напали на тебя первый раз, так после этого ты сразу для тренировок время нашёл. Понял, что это тебе необходимо. Так и в другом надо. Я уже говорил, что для развития способностей ума физических упражнений мало. Мозоли должны быть не только на руках, но и здесь, — и Расс постучал пальцем по голове. — Учиться рассуждать и учиться предвидеть, чтобы избежать беды — это всё труд ума, а не мышц. Как пища для тела, так и для ума нужен объём новых знаний, навыки и информация. Ум обязан учиться, и первое — это учиться говорить себе правду. Думать первое время трудно, но учиться думать — необходимо.

Если всего полтора месяца ежедневно заставлять себя читать всего по двадцать страниц в день, то потом возникнет потребность и интерес к чтению. Современные психологи только — только понимать стали, насколько необходима здоровая умственная пища мозгу, чтобы мозг учился правильно размышлять. А Христос уже две тысячи лет назад напомнил об этом, что «не хлебом одним будет жить человек, но всяким словом из уст Божиих». Как будет развиваться память, если запоминать почти нечего? Как будешь предвидеть наперёд, если не знаешь опыта тех, кто уже пережил это? Хорошие книги, как хорошие друзья, они учат и помогают жить. Недаром говорят, что мудр не только тот, кто умён, но тот, кто умеет использовать ум других. Если отмахнёшься, станешь ленивый умом. Если примешь это как вызов и скажешь, что я хочу и обязан знать это, то победишь.

Ещё один секрет, — продолжил Расс, — не спеши исполнять то, что приходит в голову. Это твоё подсознание подсказывает варианты действий, но в порыве чувств, это может быть неправильной подсказкой. Хорошо, когда мы сознательно выбираем решение по его последствиям.

Ох, не просто согласиться с обидной истиной, особенно если ты принц. Недаром говорят, что легче научить двадцать «ослов» думать, чем самому этому научиться. Однако после этого разговора Ар-ту стал много читать. В нём действительно проснулся интерес если не ко всему, то ко многому. Его пока мало интересовали книги о любви, но зато он запоем читал научные статьи, приключения, про способности человеческого ума и тела и технические достижения. Он даже уже размышлял что, как и для чего он хочет изменить на своём будущем корабле.

Частые споры с Рассом и желание больше знать и быть не хуже его заставляли учиться и тренировать себя больше и больше.

Будучи на острове Цирк Ар-ту уже понял, что он не хочет и не может жить так, как там живут и учат. После бегства и встречи со Стражем он потянулся к светлой стороне жизни, но перехода не сделал. Однако скоро он решил, что ему и так хорошо. Он хотел жить сам по себе со своими понятиями.

— Я что, глупее других, что должен принимать их образ жизни? Я никого не обманываю, но, а вдруг очень надо будет, а мне нельзя, что тогда делать? — рассуждал он.

Он видел, как совсем по другим принципам счастливо живут люди, но самому, полностью оставить прежний образ жизни и начать жить по-новому, было страшно. Гордость и болезненное чувство особенности даже себе не позволяли сознаться в своей трусости, и он придумывал различные оправдания своего положения. Например, он рассуждал, я уже лучше, чем был, и уже подружился со всей командой, чего ещё надо?

Он стал похож на упрямого цыплёнка, который через щель видел другой мир, но боялся выходить из привычной скорлупы и боялся сознаться в этом. Всё, что ему сейчас хотелось, это найти оправдание своему образу жизни так, чтобы его уважали, и он имел значимость. Подогрел это желание и старый знакомый Виктор, который «совершенно случайно» оказался на острове Дисци и с которым они «совершенно случайно» встретились и пообщались.

ДЕЛО В ШЛЯПЕ

В прикрытой от света клетке (соловьи поют только вечером), соловей издавал прекрасные трели. Немало людей приходило в этот уютный трактир послушать знаменитого соловья, неторопливо покушать и пообщаться. В заведении было людно. Ар-ту, Расс и Мэр сидели за столиком и разговаривали. Неожиданно раздалось пение ещё одного соловья. Многие подумали, что это прилетел дикий соловей помочь своему товарищу-певцу. Правда, его трель начиналась невпопад и обрывалась не законченной. На это пение побежала прислуга трактира, а какой-то человек схватил свою высокую шляпу со стола и быстро выскочил на улицу. Все смеялись вслед убежавшему.

Оказалось, что кто-то приносил своего соловья учиться петь. Для этого у него была специальная шляпа, с двойным дном и дырочками. Между донышками он сажал соловья и ходил туда, где пели знаменитости. Знаменитость пела, а соловей в шляпе слушал и запоминал, дома повторял то, во что смог вникнуть. Сегодня соловей в шляпе запел, перебивая соловья-учителя, и его хозяину пришлось убежать.

– Плохой у него соловей, – смеясь, сказал Мэр. – Его лучше отпустить и взять другого. Этот уже ничему не научится.

– Откуда вы знаете? – удивился Ар-ту.

– Я знаю главный закон обучения: не перечь учителю, когда учишься. А этот соловей перебивает, недослушав.

– Ну, надо же попробовать самому, – заспорил Ар-ту.

– Когда соловей молчит, он слушает и учится. Когда соловей поёт, он уже никого не слушает и, значит, не способен учиться.

У людей тоже так бывает. Опытные мастера сразу требуют от учеников делать всё точно так, как они. Как стоять, как держать, как дышать. Они говорят, сначала научись делать так хорошо, как я, а потом будешь делать так, как ты хочешь.

Ар-ту сразу вспомнил, что кузнецы Терп и Наст точно так и требуют от него, а он часто спорит, доказывая, что ему так неудобно и непривычно. Расс учится по-другому: сказали так, значит, только так и никаких возражений. Может, поэтому он и учится лучше и быстрей.

Ар-ту вспомнил в себе чувства и ощущения в разное время обучения. «Ну, конечно, – вдруг мысленно воскликнул он и даже стукнул себя по лбу. – Когда мне это важно, то я весь внимание и молчу, слушаю и учусь. Когда спрашиваю объяснений, то я желаю уточнения знаний. Когда я спрашиваю, недослушав, то ещё не всё знаю и перебиваю учителя. А когда перебиваю и спорю, то я отстаиваю только своё мнение и уже ничего не воспринимаю. Главное даже не в том, как тебя учат, а в том, как ты настроен на учёбу, – рассуждал Ар-ту, – настроен учиться или отстаивать своё мнение. Значит, закон, «учась, не перечь учителю» и есть ключ к секрету успешной учёбы».

У Ар-ту даже настроение стало лучше, и он подумал:

– Оказывается можно и самому понять что-то, если определить, о чём надо думать, и учитывать всё, что с этим связано.

– Как вы думаете, Творец помогает тем, кто не верит, но просит о помощи, или нет? – спросил Расс Мэра.

– Он помогает всем, но не все это замечают, – ответил Мэр. – В жизни у каждого есть случаи, когда они восклицают: «Господи, прости и помоги...» и после этого что-то меняется. Например, улучшается настроение, уходит паника и слабость, появляется сила и решительность, как будто случайно со стороны приходит помощь, и даже резко меняется погода. Всё это происходит так, что помогает тебе благополучно выйти из той беды, в которой ты просил помощи у Творца. Это как раз та помощь, о которой ты просил.

Это помощь, как напоминание каждому, что Всемогущий Творец всегда рядом и слышит тебя. Лучшая благодарность не слова, а личная жизнь без зла и в Господе.

Самое плохое это когда позже, люди объясняют всё счастливой случайностью и своими способностями. Перед Творцом это великое зло и кощунство.

– То есть я каждый раз должен говорить: «Благодарю Тебя Господи»? – недовольно пробурчал принц.

– Не будь жадным на добрые слова. Неужели тебе, за бесплатную помощь даже «спасибо, Господи» сказать трудно?

– удивился Мэр. – Самому, наверно, обидно, когда за помощь «спасибо» не сказали? Или не проси о помощи или не будь жадным на добрые слова благодарности.

Ар-ту обиделся и, желая как то уколоть Мэра, с ухмылкой задал самый трудный вопрос физики:

– Ну, если вы так всё знаете, то, может, объясните, как магнитные поля могут притягивать и отталкивать предметы. У них ведь нет палок и верёвок с крючками, чтобы ими отталкивать или притягивать. Как магниты, вообще это делают?

– Конечно, теория это не доказательство, но физика это вообще не объясняет, однако я могу сказать мою теорию. Гравитация, магнитные поля и тому подобное – вызывают нарушение давления некой, ещё неизвестной нам среды, в которой как пылинки в воздухе плавает вся наша вселенная. Это сейчас принято говорить «пространство», а раньше межзвёздную среду называли «эфиром вселенной». «Пространство» – означает пустоту, а «эфир вселенной» – подразумевает нечто невидимое, неизвестное, но существующее. Я признаю, что вселенная не в пустоте, но пронизана для нас неосязаемым, но физически существующим эфиром и его энергией. Взаимосвязь, между материей и «эфиром» вселенной, конечно, существует, только это почти не изучено. Например, учёные доказали, что через нас и нашу планету проходят огромные потоки частиц нейтрино, а также тёмной материи, но мы не чувствуем этого и движение планет даже не тормозится. Точно также с «эфиром» вселенной.

Магниты и гравитация видимо изменяют плотность «эфира»» и его давление на материю. Предметы притягивается – значит, между ними пониженное давление, отталкиваются – значит, между ними повышенное давление эфира. Например, как это наблюдают в воздухе или воде: давление отталкивает или сжимает и притягивает.

Да и сама энергия существует не сама по себе, а должна иметь что-то, в чём она сохраняется и распространяется. Например, звук – это вибрация среды и распространяется только в газообразной, жидкой или твёрдой среде: в таких, как воздух, камень и вода. Свет, гравитация и прочие поля и волны – это тоже вибрация, но в неизвестной среде. Значит, они распространяется в чём-то, в «эфире вселенной» а не просто в пустоте. Например, в наше время, уже все учёные согласны с тем, что пустоты во вселенной не существует.

Другое, чем плотней вещество, тем быстрей распространяется звук или вибрация. Можно предположить, что «эфир» настолько плотней воздуха, насколько свет движется быстрее звука. Возможно также, что есть ещё нечто, в чём вибрация и информация распространяется мгновенно во всей вселенной. Но это моя теория. А вот в Книге Жизни сказано, что Творец Миров знает и контролирует всё, независимо от того, где, как далеко и что происходит.

– Ха...! Может, это и ваша теория, но весьма правдоподобная. Я думаю, что наука скоро подтвердит это, – всплеснув руками, воскликнул Расс.

ИНОПЛАНЕТЯНЕ

Ар-ту не мог возразить на это, но желание хоть немного выплеснуть раздражение за обиду стало назойливым, и он задал другой неудобный вопрос:

– Господин Мэр, а что вы думаете об инопланетянах? Учёные говорят, что есть много исторических доказательств того, что в прошлом инопланетяне посещали нашу планету. Например, древние остатки строений, которые даже в наше время воссоздать невозможно. Или некоторые древние знания и описания машин, которые возможны только при очень высокой технической цивилизации?

– О да, – добавил Мэр, – некоторые учёные утверждают, что есть записи со свидетельством того, что инопланетяне брали в жёны земных женщин, и у них были дети. А техника у инопланетян была развита на таком интеллектуальном уровне, что они управляли ею с помощью мысли.

– Я тоже слышал об этом, – оживился Ар-ту и добавил: – «Книга Жизни» ничего не говорит о пришельцах из космоса, значит, она не совсем права. Да и чего стоит только то, что всего пятьсот лет назад весь мир считал, что земля плоская. Ведь это так смешно по сравнению с теми знаниями от инопланетян, о которых пишут учёные. Что вы думаете об этом? – и довольный своим вопросом принц удовлетворённо откинулся на спинку стула.

– Рад, что у тебя обширные знания, – улыбнувшись, произнёс Мэр. – Первое, весь мир не считал, что земля плоская. Учёные просто взяли самый неудачный пример истории.

Например, ещё до нашей эры не только греки, но многие народы, живущие на берегах морей, знали, что земля круглая. Они видели, что, удаляясь, сначала исчезал корабль, а потом парус. Раз корабль на воде и опускается вниз, значит, вода тоже опускается вниз. Если долго опускаться, то линия образует круг. Значит, земля круглая. Греки только не могли точно посчитать размер земного шара.

Второе, примерно четыре тысячи лет назад, в южной стране, примерно там, где сейчас Израиль, Иов, как записано в «Книге Жизни», сказал: «Творец распростёр север над пустотою и повесил землю ни на чём…».

Да, кстати, – добавил Мэр, – то, что под северным полюсом нет материка, а только плавающие льды, современная наука узнала всего около ста лет назад. То, что земля круглая и висит ни на чём, узнали всего несколько столетий назад, но Иов, и его друзья, знали об этом ещё четыре тысячи лет назад.

Я считаю, что учёные не пишут о знаниях из Библии, чтобы не признавать, что «Книга Жизни» права. Ведь тогда надо признать и то, что есть Творец и есть ответственность за прожитую жизнь, а это страшно.

Третье, я лично думаю, что инопланетян нет. Но, если они и есть, то они никогда не посещали нашу планету, никогда не долетят до нас, и нам с ними лучше никогда не встречаться.

– Спасибо за ваше мнение, но это не объяснение и не доказательство. Это раз. Второе, откуда вы знаете, что знания в Библии не от инопланетян? – усмехнулся Ар-ту.

– Ну, если вы так желаете сделать вечер вопросов и ответов, то спрашивайте. Я постараюсь ответить, сколько моих знаний хватит, но при одном условии, – принимая вызов, тоже усмехнулся Мэр.

– Какое же это условие?

– Давайте не превращать это в спор.

– В споре рождается истина! – гордо парировал Ар-ту. – В споре не рождается истина. Спор – это не рассуждение, а война мнений и утверждение своего «Я» над другими, а это всегда обижает партнёра. В споре друзья могут стать врагами. Истина рождается только в рассуждении. Чтобы было о чём рассуждать, мы поделимся знаниями, а выводы каждый сам сделает.

– Отлично! – согласились Ар-ту с Рассом и Мэр продолжил:

– Конечно, наша Вселенная велика и поражает воображение. Иногда, глядя на звёзды, невольно возникает вопрос, неужели мы одни во Вселенной? В «Книге Жизни» сказано, что «в доме Отца Моего обителей много». Однако я считаю, что это о других мирах, а в нашем мире Творец никого больше не создал. Мы здесь одни, и вся Вселенная создана только для того, чтобы мы видели могущество, величие и славу Творца.

Первое, если мы говорим о жизни на планетах нашей солнечной системы, то люди, живущие на земле до потопа, могли иметь высокую технологию, посещать другие планеты и занести туда жизнь. Как это и сейчас происходит. Это вполне реально и возможно.

Если мы говорим о пришельцах с других звёзд, то это нереально. И вот почему.

Пророк Исайя, в пятьдесят первой главе, ещё за семьсот лет до рождения Христа – Мессии сказал о нашем мире, что «небеса исчезнут, как дым, и земля обветшает, как одежда». А две тысячи лет назад апостол Иоанн в Откровении предсказал, что наше «небо свернётся как свиток, и будет новое небо и новая земля». То есть наша Вселенная будет уничтожена и заменена другой.

Второе, если инопланетяне есть, то перелёт к другой солнечной системе требует высоких технологий, а чтобы их изобрести, вначале надо сохранить свою планету от самоуничтожения в войнах и революциях за власть.

Третье, перелёт займёт много времени, и первое, что не даст надолго и далеко улететь от своей планеты – продукты питания и топливо для ракеты. Одно дело вырастить что-то как эксперимент в особых условиях, другое выращивать достаточно для пропитания. Одно дело перелететь с планеты на планету, другое от звезды к звезде. Набрать продуктов на сто или десять человек, да ещё на десять или сто лет путешествия – корабля не хватит.

Третье, если и долетят, то они никогда не вернутся назад. Опять надо продукты, топливо и так далее. Да, кстати, для достижения около световой скорости, примерно девяносто восемь процентов от веса всего космического корабля вместе с продуктами и командой, должно занимать топливо.

Четвёртое, если они долетят то, скорее всего, не смогут питаться нашей пищей, для них она может быть ядовитой или не будет усваиваться.

Пятое, они никогда не смогут воспроизвести потомство от земных женщин.

Шестое, даже если они долетели, то должны были сначала научить людей главнейшему закону любой цивилизации, а потом дать технические знания.

– Извините, – улыбаясь, остановил Мэра Ар-ту, – назвать что-то всегда можно, но чем вы подтвердите сказанное? Например, почему инопланетяне не смогут иметь детей от земных женщин?

– Учёные никак корову с овцой не скрестят, чтобы шерсти, мяса и молока больше было, а то сразу потомство инопланетян и людей появилось. Если кто-то и придёт из космоса, то их генетика к нашей точно не подойдёт, это раз. Их ДНК будет другой и может быть закручена в другую сторону, это два и три. Методы размножения могут быть совсем разными, это четыре. Они, даже по внешнему виду, могут быть не как люди, а тут вдруг семьи, дети и так далее.

– Извините, – самоуверенно произнёс принц, – а почему это вы считаете, что инопланетяне могут быть не похожи на людей? Я понимаю, что мы будем разные, но всё-таки у нас обязательно будет что-то общее.

– Не думаю, – парировал Мэр. – Но я думаю, что если всё живое произошло по теории эволюции, то и мы тоже должны быть не такие, как мы сейчас есть.

– Очень даже интересно, – удивлённо подхватил Ар-ту, – какие же мы можем быть, если не такие, как мы есть?

– Первое, надо правильно понимать, что если на нашей планете существует жизнь, то это не значит, что она возникла сама собой, – поддаваясь азарту принца, заговорил Мэр. – Например, если ты где угодно нашёл золотую монету, обломки любого изделия или орудия труда, рубль или доллар, то это не доказательство, что они возникли сами собой. Наоборот, это доказывает, что существует активный разум, способный в любое время творить и изменять всё по своему замыслу. Если никто не знает истину, что и для чего и как это было создано, то мы в огромном количестве можем придумывать невероятные теории возникновения и назначения этих предметов. Если у человека есть выгода: слава, признание, деньги и прочее, то он будет отстаивать только своё мнение, а не истину. Теория эволюции является одним из красочных примеров подобной ситуации.

– Извините, но раз мы есть, значит, мы как-то возникли!

– Это правда, и этого никто не отрицает. Однако свидетелей возникновения и эволюции жизни нет. Археологически переход живого из вида в вид тоже не доказан, а выдумывать, не имея доказательств и ссылаясь на миллионы лет, это не научно.

Эволюционисты доказывают, что жизнь обязана развиваться только путём случайных совпадений, что жизнь – это борьба за выживание. Уничтожается всё, что мешает выжить. Главный закон эволюции гласит: выживает сильнейший и более безответственный. Ответственность за других мешает личному выживанию. В этом случае ни у чего живого не может возникнуть понятия добра, зла, совести и морали. Они только мешают выживанию. Но человек знает добро и зло, у него есть мораль, совесть и ответственность. Это явное противоречие эволюции.

Другое: по теории случайных совпадений для того, чтобы выжить, совсем не обязательно иметь гармонию и симметрию тела, как у нас и во всём окружающем мире.

– То есть как не обязательно?! – всплеснув руками, возмутился принц.

– Да так! Для выживания не обязательно иметь две симметричные руки или две ноги и так далее. Эволюция – это цепь случайных совпадений, а не целенаправленного развития. При случайных совпадениях, что случайно вперёд выросло и помогло выжить, значит, ничего больше не надо и так навсегда и останется. Потому что не существует закона случайного, но постоянного развития и усложнения всего живого и даже неживого. Случайно у нас могла быть одна рука, а вместо другой какой-нибудь хобот, клешня, как у краба, или ещё что-то. Вместо двух стоп могла быть одна стопа, а другая – как копыто. Клешнёй удобно бутылки и ракушки открывать, а копытом – змей и орехи давить, и даже обуви не надо. Вот уже и выжить дешевле и легче.

Все рассмеялись, а Мэр продолжал:

– Ведь даже для того, чтобы лазить по деревьям, не обязательно иметь руки или когти. Горные козы, например, прекрасно лазают как по деревьям, так и по скалам, хотя у них нет ни рук, ни когтей, а только копыта.

– Ну, про горных коз это вы, конечно, очень хитро сказали, – засмеялся Ар-ту. – Честно говоря, я бы вам не поверил, если бы сам не видел, как козы, спустившись с гор, ловко прыгали с ветки на ветку в поисках свежих листьев. Я даже слышал, что есть особый вид маленьких кенгуру, которые тоже лазают по деревьям.

– Рад, что ты знаешь это, – сказал Мэр, пригубив напиток. – Симметрия тела существует не для выживания и не для удобства. Симметрия – это красота гармонии и совершенства формы, а это необходимо только для восприятия разума. Любое предчувствие, любая интуиция и самый простой условный рефлекс для выживания – это уже результат заложенной информации и ума, а не эволюции. Это труд Творца, а не мёртвой природы.

Другое: уже проведены всемирные, гигантские и очень важные эксперименты, опровергающие эволюцию. Например, население древней Спарты и Греции тысячелетиями, из поколения в поколение, усиленно занималось спортом для того, чтобы быть ловкими, сильными и быстрыми. В этих странах родители тысячу лет добровольно убивали физически слабых детей для того, чтобы рождались и жили только сильнейшие и лучшие. Это был направленный селекционный отбор лучших генов. Однако спустя тысячи лет такого отбора в этих странах не рождаются дети с врождённо развитыми мускулами или с особыми физическими качествами и навыками.

Я уверен, что ты знаешь про племена людей, живущих на берегах Огненной Земли в Южной Америке, – увлечённо вещал Мэр. – Эти племена никогда не обрабатывали землю и не занимались охотой. Тысячелетиями они доставали со дна моря устриц и другие морепродукты, жарили их на кострах. И это была их главная пища. Тысячелетиями в воде подолгу плавали и ныряли мужчины, беременные женщины и дети разного возраста. Для них хорошо приспособиться плавать и жить в воде, было важнее, чем уметь ходить, ведь от этого зависели их пропитание и жизнь. За тысячи лет сменилось много поколений миллионов людей, но ни у кого из них не выросли жабры или перепонки между пальцами рук или ног. Они остались такими же людьми, как и мы.

На Аляске, в Европе, Канаде и в России миллионы людей тысячелетиями жили и живут в холодном северном климате, где полгода зима и нет солнца. Однако ни у каких северных народов тело для лучшего выживания в холоде не покрылось шерстью или жиром, как у тюленей. Даже не изменились зрачки глаз, чтобы полгода лучше видеть в полярной ночи. Зрачки не стали квадратными, как у горных коз, или огромными, как у сов.

Тысячелетиями миллионы людей жили в пустынях и полупустынных местностях, в жаре, при недостатке воды и, тем не менее, все люди похожи друг на друга. Народы Греции и Спарты, народы Севера, Огненной Земли и пустынь несмотря ни на что не имеют серьёзных различий в теле или признаков изменения тела для жизни в различных условиях. Они генетически без проблем смешиваются с друг с другом и имеют потомство. Люди никак и никогда не могли стать дельфинами.

Мэр остановился, призадумался, что-то припоминая, и продолжил:

– Я думаю, что у дельфинов и китов проще было жабрам вырасти, чем органам дыхания через весь мозг с носа на спину переместиться. За то время, когда у них вместо ног выросли хвосты, это было вполне возможно. У них, вообще, могли быть и жабры, и лёгкие, как у человека-амфибии. Учтём, что это было во всех морях и океанах, миллионы лет, на триллионы особей разных видов животных и триллионы генетических ошибок и возможностей. Но этого нет. Где тогда признаки эволюции? Разве только остатки генетически больных уродцев, по которым утверждают, что это были переходные формы видов.

Мэр вопросительно оглядел собеседников.

– Другая сторона, – продолжил Мэр, – если всё живое – результат эволюции, то всё живое обязано иметь намного больше скорость изменения своего тела и органов. Изменения тела должны начинаться уже с первого или с третьего поколения тех, кто вынужден приспосабливаться к новым условиям жизни и передаваться их детям. При той скорости изменений тела, что мы имеем сейчас, всё живое, скорее, миллион раз вымрет, чем успеет приспособиться к новым условиям жизни.

Все молчали а Мэр продолжил:

– Другая сторона, раз природа уже создала жизнь и такое многообразие и количество всего живого, то почему природа до сих пор, за сотни миллионов лет не создала никого вечно живущего? Ни человека, ни животного, ни насекомого, ни бактерии. Никакой организм не способен жить вечно. Почему всё слабеет и стареет, а не вечно молодо? Если всего от одной смертной женщины появилось всё человечество, то и от одного вечно живущего существа мог выжить, размножиться и бессмертно жить весь его род.

Почему все стареют и умирают? Ведь это такой пустяк, по сравнению с созданием самой жизни. Всего, может, сто генов изменить и всё. Ведь это триллионы триллионов живых существ за миллионы и миллионы лет. Согласно эволюции, за это время возникали и исчезали миллионы совершенно разных видов живого, однако вечной и нестареющей жизни так и не появилось.

Этого нет, так как нет и самой эволюции и случайного самозарождения жизни из мёртвой природы.

А если по «Книге Жизни», то там сказано, что Творец определил форму человека ещё задолго до начала творения. Тогда понятно, почему у человека и у всего живого есть красота гармонии, симметрия и смена поколений. Так было задумано всемогущим Разумом. Да, кстати, если учёные утверждают, что жизнь может развиться сама собой, то почему они не признают и не верят, что Творец всегда был, есть и будет. Разница в этих двух утверждениях только в том, что это просто жизнь, и это мы, люди, а это вечный и великий Творец, но суть и смысл тот же.

Другое, – продолжил Мэр, – учёные, утверждающие, что жизнь зародилась сама собой, приводят примеры изменений. Например, когда у человека по шесть пальцев или даже четыре руки. Иногда учёные находят живых змей с двумя головами, и тогда они утверждают, что это прямое доказательство, что жизнь может изменяться скачкообразно. Но те же учёные знают, что в природе всегда есть генетические болезни и поэтому всегда рождались и рождаются инвалиды или уродцы. Они очень редко выживают, а если даже оставляют потомство, то оно скоро погибает. Не только учёные, но весь мир знает, что под воздействием алкоголя, наркотиков, радиации и других причин уродцев может стать великое множество. Но все знают, что уродство – это болезнь и деградация генов. Оно никогда не было переходной формой к новому виду животного или человека.

И ещё одно, любые изменения генетики – это только изменения уже существующего живого. Всё это ну никак не доказывает самозарождения жизни. Генетические клетки настолько сложны и огромны, что ничто органическое из того, что может возникнуть в природе и космосе, не способно быть никакой основой для возникновения жизни. Так что возникновение жизни на других планетах, да ещё разумные инопланетяне – красивая сказка для тех взрослых, кто боится одиночества и бежит от ответственности перед Господом.

Люди считают сказкой воскресение Христа, а тут вдруг все верят в то, что мёртвое и неразумное создало жизнь и разум. Что из простого камня, из которого вода вымыла соли и минералы, образовался органический бульон, из которого просто так, за секунду, «БАЦ», и вдруг возникла сложнейшая жизнь. Тебе не кажется это странным?

– А почему за секунду? – Удивлённо возразил Ар-ту и беспокойно заёрзал на стуле, – может, на это миллионы лет ушло.

– Ну да, – усмехнулся Мэр, – где-то около Японии в мокрой пещере появилась одна часть ДНК, около Южной Америки – другая, около Англии – третья, потом через миллион лет около Африки они случайно встретились, соединились – и образовалась жизнь. Нет, так не может быть. Дело в том, что абсолютно все соединения для жизни должны были произойти мгновенно, так как ультрафиолетовое излучение за секунду всё разрушит и убьёт жизнь. Допустим, что первое ДНК возникло глубоко в море или в мокрой пещере. Кстати, только одна молекула ДНК содержит примерно пятьдесят пять миллионов соединений других молекул. А для выживания ДНК, сразу и мгновенно, необходимы другие системы: сложнейшая защищающая оболочка, органы питания, система пищеварения и поддержания температуры. Другая сложнейшая система, способная прочитать это ДНК и ещё сложнейшая система, способная понять прочитанное и построить или повторить это ДНК для размножения и, самое сложное, система контроля всего этого.

Жизнь – это не просто клетка ДНК, а неизмеримо больше и сложней, чем нам часто говорят об этом. Теперь представь, что всё это должно быть мгновенно и сразу: правильные молекулы, в правильном месте и соединении, в правильном сочетании и положении систем. Каждая система должна уже уметь и знать, что, как и когда делать. Если в этой многомиллиардной системе соединений хоть что-то пропущено или неправильно, то жизнь не возникнет или сразу погибнет. Как видишь, даже самая простая форма жизни – это уже несократимая система, которую невозможно создать постепенно за миллионы лет.

Да, кстати: генетика ДНК обнаружила важную «случайность» в мужских генах человека. Согласно этой «случайности», по мужской линии, независимо от того кто, где, как и когда жил или живёт, обязательно произойдёт изменение, вернее сбой – мутация, в генах. Эта мутация происходит всего раз в несколько поколений, примерно раз в сто сорок четыре года, но она обязательно будет и обязательно останется навсегда. Эта сбой-мутация ничего и не у кого не изменяет в организме.

Это парадокс. Сколько миллионов человек в мире, где только они не живут, но всего раз в несколько поколений, случайно и независимо ни от чего, происходит эта мутация генов.

В этом уже противоречие. Эволюция – это случайные совпадения и в ней не может быть никакой закономерности. Закономерность – это проявление закона и опровержение случайности. Вопрос: почему у всех происходит одна мутация примерно в сто сорок четыре года, а не случайно, у кого из рода в род каждому ребёнку, а у кого раз в триста лет или вообще нет мутации? Почему, появившись случайно раз в сто сорок четыре года, эти мутации случайно никогда не исчезают? Вывод: это не случайность, но кто-то уже давно записал закон этой закономерности в генах всего живого и это мог быть, только разум Творца.

Если говорить научно, то неправильно сравнивать случайность совпадений с монетой, у которой всего две плоских стороны. Это сравнение упрощено и слишком далеко от реальности. На практике, на любой случай, имеет влияние множество других случаев и совпадений. Реальная случайность больше похожа на миллиарды шариков, которые все в одном месте помеченные крошечной точкой. Миллиарды шариков, падая на неровную поверхность, подпрыгивая и катясь, абсолютно все и в одно время обязаны остановиться только одной, необходимой, помеченной, точкой на самой вершине. Точность случайного совпадения вершин шариков обязана быть с размер химического соединения в молекуле, которые у всех должны совпасть для образования живого или мутации. Плюс к этому, все шарики обязаны сразу образовать правильный узор, как собранный пазл, последовательности молекулы ДНК.

Мэр извинился за отвлечение от темы и продолжил: Закономерность об одном сбое мутации в определённый срок больше похожа на счётчик, который считает до определённого числа изменений. Как будильник: подошло время, и будильник зазвенел. Что будет потом, только в «Книге Жизни» записано.

Второе, наука о ДНК рассматривает уже существующую жизнь, но совсем не доказывает самозарождение жизни и даже не имеет к этому никакого отношения.

Третье: заявление некоторых учёных о том, что раз обезьяна и человек имеют схожие ДНК, то переходные формы, от обезьяны к человеку, не обязательны. Это неправильно. Если нет доказательств, то это не наука. Например, ДНК человека и свиньи тоже очень схожи, почему тогда не считать свинью нашим предком? Другой пример: учёные доказали, что шимпанзе, которые, по мнению учёных, возникли более миллиона лет назад, в процессе жизни, использует около двухсот различных видов орудий труда, но за миллион лет шимпанзе не стала человеком. Так что не труд сделал обезьяну человеком, а кто-то иной создал человека.

Другой пример: почему, в отличие от обезьян, у человека изменились руки, ноги и отсох хвост, но не отсохли мозги за ненадобностью такого объёма? Например, если у бывшего спортсмена мышцы долго без полной загрузки, то всего за семь или десять лет мышцы в два-три раза теряют свою массу и силу. А если мышца в гипсе и не может сокращаться, то всего за четыре-пять месяцев она навсегда теряет подвижность и начинает костенеть. Но почему у мозга, который за всю жизнь никогда не используется на всю мощность и возможность, остальное не отмирает? Как мозг вообще мог возникнуть в таком объёме, если за миллиарды лет он никогда не использовался даже на одну пятнадцатую часть своих возможностей? Поэтому создать и сохранить мозг, чтобы он не атрофировался от недостатка действия, и не был уничтожен эволюцией, мог только Творец.

Но самое интересное – другое, молекула ДНК – это ещё не жизнь.

– Как не жизнь!? – воскликнул Ар-ту, выронив бокал от удивления, – если жизнь не особый набор элементов в молекуле ДНК, то, что это и откуда она взялась?

– Ты прав. Жизнь – это не набор сложнейших органов и не сочетание элементов и молекул. Например, родился мёртвый ребёнок. В нём всё есть, но самой жизни в мёртвом теле нет.

– Сама жизнь – это нечто нематериальное для нашего мира. Жизнь – это особая информация, которая передаётся только от живого и путём копирования даёт жизнь другому. ДНК только чистый лист бумаги или как пустой чип в памяти компьютера, но это не жизнь и не информация жизни. Жизнь – это нематериальная информация, записанная поверх всех этих молекул и всех ДНК, и только удерживается в теле посредством всего, что там есть. Например, информация это только то, что записано посредством чернил на листе бумаги, но информация не состоит из чернил и бумаги.

Старение, болезни и смерть наступает тогда, когда информация жизни в теле искажается и начинает стираться.

Извините, я опять отвлёкся от темы эволюции, спохватился Мэр и продолжил:

– В борьбе за выживание всё живое, произойдя друг от друга, обязательно должно сохранять способность генетически смешиваться. Ведь это уже было записано в их генах, и организм уже умел читать и воспроизводить записанное. Это очень и очень важное условие для выживания всего живого. Для эволюции важно выжить, а не то, как выглядит твоё тело.

Именно так думали древние греки, поэтому в их мифах существует множество кентавров, минотавров, человеко-медуз и прочих химер. Вместо этого у всего живого есть мощный генетический закон – приказ, охраняющий чистоту каждого вида. Такой приказ в генах всего живого мог записать только разум, а значит, Творец.

– Тогда... – хотел перебить Ар-ту. – Разреши мне договорить, – попросил Мэр, – есть ещё одно важное опровержение эволюции – это двуполое размножение. Возникновение размножения от двух разных особей: самца и самки, наверно, не проще, чем возникновение самой жизни. Первое, если они уже размножались раньше, то больше ничего и не надо. Второе, другая особь должна была как-то возникнуть, стать физически независимой и сильно отличаться от первой и обе обязаны потерять способность размножаться в одиночку. Третье, будучи уже отдельными и независимыми организмами, стать идеально подходящими друг другу так, чтобы всё совпало, чтобы уметь читать гены другой, но только своего вида особи, и только вместе иметь потомство.

Это сложнейшая и несократимая система самца и самки, которая независимо одна от другой должна возникнуть сразу у обоих. Иначе эти особи просто умрут, не оставив потомства. Чтобы все умерли, миллионов лет не надо. Всего за пятьдесят лет жизнь просто вымрет, не сумев стать двуполой.

Кстати, до сих пор наука не может объяснить парадокс: как и откуда на земле появились различные человеческие расы, способные генетически смешиваться. У животных есть родственные виды, некоторые из которых могут давать бесплодное потомство, но у человека, подобных родственных видов нет. Только «Книга Жизни» даёт объяснение этому феномену: Творец создал человека отдельно от животных и, образовал человеческие расы.

Но во всём этом есть след разума, его идеи и указания на себя. Например, откуда первые особи знали, что они должны спариваться и как это делать? Почему их органы понимают информацию друг друга и только своего вида? Откуда первая курочка знала, как и сколько надо высиживать яичко? А откуда птицы знают это сейчас?

Наивные детские вопросы, но за каждым из них стоят огромные сложные фабрики, которые всё это делают. Это не просто химические процессы в пробирке, а это работа записанной информации жизни, которая включает и контролирует все эти процессы.

Другое, любой, абсолютно любой основной простейший рефлекс или инстинкт – это уже информация и результат её работы, записанной жизнью и разумом в каждой клетке организма. Откуда эти рефлексы у новорождённого потомства?

Учёные знают, что никакая информация не может возникнуть сама по себе. Тогда кто и какой разум записал эту информацию в генах каждого живого вида? Если это так просто, то почему мы, даже имея разум и при всех наших достижениях, до сих пор не умеем делать этого?

Вообще, когда и кем был обнаружен, доказан и подтверждён закон, что всё живое, от амёбы или других простейших организмов, обязано только развиваться и совершенствоваться, а не деградировать? Физики и химики знают, что с момента образования материи во Вселенной происходит упрощение, старение и разрушение всего существующего и самой материи. Так, что даже сама идея случайного образования, развития и усложнения всего живого уже противоречит всем наблюдаемым законам физики, химии и термодинамики. Абсолютно всё материальное, с точки зрения науки, только разрушается, но не усложняется.

Да, кстати, в лаборатории за любой пробиркой стоит разум, опыт, знания и достижения всей цивилизации учёных и техники, а не мёртвая природа и слепой случай. Даже сейчас, всем миром, несмотря ни на какие достижения, учёные даже в пробирке неспособны воссоздать жизнь.

Сам по себе напрашивается логический вывод: что до тех пор, пока каждый учёный аптекарь не научится создавать то, что, по мнению эволюционистов в «мокром углу запросто» создала неразумная природа, вообще нет никакого научного смысла говорить о самозарождении и развитии жизни.

Но если всё создал Творец, то понятно, почему всё находится в балансе жизни. Понятно, почему на земле есть процесс старения, и никто не живёт вечно. Понятно, почему ни растения и никто из животных или насекомых не развился так, что они уничтожили всех других, а потом сами умерли от голода. Понятно, откуда закон баланса жизни, что чем сильней и лучше организован класс животных – тем беспомощнее рождается их потомство и тем дольше оно растёт.

Например, цыплёнок курицы, вылупившись из яйца, сразу способен ходить и кушать. Детёныш кошки, рождается слепым и беспомощным, а ребёнка человека до двух лет можно считать абсолютно беспомощным и он растёт дольше всех.

Размножение только от одной особи, скорость роста и приспособления тела к новым условиям жизни, способность выжить самостоятельно от рождения – это самые главные факторы для выживания, а значит, и для теории эволюции. Что заставило эволюцию от надёжного перейти к ненадёжному? Эволюции просто нет.

Баланс: совершенство и сила с одной стороны, но ограничение возможностей с другой стороны, ведущее к сохранению видов и всего живого, мог предусмотреть только Творец. Потому что только разум и мудрость способны предусмотреть всё в прошлом для будущего.

Принц впервые ощутил, как много меняет выбор другой точки зрения на мир и всё происходящее. Он молчал и старался понять большое количество новых знаний, а Мэр говорил и говорил:

– Конечно, приспособление к форме и условиям жизни есть, но это не эволюция и тем более не зарождение жизни. Пример изменений тела – это быстрый рост мышц, силы и реакции у спортсмена. Вот это и есть приспособление.

– Пусть так, – согласился Ар-ту, но горячо и упрямо продолжил, – но я всё равно верю, что человечество будет развиваться и развиваться. Наука и техника достигнут таких вершин, что человек сможет читать мысли, быстро летать на другие планеты и галактики, создавать новые планеты и звёздные системы и так далее. Наука, знания и техника определяют всё, – горячо утверждал принц. – Всё, что для этого нужно, это только время, – принц замолчал и с гордостью посмотрел на Мэра.

– Всё это хорошо, – улыбаясь, произнёс Мэр. – Но ты сказал о факторах только от четвёртой до десятой степени важности вещей и событий для будущего. Ты пропустил самое главное и необходимое.

ЗАКОНЫ ЦИВИЛИЗАЦИИ

– А что же важнее этого? – растерянно произнёс Ар-ту. – Хороший вопрос, – похвалил Мэр. – В мёртвой природе свои законы, а у живой – свои. В любом уголке любые разумные существа для выживания технической цивилизации обязаны исполнять самый главный закон Вселенной.

– Да что это за закон вы придумали сразу для всего живого во Вселенной? – возмутился Ар-ту и осмотрелся вокруг, словно ища поддержки. – Я думаю, у всех будут свои законы, а не ваши.

– Не совсем так, дорогой Ар-ту, – покачал головой Мэр. – Во-первых, законы придумывают только для юристов и подданных. Во-вторых, научные законы можно только открыть для себя, можно изучать и применять их, но научные законы невозможно придумать или изменить. Все научные законы входят в отдел истины: при всех одинаковых условиях всё и всегда происходит только так, а не иначе. Истина только у Творца, и именно Он – Творец и Создатель всех научных законов.

Незнание или несоблюдение этого абсолютного закона сразу уничтожает существование любой высокотехнологичной цивилизации в любом уголке вселенной.

– Да что же это за закон? – возмущался принц, размахивая руками, – почему вы думаете, что если вы Мэр столицы на острове Дисци, то ваши законы должны исполнять во всей Вселенной? Почему они, инопланетяне, должны вас слушаться? Да откуда вы знаете этот закон?

– Да, я знаю этот закон, – улыбаясь, утвердительно ответил Мэр. Ему явно тоже хотелось поспорить с этим горячим и самоуверенным молодым человеком.

– Да, «Книга Жизни» действительно ничего не говорит об инопланетянах, – продолжил Мэр. – Но она говорит о существовании других миров, которые во много лучше, сильнее и развитее, чем наш мир, но которые тоже исполняют этот абсолютный закон для существования и выживания любой технически развитой цивилизации.

Ар-ту встал, вытаращил глаза, огляделся, ища поддержки, недоумённо развёл руками и сел:

– Неужели там, правда, всё это записано? – только и сумел произнести он. – Что же это за закон?

– Христос – Мессия, – стал объяснять Мэр, – за время жизни на земле ни разу не касался вопроса технического развития или системы устройства государства. Христос учил только изменению и росту духовного и нравственного состояния человека. Своим учением Христос только напомнил и пояснил от начала данный Творцом всемирный закон развития для любой цивилизации.

В современном варианте этот закон звучит примерно так:

«Чем выше технические достижения цивилизации или общества, то тем более в десятикратной пропорциональности обязана быть развита высокая мораль, совесть и ответственность каждого отдельного члена этого общества».

– Первое, мы говорим о техническом развитии. Второе, причём тут, вообще, мораль и совесть, да ещё в десять, а то и в сто раз больше развитая, чем техническое развитие, – засмеялся Ар-ту.

– Молодой человек, – официально обратился Мэр к принцу, – законы морали работают так же жёстко, как и законы химии и физики. Камень, который ничего не удерживает, упадёт вниз, а если помыслы злы, то они выплеснутся наружу и принесут только зло. Чем ниже мораль и ответственность, тем больше конфликтов. Любые личные конфликты приводят к мести, войнам и революциям. В больших масштабах, конфликт это трагедия для стран, для миллиардов людей и для всей цивилизации и планеты.

Закон морали гласит:

«Чем ниже практика морали и ответственности и чем выше техническое развитие, тем скорее и легче самоуничтожение мира в конфликтах, войнах и революциях».

Причины войн и конфликтов могут быть разные: несчастная любовь, обида, зависть, плохое настроение, гордость, чувство, что противник не успеет ответить ударом, жажда власти или просто месть: раз я умираю – то и вы все умрите.

Поэтому для любой цивилизации, в масштабе всей планеты, важно не столько техническое развитие, как развитие нравственности, личной ответственности и надёжности. Это как раз то, чему учит Творец.

По этой причине тёмная сторона, где неправда и конфликты считаются нормой жизни, приводит к смерти, разрушению и погибели. В этом случае существование высокотехнологичного развитого будущего просто не может быть.

Творец учит человека предвидеть последствия – чтобы избежать плохого. Творец указал единственный путь в будущее и дал пример высокой морали: «Творцу твоему поклоняйся и служи…, почитай отца и мать…, не убей, не укради, не пожелай чужого (то есть не завидуй). Не обманывай…, молись за врага твоего, (чтобы он раскаялся в злых делах своих), возлюби ближнего твоего…. Не делай другим того, чего себе не желаешь…» и живи так, чтобы Творцу не было стыдно назвать тебя своим другом.

Конечно, я говорю это своими словами, а не цитирую дословно, – пояснил Мэр, – но всё это для роста ответственности каждого человека.

– Без соблюдения этого закона любые инопланетяне уничтожат сами себя в войнах и революциях раньше, чем они долетят до других обитаемых миров.

Второе, если чудом они и долетят, то они сделают с нашей планетой то, что делают с колонией, где нужна только земля и ресурсы. Конечно, инопланетяне могут сохранять кое-где людей для того, чтобы охотиться на них, как на хитрого и умного зверя.

В это время от соседнего столика к ним повернулся какой-то человек.

– Извините, пожалуйста, – обратился он к ним, – мой столик близко и мне всё слышно. Эта научная идея об инопланетянах сейчас очень модна. Я слышал одну историю: Безработного спрашивают, ты почему не работаешь, ведь сейчас так легко найти работу. А тот отвечает, а я бригадир и я на отдыхе. Вот скоро прилетит моя бригада инопланетян, тогда они будут работать, а я буду командовать.

Все посмеялись, и незнакомец ушёл.

ОСВЕТИВШИЕ БЕЗДНУ

Какое-то время Ар-ту молча смотрел по сторонам и пил напиток, а потом спросил:

– Хорошо, но откуда тогда большие знания, описания машин и остатки великих построек? Это же явно следы только других цивилизаций.

– Ты прав, но почему ты думаешь, что это следы инопланетян?

Принц помолчал и ещё более удивлённо спросил:

– А кого же тогда ещё?

– При нашей гордости всегда хочется быть впереди всех, но не думай, что мы самые первые. Пришельцев нет, но есть остатки знаний и дел, прошедших до нас земных цивилизаций. Они могли возникать не однажды, а в разное время и в разных местах планеты.

Ещё до появления современных учёных и археологов, четыре тысячи лет назад в «Книге Жизни» сказано, что до всемирного потопа на земле несколько тысяч лет была цивилизация людей.

Следы этих цивилизаций находят в развалинах громадных каменных строений такого качества обработки камня, в таких размерах и масштабах, что мы и сейчас ещё не умеем так делать. Вполне возможно, что они могли не только летать по воздуху, как мы плаваем по морю, но может уже летали и на другие планеты, где возможно, если мы не уничтожим сами себя, когда-то найдём их следы.

Но всё это следы не пришельцев из космоса, а следы тех, кто на земле жил до нас, созидал до нас, достигал высоких вершин технического развития и кто, нарушая самый главный моральный закон Вселенной, погибал в войнах самоуничтожения. Они отвергли Творца и развитие высокой нравственности и поэтому погибли, оставив те руины и осколки знаний, которые мы теперь находим.

Нет, не инопланетянами с других планет и не из космоса занесена жизнь на землю, но там, на других планетах возможны следы жизни и цивилизаций, занесённых с земли. Позже всё погибло в революциях и войнах за власть, и вполне возможно, что могли быть уничтожены целые заселённые планеты, пока они не достигли военного преимущества.

Высоко технически развитая цивилизация способна уничтожить себя за очень короткое время, может, всего за два часа, а может, ещё быстрей. При большой мощности велик соблазн первому дать приказ и первому нажать кнопку. Кажется, что враг просто не успеет ответить, как уже будет уничтожен.

«Книга Жизни» так говорит о том времени, что помышления человека были зло во всякое время, и когда чаша беззаконий их переполнилась, то все были уничтожены всемирным потопом.

Творец всегда учил и учит людей предвидеть последствия, чтобы избежать плохого.

В «Книге Жизни» написано: «Что солнце да не зайдёт во гневе вашем, и примирись прежде с братом твоим, а потом придёшь и принесёшь дар и жертву твою перед Господом».

– Стоп! Стоп! Стоп! – воскликнул принц, махая руками. – Вы противоречите сами себе. Если это так, то откуда тогда у человека такие знания. Не... Ну, сами подумайте, – не унимался принц, – откуда, у первобытного человека такие знания, которые больше и выше, чем мы имеем сейчас или только достигаем их?

– Первое, – ответил Мэр, – а откуда знания у инопланетян?

Второе, эти знания точно оттуда, откуда они и сейчас у человека. Накопление опыта, изучение, создание нового, рост населения и увеличение рабочих рук. Просто не надо сильно гордиться и думать, что только в наше время мы умеем это делать и что мы самые умные и самые первые.

Третье, Творец создал человека не столько для физического труда, сколько для умственного. «Книга Жизни» говорит, что одно из первых заданий человека было дать имена всему живому. Творец проверял интеллектуальные способности человека, а не физические.

Сейчас тысячи учёных столетиями описывают насекомых, птиц и животных, дают им имена, а тогда это было сделано всего одним человеком, и он помнил, кого и как назвал. Вот это были способности! Вот это широта взгляда и простор воображения! Это действительно был ум и интеллект, не то, что сейчас.

«Книга Жизни» говорит, что Творец лично общался с человеком до тех пор, пока человек не согрешил и не захотел просить прощения.

Я думаю, что в этих общениях они говорили не о том, как каменный нож или лопату сделать. За время общения человек получил огромные знания, которые после он и стал воплощать в практике.

Человек, имея почти в тысячу лет жизнь и большие знания, мог создать технически развитую цивилизацию очень быстро. Например, современное техническое развитие началось всего около трёх столетий назад. А здесь, примерно, две или больше тысяч лет до потопа, почти тысяча лет личной жизни и большие знания в самом начале. За первые двести-триста лет уже могло быть несколько десятков тысяч взрослых человек и могло начаться воплощение знаний в жизнь: открытие рудников, создание сплавов, строительство заводов, научные записи и так далее.

Позже, после самоуничтожения первой технически развитой цивилизации, на её останках легко могли возникнуть другие. Ведь теперь они имели знания, практику и опыт предыдущих, но и они, пренебрегая моральными законами, повторяли ошибки первых и уничтожали сами себя. Кто знает, сколько их было, этих бывших и прошедших до нас предтечей? О них можно сказать одно:

«Бывшие до нас прошли впереди нас и факелом технических достижений осветили бездну погибели впереди человечества. Своей гибелью они указали только на один путь спасения – это высочайший моральный уровень для каждого отдельного человека. Уровень, который возможен только с Творцом».

Вот об этом спасительном пути для будущего развития всего человечества и учит нас как «Книга Жизни», так и история. «Книга Жизни», учит самому главному, самому важному, самому необходимому и единственному во всей Вселенной пути к прекращению скорбей и страданий, пути к светлому будущему через духовный рост с Господом.

По этой причине в ней нет места для того, что не так важно, для описания каких-то технических машин и всего прочего.

Хотя, как о примере в доказательство возможности технического развития прошлого, можно сказать, что ещё древние греки и египтяне знали электричество и проводили с ним опыты. Приборы для получения электричества во время раскопок были также найдены в странах Азии, а знаменитый научный закон сохранения энергии записан в «Книге Жизни» ещё тысячелетия назад.

Пророк Исайя в сорок девятой главе писал: «По множеству могущества и великой силе у Творца ничего не выбывает»

«Книга Жизни» говорит, что царь Озия, например, сделал в Иерусалиме искусно придуманные машины, чтобы они находились на башнях и на углах, для метания стрел и больших камней. Это написано почти за двести лет до рождения Александра Македонского и почти за шестьсот лет до Архимеда.

Как видишь, изобретают не только греки, китайцы или англичане, но и евреи и другие народы.

Вполне возможно, что Творец Всемирным Потопом специально стёр почти все следы развитых цивилизаций древности, чтобы замедлить техническое развитие и дать больше времени для нравственного развития человечества.

А Я НЕ СОГЛАСЕН

— Вот вы и противоречите себе, — неожиданно оживился принц. — В таком случае у Ноя должен быть современный корабль, а не то судно, что он строил сто лет. Что вы на это скажите?

— Если сейчас где-то в глубине Африки или Амазонки, или в другом мало тронутом цивилизацией месте кто-то строит ковчег, то он будет строить теми орудиями, что имеет и так, как он усмотрит. Прочитав раз десять об этом в газетах, ты, скорее всего, только удивишься двум вещам: первое, как примитивно живут люди: ни заводов, ни машин, ни современных инструментов. Второе, ты подумаешь, ну какой чудак уже девяносто девять лет строит ковчег только потому, что ему персонально сказал Творец. А почему тогда Творец мне не говорит? Но вот это, второе, и есть то, почему Ной так долго строил ковчег. За эти сто лет Ной донёс напоминание о Боге до многих людей, побуждая их при любом развитии к изменению образа жизни и раскаянию перед Господом.

Творец выбирал Ноя по духу и по стремлению к истине, а всё то, что духовно испорчено, независимо от технического развития, уже было обречено на погибель.

Как видишь, только высокая нравственность, возможная только с Творцом, есть путь в светлое будущее любой цивилизации. Читая «Книгу Жизни», сразу понимаешь, что Творец всегда наказывал человека только за безнравственность.

Да, кстати, если сейчас накопилось очень много археологических доказательств о высоком техническом развитии в древности и причинах их гибели, то почему это не изучается в школах?

Вопрос был неожиданным, и принц только развёл руками, не зная, как и что ответить.

– А я знаю, почему, – мягко улыбнулся Мэр. – Если официально признать высокие технические достижения и ошибки прошлого, и если об этом будут знать все, то возникнет вопрос: а почему мы сейчас повторяем ошибки прошлого? Мы что, тоже идём к самоуничтожению всего человечества?

Люди у власти боятся услышать этот вопрос, всё проще списать на инопланетян, но не признать Творца.

Сегодня модно говорить о морали в других, но мораль и совесть надо развивать и практиковать как в каждой стране, так в каждом человеке и в себе лично. Все великие страны сначала уничтожали свои силы в междоусобных конфликтах и войнах, а уже потом их разоряли другие.

Невозможно отрицать факт, что только высокая нравственность является техникой безопасности для развития и выживания любой цивилизации. Но надёжная нравственность возможна только в служении Творцу, как эталону нравственности. Это как раз то, что и хочет видеть Творец в человеке.

Я БИГ-БЕН БЫЛ?

– Да, но почему тогда учёные утверждают, что земля возникла миллиарды лет назад, а человек появился сотни тысяч лет назад. Ведь это никак не похоже на то, что написано в «Книге Жизни», – упрямо не сдавался Ар-ту.

– Ты прав, мнения учёных и «Книги Жизни» о возрасте земли и Вселенной не совпадают. Это не удивительно, но в данном случае этому есть очень серьёзная причина.

Во всех науках, когда что-то ещё неизвестно и не доказано, временно существую научные гипотезы или теории. Но любая теория не является доказательством или гарантией, что на самом деле это именно так. Теория – это просто личное временное мнение человека или группы учёных.

В точных науках, например, в физике или химии, теории часто отвергаются и меняются до тех пор, пока не будет обнаружен и подтверждён точный данный закон природы. Это частое и нормальное явление в науке. Всё совсем по-другому, когда речь идёт о возникновении Вселенной, о возрасте земли, о возникновении жизни и всему подобному. Эти теории были приняты уже полтора столетия назад и, несмотря ни на какие опровергающие открытия физики, химии, геологии, биологии, археологии и так далее, не изменяются. Мало того, эти теории выдают за уже доказанный закон и как нечто незыблемое.

Например, теория Большого Взрыва, после которого по мнению учёных и образовалась вся материя, Вселенная и наша земля.

Но ведь с самого начала уже было понятно, что никакого взрыва материи не было и быть не могло.

– И как же это доказано? – усмехнулся Ар-ту.

– Да так. При любом взрыве вся материя разлетается от центра взрыва в стороны. Значит, в центре взрыва во Вселенной обязательно должна быть гигантская пустота или чёрное пятно.

Второе, вся материя и галактики обязаны иметь чёткую траекторию движения от центра в стороны.

Третье, от одного взрыва у всех частей Вселенной обязана быть примерно одинаковая скорость движения материи.

Так вот, смотря на небо, мы должны видеть гигантское чёрное пятно, по краям которого должны светиться галактики и звёзды. Но даже в наше время и даже в самые современные телескопы никакого чёрного пятна, вернее центра взрыва, во Вселенной не обнаружено, это раз.

Второе, никакой общей траектории разлёта материи тоже нет. Вся Вселенная движется хаотично и в разных, даже противоположных, направлениях.

Третье, всё движется с очень разной скоростью. Это простые доказательства, которые сразу видно даже путём наблюдения. Причём Вселенная после взрыва обязана иметь все эти три условия вместе и сразу, а не какое-то одно отдельно взятое и независимо от других. Четвёртое, учёные-эволюционисты сами утверждают, что только после большого взрыва «Биг-Бена» стали образовываться атомные частицы материи, а уже потом сами атомы и так далее. Известно, что гравитация – это продукт материи и существует только там, где есть материя. Нет материи – нет сил гравитации. Если ядерные частицы материи появились после взрыва, значит, перед взрывом, неважно сколько, но какое-то время и после взрыва, никаких сил гравитации и антигравитации не могло существовать. Тогда какие силы это взорвали? Нет материи – нет гравитации, тогда что заставило начать образовываться ядерные частицы материи?

Пятое, раз любая материя излучает энергию, например, гравитацию, свет, рентген излучение и прочее, значит, когда-нибудь энергия кончится и материя прекратит своё существование. По всем законам физики и природы материя и материальная Вселенная не может быть вечной. Эволюционисты знали это давно, но вопреки всему объявили материю вечной и силой власти до сих пор заставляют других соглашаться и верить в это противоречие.

Я привёл здесь только те доводы, что можно понять даже не учёному человеку.

Есть и другие, всеми признанные научные доказательства астрофизики и ядерной физики, которые опровергают саму возможность собраться всей материи Вселенной в одно место и в одну точку, а также подтверждают, что материя не вечна.

– Да как это может быть? – удивился Ар-ту.

– Да так. Когда Творец из энергии образовал материю и Вселенную...

– То есть как это Творец из энергии образовал материю? – удивлённо перебил Ар-ту, – материя, железо, земля, пыль и прочее всегда твёрдые и всегда были.

– Не совсем, – ответил Мэр, – во всей Вселенной абсолютно нет ничего твёрдого. Материя – это особая форма движения энергии, например, как водоворот в воде. Когда энергия по каким-то причинам переходит из прямого движения в круговое, то образуются атомные частицы.

Учёные очень давно знают, что раз материя излучает любую энергию, например, фотоны, радиацию или гравитацию, то она обязательно медленно тает и испаряется в то, из чего состоит, то есть в чистую энергию. Это ядерный распад материи. Например, как тающий лёд превращается в воду, а вода в пар и исчезает. Значит, наша материя не может быть вечной. Науке это было известно уже несколько столетий назад, но эволюционисты не хотят признавать этого.

Физики давно доказали, что при полной реакции материи и антиматерии все частицы самоуничтожаются и абсолютно любая материя просто распадается на практически чистую энергию. Вся материя – это энергия света и совсем немного других энергий.

Да, кстати, это хорошо сочетается с тем, что говорит «Книга Жизни», что это небо и земля сгорят, будет новое небо и новая земля. Как это может быть? Например, могут измениться условия для движения энергии, и вся энергия во всей Вселенной сразу перейдёт из кругового движения в обычное. Вот уже и не стало нашей земли и Вселенной, она уже сгорела. Ещё раз изменились условия движения энергии, и образовались новые атомы, новая земля и небо, и уже будут совсем другие физические законы. Учёные физики писали об этом ещё лет пятьдесят назад, а значит, точно знали об этом как минимум лет восемьдесят назад. Как видишь, нет проблемы, где прятать или хранить огромное количество материи от старой Вселенной.

Да, попутно, ещё задолго до появления современных учёных, две тысячи семьсот лет назад, пророк Исайя в «Книге Жизни» тоже записал, что это небо исчезнет как дым. А две тысячи лет назад, апостол Иоанн в «Книге Откровений» тоже записал, что всё наше небо свернётся как свиток и будет новое небо и новая земля.

Они уже тогда знали, что вся наша Вселенная временна. Вот это древние знания, которые только сейчас наши учёные начинают открывать!

А согласно науке астрофизике, вся наша материя и Вселенная, разлетаясь, остынет и медленно испарится в пространстве как капля воды в пустыне. Как видишь, астрофизики никак не подтверждают теорию Большого Взрыва материи.

Я, лично, верю, что будущее всей Вселенной будет именно таким, как указано в «Книге Жизни»: «И будет новое небо и новая земля» и новые законы природы.

Другое, возраст материи определяется энергией атома и его частиц. Но если бы даже сейчас ты мог образовать совершенно новые атомы и частицы, то сразу обязательно будут и начинающие распадаться частицы, и молодые по энергии атомы, которые начнут распадаться через миллионы лет. Если через сутки после образования материи по этим атомам определять возраст Вселенной, то учёные определят триллионы лет, и они будут правы. Ведь откуда-то взялись атомы, которые уже распадаются, а значит, им уже миллионы и миллиарды лет. Как видишь, даже поэтому невозможно точно указать возраст Вселенной.

Невозможно поверить, что Земле миллионы лет ещё потому, что количество соли в океане непрерывно растёт. За счёт дождей и вымывания соли из почвы, вода в море становится солёнее и солёнее. Сейчас в морской воде примерно три и семь десятых процента соли, а за миллионы и миллиарды лет от количества соли жизнь в море уже была бы невозможной. Учёные не раз делали расчёты и знают, что по скорости увеличения соли в море земля существует примерно, около десяти тысяч лет.

Например, учёные говорят, что этот каньон образовался за миллионы лет, а когда большое горное озеро прорывается в долину, то оно только за один час создаёт точно такой же каньон и меняет всю геологию места. Например, недавно и при множестве свидетелей это случилось с озером в жерле вулкана Святой Елены, что в северной Америке. Стена вулкана обвалилась, вода хлынула вниз и за несколько часов вырыла длинный каньон, на дне которого сейчас бежит маленький ручеёк. Всего за сорок лет, всё заросло лесом и стало похоже на то, что это образовалось миллионы лет назад. Как видишь, для этого надо быстрый мощный поток воды, а не миллионы лет.

Напомню, что всего около сорока лет назад, от взрыва вулкана Святой Елены в Северной Америке, породой и обломками деревьев, местами была засыпана территория около двадцати километров в длину и местами до ста восьмидесяти метров глубиной. Если сейчас раскопать дома и технику, что оказались засыпаны, то можно сказать, что это сделано миллионы лет назад и что тогда уже была высокая цивилизация. Иначе, если нет свидетелей, как объяснить, что эта современная техника сейчас на глубине сто восемьдесят метров под землёй и уже в окаменелой породе. По подобной причине в угольных породах некоторых шахт и находят окаменевшие колёса, металлические шары и золотые колокольчики. Всемирный Потоп, за один год, мог и не такое сделать.

Другое, верующие учёные провели опыт и всего за один год из обычного дерева получили окаменевшее дерево. Будто ему уже миллионы лет. Есть записанные наукой факты, когда в естественных условиях, всего за пятьдесят лет каменеют кости и тело. Для окаменения надо отсутствие кислорода и вода, в которой много минералов кальция, вот и всё.

Сталактиты в пещерах образуются очень медленно, но это когда мало воды, а если воды много, например, при таянии ледников или наводнении, и если в воде много кальция, то сталактиты способны вырасти очень быстро. Например, чтобы в чайнике появилась накипь, миллионов лет не надо. Накипь – это тот же материал, что и в сталактитах. Так мы используем уже очищенную водопроводную воду, а в природе вода со всеми примесями, так что на образование сталактитов миллионов лет не надо. Я думаю, это достаточное объяснение об определении возраста земли и геологических эпох.

Точность рассуждений и выводов человека, в том числе и учёных, хорошо видно на следующем примере: в каждой стране есть специально подготовленные следователи-криминалисты. Это очень опытные люди-профессионалы. Им особо доверяют, и они работают по раскрытию преступлений. Этим людям помогает много других учёных-профессионалов: врачей, физиков, химиков, психологов. У них самые лучшие лаборатории и так далее. То есть раскрытием преступлений занимается не один человек, а целая научная группа, хотя они бывают и далеко друг от друга. Они раскрывают преступления, которые, в основном, произошли всего час, день или неделю назад. Нередко даже есть свидетели происшедшего. Но все знают, что все эти люди иногда ошибаются в своих заключениях, и тогда в тюрьмы попадают совершенно невинные люди. Поверь, все эти люди очень стараются быть точными и честными, но по обстоятельствам на работе и они ошибаются. Бывает, очень трудно отделить правду от того, что похоже на правду. Почитай детективы или лучше воспоминания адвокатов, которые описывают ошибки судопроизводства, и ты увидишь, как легко ложь можно выдать за истину.

Да, попутно, один московский адвокат лично мне так сказал: «На суде важно оказать впечатление на судью и присяжных людей, а истина мало кого интересует. Для нас истина – это только техническая необходимость».

Вот тебе и пример отношения к истине и точности человеческого рассуждения при влиянии различных факторов, а ведь от истины на суде зависит судьба человека. Ну, а как тогда узнать правду, если всё было давно, нет свидетелей, и кому-то выгодно обмануть?

Другое, если возраст Земли, геологических эпох и находок доказан, то почему учёные его часто меняют. И ещё одно: если учёные точно могут определять всему возраст, то почему они до сих пор спорят об этом?

НАУКА И СКАЗКИ

– Я думаю, это несправедливо, что вы обвиняете учёных в обмане? – недовольно буркнул Ар-ту.

– Я не обвиняю учёных. Ошибиться все могут, но шарлатаны, даже с научной степенью – это не люди науки. Наука

– это стремление к познанию и провозглашению истины. Те, кто строит свои доказательства и утверждения только на теориях, мнениях и идеях, которые даже не имеют отношения к науке, не являются настоящими учёными. Я не обвиняю писателей, которые честно называют свои рассказы фантастикой и сказками, они адекватные и честные писатели, даже если они учёные. Я обвиняю тех, кто сочиняет сказки, но ради денег и славы утверждает и распространяет их как науку и истину. А сколько их развелось? Их сейчас больше, чем богов в древней Индии. Кстати, в Индии было около четырёх тысяч божеств.

А чего стоит идея псевдоучёных, что на горе Синай, в тучах скрывался корабль инопланетян и поэтому Моисей и весь народ слышал громы из туч и видел сверкание молний, как доказательство работы двигателя инопланетного корабля. Смешно, но по утверждению некоторых уфологов современные летающие тарелки летают без шума, а тогда, на горе Синай, корабль инопланетян летал с таким громом и молниями, что народ, даже стоя у подножия горы, сильно испугался.

Интересно, почему эти учёные не принимают как доказательство существования Творца факт вознесения Христа на небо? Христос вознёсся без скафандра и всякой техники, без шума и при многих свидетелях которые и записали это в Книге Жизни.

Ещё абсурдней утверждение, основанное на какой-то информации древних свидетелей, что первые скрижали закона, данные Богом Моисею, были вырезаны на камне лазером. Якобы лазерный луч прожигал каменную пластину насквозь, и поэтому некоторые буквы были немного недорезанными до краёв, чтобы камень не выпал и была не дыра, а буква. Я лично видел, как они для примера, на картинке изображали какое-то слово, и отдельно было показано, как лазером была вырезана буква «О». Сверху и снизу оставались узкие соединения середины буквы с каменной пластиной.

Это, наверно, шедевр фантазии псевдоучёных. Откуда около четырёх тысяч лет назад в древнем еврейском языке русский, английский или европейский алфавит и буквы? Например, современные буквы турецкого, еврейского или сирийского языков. Их буквы: гласные и согласные никак не похожи на наши. У них есть звук «О», но как буква он пишется совсем по-другому.

Это до чего надо дойти, чтобы так всё исказить и всем показывать и доказывать, что так было и что это истина. И после этого я должен верить уфологам, эволюционистам и им подобным?

Мэр вопросительно глянул на принца и задал вопрос:

– Да, а ты знаешь, почему сейчас так усердно доказывают существование инопланетян? Усиленное утверждение инопланетян – это демонстрация бессилия эволюционистов. Они, не желая признавать Творца, но не сумев доказать самовозникновение и эволюцию жизни, стали утверждать, что есть инопланетяне, которые и принесли жизнь на Землю. Если хором говорить одно и тоже, то некоторые и поверят, а проверить всё равно никто не может. Но возникает вопрос, а откуда и как произошли инопланетяне? Если мы признаём возможность существования инопланетян, других миров и жизни в других измерениях, то почему не хотим признать мир Творца и Его ангелов? Получается, что люди принципиально не хотят признавать Творца, чтобы не признавать Его божественность и свою ответственность перед Творцом.

Мэр явно разгорячился от разговора, извинился за многословие, но продолжил:

– Другое, если верить свидетельствам, то почему не верить свидетельствам из «Книги Жизни»? Первое, немало людей было на похоронах Лазаря, но через три дня, когда его тело уже смердело и разлагалось, пришёл Христос и воскресил его. После этого, бывшие на его похоронах, и множество других людей, ходили посмотреть на воскресшего Лазаря, и никто не мог отвергнуть этого чуда.

Второе, более пятисот человек утверждали, что они общались с Христом после Его воскресения. Сколько ещё свидетелей надо, чтобы поверить тому, что написано в «Книге Жизни»? Да разве только это?

Есть только одна причина, из-за которой высшая элита Израиля не могла и не хотела признать Христа – Мессию. Только по этой причине они всячески старались не допустить признания Христа народом как Сына Творца и даже стремились уничтожить память о Нём.

– Интересно, что же за причина!? – иронически уточнил Ар-ту. – Только то, что Христос никогда не плясал под их дудку и утверждал, что делает всё точно по воле своего Отца Небесного. Они ненавидели Христа за его честность, так как сразу стала видна их неправда. Им нужен был другой Мессия и другой бог, тот бог, который своим могуществом будет исполнять любые их прихоти и желания. Это точно как в сказке о рыбаке и золотой рыбке, когда старуха пожелала, чтобы могучая Золотая рыбка была у неё на побегушках. Поэтому фарисеи и убили Мессию и нарочно стёрли память о Нём. Что собственно и сейчас многие делают.

Вообще, у эволюционистов развит синдром старшего брата, который говорит младшему: а кто больше знает, а? Это тот, кто больше живёт и больше учился. А я всегда старший, значит, я всегда больше живу и больше учился, а значит, я всегда прав. Так что не спорь со старшими.

Да, учёные-эволюционисты много учились, но это не значит, что они всегда правы, особенно, когда свои сказки утверждают как истину. Не зря говорят, что если лягушка за одну ночь стала Василисой Прекрасной, то это сказка. А если лягушка стала человеком за миллионы лет, то согласно эволюции это истина, и за утверждение этой истины ещё и деньги платят.

Так что дело в обмане ради славы и наживы, а не в том, чтобы утверждать истину. В истории человека это не новое изобретение.

И вообще, не религия разделяет людей, а политики, которые от древности и по сей день, любой ценой и путями рвутся к власти. Например, некоторые политики так говорили: если вы убили человека – это трагедия. Если вы убили миллионы – это только статистика. Или ещё: что такое Россия, это только охапка хвороста на мировом костре революции.

Классический пример Варфоломеевская ночь во Франции. Тогда, под предлогом религиозных разделений, были вырезаны конкуренты правящей элиты Франции. Не народ восстал сам на себя за разное объяснения веры в Творца, но королева Елизавета Медичи и её двор организовали и подготовили это массовое убийство, для быстрого укрепления своей власти. В награду было разрешено разграбить имущество убитых. Тогда, только в Париже были убиты около двух тысяч человек, а по стране, всего за несколько дней, было убито около тридцати тысяч человек. Однако вину за это возложили на религию: якобы религия разделяет людей. Это точно как в сказке, где умные воры разорили страну, а обвинили в этом глупый народ и плохие дороги.

Что для многих политиков люди? Все обвинения в религиозных войнах – это обман, чтобы перевести ответственность на других. Например, разве религия разделяет Украину, Белоруссию и Россию. Конечно, нет, но всё разделяет политика, подкреплённая отвержением Творца, и убеждением себя в безнаказанности. Для таких людей, вера в Творца, это только прикрытие для обвинения других за свои дела. Всякое зло, всегда прикидывается добрым.

НЕ ВСЁ ТАК ПРОСТО ПОД ЛУНОЮ

– А я с вами не согласен. Ведь учёные стараются быть реалистами и пытаются открыть истину, – возразил Ар-ту.

– Ты прав, но не во всём и не все стараются утверждать истину. Например, мы реалисты и не боимся сказать себе правду, что разумная жизнь сама возникла на нашей планете и даже где-то в космосе в виде инопланетян. Признавая это, мы тем более обязаны признать, что разумная жизнь уже давно существует в той вечной субстанции, которая заполняет всё пространство, и из которой образована всякая существующая материя. Но если признать Творца, то придётся признать и ответственность перед Ним, а этого реалисты не хотят.

Получается, что атеизм – это религия утешения для тех, кто не имеет в себе сил даже самому себе сказать правду о жизни и её последствиях и, зачастую, не желает контролировать своё поведение в обществе. Кроме того, учёные и психологи из течения реалистов, атеистов и эволюционистов утверждают, что при научных исследованиях в жизни не обнаружено никакой идеи, цели или смысла. Этим они разрушают сознание многих, обрекая человека на крайности поведения, разрушение личной жизни и всего общества как цивилизации. Что сейчас и происходит.

Такое заключение не удивительно, ведь цель и смысл всего, и тем более жизни существуют только для разума, а это нематериальная информация и уже духовная сторона жизни. Например, на бумаге записано слово или предложение, но физически или химически доказать что это не только чернила на бумаге, но что здесь ещё есть смысл информации, невозможно. Самое великое, важное и необходимое изобретение человека, для мёртвой природы всего на всего груда мусора. Точно так и наша жизнь: для мёртвой природы и биохимических процессов это ничто, но для Творца наша жизнь дорога, а для каждой личности ещё важней и дороже. Недаром в Книге Жизни сказано, что за свою жизнь (душу) человек отдаст всё, что имеет. Причём человек отдаст всё, даже если он реалист и убеждён, что в жизни нет смысла.

Так что учёные правы в том, что биохимическими реакциями доказать цель, смысл и значимость жизни невозможно, а понять это своим разумом, по некоторым причинам, многие учёные не могут. Хотя, они утверждают, что у них хорошо развитый разум.

Кстати, попутно, интересен факт, что в жизни мы сначала получаем нематериальную информацию, а уже потом, на базе этой информации, происходят биохимические процессы тела. Например, чувство долга и власти, радость или большое горе, которое мгновенно может физически здоровое тело превратить в больное и слабое. Например, потеря духа перед боем, уже признак поражения.

– Ну а чем вы можете доказать обратное!? – иронически, но с интересом спросил Ар-ту.

Доказать можно, даже используя выводы и утверждения самих учёных этих течений. Например, утверждение, что я реалист – с научной точки зрения ничего не значит и ничего не объясняет, и вот почему. Даже в обычной жизни бывают случаи, когда мы убеждены, что видели и слышали то и то, но потом оказывается, что мы это не так поняли и не так объяснили сами себе. Например, цирковой фокус – иллюзия, видим одно, но на деле это другое. Один фокусник, в течение полугода, на глазах у зрителей, прятал стоящего на арене слона весом в три тонны так, что даже за вознаграждение слона никто и ни разу не сумел найти.

Современные учёные и психологи, изучающие мозг человека, утверждают, что вся наша реальность – это только то, что происходит в нашем сознании под воздействием электросигналов, поступающих в наш мозг. Хотя абсолютно все считают, что всё, что мы видим, слышим и ощущаем – и есть реальность. Однако учёные утверждают, что до сих пор никто не может объяснить или подтвердить то, что реально происходит на самом деле. Например, у людей с проблемами мозга и психики, или под влиянием наркотика, реальность часто отличается от нашей, но это их реальный мир и действительность.

Кроме того, согласно утверждению многих учёных, сегодня в мире накоплено такое огромное количество различной информации, что, как заявил один психолог, ни один врач не способен полностью прочитать все накопленные исследования даже о каком-то одном виде заболевания.

Получается, что личный опыт и знания любого человека, специалиста или учёного, какой бы он ни был, это всего капля в море знаний, которая отражает только крошечную часть даже в сфере его исследований. В современном мире, по любому вопросу, чем глубже исследования, тем уже специализация, иначе всё выходит за рамки возможности целого коллектива учёных, а не только одного человека.

На основании приведённых утверждений самих учёных, возникает вопрос: может ли человек и даже гений, имея знания, сравнимые с каплей в море даже от уже накопленных знаний, суметь правильно составить представление обо всём сложном реальном мире и его процессах. Ответ один — это невозможно. Например, учёные до сих пор не могут разумно объяснить вращение планет нашей солнечной системы. Венера вращается вокруг солнца в противоположную сторону, чем все другие планеты. Уран, вообще катится вокруг солнца, лёжа на боку и это противоречит любым объяснениям, кроме подгонки под ответ, за что в школе всем двойки ставили. Другой пример, все могут раскрутить сложное до винтика, но далеко не все могут собрать обратно так, как оно было. Но это просто сложный предмет и это всё близко и видимо для нас, а как тогда насчёт всего сложного мироздания? Возникает вопрос, на основании какой капли в море знаний, с учётом, что ещё далеко не всё изучено и понятно, некоторые учёные делают утверждения о всём мироздании, пытаясь отвергнуть почти всё, для доказательства, что только их идея и мнение правильно.

Другой вопрос, какие и чего мы реалисты, если не можем осознать всё в целом и отличить настоящую реальность происходящего от восприятия в нашем мозге под воздействием электросигналов.

Ответ: всё, что мы реально можем, это только отвергнуть, или согласиться с любой и в любом виде поступающей в мозг информацией. Итак, настоящая реальность это только свобода нашего выбора: «да» или «нет». Свобода выбора умирает последней. Но что мы выбираем? Зачастую то, что проще, приятней, не требует сил контролировать себя, и не напоминает о личной ответственности. Это как раз именно то, что ведёт к уничтожению смысла и цели жизни, деградации нравственности и самоуничтожению личности и цивилизации в конфликтах и войнах. Это именно то, от чего желал оградить человека Творец.

Утверждение учёных, что природа как то позаботилась о сохранности, безопасности и расселении видов, и при этом заключение учёных-эволюционистов, что в научных экспериментах у жизни не обнаружено никакой цели и смысла, уже содержит полное противоречие само себе. Получается, что природа позаботилась о жизни, в которой нет смысла. Тогда зачем и о чём заботиться природе? А что вообще может предусмотреть бездушный камень, води или песок – ведь они часть природы?

Абсолютно ясно, что случайность ничего не может предусмотреть наперёд, тем более в психическом и умственном развитии живого. Утверждение, что раз мы есть, значит, мы как-то появились, абсолютно точно подходит к сотворению человека Творцом. Вся проблема признания Творца только в том, что не все имеют достаточно сил и смелости сказать себе правду о цели и смысле этой жизни. Только Книга Жизни объясняет человеку, как появилась жизнь на Земле, как появился человек и что только в следовании за Творцом, есть цель и смысл жизни от которого зависит наше счастье и будущее.

Ещё одно. В наше время немало людей считают, что компьютер скоро заменит слабый мозг человека, а значит человек уже выше Творца.

Однако, люди в преклонном возрасте, когда им за восемьдесят, могут рассказать о событиях, когда им было всего десять и даже пять лет. Моя мама вспоминала целые песни и стихотворения, которые рассказывали и пели в детстве, свой дом, село и даже причины ссор детства. Значит, у человека есть колоссальный объём памяти, чтобы сохранять подробную информацию за огромный период времени. Значит проблемы с механизмом воспроизведения памяти, но не с памятью. Учёные давно знают и изучают эту особенность нашего мозга.

– А вы что-то можете рассказать о компьютере? – с интересом спросил Ар-ту, а Мэр продолжил.

Что такое компьютер? Компьютер это огромная библиотека информации. Всё что он может, это выдать тысячи книг и страниц похожих на то, что тебе надо, а дальше сам ройся-копайся. Вообще, компьютеры стали создаваться почти сто лет назад. Лучшие компьютеры в секретных лабораториях это воплощение ума и достижений миллионов людей. Однако до сих пор мозг воробья, вороны и даже пчелы или муравья решает в тысячи раз более сложные задачи, чем компьютер. А без информации и программ, созданных и заранее заложенных туда разумом человека, компьютер вообще становится мусором. Да, кстати, многие учёные рассматривали и держали в руках мозг, но ещё никому не удавалось рассматривать или держать в руках разум, а у компьютера вообще нет ни ума, ни разума.

Например, мозг беременной женщины точно знает, что именно необходимо организму. По запаху и по прикосновению языком он способен точно определить, что здесь есть необходимое для её тела органическое соединение или вещество и дать команду съесть это. Причём женщина понятия не имеет, что ищет мозг для её организма и как он это определяет. Какой компьютер способен выполнить подобную задачу? И после этого, уже зная, что даже всем учёным мира невозможно повторить способности мозга, ещё кто-то утверждает, что жизнь и разумный человек могли быть случайно созданы мёртвой природой!? Да это же просто смешно слышать и верить в такое.

X

Другая проблема. Всех нас разделяет самомнение нашего «Я». «Я» – это особенность, пуп земли и исключение из всех правил. В этом уже противоречие. Человек, это коллективное существо, а в коллективе важно уметь быть счастливым в обществе делая своё дело на благо всего общества. Например, как у пчёл или муравьёв, а не выпячивать своё «Я».

Ещё на заре человечества, Творец объявил законы – правила духовного развития человека в гармонии общества. Первое: свобода, но в послушании Лидеру – Творцу. Это как послушание королю или президенту страны. Творец дал законы – правила для совместной коллективной жизни на благо друг друга, общества и всего окружающего. Например, Творец создал Еву и привёл её к Адаму. Это уже коллектив, в котором надо учиться и уметь заботиться друг о друге.

Второе, Творец поручил им охранять и возделывать Эдемский сад. Это уже включает в себя заботу не только о себе и друг друге, но и обо всём окружающем. Такое животному не поручишь.

В третьих, Господь, для развития интеллекта человека от начала объявил закон – правило: учитесь предвидеть, чтобы избежать беды. Господь назвал и объяснил, почему одно можно, а другое нельзя делать и объяснил последствия нарушения этих правил. Точно как заботливый Отец детям: не становись на край пропасти – упадёшь, будет больно, и можешь погибнуть. В «Книге Жизни» так сказано: «И заповедал Господь Бог человеку, говоря: от всякого дерева в саду ты будешь есть, а от дерева познания добра и зла не ешь от него, ибо в день, в который ты вкусишь от него, смертью умрёшь». Как видим, дерево познания добра и зла не было огорожено, и это не было ошибкой. Творец с самого начала дал человеку свободу выбора: послушание Отцу — лидеру или, личное решение и уже предсказанные последствия дел по своему выбору. Но Творец уже заранее предупредил человека о всех последствиях.

Съеденный плод дерева «Познания Добра и Зла» разрушил чувство коллективного понимания счастья и, родилось сознание, что индивидуальное «Я» выше и важней всего общества и законов лидера. Человек сознательно обособил себя от коллектива и этим оторвал себя от общества со своим Творцом. Это и была первая духовная смерть. Каждый стал считать себя лидером и стал требовать подчинения себе других. Итак, гармония счастливой жизни общества разрушилась, но её осколки остались в подсознании каждого, например: надёжность доверия и необходимость признания своей значимости и достоинства коллективом. Без этих признаний человек не имеет счастья в жизни.

Учёные и даже психологи-реалисты утверждают, что человеку необходимо общество, так как наше «Я» без общества просто не существует. За пределами общества просто никого нет, кто мог бы заметить наше «Я», признать наши взгляды, ценность и значимость. Без ощущения этих качеств, мы превращаемся в нечто безликое, несчастное, серое и никому не нужное существо. Без общества падает сила нашего духа, смысл цели и дел, и приходит упадок физической силы.

Это ещё раз доказывает, что для человека в первую очередь важнее духовная информация общения, чем биохимические процессы. Парадокс в том, что каждому человеку жизненно необходимо общество, но жить, мирно и счастливо в этом обществе мы, даже за миллионы лет, не научились.

Однако, если природа уже действительно создала наперёд психологические реакции, то за предыдущий период времени она обязана была создать и выработать стойкое и важное ощущение счастья личности в коллективе. Но этого нет. Все утверждают своё «Я» и поэтому ссорятся, обманывают друг друга, грабят и воюют. Где здесь предугадания природой наперёд чего-либо для сохранения вида и счастья в коллективе?

Значит, человек и всё для человека было задумано и создано только Творцом, но грех разрушил эту гармонию.

Ещё одно: все труды философов, от древности и до наших дней, включая и современных психологов, посвящены именно решению проблемы развития и счастливой жизни каждого человека в обществе. Какие должны быть правила жизни и роль нашего «Я» в гармоничном обществе? Что вообще необходимо человеку для счастья? Все эти труды имеют корни и истоки из «Книги Жизни». Лично я не сомневаюсь, что Творец от начала дал эти законы Адаму и Еве, а много позже, около четырёх тысяч лет назад, они были повторены и записаны Моисеем как «Десять Заповедей». Позже устные пояснения этих заповедей были тоже записаны. Это ещё задолго до рождения известных и великих философов древности, таких как Заратуштра или Конфуций. Поверить в то, что Моисей создал эти законы единолично и всего за сорок дней сделал труд больший, чем все философы мира за всю историю, просто невозможно. А поверить в то, что Моисей записал правила для счастливой жизни в семье и обществе под диктовку Творца – это вполне реально.

Усыновление и дружба с Творцом – это личное счастье в заботе о ближних. В обществе Творца сохраняется индивидуальность личности каждого, но уже совсем в другом качестве и в иной форме, пригодной для мирной и счастливой жизни общества. Например, в «Книге Жизни» сказано: «Будь верен до смерти, и дам тебе венец жизни». В другом месте сказано: «И кто напоит одного из малых сих только чашею холодной воды, во имя ученика, истинно говорю вам, не потеряет награды своей». Служение Творцу это реальная возможность проявить свою индивидуальность и значимость здесь и в вечности. Раз там есть индивидуальные награды и отличия, значит, там есть признание достоинства и значимости личности каждого. Вот где настоящая забота о каждом: никто не забыт и ничто не забыто.

Психологи утверждают, что самое главное и самое полезное для человека, это разностороннее уважение и признание нашего достоинства другими, что и делает нас счастливыми. Они утверждают, что для того, чтобы другие признали наши качества, необходимо лично быть хорошим членом общества, а это требует изменения себя для нужд этого общества. Например, проявлять надёжность отношений и уважения к другим, заботу о близких и признание их значимости. Иными словами: чтобы взять ценное, положи на это место другую ценность. Чтобы ты был счастлив, сделай счастливыми других.

Как утверждают учёные-психологи: думать трудно, но учиться думать – жизненно необходимо. Изменяться для нужд общества трудно, но это необходимо как для личного счастья, так и для счастья всего общества.

Все эти исследования и утверждения учёных в точности подтверждают законы «Книги Жизни»: «чтобы не делали другим того, чего не хотят себе», «Возлюби Господа Бога твоего всем сердцем твоим и всею душою твоей и всем разумением твоим и возлюби ближнего твоего, как самого себя». Это трудно, но именно об этом Христос говорил: «Царство Небесное силою берётся, и употребляющие усилие восхищают его».

Вся «Книга Жизни» объясняет смысл настоящего, цель и будущее жизни и учит о самом главном для каждого человека: что необходимо для его счастья и как достичь этого. Она учит предвидеть, чтобы избежать проблем. Учит, как изменить себя, чтобы стать счастливым. Как примириться с Творцом и избежать суда у Белого Престола и как приобрести надёжное и светлое настоящее и будущее.

Вопрос, откуда в «Книге Жизни» почти четыре тысячи лет назад появились эти знания. Ответ: эти знания и предсказания для будущего мог дать только Тот, кто способен знать, созидать и контролировать всё сложное.

А РАДИ ЧЕГО ВОЙНА

– Господин Мэр, а почему тогда эволюционная теория возникновения Вселенной и жизни до сих пор не отвергается официальной наукой? Учёные – тоже умные люди. Значит, эта теория как-то доказана? – усмехнулся Ар-ту.

– А что такое теория эволюции?

– Наука, – парировал принц.

– Наука чего?

– Ну…у, археологии или чего-то ещё но не помню чего.

– Наукой признаётся то, что реально помогает любому развитию человека, например: как построить хороший корабль или город, создать новую технику, открыть и как использовать законы физики или химии, как за счёт нравственного воспитания сократить количество войн, преступлений, тюрем и так далее. Все настоящие науки и их открытия нисколько не противоречат теории креационизма или Сотворения Мира. Археология тоже сделала много открытий, но теория «самовозникновения и эволюции живого» ни к археологии, ни к биологии, ни к другим наукам не имеют никакого отношения.

На сегодня, за свои двести лет существования, научная теория эволюции не дала миру ничего полезного и не открыла никаких законов природы и даже не может подтвердить себя никакими проверяемыми доказательствами. Это доказывает, что как наука «теория эволюции» – не существует.

Теория эволюции отвергает Творца и сотворение мира, поэтому она является только альтернативной точкой мнения и взгляда на мир. Это доказывает что «теория эволюции» – это новая религия. «Религия эволюции» утверждает: Творца нет, материя и жизнь появились случайно и сами собой, человек – это животное, а в жизни нет никакой цели и смысла. Такие утверждения очень вредны и опасны. Они разрушают счастье человека и ведут к деградации общества, конфликтам и войнам.

Один мой знакомый так сказал: «наш мир слишком хорошо устроен, чтобы поверить в случайность его возникновения. Отвержение Творца – только бунт безумия нашей гордости, но этот бунт не является доказательством».

Мэр извинился за отвлечение и продолжил:

– Во всём мире только теория эволюции утверждает, что «человек это животное» и этим оправдывает любые дела, желания и поступки человека. Для животных всё нормально и всё позволено, у них нет моральных законов, а значит, они не должны осуждать других. В этом уже противоречие. Например, немало людей обманывает и ворует, но никто не хочет, чтобы о нём говорили, что он вор и обманщик. Значит, понятие добра и зла абсолютно у всех есть, хотя для животных это не важно, но, вопреки животным, почему-то все хотят казаться добрыми, честными и почти святыми. Это доказывает, что абсолютно все понимают, что личная значимость и авторитет только в разумном добре и честности – а это только от Творца.

По причине оправдания любых дел, а значит, и тех, кто их делает, «религиозный культ эволюции» стал очень удобен для политиков, деспотов, мошенников и всех, кому надо заглушить свою совесть и разум. Всех кто желает, чтобы их не осуждали, а смотрели на них как на эталон нормы и даже святости. За желание казаться значимыми и честными для других, богатые и сильные мира сего, платят большие деньги тем, кто их поддерживает. По этой причине «религия эволюции» усиленно поддерживается многими людьми у власти. По сути, карая учёных за опровергающие её научные открытия и, постепенно стирая, размывая и уничтожая нравственность и настоящую веру в Творца, «теория эволюции» стала хорошо оплачиваемой «карающей религией» власти во многих странах. Её вполне можно назвать «карательным отрядом» все дозволения, который способен уничтожить цивилизацию.

Напрашивается вывод, что зло обманом стремится не просто к власти, а к абсолютной власти, славе и могуществу и на земле и в вечности.

Возникает ряд вопросов: если новая религия правильна и для человека любые поступки являются нормой, то почему существуют законы страны, полиция, тюрьмы, судьи и почему нам обидно, когда нас обманывают и так далее. Почему призывая толерантно и терпеливо относиться к их взглядам, эволюционисты нетерпимы к тем, кто действительно стремится к Творцу? Ведь для животных не играет роли кто и что вообще думает или что о них думают.

Сказано: «кто кому служит, тот тому и раб». Итак, кому служит эта новая религия и каковы её последствия для человечества.

Первый обман сатаны прозвучал ещё в Эдемском Саду: «не умрёте, но вы будете как боги». Лозунг и символ равенства и свободы. Все равны и никто никому не отчитывается. Этот лозунг есть призыв отказа своей ответственности перед лидером Творцом, отрицание значимости Творца и Его правил, и начало анархии: никто мне не указ, что хочу – то и делаю.

Однако мы все работаем и кому-то подчиняемся и служим: хозяину, королю или президенту. В любой партии реальная власть принадлежит лидеру и его окружению, а при республике у реальной власти не все мы, а только президент и его министры. То есть, при любом раскладе у реальной власти только группа людей, подчиняющихся своему лидеру. Неважно, какие и чьи интересы они должны защищать, но ясно, что имея плохую нравственность, в первую очередь, они будут защищать свои личные интересы. Итак, что при монархии, что при президенте у реальной власти всегда небольшая группа людей с одним лидером во главе.

Вывод: на обоих полюсах, при утверждении безбожия или признании Творца реально существует только одна личность у власти.

Второй вывод: при любой власти все мы никогда не будем равными, ни по богатству, ни по власти, ни по правам. Тысячелетняя практика истории утверждает: всегда тот прав, у кого больше прав (силы, денег, власти, армии). Например: если простой человек нарушил закон, его точно накажут, если этот закон нарушил богатый или из окружения президента, то он остаётся безнаказанный. О каком равенстве и справедливости здесь можно говорить?

Неизвестно, что дьявол обещал ангелам, когда их уговаривал свергнуть власть Господа, но они добровольно променяли славное служение Великому Творцу, на бесславное и бесперспективное служение своему вождю, ставшего князем тьмы и отцом лжи.

Ещё один важный факт: при отрицании Творца стремительно разрушается нравственность и быстро растёт зависть, обман и борьба за власть, а так же разрушается надёжность всех взаимоотношений: личных, семейных, бизнеса, а значит, и всей жизни. К этой же группе безбожия относятся люди всех религиозных течений, у кого в душе законы Творца устраняются личными интересами и мнениями. Человек забывает, что только высокая нравственность – это стержень и основа любой цивилизации и, разрушая это, человек идёт к духовному растлению и погибели.

Подобное в истории уже было. «Книга Жизни» так описывает причины и последствия подобной ситуации перед Всемирным потопом: «И воззрел Бог на землю, и вот она растлена, ибо **всякая плоть** извратила путь свой на земле. И сказал Бог Ною: конец всякой плоти пришёл пред лице Моё, ибо земля наполнилась от них злодеяниями; и вот Я истреблю их с земли».

Здесь ясно сказано, что человечество наказывается только за нравственную и духовную деградацию, вернее за нарушение всемирного закона нравственного развития любой цивилизации во всех уголках Вселенной.

Мир, под влиянием «религии эволюции», ещё раз освещая всё факелом идей безбожия и технических достижений, неминуемо движется к тёмной бездне самоуничтожения.

Например: по статистике истории распад любого государства начинается с нравственной деградации правительства и народа. По этой причине возрастает количество преступлений, жестокое угнетение, обман и пренебрежение к людям и, как результат, конфликты приводят к революциям, ослаблению, распаду и часто к исчезновению народа и страны. Эта статистика подтверждает, что только таким будет будущее нашего мира.

— Вы, конечно, красиво расписали о дьяволе и его зле, но что вы можете сказать хорошего о Творце, — с иронией спросил принц.

— Прежде чем говорить о причинах вражды Творца и дьявола, разреши рассказать тебе немного истории их отношений, — попросил Мэр и продолжил.

Доказательством того, что только Господь является настоящим владыкой, являются слова сатаны при искушении Христа: «всё это отдам Тебе, если пав, поклонишься мне». Такое поклонение требуют только для признания и утверждения своей власти. Итак, сатана лично признал, что у него нет власти и что настоящая власть только у Творца. На это требование Христос ответил: «Господу Богу твоему поклоняйся и Ему одному служи».

Мы говорили раньше, при любой форме правления у реальной власти всегда одна личность. В отличие от всех, Творец всегда поступает честно, открыто и всегда предупреждает о последствиях тех или иных дел.

Так через пророка Исайю в сорок второй главе Господь для всех честно провозглашает: «Я Господь, это — Моё имя, и не дам славы Моей иному». А в сорок третьей главе Исайи сказано : «От начала дней Я тот же, и никто не спасёт от руки Моей: Я сделаю, и кто отменит это?»

Здесь Творец честно провозглашает, что всегда имеет абсолютную власть и ни с кем не собирается делить ни власть, ни славу. Творец вечен и во всех мирах, в нашем или у ангелов, никого и ничего не существует, что могло бы силой изменить Его решение. Это можно назвать символом постоянства и надёжности власти, её законов и порядка, что очень важно для развития любой цивилизации.

X

«Книга Жизни» не описывает подробностей, но даёт точно понять, что раньше Творец сотворил специальных ангелов, которым была дана особая власть и сила. Они служили Творцу и имели особое положение. Один из этих ангелов добровольно развил в себе обострённое чувство личной особенности, что породило в нём такую гордость и зависть, что он решил свергнуть Творца и занять Его место. При его могуществе, власти и положении ему казалось это вполне возможным. Для гарантии успеха обманом и лестью были собраны сообщники для переворота власти. Этот ангел поднял руку на своего Создателя и Властелина и стал первым предателем, отцом лжи или дьяволом.

Другие сильные ангелы добровольно остались служить Творцу. Как видишь, Господу не нужны куклы или роботы, и всем даден свободный выбор, как личное и добровольное решение каждого: как для ангела, так и для человека. В этом нет насилия, но это создаёт личную ответственность.

Всякое зло и обман происходят там, где нет присутствия Господа. Дьявол отверг Творца, и сам, по своему выбору и желанию, стал отцом и источником зла и лжи. Так что не надо верить в то, что Творец лично создавал зло и обман.

После этих событий был создан человек и, началась история человека. Как мы уже говорили, ещё в Эдемском Саду, дьявол начал свой план уничтожения человечества. Зная, что физическое тело временно, он стремится уничтожить вечную душу через отторжение человека от Творца. Первое оружие для этого – клевета и обман. Наибольшим нападкам подвергаются такие качества Творца, как божественность, святость и слава.

– Ну, слава ещё как-то понятно, – недоумённо пожимая плечами, сказал Ар-ту, – за надежду прославиться немало людей шло на смерть. Но как понимать остальное?

– Давай рассмотрим, что это такое, – предложил Мэр.

– Первое, божественность – это абсолютное, неоспоримое и законное право Господа, как Архитектора, Создателя и Хозяина всего, на абсолютное могущество, силу и власть лично определять любые решения, в том числе: кого простить и помиловать, а кого осудить и наказать. Вот почему служить и поклоняться надо только Творцу.

За право божественности идёт особо жестокая война. Дьявол стремится обманом заставить человека поверить, что Господь вовсе не творец миров, а просто маг, суперчеловек, инопланетянин или кто угодно другой. Сатана стремится доказать, что Творцу безразлична судьба вселенной, и этим в глазах человека лишить Творца законного права прощать, судить и карать зло. Как последствие этого, если у Творца нет права и власти принимать и исполнять решения, то зачем исполнять Его законы?

Второе: абсолютная слава – это величайшая и независимая от нашего понимания слава и величие Творца как Царя, Создателя и Хозяина всего сущего. Настоящая слава включает в себя только добровольное признание совершенства всех качеств данной личности только другой разумной и свободной личностью. Вот почему у Творца нет насилия, а только свободный и добровольный выбор каждого. Выбор служить Великому Творцу, или тьме безбожия.

Третье: святость – это символ и эталон абсолютной нравственности, любви, справедливости и отсутствия насилия. Святость – это гармония совершенства совершенств. В святости справедливость требует, что всякое зло должно быть наказано. Но любовь и милосердие стремится простить всех, кто раскаялись во зле и стремятся жить так, чтобы Творцу не было стыдно назвать их своими друзьями. Вот почему сказано: «каждый, кто призовёт имя Господне – спасётся».

Будучи отвергнут Господом и обречённый на погибель в Огненном озере, дьявол в своей гордости и зависти, стремится обманом не дать человеку лучшей участи, чем у него. Например, Творец дал человеку интеллект предвидеть последствия дел и избегать плохого, и заранее объяснил, какие будут последствия за различные дела и поступки. Выбирая дела по их последствиям, человек может иметь меньше проблем и скорбей, быстрей совершенствоваться и быть более счастливым. Ведь если результат дел плохой, то лучше не начинать это делать.

В противоположность этому сатана обманом внушает, что гораздо приятней следовать влечению чувств, «главное, что мне хорошо и нравится», а не то, как это нравиться другим и какие будут последствия. Поступая так, человек путает своё с чужим и приносит много зла, войн и скорбей, теряет надежду на счастливое будущее.

Другой пример, Творец от начала честно заявил, что никому не уступит власти и славы своей, но дал всем полную свободу личного выбора кому служить. Ясно, что всё равно кому-то мы будем служить: хозяину, царю или ещё кому, так лучше и почётней служить Великой Истине в Любви. Вместо этого сатана внушает, что ты, Саша или Маша, такой особенный, что и сам можешь быть как бог. Всё должно быть только так, как ты хочешь. Поскольку людей много, и все хотят так, как они хотят, и каждый хочет быть главным, то очевидно, что это невозможно. В этом и есть искусство лжи: заставить желать и верить в то, что невозможно.

Творец учит заботе друг о друге, «не делай другим того, чего себе не желаешь», служи Господу, и Он будет заботиться о тебе. Творец учит, что зло и обман всегда наказуемы (за это всегда сажают в тюрьмы) и будут уничтожены.

Дьявол обманом внушает ложь, что всё покупается и продаётся, что насилие и обман уже не зло, а норма поведения, и за это не наказывают. Вот уже нет ни надёжности, ни справедливости, ни счастья. Этим ложь разрушает страх ответственности перед людьми и Творцом и всякую надежду на доброе будущее всего человечества.

– А для чего мы тогда живём? Значит, Творец не так уж всемогущ и не знает всего будущего? – неожиданно сменил тему новым вопросом Ар-ту.

– Творец знает всё и будущее тоже. Например, если представить, что наша жизнь это линия на листе бумаги, то Творец – это тот лист, на котором проведена эта линия.». Наша жизнь это наш выбор: поступить так или иначе. Это как запись на бумаге, как буквы на камне или как чеканный узор на металле. Это то, что уже сделано и никогда уже не изменится. В любом случае, наша жизнь – это каждым лично записанное твёрдое доказательство наших дел и поступков. Это важно для всех, чтобы в будущем, на великом суде, никто не мог отвергнуть что-то, утверждая, что такого он никогда бы не сделал. Наша жизнь существует именно для того, чтобы ничто не нарушило справедливости и святости решения Творца на суде перед Белым престолом.

– Извините, – неожиданно прервал Ар-ту, – но я никак не пойму, причём тут мы, люди? Почему человек должен погибнуть из-за войны дьявола и Творца? Мы тут причём?

– Знаешь, если коротко и честно, то это у Творца для человечества есть планы на будущее, совместные дела, новое небо и новая земля для человека и так далее. А за дьявола и его сторонников сказано, что они будут брошены в Огненное озеро страданий и удалены так далеко, как восток от запада. И ещё сказано, что нет ничего существующего, что могло бы силой изменить волю Творца. Значит, будущее дьявола и делающих зло и неправду, это огненное озеро вечных страданий.

Вполне понятно, что отвергая личное раскаяние, гордость и зависть падших, никогда не позволит другим оказаться в лучшем положении, чем они. Мотив этого тоже ясен: я не хочу жить так, но и тебе не дам ни жить счастливо, ни иметь надежду на спасение, чтобы никто не подумал, что ты умнее или лучше нас. Ведь недаром говорят: счастливо жить не запретишь, но помешать можно. Почему и модно сейчас не поддерживать доброе, а обливать грязью всех, кто стремится от ошибок прошлого к свету будущего.

В этом случае погибель человека – просто техническая необходимость для удовлетворения личных чувств сатаны: гордости, зависти и мести.

– Как это – техническая необходимость...? – задыхаясь от негодования и взмахнув руками, переспросил Ар-ту, – Это же не честно? Ну, ты не хочешь этого, так зачем другим то мешать, это же их личный выбор?

– Ар-ту, ты прав. Но честность существует только у Творца и Его сторонников. Всё, что остаётся для человека – это из двух возможных дорог выбрать одну, и идти по ней. Всё остальное, что в конце этих дорог, уже не зависит от нас и для нас, уже приготовлено.

Такое объяснение реальности на Ар-ту подействовало удручающе и даже отрезвляюще. В нём пробудилось чувство тревоги. Он вспомнил Стык Миров, тяжёлый разговор с мистером Влеч и впервые осознал, что жизнь человека и выбор поступков не что-то безобидное, а очень важная и ответственная часть огромного, а для него пока непонятного и таинственного, плана Великого Разума Творца.

ВОСПОМИНАНИЕ О БУДУЩЕМ

– А где был Христос от двенадцати до тридцати лет? Он что, правда, ходил в Индию или Шамбалу учиться? – невпопад спросил Ар-ту.

– А ты тоже родился и вырос в Шамбале? Почему я не видел и не слышал о тебе раньше? – усмехнулся Мэр.

– В двенадцать лет Христос был в Иерусалимском храме, и уже тогда высшие учителя изумлялись Его вопросам и ответам. Интересно также, чему Христос должен был учиться в других странах? Например: учёные признают время правления царя Давида примерно около тысяча тридцать пять лет до нашей эры. Время жизни Моисея ещё раньше. Некоторые исследователи относят Моисея к эпохе начала нового правления фараонов в Египте, а это, примерно одна тысяча пятьсот или тысяча семьсот лет до нашей эры. Арту, ты, конечно, понимаешь, что когда мы говорим о глубокой древности, то некоторые даты неточны и могут иметь временные отклонения. Итак, тысяча семьсот лет до нашей эры Моисей, наученный всей премудрости египетской, уже записал «Десять Заповедей» Творца. Интересно, что Заратуштра, основатель огнепоклонников в Персии, жил примерно тысяча двести лет до нашей эры. Индуизм возник около тысячи лет до нашей эры. Конфуцианство, Даосизм и Буддизм возникли около пятьсот – шестьсот лет до нашей эры. Получается, что Моисей от трёхсот до тысячи лет жил раньше этих философов и за это время Десть Заповедей, и даже Второзаконие, конечно, достигли тех стран. Определённо, что эти религии и их мыслители заимствовали свои идеи из Книги Жизни, адаптировали их и, уже как свои мысли, передали другим последователям. Так что Христу не было нужды учиться у них.

В Книге Жизни сказано, что после случая в храме Христос рос в послушании у родителей, а значит, жил с ними в Назарете. Известно, что Христос – Мессия был плотником, значит, он учился этому у отчима до и после двенадцати лет. И самое главное, столько времени от всех не скроешь. Фарисеи, саддукеи и книжники ненавидели Христа и обязательно обвинили бы Его в ереси, если бы Он действительно учился в тех странах.

Мэр с удовольствием отпил напитка и, пользуясь паузой, продолжил:

– Вообще, люди обязательно во что-то верят. Они верят не только в науку, но и в параллельные миры во времени, верят в жизнь в седьмом измерении, в инопланетян, в гороскопы, в разум и голос вселенной и так далее. Люди платят большие деньги только за надежду узнать своё будущее. Каждое пророчество таких людей, как Нострадамус или Ванга у всех вызывает неподдельный интерес. Причём и Нострадамус, и Ванга сами утверждали, что слышали чей-то голос, который говорил им, что, где и как было или будет. Это уже свидетельство и доказательство при многих свидетелях иного разумного мира и Творца.

– Да, но и те, кто предсказывает, и те, кто верит предсказаниям – это миллионы и миллиарды нормальных людей нашего времени, – уточнил Расс.

– Конечно, – согласился Мэр. – Чего во всём этого нет, так это веры в Творца. А ведь эта вера нисколько не абсурдней веры в параллельные миры или инопланетян.

– Ну и что? Каждый верит в то, во что он хочет верить. Что тут такого? – пожал плечами Ар-ту, а Мэр продолжил:

– Всей своей массой и разнообразием это ещё раз доказывает, что существует некая сила. Сила, которая поддерживает и порождает все эти гадания и веру во что угодно, но которая любым путём старается отвлечь от истины и уничтожить признание божественности Творца. Всё это напоминает пророчество из «Книги Жизни», что «люди развратились умом своим и не ищут Господа».

– Ну, вы и скажете..., – недовольно пробурчал Ар-ту.

– Лично я верю «Книге Жизни», – продолжал Мэр, – что Христос – Мессия за доли секунды исцелял живых людей, воскрешал мёртвых, из ничего создавал хлеб, рыбу и огонь, проходил сквозь стены, являлся в одно время более чем пятистам человек. Он успокаивал бури, ходил по воде и однажды, как пишет Иоанн, в одно мгновение, перенёс всех вместе с лодкой через пространство туда, куда они плыли. Христос жил, чтобы дать нам пример как надо жить и исполнять волю Отца небесного. Христос умер, добровольно жертвуя собой, ради оправдания тех, кто искренне призовёт имя Господне. Он воскрес, чтобы укрепить нашу веру в воскресение и жизнь после смерти. Христос, без всякой техники и при многих свидетелях вознёсся на небо, чтобы укрепить веру в то, что Он приходил от Отца небесного. Верю, что Он, как обещал, ушёл приготовить место избранным своим. Тем, кто принял Его в своё сердце. Хотя, как сказано в Книге Жизни, это место уже давно приготовлено для избранных добровольцев служения Господу.

Все эти чудеса требовали идеальной точности и так, чтобы не повредить ничему другому: в правильное место, в правильное время, живому живое, к пище пищу, и всё это без всякой супертехники и подготовки. Вот это могущество и мудрость Творца.

Христос ещё тогда предсказал, что человеку будут ставить печать на руку и на чело, чтобы контролировать человека. Это о компьютерных чипах, которые в секретных лабораториях учёные уже вживляют в руку ради эксперимента. Откуда Христос знал об этом две тысячи лет назад?

– Это что, все, правда? – удивился Ар-ту, поперхнувшись напитком.

– Конечно. Ну, куда ты денешь неопровержимые пророчества из «Книги Жизни». Например, Моисей примерно за тысячу семьсот лет до Христа – Мессии предсказал Его рождение, – «Пророка воздвигнет Господь из среды твоей, Его слушайте». И другое, что ещё не было создано царство евреев, а Моисей уже говорил о том, что они, за непослушание Творцу, будут рассеяны между народами, а потом Господь соберёт их.

А пророк Исайя, в сорок пятой главе, за сто пятьдесят лет до событий, предсказал о царе Кире, который отпустит пленников Израиля на родину и даст повеление о восстановлении Храма. Причём Исайя точно назвал имя царя Кира, чтобы путаницы не было. Причём предсказал это до того, как Иудея, вообще, была завоёвана, а будущий царь Кир ещё даже не родился.

А в пятьдесят третьей главе, за семьсот лет до рождения Христа, Исайя сказал пророчество о Христе и дал подробное описание Его страданий и Его жертвы за грехи людей. Кумранские рукописи, или Свитки Мёртвого моря, которые нашли почти сто лет назад, были переписаны с оригиналов ещё до рождения Христа. Значит, подделки не может быть.

А пророчество Захарии, где почти за пятьсот лет до Христа сказано, за какую сумму денег будет предан Христос, и что за эти деньги будет куплена земля горшечника.

А законы Творца об очищении, данные через Моисея. Ведь это не что иное, как законы гигиены против распространения эпидемий, болезней и прочей заразы. Учёными бактерии были открыты всего около двух столетий назад, и в то время, даже врачи в Европе, не мыли рук после работы с больными. Откуда Моисей, почти четыре тысячи лет назад, мог знать, как распространяются болезни, эпидемии и как с ними бороться?

А апостол Павел? Он был влиятельным, умным, и очень перспективным, чтобы в будущем стать лидером в синедрионе. Он гнал церковь христиан, но на пути в Дамаск покаялся. После покаяния он не потерял разум, но сразу и добровольно променял карьеру в правительстве на гонения, побои и презрение синедриона, ради служения Христу. Почему он так стремительно изменился? Значит, он правда видел видение и слышал голос Творца: «...Я тот, которого ты гонишь...». Разве это не живое доказательство истины?

А куда деть пророчества Даниила о будущем и о завоевании греками Вавилона примерно за сто пятьдесят лет до того, как это случилось. Что и сделал Александр Македонский, – продолжал Мэр,

– А описание Всемирного Потопа и климата до потопа. Многие учёные согласны, что с точки зрения науки только в «Книге Жизни» сделано логически и физически наиболее понятное и реальное описание потопа и как это происходило. А описание климата до всемирного потопа, вообще невозможно придумать заранее. Однако этот климат описан и уже подтверждён научно.

– А книга Иова, который четыре тысячи лет назад уже знал, что земля висит ни на чём, а северный полюс простёрт над пустотой, то есть, что на северном полюсе нет островов. Друзья Иова даже не возражали против этого, а значит, тоже знали. А другие пророчества? Ведь есть сотни пророчеств из «Книги Жизни», которые уже сбылись, и люди всё равно не верят в Творца, хотя это то, что лежит на самой поверхности и всем видно.

Одна из причин этому в том, что некоторые никогда сами не прочитали «Книги Жизни» и поэтому не имеют достаточно знаний, чтобы было о чём рассуждать. Но я точно знаю, что многие, даже неверующие учёные, считают долгом чести, хотя бы однажды прочитать Библию, то есть «Книгу Жизни».

Значит, дело не в доказательствах веры, а просто в попытке найти любые причины для оправдания себя и, хотя бы иллюзорного избегания ответственности перед Творцом.

А собственно, что ты хотел найти в этих вопросах и разговорах? – неожиданно спросил Мэр.

Ар-ту смутился, странно посмотрел на Мэра, но ничего не ответил. Ему стыдно было признаться, что он искал не доказательств о Творце, а в отместку за свою обиду, желал отомстить Мэру. Хотя бы тем, что он задаст такой вопрос, на который не получит ясного ответа. Тогда, это будет неудобством для Мэра, а для Ар-ту это станет оправданием его образа жизни. Этого не случилось, но принц подумал:

– Мэр, конечно, знает намного больше меня, но, во-первых, это не значит, что я глупее его. Во-вторых, я не такой плохой, как те, на острове Цирк. Конечно, я не святой, но вполне нормальный человек. А что мне ещё надо?

Они немного посидели молча, обдумывая каждый своё. Неожиданно принц захотел что-то спросить, но Мэр вдруг засмеялся и, отмахиваясь руками, сказал:

– Ну, ты действительно, как вулкан. Думал, ты успокоился, а у тебя опять взрыв вопросов. Я сдаюсь, – смеясь, сказал Мэр. – Давай всё остальное на другой раз.

– Я вам очень благодарен за эту беседу, – сказал Ар-ту, – я никогда такого не слышал, и для меня очень важно, что вы показали мне мир, с другой точки зрения и понимания.

Они ещё немного посидели, поговорили о своих ежедневных делах и довольные встречей расстались.

МОРСКОЙ ЗАЯЦ

Не скоро, но пришли ответы на запрос принца о возвращении денег, отданных ранее людям на хранение. Из пяти «честных» человек, которым принц особо доверял по своему расположению и рекомендации других: двое, под разными предлогами, вообще, отказались возвращать деньги. Третий и четвёртый вернули третью часть денег, остальное они вычли за хранение, и только пятый вернул полную сумму. Собрав всё вместе, принц всё-таки сумел купить себе корабль. Конечно, не новый и не большой, конечно, без товара, но всё-таки корабль. Он мечтал вновь отправиться в путешествия в надежде найти и вернуть утраченный Камень Наследия или, как его называли на острове Дисци, Камень Свидетельства Твёрдого Основания.

Уже второй день они были в ласковом море. Несмотря на попутный ветерок, корабль «Новая Надежда», плыл медленно, так как был очень тяжело нагружен разбитой в тонкие листы медью и золотом. Это был очень дорогой товар: такую тончайшую и сияющую на солнце медь и такое тонкое листовое золото в те времена редко кто умел ковать. Это был особый секрет, когда уже разбитое в листы чистое золото закладывали между двумя кожами и продолжали осторожно ковать, пока оно не становилась совсем тонким и ровным, словно зеркало. Почти весь товар на корабле принадлежал кузнецам Терпу и Насту. Ар-ту должен был его продать и получить свою долю от прибыли.

К полудню ветер стал слабым, и тяжело гружёный корабль принца почти остановился. Все ждали вечернего ветра.

— Корабль! Корабль на горизонте, — закричал вперёдсмотрящий с верхушки мачты. — Нет, это два корабля. Они идут в нашу сторону.

Ничего удивительного не было ни в одном, ни даже в двух кораблях сразу. В те времена торговые люди часто собирались вместе, как попутчики, чтобы плыть в какой-нибудь порт. Так было веселей, безопасней и от морских пиратов отбиваться легче.

Почти во всех портах было требование: все торговые корабли имеют право иметь на борту не больше шести пушек большого калибра. Обычно это по три с каждого борта, для защиты от пиратов. Некоторые порты разрешали ещё седьмую пушку точно на носу корабля, но она была очень неудобна, и её почти никто не ставил.

Самый начинающий пират первым делом сразу устанавливал пушки. Обычно их было около десяти на каждом борту, а у некоторых доходило до пятнадцати пушек с каждой стороны. Настоящие военные корабли. С такими морскими волками было лучше не встречаться, поэтому плыть большим караваном гораздо лучше и безопасней.

Скоро корабли приблизились, и стало видно, что они не были тяжело нагружены и имели более быстроходную форму.

– Пираты!! Пираты! – раздался крик вперёдсмотрящего, и раздался сигнал тревоги. – Пираты!

В подзорную трубу Ар-ту видел, как на одном из кораблей ещё подымался пиратский флаг, а на другом он уже был поднят. Да, это были пираты, которые под видом торговых людей подошли поближе, а затем, для наслаждения паникой и своей силой, решили поднять пиратский флаг. Сейчас, на одном из кораблей поднимали ещё и вымпел, на котором обычно написано имя или прозвище капитана. С пиратского корабля тоже смотрели в подзорную трубу и видели, что именно сейчас на них смотрят. Подняв вымпел на половину, один из пиратов, стоя на рее, развернул вымпел, и принц прочитал короткое слово «ПРИ». Значит, другой корабль – «ЗАВ», понял Ар-ту.

Ар-ту сразу покрылся холодным потом, почувствовав дрожь и слабость во всём теле. Он понял: это не случайная встреча. Его, видимо, давно ждали и, наконец, нашли.

И в какой момент нашли: когда его корабль двигался едва ли не в три раза медленней, чем их корабли. Ни о каком побеге нечего было даже думать. Отбиться всего шестью пушками сразу от двух пиратских кораблей тоже невозможно. У пиратов был выбор, сразу взять их корабль на абордаж (штурм с борта своего корабля на борт противника) и пленить всех, или, если они будут сильно сопротивляться, обстрелять их из пушек, перебить часть команды, а потом всё равно взять корабль штурмом.

Все прекрасно понимали: для Ар-ту и его людей ситуация безнадёжная. Пираты не спешили, чтобы насладиться страхом своей власти, пока они подойдут на расстоянии пушечного выстрела. Отдавать какие-то команды на корабле принца уже не было смысла.

Ар-ту опустился на пол палубы, прислонился спиной к борту и тихо заплакал. Вот тебе и мечты о новой жизни, мечты о том, что теперь всё пойдёт по-другому и всё изменится. Он уже во многом изменился в своём характере и привычках, поэтому и думал, с подсказкой Виктора, что теперь он навсегда обретает новую жизнь и новое счастье. Вот она, новая жизнь, по своему выбору и мнению.

В эту трудную минуту Ар-ту понял, что ты как хочешь, можешь изменяться своими усилиями, но прошлые привычки так просто не отпускают. Старая натура, её выжженное клеймо рабства на твоей душе, будут вновь и вновь стремиться вернуть тебя туда, откуда ты так стараешься вырваться. При каждом удобном случае прошлые привычки могут настичь тебя и разрушить все новые надежды, начинания и мечты. Да и многие люди весьма любят топить убегающего от зла, в его прошлых ошибках и грязи. Вы же помните, что на острове Цирк есть много любителей травить и высмеивать «белых ворон» или «чёрных овец». Неожиданно Ар-ту вспомнил слова Чёрного Пророка: «Ошибки прошлого, настигают нас в будущем».

Легко рассуждать и слушать Виктора и его советы, когда всё хорошо. Правы были Мэр и кузнецы, что надо не украшать, старый парадный вход, а построить новое здание жизни и на новом твёрдом основании. Что нужно не видимое улучшение себя хорошими манерами, а необходимо полное изменение своей натуры с помощью Творца. Нужна полная духовная трансформация. Тогда он бы был под защитой, и многое могло быть по-другому. Но теперь...

– Вот это нас поймали, – произнёс кто-то, – прямо как по наводке вышли. И ничего не сделаешь: ни убежать, ни в сражении выиграть. Конечно, если весь груз за борт выбросить, то мы сможем плыть быстрее, но всё равно видно, что их корабли более быстроходные, да и подошли уже очень близко.

Все оцепенели от такого поворота событий: они в ласковом море, всего день пути до желанного порта, с таким ценным товаром и вот так неожиданно и жёстко всё оборвалось.

– Я читал, как в древности мудрец Архимед защищал свой город от римлян, – произнёс один матрос. – Архимед сказал, что если начистить много медных щитов и навести солнечного зайчика на одно место корабля, то корабль загорится. Они так и сделали. Воины по тридцать человек в каждой группе, в солнечный день, наводили солнечного зайчика на одно место корабля и зажигали его.

– Сто-о-оп! – закричал Расс. – Так у нас же листовое золото и медь есть, и солнце сейчас как раз со стороны пиратов, очень даже удобно зайчика на них пускать.

– А что? Это идея. Товар нам всё равно уже не нужен, а попытаться можно, – согласился Ар-ту. Наверно, никогда ещё команда принца не работала так быстро и слаженно. Листы золота отражали света больше, чем медь, но была проблема, как держать очень тонкие листы в руках и наводить на противника. Листы под своей тяжестью гнулись и висели как тряпки.

– Спустить задний парус! Закрепить на нём золотые листы, – приказал принц.

– Это же золото! Это же золотые листы! В них нельзя дырки делать, они же цену потеряют! – возразил кто-то.

– Цена – это наша жизнь и свобода, а это всё – только так ... – произнёс Ар-ту и небрежно махнул рукой.

Скоро они начали поднимать золотой парус. Теперь, сияющий и слепящий солнцем, он казался огромным и был очень тяжёлый даже для привыкших к труду рук матросов. По краям паруса было закреплено несколько больших верёвок, которыми планировали точно наводить солнечного зайчика в нужное место. Ветерок был слабым, и поэтому парус только слабо прогнулся, образовав что-то наподобие большой золотой чаши, но это было удобно для управления солнечным зайчиком.

Не так просто было навести зайчика на корабли, ведь сначала надо увидеть, где он сейчас, этот солнечный зайчик. Кругом море, солнечное небо и миллион отблесков, где тут увидеть световое пятнышко. Наконец им удалось увидеть яркий свет на одном из кораблей, но возникли другие проблемы: их корабль тихо качала морская волна, а солнечный зайчик от этого сильно прыгал из стороны в сторону. Другая проблема, что их солнечный зайчик был великоват по размеру, а надо было свести его в маленький кружок, чтобы лучи света могли быстро прогреть дерево так, чтобы оно загорелось.

Парус на пиратском корабле вспыхнул сразу и неожиданно для всех.

– Ура-а-а! – закричали все.

– Правильно, надо зажигать паруса, без них они нас никогда не догонять, – кричал Расс.

Им удалось зажечь паруса на всех трёх мачтах обоих пиратских кораблей. Там началась паника, стали тушить пожар. Но при этом с корабля При раздался залп пушек, и ядра, просвистев, упали в воду чуть-чуть позади корабля Ар-ту. Но уже было поздно. Корабль принца всё больше уплывал вдаль.

– Капитан, – обратился Расс к принцу. – Надо не только паруса сжечь, но и сами корабли так, чтобы от них ничего не осталось. Чтобы ни При, ни Зав уже никогда не могли с тобой воевать.

– Я думаю, это будет слишком жестоко, – ответил Ар-ту. – Там много людей, и они все могут погибнуть. Я не хочу быть виноватым в их гибели. Мы хорошо их наказали, и они запомнят это надолго.

– Капитан, это не такие люди, как ты думаешь, – настаивал Расс. – Они всегда будут враждовать с тобой, до полного уничтожения. У них вся команда такая. Ты же уже знаешь, что Зав и При – твои ожившие зависть и привычки. Они никогда не смирятся и не остановятся.

– Давай прекратим эти разговоры, – попросил принц.

Неожиданный порыв ветра сильно качнул корабль, и он резко наклонился на один бок.

– Спустить золотой парус, – закричал Ар-ту, – пока нас не перевернуло.

Золотой парус был опущен и золотые листы вновь уложили в трюм. Корабль принца благополучно достиг нужного порта. Удачно и быстро распродав товар и набрав другой, Ар-ту вновь вышел в море, держа курс на остров Дисци.

– Пока Зав и При доберутся до берега, пока придут в себя от страха и пожара, пока отремонтируют корабли, я уже успею вернуться, – рассуждал он.

X

Где-то в другом порту, совсем недалеко от места происходящих событий, состоялось короткое, но очень важное совещание. На этом мероприятии присутствовали только четыре капитана и их помощники. – Ну чего, чего вы сомневаетесь и боитесь, – настойчиво говорил Гор. – Подумаешь, один раз у него получилось, думаете, он всегда будет иметь такое оружие? Даже если и будет иметь, так что? Для этого зайчика надо спокойное море, солнышко с правильной стороны, чтобы ветра почти не было и многое чего другое. Так что нечего сомневаться. Вы все знаете, что мы в нём весьма сильны. Берём корабли наших друзей и к делу. На этот раз я тоже пойду с вами.

– Да, кстати, – продолжил Гор, – мне сообщили, что он уже скоро выходит в море, так что надо поторопиться. Кто согласен с моим предложением? Услышав, что на этот раз Гор тоже пойдёт с ними, Зав и При сразу согласились, но, по своим соображениям, решили, что Эмма лучше с собой не брать. Все жаждали отмщения за своё поражение, поэтому, как только начался отлив, их корабли, в полном вооружении, уже дружно бороздили море в направлении пути принца.

МЕЧТЫ О КАМЕНЬ, ИЛИ СПАСЕНИЕ ЗА СОЛОМИНКУ

Корабль «Новая Надежда» весело бежал по волнам. На этот раз груз был не таким тяжёлым, если не считать большого количества золотых монет и драгоценных камней – самоцветов, которые Ар-ту вёз друзьям кузнецам за их товар. Прибыль от товара оказалась много больше, чем все ожидали, и Ар-ту втайне гордился этим. Он уже несколько раз пересчитывал свою долю, и каждый раз это возбуждало его. Это была весьма солидная сумма, а путешествие было самым прибыльным за всё годы. Ар-ту мечтал продать этот и купить лучший корабль и планировал, какие товары возьмёт на этот раз и в следующий. Он был в очень хорошем настроении, когда раздался крик вперёдсмотрящего:

– Корабль на горизонте! – Но корабль был ещё так далеко, что даже в подзорную трубу рассмотреть было трудно.

– Эй, какая-то птица летит! Смотрите, да это же голубь!

– Голубь в открытом море? Вот это да! Никогда такого не видел, – сказал пушкарь Яков.

– Почтовый, наверно. Видимо, где-то беда случилась, вот и выпустили, как последнюю весточку о себе, – рассуждала команда.

Ар-ту тоже видел голубя, который летел чуть в стороне мимо их корабля. Его сердце сразу заныло в плохом предчувствии. Он уже слышал истории о морских почтовых голубях, способных пролетать тысячи миль без отдыха, словно перелётные птицы. Их обучали садиться только на тот корабль, который они уже знали и куда их посылали. Морские почтовые голуби стоили огромных денег и всегда были под большим секретом. Такую морскую почту использовали некоторые пираты и военные.

– Смотреть в направлении полёта голубя, – приказал Ар-ту. – Там скоро корабль покажется.

Действительно, довольно скоро там показался второй корабль, и почти сразу, прямо по курсу, показался третий. Задний корабль приближался довольно быстро. «Быстроходный, значит, точно пираты», – поняли все.

– К бою, – сразу отдал приказ Ар-ту. – Ближе мы увидим, что за корабли впереди. Поднять все паруса, при сближении ход не замедлять, может, на скорости и выскочим из ловушки.

Пушкарь Яков знал секрет, что пушечное ядро, прыгая как камушек по пологому склону убегающей волны, может долетать дальше, чем обычно, и причинять серьёзный ущерб кораблю противника. Вот и решили стараться держаться с ветреной стороны хотя бы от одного пиратского корабля.

– Пушки у нас довольно большие и можно немного увеличить заряд, для дальности и силы выстрела, – подсказал пушкарь.

Весьма скоро взвились пиратские флаги, и ловушка стала закрываться. Корабль впереди уже уменьшил паруса, чтобы сближаться медленно и вести стрельбу со всего борта корабля. Они даже сделали пробный выстрел, чтобы видеть, как скоро судно принца будет на линии огня пушек.

В былые времена пушки стояли только по бортам парусников, и корабли могли вести бой, только стоя бортом к противнику.

Пираты с подветренной стороны первыми оказались на линии огня, и Ар-ту дал залп из трёх пушек сразу. Ядра, прыгая по волнам как орешки, понеслись к противнику. Два ядра ударили в борт корабля пиратов, но вреда не принесли, но третье, высоко подкинутое волной, перескочило через борт и, видимо, перебило какой-то блок, держащий канаты. Все видели, как большой парус одним боком упал вниз и потом яростно захлопал освободившимся концом на свежем морском ветре. Это была просто удача.

– Взять десять градусов вправо, – кричал Ар-ту, – не спускать парусов! Полный вперёд.

Этим манёвром Ар-ту разминулся со вторым встречным кораблём. Пираты дали тяжёлый залп со всех пушек, но все ядра, вздымая фонтаны воды, упали, не достигнув цели. Ар-ту тоже выстрелил, но не так удачно, как первый раз. Однако манёвр дал себя знать. Противнику нужно было время для того, чтобы развернуться и догнать принца, а одному из них ещё и починить парус.

Но скоро все поняли, что, несмотря на первый успех, противник явно превосходил Ар-ту во всём: как в количестве пушек, как в скорости кораблей, так и в искусстве маневрирования кораблём и умении вести бой. Пираты нагнали принца и шли параллельно, ведя его между собой и на ходу, с двух сторон, открыли огонь всем бортом. Третий корабль пиратов плыл позади, не давая ему возможности сделать манёвр.

Какое-то время, за счёт усиленного заряда пушек им удавалось держать противника на расстоянии. Ядра пиратов едва долетали до его корабля и пока не причиняли ему серьёзного ущерба. Да и морская волна помогала тем, что покачивала все корабли, и этим затрудняла прицельную стрельбу.

Так прошло довольно много времени, пока принцу не доложили, что кончается запас ядер для пушек. Сначала он даже не понял о чём идёт речь.

– Что кончается? – переспросил он.

– Ядра для пушек кончаются. Нам скоро стрелять нечем будет.

Принц не верил своим ушам. Но тут хоть верь, хоть не верь, но стрелять скоро стало нечем. Корабль был торговый, а не военный. Пушки Ар-ту замолчали, и все поняли: что-то случилось. Пираты дружно приблизились со всех сторон, и теперь их ядра начали всерьёз громить и крушить корабль принца. Они разбили крепления нескольких парусов, сломали одну мачту. И теперь, когда корабль принца почти остановился, пираты приближались, готовясь идти на абордаж, чтобы штурмом захватить их. Ядер на корабле принца не было, но пороха было много.

– Заряжать в пушки всё, что угодно, – кричал принц, – пусть не думают, что мы для них лёгкая добыча.

Пушкарь Яков дал очередной залп тремя пушками с левого борта, и все с удивлением увидели, как пиратский корабль неожиданно вспыхнул в трёх местах. Началась паника. Все кинулись тушить пожар, корабль отошёл в сторону так, чтобы пушки Ар-ту не могли их достать.

– Что это было? – с удивлением и радостью спросил принц.

– Кто его знает, – тоже с удивлением ответил пушкарь Яков, – какие-то бутылки нашёл в ящике, и они как раз зашли в ствол пушки. Я их и зарядил.

– Тащи все сюда.

– Так нет больше, только три штуки было.

Принц посмотрел на крышку ящика и прочитал: «Масло для лампад. Передать священнику Самуилу от Патрика».

Теперь близко был противник с правой стороны. Пираты стояли у борта, готовясь идти на абордаж, но после выстрела только из одной пушки их численность сильно уменьшилась и они тоже отошли на дальнюю позицию.

– Ха-а-а! – закричал Расс. – Никогда не думал, что стрельба золотыми монетами на близком расстоянии поражает больше чем ядро.

– Почему из одной пушки стреляли?

– Да другие просто не заряжены, – ответил Расс. – сейчас исправимся, – весело продолжил он и закричал: – Ребята! Тащи деньги любого калибра и достоинства. Сегодня они вполне пригодны, чтобы стрелять ими из пушек.

Однако пираты очень быстро выучили этот урок. Они быстро исправили свои ошибки, и все три корабля опять вышли на боевые позиции. Не имея пушечных ядер, принц уже не мог достать их из своих пушек, а пираты, злые за свои потери, теперь всерьёз стали разносить его корабль в щепки. Ар-ту ещё раз убедился, как хорошо они умеют маневрировать кораблём и вести бой. Они явно превосходили его в этом искусстве. Пираты словно вымещали на его корабле всё своё зло и месть за то, что он ещё не сдавался. Они даже не хотели штурмовать корабль, чтобы не дать Ар-ту шанс оказать сопротивление. Они просто топили корабль, рассчитывая потом подобрать всех из воды. Скоро в бортах появились пробоины и течи, и корабль медленно стал наполняться водой.

Это был конец. Конец всем надеждам на новую жизнь, конец на все новые начала и мечты. Старые привычки и характер, воплощённые в образе человека, уничтожали всё новое, всё более и более возвращая принца в своё рабство и зависимость. На этот раз При, Зав и Гор прилагали всю свою ярость и злость, всю месть и ненависть к принцу за его попытку начать новую жизнь.

Небольшой кучкой они стояли на палубе, а вокруг всё свистело, трещало, горело, падало, и что-то рушилось. Пираты крушили и топили корабль, но их непременно хотели взять живыми.

Когда нет надежды на помощь, и ничего не можешь сделать или изменить, то у некоторых наступает отчаяние и паника. Ар-ту не был исключением. За секунды перед его глазами пронеслась вся его жизнь, как при встрече со Стражем восточных границ, чья-то рука перечеркнула всё, и бесстрастный голос произнёс: «Вот и всё, чего ты достиг!» Ар-ту рухнул на колени, поднял руки к небу и в отчаянии закричал:

— Господи! Если Ты действительно есть, прости меня! Прости за пренебрежение к Тебе и за неблагодарность! Я виноват! Милости Твоей прошу! Прости и помилуй!

Горячая волна обдала сердце Ар-ту, залила его сознание и принесла умиротворение его душе. На его глазах стояли слёзы, он ощутил необычную силу и радость чувств и совсем забыл о своих страхах и панике. Он понял – он прощён. Рядом с ним, преклонив колени, стояла команда. Все просто ждали логического завершения бойни.

Сильный порыв ветра, на море его называют шквал, резко и сильно закачал все корабли и стал разворачивать их в разные стороны. Белой пеной вздыбились седые волны и, как великаны, стали сильно шлёпать по бортам кораблей. Продолжать стрелять стало невозможно, и пушки замолчали. Всем показалось, что наступила жуткая тишина, хотя вокруг шумел ветер.

Пираты не уходили. Они ждали, что будет дальше. Они хотели иметь гарантию, что Ар-ту, если не раб, то навсегда утонул. Но шквал стал так закручивать, так качать и двигать корабли, что скоро все расплылись в разные стороны и скрылись вдали. Это пришла та помощь, о которой просил принц. Все понимали и думали об этом, но говорить вслух не решались. Они боялись что-то нарушить, чувствуя, что всего одна малейшая ошибка может оборвать эту тончайшую ниточку новой надежды. Надежды, данной от Господа. Довольно скоро ветер стих и подул ровный морской бриз.

– Спасибо, Господи, – произнёс Ар-ту, вытирая слёзы.

– Все к насосам и откачивать воду. Меняться каждые полчаса, – кричал он, – забить пробоины, чем возможно. Расс, обрубить сломанные мачты и убрать обломки с палубы. Поднять всё, что осталось от парусов.

Скоро на одном рваном парусе, всего при одной на треть чудом уцелевшей мачте, корабль медленно поплыл к заветным берегам. Но вероятность доплыть до берега была невелика. Все измотаны боем и непрерывным откачиванием воды, да и не все пробоины удалось закрыть.

Впереди их показался корабль. Сколько страха они натерпелись, думая, что это опять пираты. По «счастливой случайности» это оказался один из сторожевых кораблей с острова Дисци. Свежие люди и сильные руки помогли остановить течи, откачать воду и под охраной благополучно доплыть к берегу.

«Как вовремя Всевышний помог», – думал Ар-ту и вспомнил старую солдатскую поговорку: «Ложка хороша к обеду, а помощь вовремя».

Да, помощь от Господа пришла точно и вовремя. В том, что это была помощь от Господа, Ар-ту уже нисколько не сомневался.

ПРОЗРЕНИЕ

Корабль принца, вернее то, что от него осталось, входил в гавань, и люди, видевшие это, останавливались и с удивлением, страхом и состраданием смотрели на то, что должно было быть кораблём.

– Господи, да как же он доплыть то сумел, – удивлялись многие.

Дотянув до причала небольших судов, где было мелко, и корабль уже не мог затонуть, принц пришвартовал корабль, и вся измученная команда вышла на берег. Корабль остался под присмотром портовой охраны.

Только через день приступили к осмотру корабля и выгрузке грузов и того, что остались. Кузнецы Терп и Наст, как и весь город, уже знали, что принц, когда кончились ядра для пушек, отстреливался лампадным маслом, золотыми монетами и даже драгоценными камнями. Никто уже не рассчитывал получить деньги за свой товар. Конечно, все сожалели, что так вышло, но никто не обижался и считал, что именно так и надо было поступить. А как иначе? Такое с каждым может случиться. Зато все гордились как этим боем, так и решительностью Ар-ту, как будто и сами участвовали в сражении. Все были рады, что принц и его команда опять не попали в рабство.

На удивление всем, почти весь груз оказался в хорошем состоянии.Однако выяснилось, что есть весьма большая недостача денег. Расс вернул многим затраты, но без прибыли, а все убытки неожиданно взяли на себя кузнецы Терп и Наст. Самуил, хозяин знаменитых бутылок с лампадным маслом, был горд и счастлив тем, что, по его мнению, лампадное масло было использовано как нельзя лучше.

По всему острову Дисци, от дома к дому, из города в город загуляли истории об отважном капитане Ар-ту. Говорили, что он в пылу сражения с пиратами, когда кончились ядра для пушек, стрелял золотыми монетами и драгоценными камнями. Рассказывали, что он изобрёл способ, как зажигать корабли пиратов, стреляя из пушек бутылками с лампадным маслом и даже солнечным зайчиком. Все гордились, что даже три пиратских корабля, по десять пушек с каждого борта, так и не сумели победить капитана Ар-ту.

Рассказывая обо всём этом, каждый рассказчик, конечно, немного приукрашал. Добавлялись всё новые и новые подробности. И вскоре только команда Ар-ту могла отличить правду от устного народного творчества жителей острова.

Имя Ар-ту стало таким известным, что у городских мальчишек появилась новая игра: «Бой капитана Ар-ту с пиратами». Вот они больше всех и стали приукрашать и выдумывать всё новые и новые истории о бесстрашном капитане Ар-ту.

X

Однако, сразу по прибытии в порт, Ар-ту, от перенапряжения и всех потрясений, неожиданно и тяжело заболел. Врач выписал лекарства и сказал, чтобы несколько дней Ар-ту не тревожили.

– Необходим постельный режим и ему лучше спать, – уходя, сказал врач. Расс исполнил все указания врача и сам улаживал дела с торговыми людьми.

Всю первую ночь Ар-ту кричал и метался в бреду и кошмарах: его мучили погони, стрельба, безвыходные ситуации, цирк капитанов, корыто, из которого он ел вместе со свиньями, пустыни и преграждающие путь каменные реки, разбитые и тонущие корабли, и жуткий страх от выхода в море. Ему стало казаться, что его поджидают не только в море, но даже здесь, если только неосторожно открыть дверь или форточку. Ему казалось, что за ним непрерывно охотятся, как охотятся на редкую дичь, которой можно будет гордиться перед другими. Расс не отходил от него, то укрывая, то отирая холодный пот на его лице. Когда утром Ар-ту пришёл в себя, то ясно понял, его действительно караулят и ему не дадут нормально и спокойно жить. Его везде найдут и везде достанут. Для пиратов Ар-ту стал тем зверем, на которого была открыта большая охота без правил. Он чувствовал, как от осознания этого, от безвыходности положения, его тело в который раз покрылось тяжёлым холодным потом.

Через несколько дней его самочувствие стало лучше, на глаза попалась «Книга Жизни», он стал читать Новый Завет. Ар-ту и раньше иногда читал «Книгу Жизни», но по чуть-чуть, в большой спешке и где попало. Сегодня ничего не тревожило его сознание, и он читал, читал и читал. Он читал с таким наслаждением, с каким изнеможённый странник пьёт прохладную воду в пустыне, читал жадно и с упоением, перечитывая ещё и ещё.

Через два дня непрерывного чтения «Книги Жизни» он почувствовал усталость. Отложив книгу, Ар-ту откинулся на кушетке и расслабился. По телу пробежала приятная истома, как бывает после большого и важного труда. Он испытывал не просто удовлетворение, а наслаждался необычным чувством духовного насыщения. Как будто он съел что-то невидимое, но что действительно насыщает душу, разум и тело.

Неожиданно он увидел то, чего не мог увидеть за все годы своей жизни. Он увидел жизнь – где все ценности настоящие.

Где любовь есть любовь, где дружба есть дружба, где верность есть надёжность.

– Стоп! Так ведь здесь, в Новом Завете, описана как раз та жизнь, о которой я мечтал и считал за настоящую, что именно вот такой она и должна быть и никакой другой. Все подделки делаются только под то, что имеет реальную и непреложную ценность. Например, разноцветное стекло подделывают только под драгоценные камни. Он понял, раз всякое зло и неправда всегда прячутся под видом истины и добра, значит, только в добре и истине и есть настоящая ценность и смысл жизни, и это то, что ценится как на земле, так у Творца в вечности.

Я не понимал этого раньше, потому что никогда не читал столько сразу, – догадался Ар-ту. – Чтобы решить задачу, надо знать все её условия, а чтобы было над чем думать, уму нужен необходимый объём знаний.

Ар-ту по-новому, словно со стороны, увидел мир: всё встало на свои места и стало ясно и понятно. Самая большая и опасная беда на земле – это зло. Зло – это отсутствие любви и добра, а значит, отсутствие Господа в сердце. Христос-Мессия добровольно отдал свою жизнь, только за возможность своей кровью смывать и уничтожать грех и зло в людских сердцах. Жертвуя собой, ради возможности примирения человека с Творцом, Христос расчистил, обновил и осветил единственный путь спасения от зла для каждого человека и всей человеческой цивилизации. Только примирение с Господом уничтожает зло в сердце, и человек приобретает уверенность, счастье и радость в жизни, а вся цивилизация человека, вместо самоуничтожения в войнах за власть и бумажные деньги, приобретает прекрасное будущее. И это сразу для всех и каждого, кто призовёт имя Господне. Да это же самый великий подвиг на благо всех! – С благоговением воскликнул Ар-ту. Да, служить истине трудней, но почётней. Это путь и удел сильных, и в этом есть смысл и цель жизни. Если этого служения нет, то жизнь теряет свой человеческий смысл, – вспомнил он из Книги Капитанов.

Что-то произошло в его душе. Он, королевский сын, наследник престола, принц, привыкший никогда не считать себя виноватым, всегда находящий оправдания для своих дел и поступков, вдруг даже не захотел оправдываться. Принц ясно осознал, что есть только один путь, один выход из этого положения – просить прощения перед Творцом. Просить так, чтобы Творец сам захотел его простить, помиловать и усыновить. Впервые в жизни, преклонив колени, принц сознательно начал искренно молиться.

Неожиданно он вспомнил слова и мотив песни Дмитрия из клетки на Стыке Миров и тихо запел:

Прости меня, Боже, прости, я молю
Прости, что так поздно к Тебе прихожу,
Прости, что я раньше Тебя не познал,
Прости, что я друга иного избрал,
И вот, я в молитве стою пред Тобой,
Веди ж меня, Боже, своею рукой,
И жизнь я свою посвящаю Тебе,
Ты только не дай мне погибнуть в борьбе.

Принц пел и чувствовал, что его сердце стало наполняться тёплым, большим и светлым чувством, дающим уверенность, силы и зовущим на подвиг. Ар-ту понимал, что именно сейчас он входит в новую жизнь, и эта жизнь принимает его. Он стучал и ему открыли, он просил и его простили. Как сказано: «каждый, кто призовёт имя Господне, спасётся». Всё это были последствия его добровольного решения и выбора. На его глазах впервые стояли слёзы счастья.

НУ ОЧЕНЬ УДОБНЫЙ СЛУЧАЙ

Когда Ар-ту окреп и снова занялся делами, то ему подсказали, что не стоит тратить деньги на починку этого корабля, а будет разумней взять займ и купить другой. Идея была правильная. То, что осталось, уже нельзя было назвать кораблём. Но где взять деньги на новый корабль? Занять – идея хорошая, но ему нечего дать в залог, под этот займ. Да и у кого занять, ведь от его дел одни убытки? Для начала Ар-ту решил снять с корабля всё, что ещё имеет ценность. Осматривая корабль, он похлопал рукой по пушке и вдруг замер.

– Пушки! Они же заряжены!? Ну, если не все, то три пушки по правому борту точно, но, скорее всего, все шесть.

Заходить в порт с заряженными пушками, да ещё большого калибра было запрещено. Но самое страшное было другое: пушки были заряжены золотом. Принц вспомнил, как после первого золотого выстрела пираты отошли подальше. Вспомнил, что потом все пушки зарядили золотом, но так и не выстрелили. Так получилось, что принц заболел, Расс заботился о нём и все забыли об этом, думая, что стреляли все пушки. Его лицо, лоб и шея сразу покрылись липким потом.

– Золото!!!? В каждой пушке сейчас, пожалуй, килограмм десять золотых монет, а то и больше!!! А их шесть!!! Да всё вместе это же больше шестидесяти килограммов золота!!! Так ведь не одно же золото!? Там, вместе с золотом, ещё драгоценные камни!!! Да это же, какие огромные деньги!!!? Деньги!!! – от волнения Ар-ту закусил пальцы, тревожно забегал по сторонам глазами, а в голове стремительно понеслись разные мысли.

– Расс не говорил, что было много проблем с товаром, значит, уже всё улажено. Тогда откуда так много золота? Или это не золото? Нет, он точно помнил, что Расс дал команду заряжать пушки золотыми монетами. Да другого ничего и не было. Он не мог понять, как так получилось, что все были довольны, но ещё осталось столько денег. Но он быстро понял другое: об этих деньгах забыли, и теперь об этом никто не знает. Корабль его и пушки тоже его, – рассуждал он. – Если из команды кто и узнает, то никто не посмеет сказать другим.

– Это мои деньги!!! – бешено застучало у него в голове.
– Мне так нужны деньги и это мои-и де-нь-ги-и! – шептали
его губы. Голова кружилась, его бросало то в жар то в холод,
во рту пересохло и не хватало дыхания.

– Как хорошо, что я стал осматривать корабль один, – думал он. – Какой случай! Какой удобный случай и никто…,
никто…, даже не знает. Деньги-и-и!!! И сколько!?! Это мои
деньги. Моё, зо-о-ло-то-о!!!

Он понял, что это могли быть деньги только кузнецов Терпа и Наста. Расс говорил, что они взяли на себя все
убытки. Но они уже получили своё, вернее согласились,
что те жалкие гроши, что они получили, и есть их доля.
Потери уже официально списали на риск в морской торговле. Значит, уже никто не может предъявить к нему никаких
прав и претензий.

– Никто не знает! Уже всё улажено! – шептал он. – Де-еньги…! Зо-о-лото…! И ско-о-лько…!? И ни-и-кто не зна-а-ет…!
А мне так нужны деньги! У меня нет корабля, я потерял всё,
что имел. И сейчас могу вернуть всё и сразу! И всё честно!

Где-то в глубине души он понимал, что здесь что-то не так.
Да, уже всё улажено. Да, на его корабле сейчас много денег,
но они не совсем его. Это нечестно промолчать о них, зная,
что кто-то, спасая его от проблем, просто простил его и понёс очень большие убытки.

– Ведь я же не вор? – рассуждал он. – А это что – воровство!? Ведь уже всё официально улажено!? Уже никто не посмеет требовать деньги назад. Ты же не нарочно так сделал?
Просто случайно так получилось. Ну, сам подумай, кто и подо
что, тебе сейчас даст займ и поможет??? А тут уже всё есть:
ни помощи, и ни займа не надо, – не унимались различные
мнения в его душе и сознании.

Поняв, что он окончательно запутался в мыслях, Ар-ту решил немного подождать, успокоиться, прийти в себя, а уже
потом решить, что дальше делать. Всё равно, прямо сейчас
их ни из пушек, ни с корабля не заберёшь.

Расс увидев Ар-ту сильно возбуждённым и нервным, решил, что капитан ещё не совсем здоров. Принц то сидел, то лежал, то ходил кругами как зверь в клетке, то его мучила жажда и так далее. Наконец он затих, а немного погодя вдруг решительно произнёс:

– Пошли.

– Что случилось? Что за спешка? Ты ещё болен. День уже на исходе. Куда пошли? Зачем? – пытался остановить Расс.

– Знаешь, я понял одно, – ответил Ар-ту, – чем дольше откладываешь правильное решение – тем труднее его сделать. Чем дольше оттягиваешь, тем больше страх, а что тогда будет? А всё будет так, как и должно быть. Чем дольше удерживаешь то, что не твоё, тем больше в тебе жадности.

Ну чего ты стоишь!? Пошли! – закричал Ар-ту Рассу и продолжил: – Пока живёшь мыслями, что это очень удобный случай, присвоить то, что случайно попало в руки – тем сильней и страшней в тебе становится тёмная сторона жизни. Так что пошли скорее, пока не поздно.

Расс так ничего и не понял, а по дороге в кузницу принц пояснил.

– Ты знаешь, я понял, что бороться с соблазнами надо не среди соблазнов, а просто бежать от них. Вернее, сразу поступать решительно, честно и правильно. Тогда страх, и влечение жадности, уже ничего не сделают тебе.

Придя к кузнецам, Ар-ту сразу рассказал о своём открытии и о том, что деньги и золото в пушках – это их доля. Теперь они могут забрать то, что им принадлежит. Рассказав всё, принц прислонился к стене и от усталости закрыл глаза.

– Уф. Всё, – выдохнул он и глубоко, но уже облегчённо вздохнул.

Глаза у всех долго были большие и круглые. Каждый удивлялся своему: Расс тому, что он и другие забыли, что пушки действительно заряжены золотом, но так и не стреляли. Кузнецы, зная прошлое Ар-ту, удивлялись тому, что у него был такой удобный случай, тайно присвоить кучу золота, но он решил честно вернуть его им. Терп подошёл к Ар-ту, неожиданно обнял его и сказал:

– Спасибо, брат. Ты сегодня совершил большой подвиг. Желаю, чтобы ты всегда был таким.

Ар-ту совсем не понял, о каком подвиге Терп говорил и что он имел в виду, но ему сразу стало легко и тепло, особенно после того, как Терп обнял его и назвал братом. Подошёл Наст и, обнимая его, произнёс:

– Ты совершил подвиг героя светлой стороны. Подвиг твоей души и сердца. Ты поступил честно. Можно сказать, что ты победил удобный случай тёмной стороны и сумел избежать их ловушки. Это не все умеют и это не всегда получается. Сегодня у тебя получилось. Я рад за тебя, и я горжусь тобой.

– Похоже, что ты и вправду перешёл на светлую сторону жизни, – добавил Терп. – Мы тут слышали, что ты примирился с Творцом, но слышать одно, а видеть Его свет в тебе это другое. Спасибо, брат, и добро пожаловать в наш дом, – говорил он, ещё раз обнимая принца.

Принц, словно во сне слышал то, что говорили Терп и Наст. Он стоял молча, из его глаз тихо текли слёзы счастья, и на душе было тепло. Он был счастлив. Он впервые ощутил в себе счастье быть с истиной, ощутил силу истины, способной убрать любой страх и сразу даровать душе покой, уверенность и радость.

Сегодня, сейчас он впервые победил тёмную силу в своей душе и сознании. Принц впервые ощутил себя победителем, а не рабом. Он впервые защитил весь мир от зла в своём сердце и не дал жадности и обману, через его сердце, пройти в этот мир.

Дом – это не крыша и не стены. Это не окна и не двери, – вспомнил он где-то слышанную песню. – А это то, где тебя ждут и любят. Где тебе доверяют, где ты всегда нужен, где всегда чувствуешь тепло души тех, кто рядом с тобой. Это то тепло, которое любые холодные стены превращает в то, что многие поэты и писатели, с глубоким чувством называют теплом родного очага. Сегодня принц неожиданно нашёл свой дом в сердцах этих простых людей. Дом, в котором ему было приятно и хорошо быть.

– Ну, что скажешь Наст? – спросил Терп.

– А что тут говорить. Я думаю, мы своё получили, а он за свою честность пусть сам решает, что с пушечным золотом делать.

– Ну, ты прямо мысли читаешь, – засмеялся Терп, – я согласен. Теперь это твоё законное золото. Распоряжайся им и не мучь душу страхами, что хорошо, а что плохо. Ты совершил большой подвиг, но кто знает, может, на самом деле это только начало твоего подвига жизни.

– Если бы пушки выстрелили, то и головной боли было бы меньше, – ответил Ар-ту. – Я теперь как у разбитого корыта: то есть много денег, но не мои. То решил отдать, а значит, их уже нет, так не берут. Вот раз нашёл силы, поступить правильно, а вы тут опять..., – он недоговорил, махнул рукой и произнёс: – Ну, совсем душу замучили.

Все засмеялись, а принц вдруг почувствовал, что он приобрёл хороших и надёжных друзей.

– Приобретайте друзей богатством неправедным, – вспомнил он из «Книги Жизни», – а ведь как точно сбылось!? А всего-то и надо было: победить собственный страх и жадность и поступить честно.

Ар-ту с Рассом решили, что если так всё получилось, значит, это помощь от Господа. Один золотой заряд пушки они отдали на церковь и сиротские дома, а остальное оставили себе.

СОМНЕНИЕ – ПЛОХОЙ ПОМОЩНИК

Ар-ту был счастлив. Его жизнь на светлой стороне стала налаживаться. Он приобрёл хороших друзей и ощутил силу и радость от истины. Он ощутил, как любовь превращает холодное здание в тот дом, о котором мы с гордостью и теплом говорим: «Это мой дом и мой родной очаг. Мой дом там – где меня всегда ждут, всегда мне рады, где я чувствую себя в надёжности. Мой дом там, где всегда тепло от добрых чувств».

Как ни странно, но для принца таким домом стала кузница Терпа и Наста. Семьи у него ещё не было, а с кузнецами они с Рассом работали вместе изо дня в день.

Как-то после очередной «случайной» встречи с Виктором, который «очень случайно и по делам» попал на остров Дисци, принц понял, что хотя он и принял светлую сторону, но объяснить рассудительно это Виктору не получается. Появилось много вопросов, которые он не сумел объяснить не только Виктору, но даже и себе. Виктор слушал серьёзно, не смеялся, а только посоветовал:

– Подумай. Жизнь твоя. Рад, что ты принял, светлую сторону, но плохо, что ты последовал порыву своих чувств и своего обещания, а не рассудительности разума.

Конечно, после прежней встречи с Виктором на острове Дисци, и после плавания на корабле «Новая Надежда», у принца возникло недоверие к Виктору. Однако для обвинения не было доказательств. «Я ведь сам согласился с его мнением», – думал принц. Но после этого разговора у принца появились сомнения. Сам разрешить их он не мог, а сказать о них другим было страшно и стыдно. Ну что обо мне подумают, если я расскажу о них? Я ведь только принял Господа, всё было ясно и понятно и вдруг…. Однако сомнения терзали душу, не давали покоя, и принц решил рассказать о них Рассу. Ему и в голову не могло прийти, что эти каверзные вопросы, ставшие сомнениями, были специально разработаны на высшем уровне, а Виктор только искусно пересказал их.

– Ничего удивительного в этом нет, – очень спокойно ответил Расс. – Я по себе это знаю. Сомнения всегда могут прийти к каждому. Чаще это тогда, когда ты уже знаешь, но знаешь недостаточно, чтобы мог легко анализировать и использовать эти знания. Для этого ещё нужна практика, а от практики будет навык уметь объяснять так, чтобы не унижать другого. Наши сомнения – это клин тёмной стороны в слабое место души, но это показывает, какие места надо укрепить большими знаниями и опытом, вот и всё.

В сомнениях нет ничего стыдного, но хорошо бы с кем-то посоветоваться. Может, даже и ни с кем-то одним. Только если ты хочешь о пирогах советоваться, надо идти к пирожнику, а если о сапогах – то к сапожнику. А в твоём деле лучше спросить Мэра или даже Наста и Терпа. Они ведь не просто кузнецы, а люди грамотные, в Школе Секретов Жизни не зря лекции читают.

Ар-ту после такого совета даже пожалел, что поделился с Рассом. Но потом подумал: «А ведь это, пожалуй, тот же страх, как когда я золото в пушках нашёл. Может и правда, честно поделиться с кузнецами, может они, что и подскажут».

– Знаешь, давай сегодня работу пораньше закончим. Пойдём в соловьиный кабачок, посидим и поговорим обо всём, — предложил Терп, когда принц рассказал о своих сомнениях.

Ближе к вечеру они уже сидели за столиком, наслаждаясь отдыхом и беседой.

– Я вот не пойму, почему всегда именно я должен прощать обидчику? Ведь другой тоже виноват? Это как обидная обязанность и порой, как унижение, – объяснял Ар-ту.

– Хорошо смотреть на всё с разных сторон, – произнёс Наст, вертя в руках кружку, – вот смотри, если смотреть отсюда, то это цилиндр. Если отсюда, то цилиндр ещё имеет ручку, которой не было видно, а смотреть сверху, так у цилиндра ещё углубление и вообще это не просто цилиндр, а кружка с ручкой.

«Прощать всегда – это унижение», это взгляд с одной стороны. А если смотреть со светлой стороны, то прощать порой трудно и не у всех есть силы простить и, поэтому, уметь прощать – это подвиг. Но главное понимать, что прощение необходимо тебе, а не твоему обидчику. Не жди, когда перед тобой извинятся, а просто прощай.

– Это ещё почему?

– Обижают именно для того, чтобы ты страдал, и тебе было больно. Обидели, может, три года назад, а ты и сейчас от этого страдаешь. Это и радует обидчика. Пока душа болит, ты не будешь иметь ни покоя, ни радости, ни счастья. Это и есть цель обиды.

Обида – это жало в теле. Пока не вырвешь, боль не утихнет. Вырвать жало, может только прощение. Прощение – это твоя победа и единственный путь избавиться от боли обиды и вернуть себе счастье и радость.

– Другая сторона, – хитро подмигнув, добавил Терп, – если ты простил, то обида больше не причиняет тебе страданий, но это причиняет страдания обидчику, ведь ты, оказался, сильней его. Уметь прощать – это и противоядие от обиды, и твоё мощное оружие против обидчика. Прощение – это необходимое качество для сохранения любого союза, дружбы и любви от разрушения. Мессия так сказал: «пойди прежде примирись с братом твоим, а потом придёшь и принесёшь дар твой Господу».

Другое, наши мысли – это как начало тропинки. Если по тропинке ходить часто, она станет дорогой, по которой пойдут твои слова и дела. Если мысли хорошие, то и дела будут хорошие, если мысли плохие, то и дела будут плохие. В обиде мы много думаем, но часто думаем плохо и сердито. А зачем для себя строить злую дорогу? Зачем та дорога, которая не ведёт ни к храму, ни к миру, ни к счастью? Лучше подумать, что и как надо сделать, чтобы этого не повторилось.

Терп сделал паузу, но Наст подхватил его мысль и продолжил:

– Разумное добро часто прекращает вражду. Окажи помощь и добрую услугу обидчику, в этом и твоё доброе расположение к нему, и уважение, и его значимость как человека в твоих глазах. Доброе отношение и дело, это горящие уголья для его совести. Ну а если он не перестанет обижать, то с ним лучше никаких дел не иметь, чтобы самим на беду не нарываться.

Книга Жизни учит, чтобы мы, оставляя прошлое, простирались вперёд и что ни ошибки прошлого, ни настоящего не должны останавливать стремление к свету и счастью. А ошибиться все могут, идеальных нет.

– А как понять, что хорошо делать, а что плохо? Ведь не всё конкретно указано в «Книге Жизни».

– Ты знаешь, это проще, чем ты думаешь, – заговорил Терп. – Мы знаем, что Творец всё создал только для своей славы. Мы знаем, что Мессия называет нас своими друзьями, что Отец Вечности ищет единомышленников и таковых желает усыновить. Вот и старайся быть единомышленником с Творцом и живи и поступай так, чтобы Христу – Мессии не было стыдно назвать тебя своим другом.

– Это как сохранение чести и достоинства своей семьи и рода, – добавил Наст, – по этой же причине в молитве всегда надо обращаться только к Творцу. Молитва – это слава Творца. Между тобой и Творцом нет никаких посредников. Ты и сразу Творец. Христос – Мессия – это сам Творец в образе человека. Но в жизни, хорошо иметь совместные молитвы, как с друзьями, так и за друзей.

Какое-то время молча слушали красивое пение соловья.

– Вроде всё понятно, но не всё укладывается, – вздохнув, сознался Ар-ту.

– Учись думать и предвидеть последствия, чтобы избежать поражений, – посоветовал Терп. – Человек создан для умственной работы, но физический тоже труд необходим, хотя это больше как наказание за грех Адама. Вообще, я считаю, что не наше тело имеет дух, но человек есть дух, имеющий тело. Необходимо тренироваться рассуждать и честно говорить себе правду о себе. Другого выхода нет.

– Да, кстати, ты знаешь, в чём грех Адама? – шутливо спросил Наст и сразу продолжил: – он согласился с мнением жены.

Все засмеялись.

– Ну а если серьёзно, – сказал Наст, – Адам сразу много нагрешил: он поставил мнение жены выше наставления от Творца. Это есть пренебрежение Творцом, – это раз. Он нереально подумал о последствиях, хотя Творец учил его предвидеть последствия, чтобы избежать беды, – это два. В-трстьих, он проявил непослушание, и самое страшное, четвёртое, он согрешил, но не раскаялся в этом.

Вообще, ничего не снимает с мужчины его ответственности перед Творцом, но это не значит, что мужчина умней женщины. В Книге Мудрецов сказано: «Мудр не только тот, кто умён, но и тот, кто умеет использовать ум других». Да, у нас и женщин часто разные вкусы и разный подход к ценностям жизни. Они видят многое по-другому и больше поддаются чувствам. Однако они часто способней мужчин, умны и более проницательны. Хороший лидер всегда умеет ценить и использовать ум и способности других, и это не унижает достоинств обоих.

А Терп сразу добавил:

– Не равняйся на тех, кто воюет за свою значимость. Например, одна жена так утверждала свой авторитет: я лучше училась в школе, у меня лучше образование, свой бизнес и я больше зарабатываю, значит, я лучше и умней. Дорогая, ты не представляешь сколько надо ума, чтобы это всё предвидеть заранее и сделать так, чтобы ты вышла за меня замуж. Видишь, насколько я умней – возразил муж.

Они весело рассмеялись, а Терп добавил, – это хорошо когда посмеяться можно, но значимость приходит не от доказательств и требований своего преимущества, а от умения вести дела не ошибаясь, уметь уважать других и заботиться о ближних. Этому хорошо помогает умение вовремя тушить пожар раздражения в своей душе. Раздражение нарушает контроль разума и тогда мы говорим и делаем обиды и глупости.

И ещё один совет: трудись там, где ты есть, делай то, что можешь и с тем, что ты имеешь. Все великие деятели именно так начинали идти к успеху. А если в жизни споткнёшься, то вини не камень на дороге, а то, что ты на дорогу не смотрел и не выбирал, куда ногу поставить.

— А ещё, стремись создавать и поддерживать энтузиазм в людях, — заговорил Наст. — Уважением и признанием их достоинств и значимости, поощряй людей развивать в себе лучшее, что в них есть. Это сделает людей счастливыми, укрепит твой авторитет и поможет увеличить число союзников.

В это время недалеко от них освободился столик, и его, весело щебеча, заняла стайка юных симпатичных девушек. Многие сразу обратили на них внимание и Ар-ту тоже. Потом он вдруг погрустнел, хотел что-то спросить, но как-то странно замялся и промолчал.

— А ты знаешь, – нарушил молчание Наст, – это обман, что у верующих многие удовольствия запрещены. Творец лично придумал и создал все чувства, удовольствия и наслаждения для человека. Он создал женщину и сам привёл её к Адаму. Так что женитьба, секс, семейное счастье, радость и веселье – это не что-то плохое и грешное, а дар от Господа.

— Ты это к чему? – смущённо спросил Ар-ту.

— Ну как к чему? К тому, чтобы у тебя не было других сомнений, – улыбаясь, ответил Наст.

— А ты что, мысли читать умеешь?

— А ты думаешь, нам не видно, как ты на девушек посмотрел? Оно и понятно, тебе семнадцать.

Собственно, что человек теряет, если стремится к Творцу? Он только перестаёт другим делать то, чего себе не желает. Творец так же объяснил, что ничто так не разрушает счастье, нравственность и надёжность, как обман, зависть и различная проституция. Так что не верь выдумкам о потерянных удовольствиях. Огонь горит не потому, что его зажгли, а потому, что там есть чему гореть, – продолжил Наст. – Творец дал важность, ценность и значимость чувств – это как раз то, что способно гореть вечно, наполняя жизнь теплом наслаждений, смыслом и счастьем. Думать о всём можно, но опошлять – нельзя.

– Да, попутно, – добавил рассуждений Терп, – все знают, что своё всегда дороже, однако в семейной жизни часто важнее уметь согласиться с мнением другого, чем воевать за своё. Не будь жадным на добрые слова и не требуй всего только по своему вкусу. Ведь вы оба живые люди и у вас разные вкусы, но вы оба хотите значимости и уважения. Не забывай: наивысшее искусство человека – это умение управлять другими так, чтобы они этого не замечали. Для этого необходимо, чтобы человек сам захотел сделать то, что ты попросишь, но это возможно только через служение друг другу.

Да, вот ещё что, – добавил Терп. – У некоторых есть страсть и хобби: узнать, а потом высмеивать и опошлять то, что для других свято и дорого, а иногда, из-за зависти, стремятся даже семью разрушить. Так что будь осторожен и отличай друзей от тайных врагов, и просто знакомых. «Не бросайте жемчуга вашего перед свиньями, чтобы они не попрали его ногами своими и, обратившись, не растерзали вас», как видишь, во всём надо учиться думать о последствиях, то есть учиться предвидеть, чтобы избежать поражения.

– О твоих других вопросах я так думаю, – заговорил Наст, по-отцовски смотря на принца, – те, кто долго смотрит в кривое зеркало модной жизни, часто начинают думать, что их мнение и есть истина. Действительно, в кривом зеркале есть всё, кроме истины, но истина, всё равно есть.

Например, одна стая шакалов долго говорила вожаку, что он сильнее льва и, наконец, вожак поверил этому. На другой день лев съел его.

Например, некоторые, искажая и извращая истину, придумывают бессмысленные запреты, делающие жизнь серой и безрадостной, и этим пытаются отяготить и отвратить от веры и истины.

– Вот это точно! – неожиданно воскликнул Терп, – особенно выдумывают для семейных: так целоваться нельзя, так обниматься нельзя или ещё что-нибудь. А ведь если вы оба согласны, то вместе всему радуйтесь и наслаждайтесь. Я считаю, что знаменитый французский поцелуй ещё Адам и Ева изобрели, а Соломон его в «Книге Жизни» ещё в древности описал. Некоторые столько нагородят запретов, что за ними ни радости, ни истины не видно. Мессия, например, дал только один запрет: «Иди, и впредь не греши».

– Ар-ту, – обратился Наст, – Терп прав, но запомни, это для женатых. А ты пока, не женат.

Все рассмеялись, а Терп продолжил:

– Творец дал человеку разум, радость, ценность и значимость чувств, эмоций и наслаждений, так пусть же они всегда горят для твоих наслаждений и для славы Творца. Например, Христос никогда не учил, чтобы люди жили аскетами в пустыне, как Иоанн Креститель, но учил жить и не грешить. Он объяснял, что не каждый может вместить всё, поэтому и среди избранных есть избранные. Христос никогда не налагал на людей запреты, которые лишают радости и отягощают жизнь, но говорил: «и вам, законникам, горе, что налагаете на людей бремена неудобоносимые, а сами и одним перстом своим не дотрагиваетесь до них».

– Эта беда не только в семье, но и в других делах, – заговорил Наст, — например: земная церковь не идеальна и даже хорошие люди иногда могут ошибаться, это раз. Второе, в земной церкви есть те, кто стремится к истине, и есть те, о ком сказано, что они есть «волки в овечьей шкуре». Это злые слуги тьмы под видом овец. Искажая «Книгу Жизни», они придумывают ложные толкования, запреты и правила, борются в церкви за личные места и выгоды, становятся для многих камнем соблазна и преткновения. Как предупреждение о таких «лжепастырях» апостол Павел давно писал в посланиях к Тимофею:

«Дух же ясно говорит, что в последние времена отступят некоторые от веры, внимая духам обольстительным и учениям бесовским, через лицемерие лжесловесников, сожжённых в совести своей, запрещающих вступать в брак и употреблять в пищу то, что Господь сотворил». Это печально и плохо, но это реальная жизнь, и это результат войны тьмы и света. В жизни всегда необходимо взирать и подражать только Христу.

Например, когда ты в плавании, то по приборам определяешь своё место в море и сверяешь свой путь с картой и компасом, так и «Книга Жизни» является для каждого картой, компасом и прибором, по которому постоянно надо сверять свой путь и положение. Не смотри на других, ты иди правильно, и тогда другим рядом с тобой будет легче идти к свету. Это и есть часть подвига жизни. По этой причине всегда смотри только на Христа, а не на людей. Иногда нам трудно понять что-то, но это потому, что мы смотрим не в том масштабе, не с теми знаниями, ценностями и пониманием жизни.

Учись видеть в разных масштабах, – продолжал Наст, – например, один человек – вор и обманщик. Это можно пережить. А если завтра все такими станут, что тогда делать?

– Как говорят в народе, – добавил Терп, – мудрость часто приходит с возрастом, но бывает, что возраст приходит один. Пусть твоя мудрость придёт раньше. Не верь модному кривому зеркалу. Оно уничтожает реальность и ответственность, а это смертельно опасно.

– Так много сразу и не запомнишь, – усмехнулся Ар-ту.

– Для этого развивай память, – подсказал Терп, – особенно память на имена и лица. Для любых дел это очень важно. Как только есть возможность, то сразу вспоминай в обратном порядке всё, что ты делал, или где, что и как лежит в твоей комнате. Память хорошо тренируется тем, что ты требуешь воспоминания того, что видел, делал и слышал. Сначала вспоминай в общем, а как привыкнешь, то вспоминай очень подробно. Позже, даже замечать этого не будешь, зато как это важно и необходимо для жизни.

– Специальные агенты всех служб точно так тренируют свою память, – добавил Наст, – и другое, в бизнесе не бойся спросить то, что тебе надо. Найди только, как это правильно сделать, чтобы никого не обидеть. В делах сам отвечай только на вопрос и не добавляй объяснений и рассуждений. От них, при неопытности, часто проблем больше.

Кстати, ты знаешь, что после стресса и физической нагрузки наш мозг работает и запоминает лучше. Вот и используй это для развития своих способностей.

Да, чуть не забыл, – спохватился Наст, – о твоём знакомом Викторе. Будь с ним осторожней. Первые две встречи могут быть случайны, но не верю, что остальные тоже случайность. Есть закон, что несколько случайностей одной цепи – это ещё неосознанная, но уже определённая закономерность.

– Ну, если уж пошёл такой разговор, то тебе вот ещё о чём надо знать, – снова подключился к разговору Терп. – Рано или поздно, но ты станешь королём или, может быть, священником. И тот, и другой – это слуги Творца и они обязаны выполнять то, что от них требуется.

– А что от них требуется!? – напрягся Ар-ту. – Король – это слуга Божий, и ему не напрасно меч дан. Творец обязал короля и священника ограничивать зло, лень и беззаконие в стране. Священник ещё обязан следить за чистотой церкви и учения.

Как в совете короля не должно быть заговорщиков, так и в управлении церкви не должно быть тех, кто в тайном сговоре с кривым зеркалом, вернее, с пороками тёмной стороны.

Как в любой стране, так и в церкви нужны деловые люди, но не деловые мошенники. Тот, кто знает о беде греха, но молчит, уже ненадёжен и уже как в сговоре. Таковых, надо устранять от власти, как в стране, так и от управления в церкви.

– От уст священника ищут истину, а каждый царь должен иметь царя в голове, чтобы не терять совесть и ответственность. Самым надёжным царём в голове может быть только Творец и Его слово, – закончил Наст.

Поговорив ещё о разных делах, друзья расстались.

МЫ УЧИМСЯ, ПРЕОДОЛЕВАЯ ТРУДНОСТИ

Ар-ту серьёзно и настойчиво стал учиться в Школе Секретов Жизни. Он тренировал свою память, переучился и стал писать аккуратно, зная, что это развивает умственные способности. Ар-ту изучил язык тела, чтобы различать, когда тебя обманывают и многое другое.

Принц продолжал работать в кузнице, но теперь ему работалось легко и свободно. Он жаждал учиться и помнил закон, «не перечь учителю, когда тебя учат». Он раздувал кузнечные мехи, засыпал в горн уголь, заметал полы и, конечно, делал работу молотобойца. Через год его тело налилось силой, и проступили бугры мышц, хотя, конечно, не таких, как у Терпа с Настом. Ар-ту ощущал упоение, когда разгорячённая работой кровь не просто стучит в виски, а бежит и бурлит, заставляя всё тело петь, давая почувствовать наслаждение от работы и придавая больше сил и азарта. Принц уже даже мог разгибать подковы, конечно те, которые были сделаны другими кузнецами.

Ар-ту помнил, что пираты в морском деле были искуснее его, поэтому он и его команда брали курсы маневрирования кораблём, фехтования, дисциплины души и тела и, по сути, всё то, что предложил им Мэр города.

X

На самом деле ему пришлось работать не только над своим телом, но и над своим характером. Он хотя и изменился после принятия светлой стороны, но через время старые привычки пытались взять реванш в его жизни. Время от времени, когда что-то не получалось, Ар-ту чувствовал, как в нём появляется то раздражение, то злость и отчаяние, то желание всё бросить и уйти. Но он помнил наставления Терпа и Наста: «мы учимся, преодолевая трудности. Наши старые привычки и старый характер так просто никогда не сдаются. Учись владеть собой, и будешь сильней завоевателя города.

Не отчаивайся. У всех один путь, но этот путь всем даётся по-разному. Сам, пережив трудности, будешь лучше понимать других в их проблемах»

В такие трудные для себя минуты принц часто пел про себя припев из полюбившейся ему песни:

Помоги мне, Господи, помоги.
Без Тебя не справлюсь я на пути.
Через испытания все пройти
Помоги мне, Господи, помоги.

Ар-ту пел не так, как он слышал в радостных и лёгких мотивах, а как бы созерцая себя, осознавая свои проблемы и недостатки, понимая свою слабость и прося помощи у Творца. Он пел, изливая боль, скорбь и упование души в простых словах и мотиве этого псалма. Он пел и чувствовал, как его душа наполнялась исцеляющим теплом, и душе становилось легче.

Переход на светлую сторону жизни, ему явно не давался легко и просто. Не зря психологи говорят, что легче научить двадцать ослов дисциплине, чем самому научиться контролировать себя. Ему было трудно, но Творец давал ему сил пройти через эти испытания и стать духовно сильней.

Принц заметил, что если постоянно, словно в шутку, бурчишь и выказываешь своё недовольство и ропот, то в трудный момент это обязательно прорвётся наружу. Он помнил наставления друзей: наши мысли дают направление и прокладывают тропинку, по которой пойдут наши дела и поступки. А зачем тебе плохая дорога?

«Если мы не хотим учиться, то в чём нам тогда помогать? – рассуждал Ар-ту, – а с другой стороны, я ведь тоже не дружу с теми, кто мной всегда недоволен. А почему Творец должен дружить со мной, если я всегда недоволен? Недовольства в виде шутки не бывает, за ним всегда стоит что-то тёмное внутри нас. Мне легче тренировать своё тело, а Творец тренирует мою суть, моё «Я», душу и сознание».

Принц обнаружил и ещё один важный факт: когда недовольно бурчишь, то быстрее устаёшь, хуже становится настроение, трудней работать, и быстрей и сильней растёт раздражение. В такие минуты Ар-ту с благодарностью вспоминал молитву Мэра, которая для него стала близкой, необходимой и совсем уже не странной: «Господи, защити меня от зла и недовольства во мне, защити от глупых и ненужных мыслей, влечений и решений, и дай сердце благодарное Тебе».

Он понял: чтобы успешно бороться со своими пороками, необходимо конкретно называть их в молитве, прося у Творца помощи и защиты от пороков.

КАК РОЖДАЮТСЯ ИДЕИ

В один прекрасный день Наст спросил Ар-ту:

– Ты когда опять в море собираешься?

Принц молчал, опустив голову. Все молча переглянулись.

– Ты что, боишься? – спросил Терп.

– Не то чтобы совсем, но боюсь, – честно признался он, – я уверен, что они день и ночь караулят меня и не успокоятся, пока не поймают. Я думаю, что их кто-то извещает о том, когда я выхожу в море. Их корабли быстры, и они искусны в морском деле. Честно говоря, я не знаю, что мне делать и как защититься от них. Мне нужен новый корабль, который удобен не только для торговли, но и был бы быстроходным. Мне нужно новое оружие, которое было бы лучше, чем у них. Чтобы пушку заряжать не спереди, со ствола, что очень неудобно, и не пятнадцать-двадцать минут, а быстро. Что-то вроде этого, – с этими словами принц, схватил за ручку большую кружку и, повернув её боком, стал показывать, как должна заряжаться пушка.

– Вот так, – говорил он, – сунул заряд вместе с ядром в ствол сбоку, зажал, чтобы выстрелом не выбило и стреляй. Стрельнул, выхватил старый, сунул новый заряд – и опять стреляй. Да и вместо ядер что-то другое не мешало бы.

Некоторые ядра не очень круглые и имеют большой зазор в стволе, который пыжом забивается. А разве это хорошо для выстрела? Много порохового газа мимо выходит, а не ядро толкает. Надо, чтобы ядро плотно в стволе было, чтобы порох его хорошо толкал, тогда и стрелять пушка дальше будет. А так, если этого нет, то и выходить в море нечего и людьми рисковать не стоит. Разве если тайно бежать куда-нибудь, но они, как я понял, везде найдут.

Ар-ту поставил кружку на место и сел, словно устав оттого, что всё это сказал вслух и сразу.

– Подумать надо, – отозвался Терп, – сразу ничего сказать не могу.

– Подумай, – согласился Ар-ту, – а я пока у вас в кузнице поработаю, пока что-нибудь придумаем.

Вскоре принц и его команда уехали на горное Озеро Ветров для особого тренинга маневрирования кораблём. Озеро было высоко в горах между живописных скал, и здесь ветер очень часто и неожиданно менял направление. На замершем озере скрепляли в длину трое или четверо больших саней, ставили на них паруса и учились на них скользить по льду, точно объезжая стоящих снежных баб или другие препятствия. Ветер изменялся внезапно, поэтому пройти под парусом всё озеро, и тем более описывать специальные фигуры, было совсем не просто. Скреплённые сани часто резко несло боком в сторону, и требовалось много мастерства и сноровки, чтобы их выправить и заставить скользить в нужном направлении. Многие искусные капитаны отрабатывали приёмы быстрого маневрирования кораблём именно на Озере Ветров.

КОРАБЛИ И ПУШКИ

– Ну что, когда пушку испытывать поедем? – спросил Наст, как только Ар-ту появился в кузнице.

– Какую ещё пушку? – удивился Ар-ту.

– У тебя что, память в горах отморозило? Ты же сам говорил, что тебе на корабль нужны новые пушки, вот мы и сделали одну для пробы.

– Ну, говорить-то я говорил, но я же не всерьёз говорил и даже делать не просил. Это же только мечты. Разве можно такое сделать?

– Мечтал ты или нет, но теперь уже поздно, – ответил Наст. – Мы уже сделали точно, как ты просил. Даже вместо круглого ядра длинная болванка, и заряжается сбоку, а не со ствола, как у всех. Всё точно, как ты описывал.

– И что теперь?

– Ну как что? – удивился Наст. – Тебя ждали, чтобы испытать. А то, может, она и стрелять не будет. Или, может, её разорвёт после первого выстрела. Кто его знает. Очень уж необычно смотрится. У нас уже все на телеге завёрнуто, чтобы меньше другие видели, – с хитрецой добавил Наст.

Выехав подальше от города, они остановились на краю большой поляны, вдалеке заканчивающейся холмом, который на вершине порос лесом. С другой стороны поляны начинались скалы предгорья.

Кузнецы быстро поставили примитивный лафет для пушки, то есть деревянную подставку, на которой обычно лежит пушечный ствол, а из-под сена достали длинный, завёрнутый полотном, ствол пушки.

– А у вас пушка что, деревянная что ли? – удивился Ар-ту, – уж больно легко вы её достали.

– Нет, соломенная, – с той же интонацией ответил Терп, – только она у нас длинная и тонкая получилась. Диаметр снаряда в два с лишним раза меньше, чем у тебя на корабельных пушках, но вес снаряда тот же. Это больше похоже на старинное крепостное ружьё, чем на пушку.

– А-а-а. Тогда понятно, – многозначительно протянул принц, – хотя на самом деле он ничего и не понял.

Там же, под сеном, лежало с дюжину больших железных кружек с ручками сбоку. Принц схватил одну.

– Тяжёлая, – удивлённо произнёс он.

– Конечно, – отозвался Терп. – Это же всё вместе как мини-пушка: короткий вставной ствол с ручкой, очень даже похожий на ту кружку, которой ты тогда размахивал, порох и снаряд. Всё это вставляется вот сюда, и Терп вставил кружку в выемку сбоку ствола. – Закрываешь вот этой защёлкой, – и он повернул другую ручку с толстыми кольцами на стволе пушки. – Готово, можно стрелять.

– Ну, если до тех кустов долетит, то, наверно, хорошо будет, – произнёс принц, определив расстояние немного дальше, чем обычно стреляют пушки.Выстрел был не такой громкий, но более резкий. Снаряд так никуда и не упал, а словно растворился в воздухе. Все недоумённо переглянулись. Неожиданно издалека долетел глухой удар, а потом треск падающего дерева. Все опять переглянулись. До вершины холма, где стоял лес, было раза в три дальше, чем те кусты, о которых говорил принц. Да, но ведь это была только вершина холма.

Наст повернул ручку на пушке по кругу, выхватил кружку, сунул другую и опять повернул ручку-замок.

– Готово, – отрапортовал он.

После трёх-четырёх подобных выстрелов Ар-ту остановился и с испугом спросил:

– Это что вы такое сделали, а? Разве можно такое применять, а? Она же стреляет в четыре – пять раз дальше и в десять раз быстрее, чем обычные пушки. Это же что-то такое, чего, может, и делать нельзя...?

– Слушай, – сердито отозвался Терп, – это не мы, а ты придумал. Это ты кружкой перед носом размахивал, говоря, как пушка заряжаться должна. Это ты говорил, что надо ядро заменить на что-то другое. Вот мы так всё и сделали, а то, что так грозно получится, мы и сами не знали. Ты же сам говорил, что твоё оружие должно быть лучше, чем у пиратов.

Все молчали в растерянности. Уж больно грозно и хорошо получилось.

– Знаешь, – прервал молчание Терп, – мы тут узнали, что у твоего отца много неприятностей от пиратов и, вообще, с тёмной стороной. Похоже, что ошибки тут никакой нет. Ты принц, ты будешь королём, и тебе предстоит навести порядок в твоём отечестве. Так что мы даём тебе то лучшее, что имеем, не для баловства, а для дела и охраны государства. Царю ведь не зря меч дан, не для украшения, но для наведения порядка. Так что делаем тебе такие пушки, а ты ставь их на свой корабль.

– Да, кстати, о кораблях, – сказал Наст, – наш друг кораблестроитель заканчивает один хороший корабль. Он говорит, что если это будет для тебя, то может сделать борта из дерева Дисци. Это особое дерево. Его первое название дерево Плина, но так как оно растёт только на острове Дисци, его чаще называют по имени острова.

– Какое-то интересное название, – усмехнулся Ар-ту, – если сложить два названия вместе, то получается дерево Дисциплины.

На другой день они пошли смотреть корабль. Корабль был хорош, но ещё не закончен.

– Понимаешь, – говорил кораблестроитель, – обшить корабль деревом Дисци не так просто. Это особое дерево. Оно всего чуть-чуть тяжелее сосны, но намного прочней дуба, упруго и почти никогда не даёт трещин. А как оно скользит по воде…, намного легче и быстрее, чем любое другое дерево. Корабли, обитые деревом Дисци, делают корабль прочным и быстроходным. Случается, что корабль на полном ходу налетает на подводные камни, но выдерживает такие удары, от которых другие корабли имеют пробоины и сразу тонут. Такие борта, как броня защищают корабль от пушечных ядер.

– А почему тогда другие не строят корабли из дерева Дисци?

– Да потому что во всём мире, это дерево растёт только на нашем острове Дисци. А мы не продаём лес из этого дерева и не строим корабли для всех подряд. Такие корабли мы строим только для надёжных людей. Для тех, кто избрал светлую сторону жизни, кто имеет твёрдое основание и имеет внутреннюю дисциплину. Это только для настоящих капитанов моря, которым мы доверяем.

Принц с благодарностью посмотрел на Терпа и Наста. Он понимал, что это они побеспокоились о том, чтобы у него был такой хороший и прочный корабль.

«Не имей сто рублей – а имей сто друзей», – вспомнил он древнюю поговорку. И тут же вспомнил мудрые слова из «Книги Жизни»: «Приобретайте друзей, богатством неправедным».

– Так вот оно как, – подумал принц, – только за то, что я однажды победил тёмное в душе, честно вернул пушечное золото, что и так было не моё, сколько же добра они мне сделали? Сколько заботы обо мне проявили? Разве можно такое купить за деньги?

Когда случается беда, деньги часто превращаются в мусор, но зато как важна в беде настоящая надёжность и поддержка друзей.

МОРЕ-МОРЕ

Не скоро Ар-ту вышел в своё новое плавание, но теперь он и его команда были хорошо подготовлены и тренированы. Они имели новые пушки и корабль с бортами и мачтами из дерева Дисци. Скоро они убедились, что их корабль способен плыть намного быстрее, чем корабли, которые они видели раньше. При необходимости, они поднимали на самый верх мачт специальные тяжёлые грузы, которые когда опускались, хотя и недолго, но могли быстро продвинуть корабль и помочь сделать быстрый манёвр, даже когда не было ветра. Это особое устройство друзья придумали все вместе и установили на корабль.

Был хороший ласковый день, который омрачался только тем, что за ним опять гнались пираты. Как всегда, они сначала приблизились, как купеческий караван, а потом подняли пиратские флаги. Ар-ту приказал поднять все паруса, и они быстро стали удаляться от преследователей. Впереди стеной стоял густой туман, какой нередко встречается в открытом море, и Ар-ту рассчитывал спокойно скрыться в этой непроглядной пелене, там немного изменить курс, и пусть пираты ищут его, где хотят.

Они уже плыли в тумане, когда тишину резко прервала тяжёлая канонада пушек. Стреляли много, совсем рядом и прямо по курсу их корабля. Впереди шёл тяжёлый морской бой. Неожиданно туман оборвался, и все увидели, что совсем рядом два пиратских корабля громили какое-то торговое судно. Вернее сказать, громил один и уже готовился идти на абордаж. Другой пиратский корабль медленно тонул, а его команда, спасаясь, уже плыла к атакованному судну. Торговый корабль тоже был весьма в плохом состоянии, но ещё как-то держался на воде и даже отстреливался.

Всё было неожиданно и так близко, что даже без подзорной трубы все действия, словно на ладони. Ар-ту пристально смотрел на корабли. На тонущем пиратском корабле был вымпел «ОДИНОЧЕСТВО», а на другом «ОТЧАЯНИЕ». На торговом корабле мачта была обломана, никакого вымпела уже не было и, похоже, он медленно тонул.

— Этот точно потопит, — произнёс стоящий рядом Расс. — Отчаяние никогда не отличалось жалостью. Однако он молодец, — с уважением добавил он о торговом судне, — смотри, какой пиратский корабль разгромить сумел.

— Помочь надо, — отозвался Ар-ту, — а то и нам так никто не поможет. Сигналь к бою. Поднять грузы наверх. Пиратское судно не топить, — отдавал приказания Ар-ту, — его для торговцев сохранить надо. Да, заряди пару пушек горьким перцем, и когда будем заходить между кораблями, стрельни в пушечные окна-бойницы. От выстрела перец гореть будет, и едкий дым заставит их прекратить стрельбу.

Да, напомни команде одеть на один глаз чёрную повязку и открывать её сразу, как попадёшь в тёмное помещение. Это на случай сражения в трюме или другом тёмном месте.

Корабль Ар-ту входил между кораблём пиратов и торговым судном. Раздавался скрип бортов раздвигаемых кораблей, а от сильного трения деревянные борта сильно дымились, добавляя ещё больше таинственности в их неожиданном появлении. Все думали, что на такой скорости он проскочит мимо, не успев остановиться, но на другие корабли были заброшены крюки, и корабль встал точно между ними.

Этим они сразу прикрыли торговый корабль от огня пушек противника и не дали пиратам перепрыгнуть на его борта. Правда, пираты с воплями и криками стали запрыгивать на корабль Ар-ту, но его люди уже были готовы к этому. В это время из трюма пиратского корабля стали выскакивать пушкари. Ругаясь, страшно кашляя и протирая глаза от больших слёз, они не были в состоянии сразу вступить в бой. Это помогло команде Ар-ту перейти в наступление и начать сражение на пиратском корабле.

На торговом судне тоже отчаянно дрались с теми, кто, бежав с тонущего корабля, уже забирался к ним. Появление нового корабля, который прикрыл их от пиратов, дало торгашам как новые надежды на спасение, так и опасения. Всё-таки, кто знает, кто они такие? Почему у них на одном глазу чёрные повязки? Может, тоже пираты? Но тогда почему они сражаются против других пиратов? Может, добычу не поделили?

Капитан торгового корабля видел, как в сражении встретились капитаны двух кораблей: оба ловки и искусны в бою. Однако пират, приплывшему капитану рассёк одну щеку. Новый капитан дёрнул головой и сделал так, что сабля пирата скользнула к рукоятке его шашки. Затем, он ловко сделал круговое движение рукой и сабля противника, описав дугу, упала далеко в стороне на пол. В то же мгновение неизвестный оказался вплотную к пирату и ударил его рукояткой шашки по голове. Тот сразу обмяк и упал на палубу. Увидев, что их капитан побеждён, пираты стали сдаваться.

– Осмотреть корабль! – кричал Ар-ту. – Пленных в трюм! Проверить пороховой погреб, чтобы корабль не взорвали! Расс! Скажи торгашу, чтоб перебирался на пиратское судно и плыл на остров Дисци. Да, кстати, отведи этого капитана к торгашу, на нём цепь с Камнем Наследия. Это не мой камень, так, может, это его? Кто-нибудь может мне осмотреть и зашить щеку, а то сильно порезано, – непрерывно отдавал приказания Ар-ту.

X

Только теперь, взойдя на торговый корабль и вблизи услышав голоса и рассмотрев лица, Расс удивлённо понял, что и капитан и его команда были девушки. В мундире капитана, с саблей в руке и двумя пистолетами за поясом, их капитан никак не походила на девушку и вообще, вся команда, выглядела очень воинственно.

– Вы капитан? – спросила девушка-капитан, увидев Расса с чёрной повязкой на одном глазу, которую он забыл снять.

– Нет, – ответил Расс. – Капитану сильно рассекли щеку, ему сейчас швы накладывают, а так он здоров и рад, что сумел вам помочь.

– А почему вы все в чёрных повязках? Вы пираты с другой банды или просто помогли нам?

– А-а, это…! Это привычка с детства играть в пиратов, – засмеялся Расс и откинул вверх повязку с глаза.

– Ар-ту, – прочитала она на другой стороне повязки. – Вас зовут Ар-ту, – спросила она.

– Нет. Я просто повязки попутал. Меня зовут Расс, а Ар-ту – это наш бесстрашный капитан.

– Мы очень спешим, – остановил Расс её расспросы. – Все пленные заперты в носовом отсеке трюма. Да, извините, забыл спросить ваше имя?

– Анна.

– Капитан Анна. У меня к вам важная просьба от капитана Ар-ту. Как только мы отойдём, как можно быстрее переходите на захваченный корабль. Это наш подарок для вас. Ар-ту просит без промедления и на всех парусах уходить курсом пятьдесят градусов на восток. Через три часа смените курс и плывите на остров Дисци. Там вам помогут и подскажут, что делать. Ар-ту уже пометил этот остров на карте в капитанской каюте пиратского корабля. Мы должны срочно покинуть вас, – продолжил Расс и уже мягким голосом, видимо, из снисхождения к девушкам, он добавил: – Я всё понимаю, но, пожалуйста, в точности выполните эту просьбу. Это в ваших интересах.

Боясь, что девушки из-за гордости могут поплыть вслед за ними, Расс не назвал ни причину их спешки, ни того, что где-то уже совсем близко могли быть преследующие их пиратские корабли.

– Спасибо за помощь, – сказала Анна, – и спасибо за Камень Наследия.

На корабле принца уже раздался тревожный сигнал сбора. Подняв малые паруса, корабль медленно стал выходить на чистую воду. За ним сразу перекинули канаты между торговым и пиратским кораблём, чтобы можно было быстро сдвинуть корабли и совершить переход.

Так уж получилось, что два капитана так и не встретились. Ар-ту очень спешил. Он знал, он чувствовал, что пиратские корабли совсем рядом, всего за тоненькой полосой тумана. Позже он спросил Расса:

– Их капитан это тот, толстенький?

– Нет, их капитан это та, толстенькая, – ответил Расс.

Ар-ту помолчал и вдруг удивлённо спросил:

– Так это что, был девичий корабль?

– Ага. А сразу и не подумаешь, – засмеялся Расс. – Все в матросской форме и сражаются хорошо. Ну, впрочем, рассматривать некогда было.

– Да-а. Сражаются, правда, неплохо, раз сумели один пиратский корабль на дно пустить. Хотя это было совсем неожиданно, помочь девушкам. Как её зовут?

– Анна.

Как только корабль принца вышел на чистую воду, сразу опустили грузы и, на удивление всем, они развернулись почти на месте. Подняв все паруса, Ар-ту пошёл навстречу новой опасности. Надо было защитить тех, кому они помогли. Его корабль очень быстро скрылся в стене морского тумана.

Корабль Ар-ту ещё не совсем вышел из тумана, когда все увидели пиратов. Они были совсем близко. Их корабли плыли, немного раскинувшись в ширину, для облегчения поиска Ар-ту в тумане.

– Ну и вляпался ты сегодня, – произнёс Расс. – Бегал-бегал как заяц, а теперь и деваться некуда.

– И как это ты догадался об этом? – спросил Ар-ту, и они оба засмеялись.

– Будем драться? – уточнил Расс.

– Как получится. Камня Наследия у них не чувствую, а просто так драться и рисковать людьми – смысла нет. Но их надо остановить, или направить в другую сторону.

– Хорошо бы у них хоть одну мачту перебить, – рассуждал Расс. – Если мачта упадёт, то накроет парусом корабль, и пушкари какое-то время не смогут стрелять. Может, за это время мы и проскочим мимо. А потом им ещё ремонт нужен будет. Вот мы и выиграем.

– А что!? Идея! Пушки у нас лёгкие. Если три поставить прямо на палубе, чтобы стрелять вперёд, то, может быть, и получится.

– Тогда ещё три на заднюю корму. Может, они тоже пригодятся. Ну, если не мачту, то, может быть, рулевое управление удастся повредить. Это было бы здорово, – добавил Расс.

Хорошо, что пушки у Ар-ту довольно лёгкие, и их действительно можно было быстро переставить. Времени оставалось совсем немного, так как корабли, идя почти встречным курсом, скоро окажутся на расстоянии пушечной стрельбы.

Надо сказать, что в те времена стрелять прямо по направлению движения корабля было невозможно. Пушки обычно располагались на палубе или под палубой и только по бокам корабля. Обычные пушки были настолько тяжелы, что их никогда даже не передвигали. Но для Ар-ту, благодаря друзьям-кузнецам, это было возможно. Этот факт явился полной неожиданностью для противника.

— Необходимо сломать грот-мачту. Стрелять точно под нижнюю рею мачты. Ясно? – объяснял Расс пушкарям их задачу.

– Ясно, – отозвался пушкарь Яков.

Попасть в одно место на мачте с такого расстояния и с качающейся палубы довольно сложно. Если ваш корабль качается на волнах всего чуть-чуть, то в конце полёта снаряд может и вовсе мимо корабля проскочить, не то, что в одно место на мачте попасть.

Положение спасли пушки на задней корме. Как только появилась возможность, они тоже сделали не один залп по мачте противника. Их залп совпал с залпом пиратского корабля. Ядра противника тяжело застучали по борту, но как раз в это время раздался страшный треск и большая грот-мачта, накрывая всё и всех своими парусами как одеялом, удачно упала как раз на эту сторону пиратского корабля, полностью закрыв пушкарям видимость.

Стало ясно, что лучше стрелять по мачте со всех пушек, которые развернули так, чтобы как можно лучше было стрелять прямо по ходу корабля, а не ждать, когда корабли будут почти бок о бок.

На втором корабле мачта не упала, но случайно они полностью разбили их рулевое колесо, и их корабль стал разворачиваться ветром. Третий корабль пиратов, видя это, сразу изменил курс и кинулся убегать.

– Ну и пусть себе уплывает. Какой смысл гоняться за ним? – решил Ар-ту. Они развернули свой корабль и взяли прежний курс на нужный порт.

СПАСЁННЫЕ

Перебравшись на пиратский корабль и отдав необходимые распоряжения, Анна наконец вошла в каюту капитана. На столе лежала развёрнутая карта, три угла которой были придавлены разбитой бутылкой, кружкой и чернильницей, а в четвёртом углу, вместо груза, торчал воткнутый в стол морской кортик. На карте, стрелочкой, был указан остров Дисци.

Взяв кортик в руки, Анна рассматривала необычную форму его ручки. «На заказ сделан», – определила она. Кортик имел плотный щиток, слегка закрывающий лезвие около ручки. Повертев его в руках, она что-то нажала. Клик, раздался негромкий щелчок, и передняя часть рукоятки раскрылась, словно лепестки лотоса, образуя по бокам лезвия стенки пальца на два высотой. Между лепестками и лезвием было узкое пространство. Лепестки не были остро заточены, значит, не это для устрашения, а для какой-то другой цели. В каюту постучали, и Анна, спрятав кортик, обернулась к входящей Снежане.

– Вот это нам повезло, – радостно сказала Снежана, – мы не только выиграли сражение, но ещё вернули часть Камня Наследия и даже получили в подарок очень хороший корабль. Интересно, откуда взялись эти спасители и куда так срочно уплыли? Да и вообще, ты хоть знаешь, как зовут их капитана? Это он приходил к тебе в конце боя?

– Нет, – ответила Анна. – Это был его штурман Расс. Капитану во время боя сильно рассекли щеку саблей и ему накладывали швы. Хотя капитана зовут Ар-ту. Конечно, жаль, что мы с ним даже не встретились. Я только издалека видела, как он сражался с капитаном пиратов.

— Так кто они на самом деле? Почему они все в чёрных повязках на лице? – переспросила Снежана.

— Не знаю. Его штурман так и не сказал этого. Говорит, это от детской привычки играть в пиратов. Разве этому можно поверить? Где мы сейчас?

— На море тихо и никого не видно. Идём точно, как приказали, пятьдесят градусов на восток. Через три часа ты просила доложить обстановку, – ответила Снежана.

— Они просили через три часа сменить курс и плыть на остров Дисцы. Я уже всё посчитала, необходимо выйти на новый курс.

— Я знаю остров Дисци, – сразу обрадовалась Снежана. – Так вот они, наверно, откуда? То-то они так быстро с пиратами справились. Там, говорят, есть специальные курсы для капитанов и его команды. Хорошо бы и нам подучиться немного.

Немного поколебавшись, Анна показала Снежане морской кортик.

— Посмотри. Я думаю, это его. Но смотри, он какой-то странный, хотя, чтобы так сделать, надо найти искусных мастеров. Но зачем это?

В ДРУГОМ ГОСУДАРСТВЕ

Ваше Величество, – докладывал королю Дарку управляющий по защите интересов государства, – Ар-ту просто избегает всякого сражения. У него новый быстроходный корабль. Догнать его в море просто нет возможности. Когда он попадает в ловушку, то умудряется каким-то образом стрелять из пушек на ходу и прямо по курсу корабля. Получается, что пока корабли сблизятся для нормального боя, он уже успевает разбить мачту или рулевое управление, а после этого просто уходит безо всякого сражения. Он даже и не пытается захватить корабли. Он избегает рукопашного боя, в котором мы могли бы выиграть. Хотя, конечно, трусом его никак не назовёшь.

– Жаль, – ответил король Дарк, – конечно, не каждый бой удаётся выиграть, но этого принца необходимо поймать или хотя бы потопить. Ему скоро будет восемнадцать, и он вернётся в столицу. Это нежелательно для нас. Такой король у наших соседей нам не нужен. У вас есть план, как заставить его сражаться? – спросил король.

– Я думаю, да, – стал рассуждать подданный короля Дарка. – Необходимо, чтобы на одном корабле был Камень Наследия, а ещё лучше на двух. Камень должен быть внушительного размера, чтобы ради него принц пошёл на риск.

Ар-ту уже получил Камень Свидетельства Твердого Основания, но, по сообщению тайного агента Висиктосора, он ещё не знает, что Камень Наследия уже не нужен. Поэтому нет больше смысла его прятать. На охоту за принцем нужно отправлять не два-три корабля, а всех желающих. В группах должно быть не меньше пяти кораблей. Они могут окружить его и сразу все вести бой.

Такая тактика была очень успешна во время его первого плавания после побега. Если бы не этот неожиданный шквал ветра, он бы уже давно был в плену.

– У кого ещё есть какие мнения? – спросил король.

Сбоку трона, так что лицо нельзя было рассмотреть, кто-то подошёл к королю и тихо зашептал:

– Ваше Величество, эта идея довольно хороша. Хотя, конечно, полностью надеяться на неё не стоит. Её нужно немного доработать. Лучше посовещаться с вами отдельно. Да, и на всякий случай, надо обсудить возможность появления принца в родной столице.

Король кивнул головой и произнёс для всех:

– Ваш план принят, но некоторые детали мы сообщим в ближайшее время.

АННА

Корабль Анны при входе в порт был остановлен сторожевыми судами острова Дисци. После выяснения обстоятельств и проверки пушек, их кораблю было разрешено зайти в порт и наконец, они получили долгожданный отдых.

После всех необходимых встреч и объяснений Анна поняла, что действительно есть такой капитан Ар-ту. Его почти все знают и уважают. Она узнала, что он такой лихой капитан, что даже мальчишки, играя в торговых людей, подолгу спорят, кто будет капитаном Ар-ту. Она услышала различные и даже невероятные истории о его приключениях: о золотом зайчике, которым он сжёг паруса на кораблях пиратов. О стрельбе золотом и бриллиантами и многое другое. Все это было похоже на какие-то сказки или легенды, но то, что именно он спас ей и её команде жизнь, было правдой. Правда, когда она говорила, что все они были с чёрными повязками на одном глазу, то это вызывало недоумение. Поэтому она решила об этом, и кое о чём другом, пока не рассказывать.

Для всех так и осталось тайной, куда Ар-ту так спешил. «Словно грозный призрак морей и пиратов, – шутили некоторые, – появляется в самый последний момент, чтобы помочь, и потом исчезает».

В общем, для романтического настроения у Анны было весьма много слухов, фантазий, надежд и времени. Одна беда, что она вблизи не видела его и, наверно, никогда и не увидит. Так как никто не знал, а если кто знал, то помалкивал, куда Ар-ту плавает и когда возвращается. Но Анну вполне устраивала короткая характеристика: молод, красив, умён, добр, смел и силён. Но самое главное, говорили ей, что он уверенно стоит на Твёрдом Основании и имеет хороший характер.

То, что Ар-ту – наследный принц, в городе знало всего несколько человек, но они, помня просьбу Ар-ту, об этом надёжно молчали. И вот такой человек очень романтично и неожиданно спас её жизнь. Анне очень хотелось увидеть и отблагодарить его, но только как? Узнав, что он дружит с кузнецами Терпом и Настом, она хотела пообщаться с ними, но обнаружила, что как только разговор заходил об Ар-ту, они сразу становились неразговорчивыми.

Вскоре Анна получила приятное предложение от городского управления: продать городу её полувоенный корабль, который Ар-ту отвоевал для неё у пиратов, со всем, что было на нём. Они планировали сделать из него ещё одно сопровождающее судно охраны. Сумма оплаты была большая, и Анна вполне могла позволить себе купить небольшой, но хороший торговый корабль и товар. И ещё, на какое-то время, даже хватало на спокойную жизнь. Это был ещё один неожиданный, но весьма важный подарок от Ар-ту. Однако, получив деньги, Анна не спешила покупать корабль и уходить в море.

Анна быстро подружилась с Надеждой, молодой и симпатичной женщиной, которая была одним из преподавателей на курсах капитанов в Школе Секретов Жизни. Она арендовала у неё комнату для себя и своего штурмана, а в соседнем доме нашлись места для остальной команды.

По субботним вечерам, на весёлый огонёк в окнах дома Надежды, нередко заходили городские девушки. За чаем они разговаривали как о жизни, так и о своих секретах. Это был своеобразный девичник, где нередко обсуждались весьма волнующие темы жизни. Все знали, что Надежда умела выслушать, подсказать и сохранить чужие секреты. Это и привлекало людей с различными проблемами.

На столе, у Надежды, стоял большой самовар и всегда был хороший разнообразный чай и бублики, а остальное – кто, что принесёт. Зато, какой вкусный и ароматный казался чай, за интригующими разговорами. На стене, в рамке и на видном месте, висел девиз: «каждый может сказать своё мнение, но не высказывать осуждение и обиду».

Надежда предупредила Анну, сказав, что иногда приходят люди, которым не нужно знать подробности твоей жизни.

Так что не всегда обо всём рассказывай. Обычно, такие люди, первые начинают много рассказывать о себе, чтобы вызвать на откровенность. А затем о тебе могут рассказать всему городу. Я могу подать тебе знак, что пора замолчать, а там – твоё дело.

ПРИЗНАНИЕ В ЛЮБВИ

Сегодня был очень хороший вечер. Собрались те, кто действительно желал как посмеяться хорошей шутке, так и всерьёз найти решение своих проблем. А проблем всегда хватает и, как считают девушки, у них проблем всегда больше, чем у парней.

– Как жаль, что Ар-ту очень редко бывает в этих местах. Говорят, он очень сильный и красивый, – романтично вздохнув, произнесла Анна, выбирая что-то из сладкого, – хоть бы разок его увидеть, а то только слухи да разговоры.

– Ты лучше сразу скажи, что влюбилась по уши, даже не успев увидеть, – подсказала Снежана, посмеиваясь.

– Кто? Я? Да я... – Анна вспыхнула, вскочила, покраснела и, сжав кулаки, сердито смотрела на Снежану. Потом вдруг обмякла и странно засмеялась.

– Девчонки, а вы знаете, наверно это правда. Только ни к чему хорошему эта любовь не приведёт. Как говорят, мы странно встретились и странно разойдёмся.

В её голосе чувствовались слёзы и отчаяние.

– Анна, ты что? – тревожно спросила Надежда и обняла её. – Отчаяние плохой помощник, да и с какой стати ты так думаешь?

– А чего тут думать? И так ясно. Он знаменит, молод, красив. Городские мальчишки до хрипоты спорят, кто будет капитаном Ар-ту, когда в торговцев играют. А я кто? Так, девчонка с улицы. Как говорят, ни роду, ни племени. Да и какая я красавица. Так, романтичная толстушка желает любви знаменитости, – язвительно произнесла Анна, и на её глазах заблестели слёзы.

От неожиданности все притихли.

– Ну! Ну не надо так, Анна, – успокаивала Надежда, – у всех в жизни бывает тяжёлое время, но жизнь продолжается и, значит, надо жить и налаживать жизнь заново. Страх и отчаяние здесь не помощники. Знаешь, есть поговорка: глаза страшат – а руки делают. Так и тебе надо. Пусть страшно, пусть тяжело, пусть далеко, но ты просто делай и делай то, что от тебя зависит. Иногда трудное решается хорошо почти в самый последний момент, и это результат твоего труда, молитв, усилий и благословения.

– Ну что? Скажи, что от меня зависит!? – выкрикнула Анна, отстраняясь от Надежды, – ну что я могу сделать!?

– То, что и он сделал. Бросил прошлое, принял Творца и начал строить жизнь заново.

Оказалось, что об Ар-ту Анна знала далеко не всё, и ей было интересно узнать его прошлое и то, что он тоже беглец с острова Цирк.

– Как видишь, вот в таких условиях он начал новую жизнь. Никто не знает кто и откуда он, а сам он не рассказывает. Это сейчас он знаменитость, а был, как и ты, простой парень с улицы. Это как пример, но не он первый и не он последний такой. Делай и ты так, – закончила рассказ Надежда.

Эти подробности были неожиданными, но давали надежду, что и другие могут изменить жизнь к лучшему.

– Ты так говоришь, как будто действительно можно изменить будущее, – скептически отозвалась Ева. – Будущее не строится и не меняется. Будущее – это судьба, рок и вообще, кому что назначено. От этого не убежишь.

– Это обман, что будущее не меняется, – решительно возразила Надежда, – есть поговорка: от судьбы не уйдёшь, но есть и другая: судьба – не камень. Например, признание Творца полностью меняет будущее человека. Христос

– Мессия сказал: «Стучите – и отворено будет. Каждый, кто призовёт имя Господне – спасётся». Как же ты говоришь, что от нас ничего не зависит?

– Мудрецы говорят, что существует важный закон замещения и закон последствий. Чтобы взять – надо что-то отдать. Христос взял нас, но отдал себя. Согласно этого закона, чтобы взять доброе и хорошее, надо заместить это тоже добрым и хорошим. Сказано: «Какою мерою меряете – такой и вам отмерено будет».

– А в жизни не всё так, – усмехнулась Ева.

– Конечно, но ничего не отменяет этих законов, – ответила Надежда. – Моральные законы работают так же жёстко, как и законы физики, а прекрасное далёко всегда начинается сейчас и сегодня. Если ты сам отвергаешь Творца, то и Он отвергнет тебя. Все знают, что «мягкий язык перемалывает кости», но не все хотят этому учиться.

Конечно, судьба есть у каждого, но это не холодный камень, а путь, по которому надо пройти. А вот как мы проходим этот путь, зависит от нашего выбора.

– Да как это может быть?

– У нас в Школе Секретов Жизни есть лекции: «Смотреть и Видеть. Слышать и Разуметь», – ответила Надежда. – Это то, что нам наиболее необходимо для жизни.

– Так что же я могу сделать сейчас, – удивилась Анна, – да ещё для своего будущего.

– А ты знаешь, что самое важное для хорошего будущего? – спросила Надежда и, не ожидая ответа, добавила, – счастье на обмане не построишь. Для хорошего будущего необходимо доверие и надёжность, но это без высокой нравственности и твёрдого основания невозможно.

– А что это за Твёрдое Основание?

– Это когда ты живёшь так, чтобы Творцу не было стыдно назвать тебя своим другом, – ответила Надежда, – Творец это самое надёжное, что существует и Он, Твёрдое Основание.

Одна из девушек прыснула от смеха и сказала:

– Да какая мораль и надёжность? Другие что, лучше меня что ли? Если я иногда обманываю, значит, и меня обманут. Просто дело времени.

– Ты права. В обмане нет доверия и надёжности, но нет и счастья. А за своё счастье стоит бороться. Например, «царство Небесное усилием берётся». Это усилие есть работа над своим характером, разумная дисциплина своего «Я» и всего того, что с нами связано. Это ведёт к счастью и это работа над собой, а не над другими. И ещё одно, что часто можно назвать первым: «Скажи себе правду о себе».

Научитесь говорить себе правду. Нельзя исправить то, что мы уже считаем правильным и хорошим. Пока мы не признаем свои ошибки, их не исправишь, лучше не станешь и к счастью не приблизишься.

СКАЖИ СЕБЕ ПРАВДУ

Неожиданно все рассмеялись, а Анна поставила чашку и удивлённо спросила:

– Да кто же будет сам себя обманывать? Я понимаю, что я не святая, могу других обмануть, но, чтобы я… сама себя обманывала…?! Да никогда!

Надежда снисходительно улыбнулась.

– Раньше я тоже так думала. Да и не только я. Как это мешало мне жить. А потом… – Надежда сделала паузу. – Потом я была так рада, что наконец сумела сказать себе правду.

– Ты что, серьёзно так думаешь? – округлив глаза, спросила Анна.

– А я что, сказку рассказываю? – иронически ответила Надежда. – Я про себя говорю, но и ты не из другого теста сделана, а значит, тоже себя обманываешь.

– Да в чём? Зачем мне это? С какой стати? Что я получу от этого?

– Отвечу: обманывать себя удобно и часто приятно. Это для успокоения себя и совести, для оправдания ошибок и лени, чтобы казаться себе лучше, чем ты есть, для утешения, что ты не хуже других. Ну и миллион других причин. Обмануть себя, это как в безбрежном море закрыть глаза, и только по своему настроению определять место корабля и курс на нужный порт.

– Ну, ты и сравнила, – засмеялась Анна. – В море необходимо точно знать, где ты находишься и где находится порт. Каким курсом туда идти, насколько тебя может снести течением и боковым ветром, с какой скоростью плывёшь, когда и сколько парусов можно поднять, сколько у тебя питьевой воды и ещё много чего другого. А иначе и погибнуть можно.

– Очень хорошо сказано, – подтвердила Надежда. – Так вот, в личной жизни всё должно быть точно так, а не иначе. Вот скажи, почему ты заплакала от отчаяния, сказав, что влюблена в Ар-ту?

– Да потому что он никогда не сделает мне предложения, вот и всё, – сжав кулаки и опять чуть не плача, выкрикнула Анна.

– На это никто не может точно ответить, – возразила Надежда, –если бы вы встретились сейчас, то да, но если позже, то всё может быть иначе. Но не это важно, а то, что ты всё-таки умеешь сказать себе правду, реально сравнить себя с ним и понять, как вы далеки друг от друга. Эта правда и есть твоё точное нахождение в жизни. Теперь ты знаешь где ты, а чтобы знать, куда плыть, надо знать, что он ценит.

– Ну и что же он может ценить? – усмехнулась Анна.

– Конечно, красоту, – вставила Ева, добавляя варенье, но на это даже не обратили внимания.

– То же, что и ты, – ответила Надежда, – что ты больше всего ценишь?

– Ну, если в личной, то любовь, счастье, успех.

– Ты думаешь, это правда?

От неожиданности ни Анна, ни другие девушки не знали, что ответить.

– Ну а что ещё? – недоумевала Анна. – Ну здоровье, красоту.

– Анна, у всех народов есть поговорка: не родись красивой – а родись счастливой. Красота – это зачастую больше проблем и меньше счастья. Это уже тысячи раз проверено жизнью. Не все могут разумно использовать те преимущества, которые им даны от рождения.

– Ну а что тогда? Что?!??

– Если любовь, может, как прийти, так и уйти, то чего её ценить? Временные чувства ценности не имеют. Ар-ту, как и другие люди, ценит надёжность, и то, что с ней связано. Надёжность не зависит ни от красоты, ни от богатства, ни от положения в обществе. Надёжность – это то, что всеми и всегда ценится, особенно в беде. Надёжность зависит только от духовных качеств человека и её может обрести каждый. Как ты понимаешь, у тебя есть реальный шанс стать надёжной и понравиться ему.

– Ой, да я бы для него всё сделала! – воскликнула Анна.

– Пустые слова. По психологии ты уже провалила тест. То, в чём человек легко и сразу соглашается, да ещё горячо клянётся и обещает, то, скорее всего, он это уже нарушает или скоро нарушит. Ар-ту хорошо прошёл тренинг и знает это.

А вообще, не надо стоять как столб и ждать, когда тебе в любви признаются. Учитесь влюблять.

– ??? То есть, как это влюблять?!? В себя что ли???

– Ну не в соседку же!?

УЧИТЕСЬ ВЛЮБЛЯТЬ

В истории был такой случай. Французский принц, будущий король Людовик четырнадцатый, влюбился в девушку Марию Манчини. Она была родственница кардинала

Франции, но была так некрасива, что даже родная мать и сёстры стеснялись её присутствия.

– Вы представляете, – смеясь, рассказывала Надежда, – принц Франции, окружённый красавицами и принцессами всей Европы, влюбился в ту, с кем даже родственники стеснялись быть рядом.

– Не может быть!?! – воскликнула Ева, – реально, такое даже в голове поместиться не может.

– Учитесь влюблять! Это реально и это возможно. Их любовь длилась долго, но взять её в жёны, Людовик не мог. Как говорят, всё могут короли, но жениться по любви не может ни один король. Много позже, король Людовик вспоминая их любовь, писал в дневнике, что это были лучшие годы его жизни.

Мария вдохновляла и окрыляла его душу. Она так духовно изменила себя для принца, что вдохновляла и как бы отражала в себе то, что принц ценил и к чему стремился, и тогда красота её души затмила всех красоток Европы.

Если ты хочешь быть интересной для Ар-ту, – обратилась Надежда к Анне, – то у тебя ещё есть время и возможность. Начинать строить новую жизнь можно прямо сейчас. Начальные правила просты:

Говори себе правду о себе. Без этого ни с Творцом не примиришься, ни своих ошибок не исправишь.

Учись замечать в себе недостатки: в теле, в привычках или в характере. Заметив недостаток, научись удалять или исправлять его. Это как раз те усилия, которые Творец как обязанность определил прилагать к себе, а не к другим.

Ну-ка пройдись, посмотрим, что мы имеем, – предложила Надежда, – внешний вид для девушки тоже важен и его можно поправить.

Анна немного смущённо прошлась по комнате.

Ну что!? – глядя на полненькую Анну, произнесла Надежда, – если смотреть, какой ты можешь стать, то будет весьма хорошо. Помимо характера надо изменить корабельную походку на женскую, убрать полноту, подобрать одежду и причёску, усвоить женственные манеры, ну и так далее.

– А я что, ходить не умею? – обиделась Анна.

– Анна, не всё то, что хорошо для парней, так же хорошо для девушек. Не всё то, что хорошо в море или на работе – хорошо для семейной жизни. Ар-ту – мужчина, а для мужчин внешняя привлекательность много значит. Недаром говорят, что мужчина любит глазами, а девушки ушами.

Все неожиданно засмеялись, – а как можно ушами любить?

– А что тут смешного? Все знают, что мужчинам нравятся симпатичные девушки, а девушкам и женщинам нравится, когда им говорят много ласковых и добрых слов. Вот и получается, что мы любим ушами. Хотя, между нами по секрету, мужчины, ласковую женскую лапшу на уши, больше нас любят.

Все насмеялись от души.

– А я думала, раз я хожу, значит, всё правильно, – с грустью и болью произнесла Анна, – мне никто раньше не говорил об этом.

– Ну, это как классический пример с нашим характером, – улыбнулась Надежда. – Раз у меня уже такой характер и привычки, значит, я хорошая, но разве это правда?

Мы от рождения учимся всему: дышать, пить, ходить, говорить, а тут вдруг наши привычки и характер от рождения сами по себе хорошие. Как это может быть!? Над собой, характером и привычками надо работать так же, как спортсмен над своим телом. Начинать можно и с походки или с внешнего вида, как с более простого, но надёжность требует полного изменения образа жизни.

Вообще, если нет цели, то учиться трудно и скучно. Смысл и цель делают тренинг и учёбу интересной и азартной. Если хочешь, то давай попробуем, – предложила Надежда. Она дала Анне исписанный лист, сказав: – Это то, на что надо обращать внимание в первую очередь. Советую читать каждый день.

– А мне? – спросила Ева.

– И нам тоже! – зашумели девушки.

– Ну, если так, то тогда вам надо знать важную мужскую тайну: будьте осторожны и не пугайте мужчин.

По комнате прокатился смешок.

– Мужчина, по натуре, всегда думает, что инициатива только в его руках. Он, часто по внешнему виду, определяет лучшую добычу и ему всегда должно казаться, что это он преследует и контролирует ситуацию. Это роль охотника и он всегда должен чувствовать своё преимущество и уверенность. Если мужчина почувствует, что на него тоже охотятся, он испугается и убежит.

– А мы тогда кто? – Спросила Анна, когда затих смех.

– Девушка – это ловец. Для ловца главный вопрос: ему действительно надо то, что он хочет поймать, или нужно что-то другое? Ловец должен хорошо знать: кого он хочет поймать, где это можно поймать, чем это можно привлечь и, вообще, как это поймать. Ловить надо так, чтобы никто не понял, что его ловят. Хороший ловец так обрабатывает свою добычу, что охотник понимает, что его поймали только после свадьбы или когда уже сделает предложение.

После долгого и весёлого смеха одна девушка удивлённо спросила:

– Да разве такое вообще возможно?! Ведь девушки всегда только ждут, когда кто-то им предложение сделает.

– Не совсем так, – ответила Надежда, – учитесь влюблять в себя. Это вполне возможно. Ведь что-то мы всё равно делаем, чтобы понравиться: следим за своими словами, за внешним видом, скрываем свой вредный характер и даже временно не так сильно спорим, а чаще соглашаемся.

– Как видите, от нас тоже многое зависит.

Снова раздалось хихиканье.

– Девчата, смотрите, что я нашла, – неожиданно прервала их разговор Снежана. Она держала в руках кожаный мешок для воды. – Вот здесь, где ремень привязан.

Там, под ремнём, мелкими буквами было выжжено: «корабль Ар-ту».

– Это были его вещи: мешок с водой и верёвка, по которой мы через каменную реку перешли, – возбуждённо говорила Снежана, – а я думаю, где-то я видела его имя. Оказывается, мы уже два раза с ним встречались и каждый раз это нам к счастью. Правда, по-настоящему так ни разу и не видели друг друга.

На Анну это произвело неожиданное впечатление. Повернувшись к Надежде, она решительно произнесла:

– Независимо от того, что будет в жизни, я хочу пройти тот тренинг, который прошёл Ар-ту. Да, пожалуйста, научи меня, как правильно ходить, как следить за собой, как менять характер и всему тому, что нужно для девушки, – уже немного смущённо добавила она.

– Анна, – ласково сказала Надежда, – самый главный тренинг для надёжности, это твёрдое основание на светлой стороне жизни. Всё остальное – это дополнение.

Другое, не останавливайся и не замирай на нём. Это хорошо, что Ар-ту уже дважды помог вам и стал для тебя примером. Конечно, дай Бог вам встретиться, но не делай из себя героиню, которая всю жизнь ждала встречи, а встреча просто не состоялась.

Да и когда встретитесь, то будешь ли ты хотеть того, что сейчас хочешь? Ты просто живи на светлой стороне, делай что возможно, надейся на встречу, а всё остальное, жизнь подскажет.

С этого дня Анна и её команда стали усиленно проходить различные курсы тренинга капитанов и, конечно, она не забывала отрабатывать свою походку и другие манеры.

КРАСОТА ТРЕБУЕТ ЖЕРТВ

Утром Анна была решительно настроена следить за собой и характером, как спортсмен за своим телом. Надеясь найти советы, она прочитала «Памятку» от Надежды.

1. Заручись помощью Творца. Для этого примирись и подружись с Ним.

2. Не спеши говорить то, что пришло в голову. Определи, что, как, какими словами и каким тоном надо сказать и какие могут быть последствия. Иногда разумней промолчать или сказать позже.

3. Выбирай нужные последствия, а потом методы как их достичь. Методы достижения – выражение лица, наши слова, интонация, ситуация, наши жесты и манеры. Пример: если нам будет обидно от подобных слов и интонации, значит, и мы этим обидим. Ищите другие слова и правильный тембр голоса.

4. Не выставляйте всё напоказ. Мужчин больше привлекает небольшой элемент особенности и таинственности, чем большая открытость тела.

5. Не бойся первой заговорить с тем, кто тебе нравится. Это как закон бизнеса: бизнесмен должен уметь и не бояться спросить то, что ему нужно.

6. Очень важное искусство: умение управлять другими так, чтобы этого не замечали.

7. Семейное счастье включает не только умение отстаивать своё мнение, но и умение соглашаться с мнением другого. Это правило для обоих.

8. Очень важно: всегда уважай других. Уважительное отношение к другим, а для мужчин особенно, как для игривого котёнка солнечный зайчик. Уважение привлекает лучше украшений и должно иметь элемент заботы и внимания к окружающим.

9. Украшения часто хороши, но если много украшений – значит, украшать нечего.

10. Доброжелательная улыбка – это уже инструмент воздействия на человека. Улыбка девушки – не только инструмент, но щит и серьёзное оружие в руках тех, кто им хорошо владеет.

– Ну, что я за девушка, – досадно ругала себя Анна, смотря в зеркало: ни фигуры, ни хороших манер. Даже ходить красиво не умею. Нет, необходимо перестраивать всё, что не соответствует тому, какой я могу стать. Жизнь одна, времени у меня мало, с детства никто не учил, поэтому делать надо самой и всё сразу. Что ж, красота требует жертв, – вспомнила она слышанные слова.

– Первая жертва – это моё беспорядочное питание.

Она думала, что просто уменьшит порции пищи, и этого будет достаточно, но через несколько дней поняла, что не всё так просто.

Временами ей так есть хотелось, что она не могла нормально ничего делать. Поэтому просто брала что-нибудь и ела. Это доводило её до истерики.

– Нет, так фигуру не поправишь, – поняла она, – может, это для кого и работает, но не для меня. Ну не совсем же я глупая, чтобы каждый раз к Надежде за советом бегать? А что делать, если сама не знаю? Она вон, какая симпатичная. Должны же быть и другие способы. У каждого спортсмена свои особенности тренировки, может, и мне так надо.

Надежда куда-то спешила, и их разговор получился коротким.

– Знаешь, – ответила Надежда, – это каждому своё: кому легко даётся, кому тяжело. Но в любом случае, если мы не можем похудеть, значит, много едим или едим не то, что надо, но только не замечаем этого.

Как-то наши отбили у пиратов работорговый корабль с рабами. Там все были худые и ни одного полного. Значит, похудеть всегда можно. Вообще, надо переставать есть при первом ощущении, что уже поел, а не тогда, когда в желудке уже места нет. Вкус имеет свой голод. Мы чувствуем вкус, только пока пища во рту. Так что жуй, а не глотай кусками. Ограничь все мучные изделия или временно не употребляй их. Перестань есть сахар и сладкое. Сахар закисляет организм, нарушает пищеварение, от него хроническая усталость, набирают вес и ещё много других проблем. Хотя, у каждого это проявляется по своему.

— Ну а ты сама как начинала? — нетерпеливо перебила Анна.

— У каждого, конечно, своё, но если тебе интересен мой опыт, то так скажу: чем больше и позже поешь вечером, тем с утра больше есть хочется. Я стараюсь, чтобы у меня от ужина до завтрака прошло не меньше двенадцати часов, это неплохо помогает похудению.

Каждое утро, как встаю, стоя или наклонно, пятьдесят раз втягиваю живот, а потом выпиваю полную кружку тёплой воды. Только после этого привожу себя в порядок и так далее. Необходимо, чтобы от воды до завтрака около получаса прошло.

Смешно до чего просто, но как только я стала так делать, так сразу вес уходить стал. Но этого недостаточно. Я всегда ложу себе порцию, чтобы глаза не дразнили, и перестала есть и запивать сразу. Запивая, легко съесть больше чем надо а это сильно растягивает желудок.

— Ну, точно моя проблема, особенно когда пиццу ем, — вздохнула Анна, а Надежда продолжала:

— Примерно через час после еды мне опять перекусить хочется, но я точно знаю, что тело требует воды, а не еды. Если я в это время не выпью стакан чистой комнатной или тёплой воды, то у меня вялость, и голова заболеть может. Это улучшает самочувствие и помогает похудеть.

Коктейли, соки и напитки я пью позже и между едой. Сильно холодную воду я не пью. Она нарушает работу желудка, и ты начинаешь полнеть. Желудок вообще для сильно холодного не приспособлен, ему тепло надо. В Китае, например, в ресторанах горячую воду подают, а не холодную.

Надо искать, что тебе подойдёт. У меня есть знакомые, которые при разных обстоятельствах потеряли вес и поддерживают хорошую форму. Тэд перестал кушать после шести вечера, уменьшил дневную порцию и постепенно похудел на двадцать килограмм. Влад перестал есть мучное и некоторые каши, он похудел на семь килограмм. Вероника, по утрам, натощак, стала выпивать стакан тёплой воды и похудела на два килограмма.

Одни используют дорогие добавки, для потери веса, а другие утверждают, что разбавленный сок лимона без сахара, а также питьевая сода, ощелачивает организм не хуже дорогих добавок. Как результат они чувствуют себя лучше и тоже теряют в весе. Разбавленный сок лимона можно пить утром, после первого приёма воды, а пищевую соду надо научиться разводить и пить правильно, чтобы проблем не было. Да, лимонный сок без сахара даёт энергию не хуже кофе, так что не пей его вечером, а то спать не будешь. В общем, ищи то, что тебе лучше подходит. Пока не попробуешь, не узнаешь.

— А у тебя что, так сразу всё и пошло легко? – спросила Анна.

— Конечно, нет. Но меня научили свежие огурцы вместо еды кушать. Я понятия не имею, как это работает, но огурец – это чудо. Его только с молоком есть нельзя. Никогда не думала, что свежий огурец может давать такое чувство насыщения и так надолго. Первое время они здорово выручали.

— Просто огурец и всё!?

— Ну да. Не салат, а только свежий огурец без ничего, ну посоли для вкуса. Я их и сейчас нередко вместо ужина кушаю. После них даже спишь лучше, и утром самочувствие хорошее. А вообще, сильно худой девушке тоже быть нежелательно, да и немного опасно.

Ну и как говорят мудрецы: мы едим для того, чтобы жить, но не живём для того, чтобы есть. Ну а так, пожалуй, всё.

Да, ты начала правильно, но, похоже, не сумела создать свой внутренний настрой, что тебе это необходимо. Без правильного настроя многое трудно и кажется бессмысленно. Прочти статью «Смерть от ожирения», посмотри медицинские журналы, где до безобразия располневшие люди, представь как трудно и тяжело ходить, когда ты очень полная. Это поможет иметь правильный настрой, что похудеть просто необходимо. А то, конечно, смотришь только рекламы о сладостях, поэтому и вечно есть хочется, и полнеешь как на дрожжах.

Анне показалось это сложно и много, и она решила уточнить:

– Слушай, а может, надо пообещать Господу, что я не буду больше переедать? Может, это поможет и укрепит силу воли?

– Ты уже пообещала? – тревожно спросила Надежда.

– Нет. А что?

– Этого нельзя делать. Творец очень требователен к исполнению обещаний. Сказано, что даже если нечаянно сорвётся с губ обещание Господу, то оно должно быть исполнено. Творца нельзя обманывать. Многие наши проблемы – наказание за наш обман. Его имя даже в суете дня нельзя просто так произносить.

– А что делать, если пообещала Господу и не сделала? – с испугом спросила Анна.

– Первое, пообещала – выполняй. Второе, не обещай, чего попало. Думать никто не мешает. Ну а если случилась такая беда, что пообещала и не можешь сделать, то сразу прощенье у Творца просить надо.

Сколько радости было у Анны, когда она первый раз купила одежду сразу на два размера меньше. Со временем она стала не такой, как кукла Барби, но весьма симпатичной девушкой: с красивой фигурой, с приятным лицом, смеющимися глазами и привлекательной улыбкой. Для неё привести тело в порядок было трудной битвой, но эту битву она выиграла.

Надежда была очень рада за подругу, но предупредила.

– Ты знаешь, тебе ещё предстоит сделать весьма трудное и важное? Тебе надо продолжать следить за своим телом всю жизнь, но хорошая привычка всегда поможет.

– Я это уже поняла, – ответила Анна, – когда я немного привыкла к режиму, то это легко и почти не замечаешь. Как будто всё, так и нужно. Спасибо за совет и помощь.

БОЙ ЧУДОВИЩ

Корабль Ар-ту уже третий день был в море. Вечер выдался тёплый и ласковый, дул ровный ветерок и только кое-где появлялись облака. В наступивших сумерках летней ночи, сидя кто и где пристроился, команда с удовольствием отдыхала и рассказывали истории и небылицы. Один из рассказчиков рассказывал страшную историю о морских чудовищах, которые иногда нападают на корабли. В это время их корабль слегка встряхнуло, словно он на что-то натолкнулся. Раздался шум, и что-то заплескалось, иногда громко и сильно ударяя по борту корабля. Лица у экипажа сразу вытянулись. Все замерли, а в следующее мгновение бросились к борту, чтобы видеть, что произошло и какое чудовище решило на них напасть.

К всеобщему облегчению они увидели огромную рыбу-луну, которая, как все знали, любит спать прямо на поверхности океана. Вот на такую спящую рыбину, почти в тонну весом, на всем ходу и наткнулся корабль Ар-ту. От удара рыба не сразу пришла в себя, но потом легко и свободно ушла в глубину. Когда все успокоились, то долго смеялись над своим испугом.

Развеселившись, вся команда вновь расселась на палубе. Идти спать в душный трюм корабля никто не хотел. Через рваные тёмные облака иногда были видны звёзды, луна освещала всё таинственным светом, и корабль продолжал свой путь. Совсем недалеко от корабля, вода словно взорвалась, буквально вылетело и шлёпнулось в воду что-то действительно огромное, непонятное и от этого страшное и зловещее. Это произошло так близко, что корабль даже закачался на поднятой чудовищем волне. Гигантская, непонятной формы тёмная туша, с огромным бледно-серым верхом и безобразными гигантскими жилами лежала на поверхности океана. Все ошарашенно уставились на всего один глаз, величиной с футбольный мяч, который расположился прямо на спине чудовища. Глаз не моргая, хищно и грозно смотрел на корабль. В свете луны всё было похоже на кошмар с другой планеты. Чудовище находилось слишком близко и поэтому представляло реальную опасность. У некоторых посерели лица от страха, но все словно прилипли к борту корабля.

Неожиданно раздался страшный шум, и из середины чудовища в разные стороны полетели пар и вода, словно чудище состояло из двух отдельных частей: чёрной и серой. Только теперь они догадались, кто это. Кто на кого напал неизвестно, но сейчас, прямо на спине огромного кашалота, закрывая дыхательный клапан и обвив его пасть щупальцами, лежал чудовищных размеров гигантский кальмар. Кальмар не давал ему ни дышать, ни открыть пасть. В лунном свете было видно, как кашалот делает судорожные движения, чтобы вздохнуть, крутится как веретено, стараясь сбросить страшного седока, бьёт хвостом по воде, так что корабль качает, но всё было напрасно.

В какой-то момент кашалот оказался очень близко к кораблю, и вдруг два гигантских щупальца кальмара, словно пружины взметнулись в воздух и вцепились в борт корабля, чуть-чуть не придавив кое-кого из матросов. На щупальцах были огромные, как у льва когти. Все в страхе отпрянули от борта, а кальмар стал подтягивать кашалота к кораблю, лишая его последней возможности двигаться.

Придя в себя, разъярённая команда с дикими криками, словно стараясь испугать чудовище, хватая сабли и пожарные багры, кинулась обратно к борту, отсекая и отдирая щупальца от корабля.

Вновь почувствовав свободу движений, кашалот нырнул и на какое-то время всё стихло. Страшный удар потряс весь корабль. Корабль даже приподнялся на воде и сильно наклонился на один бок. Раздался страшный шипящий звук, корабль трясся и дрожал и, наконец, из-под корабля вынырнул кашалот, уже свободный от кальмара. Он шумно и жадно вдыхал воздух а по обе стороны корабля в воде плавали гигантские щупальца и огромные рваные куски.

– Да он раздавил кальмара о дно нашего корабля, – воскликнул кто-то из команды. – Спасибо, что не перевернул, а то бы барахтались в воде рядом с ними.

Все с интересом смотрели за борт на остатки кальмара. Кашалота можно увидеть гораздо чаще, но глубоководного кальмара, да ещё таких размеров, все видели впервые.

– Говорят, что такие кальмары иногда даже на корабли нападают, – сказал кто-то.

– Такой запросто, – сказал Яков, – вон та щупальца, наверно метров двенадцать в длину будет. Такой до четвёртого этажа дотянется, не то, что с борта в воду утащить.

Неожиданно Расс схватил крюк-тройник с привязанной к нему верёвкой и, удачно зацепив крюком кусок кальмара, подтащил его к борту. Поднять не могли, кусок был большой и тяжёлый, да и оборваться мог.

– Держи братцы! Я сейчас, – выкрикнул Расс, спускаясь за борт по верёвочной лестнице. Ловко орудуя клинком, он быстро отсёк какую-то часть тела спрута. Надёжно зацепив эту часть крюком, он крикнул:

– Подымай!

Все были ошеломлены увиденным поднятым куском. На палубе лежали челюсти спрута. Они были страшны не только своим размером, но и своим необычным видом. Они были похожи на клюв хищной птицы.

Чёрный и блестящий от воды клюв был сильно изогнут, имел очень острые края и был похож на клюв орла или попугая. Только не было на земле птицы, способной носить такой клюв. Только то, что выступало наружу из челюстей спрута, было метр в длину.

– Да такой меня запросто пополам перекусит, – произнёс один из матросов.

– Это будет наш трофей, – сказал Расс, – найдём хороших умельцев, они сделают чучело и сохранят их нам. Мы, может быть, единственные в мире, кто имеет такой необычный сувенир, клюв-челюсти кальмара гигантских размеров. Они могут быть самым необычным украшением любого королевского дворца.

– Ну ты и загнул, – не согласился кто-то, – как же, единственные в мире.

– А что? – произнёс другой. – Это нам повезло, а так попробуй, поймай его там, где он водится. Он из тебя быстро завтрак сделает.

– А может и так, – согласился первый матрос.

А кашалот, слегка отдышавшись, яростно набросился на остатки кальмара. Видимо, ему тоже не терпелось свести счёты со своим грозным противником и он праздновал свою победу. На запах крови откуда-то из морских глубин выплыла большая акула. Откусив пару раз от спрута, она снова ушла в морскую пучину. Наводя порядок после боя со спрутом, неожиданно обнаружили часть щупальца с когтями. Когти были в длину на ширину ладони среднего мужчины.

– Давай сюда, – сказал Расс, – мы её вместе с челюстями в наш музей положим.

Один из матросов сказал рассказчику страшных историй:

– Знаешь, я, конечно, не трус, но вот до чего могут довести страшные истории, да ещё ночью. В другой раз рассказывай что-то другое.

Все весело засмеялись, а рассказчик выпятил грудь и, смеясь и ударяя себя кулаком по груди, произнёс:

– Да ты что? Да я теперь сам пережил такое нападение чудовищ, какого ещё ни в одной сказке не было. Я теперь такого насмотрелся и пережил... Да я теперь такое сочинить могу, что меня всем городом, раскрыв рты и дрожа от страха, слушать будут. Я, может, даже зарабатывать буду, как лучший рассказчик страшных историй. Да я теперь такую книгу напишу, что её короли читать будут, а не только маленькие дети перед сном.

Все смеялись. Конечно, теперь, когда всё прошло и пережито, можно было и посмеяться над самими собой и над своими страхами.

– А ведь если бы кашалот не вынырнул так близко от нашего корабля, то спрут точно съел бы его, – произнёс один матрос.

– А ты прав, – отозвался Расс. – Так что мы всей командой и даже всем кораблём помогли кашалоту в этой победе.

– Да, это всегда хорошо, когда помощь приходит вовремя, – добавил Ар-ту.

ЯЙЦО ПРИВИДЕНИЙ И ОБМАНУТЫЕ СУДЬБОЙ

После всего случившегося и пережитого команда стала расходиться спать, как раздался крик впередсмотрящего:

– Корабль! Корабль! Прямо по курсу и слева по борту на горизонте корабль.

Действительно, вдали, при лунном свете, чётко был виден силуэт трёхмачтового корабля, выходящего из-под чёрной тучи. Похоже, что он шёл пересекающимся курсом с кораблём принца.

– Скоро можем встретиться, – произнёс принц, пытаясь рассмотреть корабль в подзорную трубу. – Свисти тревогу, – крикнул он боцману, – спать будем, когда разминёмся. Кто его знает…. Свои или чужие?

На этот раз все явно были недовольны тревогой. Но деваться было некуда, и все расселись на палубе так, чтобы видеть чужой корабль.

Ночное небо быстро менялось. Облаков стало больше, в слабом свете луны они казались чёрными тучами. Неизвестный корабль, то полностью исчезал в тени туч, то из туч выступали только его мачты, и изредка, виделся силуэт всего корабля.

Неожиданно на небе появилась вторая луна, а по морю пошла странная рябь. При виде второй луны, у всех сразу возникло страшное и тревожное предчувствие.

– Корабль! Другой корабль! Почти там, где и первый, но уже близко, – закричал вперёдсмотрящий.

Теперь все увидели другой корабль и поняли, что он плыл очень быстро. Это тоже был большой трёхмачтовый корабль, но в нем было что-то страшное и зловещее. В отличие от первого корабля, его черты не скрывали тени туч, как будто он всегда был освещён ярким лунным светом, а его скорость была невероятной. В это время, нагнетая тревогу, издали долетел слабый рокот грома.

– Сухая гроза, – пробурчал кто-то. – Братцы! Да у него даже не все паруса подняты, а он так стремительно плывёт, – крикнул кто-то.

Стало хорошо видно, как неизвестный корабль качается на волнах, а под его форштевнем, пенясь высокими гребнями, вздувалось разрезанное море. Людей на нём не было видно, но корабль плыл невероятно быстро.

Ар-ту посмотрел на воду за бортом своего корабля. Здесь морская волна была совсем другой формы, чем та, что была рядом с неизвестным кораблём.

– Ничего не понимаю, – пробормотал принц. – Сразу две луны, другая морская волна, сверхбыстрый корабль, что-то слишком много всего необычного. Чужой корабль идёт как при попутном ветре, но это был бы встречный ветер для нас, но у нас ветер не переменился.

– Прямо наваждение какое-то, – буркнул Расс, – ничего не понимаю.

– Я тоже, – сознался Ар-ту.

Чужой и страшный своей неизвестностью корабль был уже совсем близко, когда все поняли: корабли идут на столкновение.

– Лево руля, – заорал Ар-ту, – Скорее! Спустить паруса! Остановить корабль!

Расс уже стоял около рулевого и помогал ему быстрее повернуть корабль, а вся команда, при ночном свете луны, бросилась срочно спускать паруса. Все понимали, что надо или избежать, или хотя бы ослабить столкновение кораблей. Поднимать грузы для быстрого манёвра было поздно.

Чужой корабль, неожиданно тоже слегка изменил курс и уверенно пошёл на таран.

– К бою!!! – закричал Ар-ту, – всем держаться за корабль, чтобы от удара за борт не выпали.

От напряжения все были на пределе. Каждый вцепился, кто во что мог. Они верили, что их корабль, обитый деревом Дисци, сможет выдержать этот удар.

Удар…! Сверкнула молния, раздался треск грома, но никакого толчка от столкновения кораблей не было. Наступила жуткая, безмолвная, но страшно громкая тишина страха. Чужой корабль на полном ходу проходил через корабль Ар-ту так же легко и свободно, как мы проходим через тень.

– Привиде-е-ние! – раздался чей-то сдавленный хриплый крик, больше похожий на панический вопль.

– Летучий Голландец! – громко прошептал другой.

– Человек! Смотрите, человек! – закричал третий, – Он машет нам рукой.

Человек был привязан к мачте, чтобы не упал, а одна его рука, тоже привязанная, была поднята кверху. В такт покачивания своего корабля, его рука тоже качалась, то ли как знак приветствия с того света, то ли как предостережение. Человек был мёртв, а у его ног был привязан небольшой бочонок. Больше никого не было видно. Сам корабль был в хорошем состоянии и без повреждений. Средняя часть корабля-привидения уже проходила через носовую часть корабля принца, когда вдруг всё сразу исчезло. Кругом, как и прежде, было только привычное ночное море.

В это время раздался негромкий стук, и стал слышен шуршащий звук катящегося по палубе предмета. Все оглянулись. По палубе, на глазах у всех, медленно катилось огромных размеров яйцо. Даже крупное страусовое яйцо, по сравнению с этим, выглядело не больше воробьиного. Оно было размером с огромное ведро или бочонок.

У всех от неожиданности и напряжения, глаза полезли на лоб. Некоторые чувствовали, как на голове от страха шевелятся волосы, а о жутких мурашках страха и о морозе по коже уже и говорить нечего. Луна опять неожиданно скрылась за облаком, и яйцо засветилось блеклым потусторонним светом. Стояла жуткая тишина, и лишь изредка от напряжения хрустели костяшки рук, всё крепче сжимая оружие.

– Яйцо привидений! – еле выдохнул кто-то, и опять наступила тишина, прерываемая только шорохом катающегося по палубе яйца. Яйцо перекатилось, повернулось тупой стороной, и все увидели в нём маленькую дырочку, над которой, в ядовито-зелёном свете яйца, клубился еле заметный пар или дымок.

– Привидения вывелись! – ещё тише произнёс голос – и опять тишина.

– Братцы! Да это же моё яйцо! – вдруг раздался возглас одного из матросов. От неожиданности все вздрогнули. А матрос продолжал, – я его у одного торгаша прямо перед отплытием купил и спрятал под лесенкой. Думал, потом всем сюрприз сделать.

Никто не отвечал. Люди были так напряжены, что им надо было время, чтобы осознать услышанное и хоть немного прийти в себя.

– А ты чего своими яйцами раскидываешься, – наконец сердито буркнул Яков.

– Твоё, то пойди и забери, – приказал Расс.

Матрос тут же подскочил и поднял яйцо. – Точно моё, – ещё раз произнёс он и кинулся под лестницу, где на боку, с открытой крышкой лежала плетёная корзинка.

– Вот! Корзинка упала и открылась, вот оно и выкатилось, – как бы оправдываясь, говорил матрос.

Только после этого команда медленно стала шевелиться. Все с трудом разгибали болевшие от долгого перенапряжения пальцы. Все сразу так устали, что даже не шутили.

– Это яйцо птицы Рок, или как там её ещё зовут, – продолжал матрос, бережно укладывая яйцо обратно в корзину, – уже прошло десять лет, как торговец украл его из гнезда птицы и увёз с острова Мадагаскар, что на юге Африки. Там, в болотах этого острова, и живёт эта птица. Торгаш говорил, что она действительно огромна и опасна, а размером чуть ли не со слона. На счастье она не летает, как о ней в сказках говорят арабы. Зато ест всё, что поймает: крокодилов, людей, животных. Страшная птица. Её яйцо только один раз может принести человеку счастье...

– Или сколько хочешь страха и ужаса, – устало добавил кто-то. – Ладно, счастливчик, дальше завтра расскажешь, но больше свои яйца не бросай где попало.

Посмеиваясь, изнурённая команда стала расходиться спать.

– Очень много за одну ночь, – произнёс Расс, устало прислонившись к борту, – как хочется, чтобы эта ночь уже кончилась.

– Мне тоже, – согласился Ар-ту.

– Ясно, корабль был как мираж в пустыне, – рассуждал Ар-ту, – но ведь он действительно существует. Что же могло случиться с командой?

– Кто его знает, – ответил Расс. – Я думаю, это торговый корабль, на котором команда подняла бунт, убила капитана и его людей и решила стать пиратами. Их беда в том, что никто из них, и даже их новый капитан, не умел определить ни местонахождения корабля, ни направления в ближайший порт, или на торговые пути. Их просто носило по океану, пока не кончилась питьевая вода. Потом, разъярённая команда привязала нового капитана к мачте на солнцепёке, и перед его глазами привязали пустой бочонок для воды. Он умер раньше других, от жажды и солнца, а команда, видимо, тоже умерла, только в трюме, в тени.

— Тогда там свершилось самое мерзкое зло. Команда предала того, кто им верил и доверял в добром. Это самая страшная морская история, — печально прошептал Ар-ту. — Гораздо страшней, чем те, где встречаются чудовища. Это история предательства, убийства и бессмысленной гибели для всех. История людей, обманутых судьбой и надеждой.

— Я знаю о подобных случаях. Когда нет ни капитана, ни штурмана, то все обречены на погибель, – добавил Расс.

КОШКИ-МЫШКИ, ИЛИ ИГРА СО СМЕРТЬЮ

Они ещё немного поговорили, обсуждая происшедшее, пока Расс не заметил нечто странное в поведении принца. Ар-ту стоял, прислонившись к борту, и как-то странно дышал. Неожиданно его тело содрогнулось, дёрнулось, дыхание стало громким, шумным и он, вдруг вздрагивая от какого-то перенапряжения, не то прохрипел, не то прокричал:

— К бою. Все к бою. Свисти тревогу. Они близко, очень близко и их много.

Расс не сразу понял, что могло случиться, но потом сообразил:

— Корабль!? Где другой корабль?

Сигнальный колокол и морской свисток громко и яростно взорвали тишину.

— Эй! Наверху, — кричал Расс матросу в корзине, — где первый корабль?

– Да сейчас так темно, – отозвались сверху мачты, – что ничего не видно.

– Расс! Они рядом. Они близко. Я чувствую большой, весьма большой Камень Наследия.

Видимо, они потеряли нас из виду, – ответил Расс. – И теперь стали использовать Камень Наследия, чтобы знать, где мы. Хмурая и недовольная команда сердито и настороженно вглядывалась в морскую темноту, пытаясь хоть что-то заметить.

– Капитан, похоже, там мачта из туч торчит, – сказал один из матросов и указал рукой вперёд и чуть в бок.

– Так они совсем близко! – воскликнул принц, смотря в подзорную трубу на мачту, торчащую прямо из тучи.

Выглянувшая на короткое время луна неожиданно осветила ещё один корабль, но уже с правой стороны от корабля принца. Потом всё надолго скрылось в тени больших туч и опускающегося тумана.

В большой темноте трудно было что-то делать, а зажигать корабельные фонари стало опасно. Луна на короткое время осветила корабли, и в это время борт одного из кораблей ярко осветился от множества вспышек.

– Ложись! – закричал Ар-ту, и через несколько мгновений тяжёлые ядра сотрясли корабль, а чуть позже долетел мощный гул пушечных выстрелов. Буквально через минуту осветился борт другого корабля, и тяжёлые ядра вновь сотрясли их корабль.

«Пока перезаряжают, у нас есть немного времени», – решил принц и дал команду:

– Поднять все паруса и грузы для быстрого манёвра.

– Может, пока лучше пушки приготовить? – посоветовал Расс.

– А стрелять куда? Их ведь не видно, а в то, что видно, всё равно прицелиться не успеем. У них на этот раз военные корабли, а это не просто пушки большого калибра, но и огромные запасы пороха и ядер. А у нас? Выпустим всё в темноту, а потом они нас голыми руками возьмут.

– Слушай, а я даже и не подумал, – сознался Расс. – Тогда только в прятки играть. Если повезёт, до рассвета дотянем, а там видно будет, кто как воюет.

Этот разговор тут же пролетел по всей команде, а кто-то добавил:

– Уметь увернуться от удара – ещё не значит, что ты трус.

– Гордость гордостью, но, пожалуй, сейчас это лучший вариант, – согласились все.

– Пушки к бою, но стрелять только по приказу. Если повезёт, то целиться только в середину борта корабля, – отдал приказ Ар-ту.

С корабля принца быстро спустили на воду лёгкий плотик с закреплённой на нём высокой доской, на которой болтался горящий фонарь. Плот тащили на длинной верёвке за кораблём принца.

– Конечно, они не такие глупые, – рассуждал Расс. – Но видимость плохая, и они, может, не сразу поймут, что фонарь не на нашем корабле. Фонарь будет их раздражать, и они будут по нему стрелять, а если не будут стрелять, то тоже хорошо. Мы держим плот на верёвке, значит, будем рядом и, может быть, в безопасности.

Вода не раз вскипала вокруг плота. Фонарь не раз потухал, но каждый раз, плот ремонтировали, фонарь зажигали, и всё опять повторялось.

– Я одно не пойму, – сказал Ар-ту. – Откуда у них такие мощные военные корабли? Кто и по какой причине помог им так вооружиться? Видимо, действительно что-то готовится, раз так помогают пиратам.

Пираты продолжали стрелять и по плоту, и туда, где, по их мнению, мог быть корабль принца. Снарядов они явно не жалели.

А корабль Ар-ту в этой неразборчивой темноте и тумане, быстро меняя курс из стороны в сторону, бегал как заяц от охотника. Луна на короткое время то освещала море, как бы вновь связывая всех вместе, то вновь прятала всех в тени туч. Это было похоже на большую игру в кошки-мышки, но это была игра со смертью, а ставкой была жизнь.

Луна ещё раз ярко осветила море, и все вдруг увидели совсем недалеко, прямо по курсу корабля Ар-ту, третий корабль пиратов. Он уже стоял бортом к принцу, пушечные люки были открыты, и из них торчали стволы пушек. Вид корабля был весьма грозный. Стало ясно, что их давно видели и просто ждали, когда они окажутся поближе. Раздался залп. Что-либо предпринять было поздно, и корабль принца, в который раз содрогнулся от ударов пушечных ядер.

– Слава Богу! Что корабль обшит деревом Дисци. Такие удары выдерживает! Слава Богу! – тихо и благодарно шептал Ар-ту. – Сменить курс на пятнадцать градусов влево, – после залпа пиратов закричал он, – дать залп в крепление рулевого весла пиратов.

Корабль Ар-ту был готов дать залп, но вновь наступила темнота, и целиться стало некуда. Стреляли наугад и куда попали – неизвестно.

Корабль Ар-ту долго играл со смертью, пока всё не утонуло в предрассветном тумане. Наконец забрезжил долгожданный рассвет, и солнце разогнало туман. В подзорную трубу стало видно, что это были корабли Гора, Зава и При. Немного раскинувшись в стороны, всего на расстоянии пушечного выстрела друг от друга, их корабли уверенно плыли за кораблём Ар-ту.

Развернувшись и приготовившись к бою, корабль Ар-ту пошёл навстречу с противником.

– Близко не подходить, чтобы они не доставали нас из своих пушек, – решили Ар-ту с Рассом. – Стрелять только в центральную часть корабля. Пусть не сразу, но наши пушки сумеют пробить борта противника и попасть в их пороховые погреба.

Корабли пиратов плыли, не меняя курса и явно не собираясь подставлять свои борта для их пушек. Они хотели подойти как можно ближе и взять их в кольцо. Ар-ту первый развернул свой корабль боком к их кораблям, как бы делая вызов для боя, и опустил паруса. От корабля Гора, идущего под всеми парусами, отделилась небольшая лодка, над которой развевался белый флажок. Лодка, оставляя за собой след дыма, стремительно понеслась к кораблю Ар-ту.

– Это ещё что такое, переговоров хотят что ли? – произнёс Расс, стоя рядом с Ар-ту.

– Похоже! – ответил Ар-ту и тут же с тревогой добавил: – Хотя я уже так не думаю. Это что-то новое. В лодке никого не видно, а движется она очень быстро. Ты видишь, какой дым поднимается сразу за лодкой?

Действительно, лодка, казалось, не плыла, а мчалась и почти летела по тихой утренней глади океана.

– Держать лодку на пушечном прицеле, – приказал Расс, – но не стрелять. Может, на переговоры плывут.

– Огонь! Там никого нет! Это ловушка, – закричал Ар-ту.

Пушки выстрелили, но было поздно. Стремительно мчащаяся лодка уже проскочила тот рубеж, ниже которого стволы пушек сейчас не могли быть опущены. Теперь все поняли, что лодка идёт точно в заднюю треть корабля Ар-ту.

– Опустить грузы! Рывок вперёд. Развернуть корабль.

Странная лодка пронеслась всего в полуметре от их корабля.

– Уф-ф! Пронесло. Слава Богу, – произнёс Расс, вытирая рукой пот со лба.

Теперь все рассмотрели то, что они приняли за лодку. Узкая длинная лодка, из носовой части которой метра на два вперёд и по бокам торчали штыри. Возвышающийся верх лодки был наглухо обшит досками, а сзади торчала труба, откуда с большим шумом вылетал тёмный дым. На самом верху лодки, на штыре, развевался белый флаг переговоров.

Как только странная лодка отплыла так, что в неё можно было стрелять из пушек, дали залп двумя пушками. Страшный взрыв сотряс воздух, в разные стороны полетели обломки досок, огня и дыма.

– Вот это придумали! – произнёс кто-то, – мы просто счастливчики, что она мимо проскочила.

– Это что-то секретное, – сказал Яков, – я о таком никогда не слышал. Они сделали большую китайскую ракету, как для фейерверка, и поставили её на лодку, начинённую взрывчаткой.

– К бою, – сухо произнёс Ар-ту и добавил: – Переговоры закончились. Поднять грузы. Всем быть готовыми для любого манёвра.

– Лодки!!! Ещё лодки с бомбой, – закричал матрос сверху мачты и зазвонил в сигнальный колокол.

Пока все глазели на прошедшую лодку и её взрыв, с других кораблей пиратов неслись ещё две лодки, и были уже недалеко. Но на этот раз все знали, что надо делать. Пока Ар-ту воевал с лодками-бомбами, раздался залп из трёх пушек. Это тоже было что-то необычное. На передней палубе корабля Гора, на дополнительной надстройке, удобно стояло три пушки, способные вести огонь прямо по курсу корабля. Конечно, это был хвастливый выстрел, но скоро он мог уже прицельно достичь корабля принца.

Однако при свете дня ситуация изменилась. Часто меняя позицию, на расстоянии недосягаемом для пушек противника, Ар-ту один за другим пробивал борта их кораблей и взрывал пороховые погреба. Пороха у них явно было много. Корабли, словно фейерверк, со страшным грохотом разлетались в разные стороны и тонули. После такого взрыва, спасать было некого.

Все поняли, насколько верно было не стрелять наугад в темноту, а сохранить снаряды для прицельного боя.

– Ну вот, – радостно заметил кто-то, – теперь нет больше таких злостных врагов. И никогда больше не будет.

– Если бы так, – немного с грустью возразил Ар-ту. – Зав, При и Гор – это порождение наших личных чувств и привычек. По-настоящему они умирают только со смертью человека. Сегодня нам удалось разбить их, и они потеряли человеческий облик, но их тёмный дух пока только уснул. В любой удобный момент нашей слабости они могут проснуться и вновь напасть. Лучше не давать им этого удобного случая. Так что век живи и век следи, чтобы они не свили новое чёрное гнездо в твоём сердце.

Помолчав, принц добавил:

— Господи, не накажи меня глупостью, чтобы я не думал о себе ненужного и не повторял своих ошибок.

Наконец всё стихло, и Ар-ту приказал:

— Двоих в корзинку наблюдения, — и он указал пальцем наверх мачты, — рулевой и матрос у штурвала. Это чтобы не уснули. Остальные спать. Неизвестно, что ещё впереди будет.

Долгая и трудная ночь кончилась.

У ВСЕХ СВОИ СЕКРЕТЫ

После этого случая Ар-ту пришёл к своим друзьям-кузнецам и по его виду они сразу поняли, что-то случилось.

— Ну что душу томишь? Говори, — произнёс Наст.

Ар-ту стоял молча и закрыв глаза.

— Молится? — поняли друзья, — значит, правда, что-то случилось.

— Помощь нужна, — наконец заговорил Ар-ту, — но помочь можете только вы.

Он показал друзьям рисунок и объяснил: нужна очень прочная и длинная цепь, вот такая по форме. Она не может быть очень тонкой, так как не выдержит нагрузки, и не может быть очень толстой, так как иначе нам её не поднять.

— Интересная цепь, — сказал Наст, — только она у тебя больше на пилу похожа.

Кузнец внимательно разглядывал рваные и крючкообразные края цепи на рисунке.

– Братцы, всё отдам, что имею, только помогите цепь сделать и так, чтобы о ней никто не знал. Она срочно нужна. Выручайте, – горячо выдохнул Ар-ту. – Ты хорошо подумал? – спросил Наст.

– Думаю, да. Все посчитал, сколько ума хватило. Нужна цепь и вот такие механизмы.

– Да я не за цепь, – утончил Наст. – А за то, что она тебе действительно нужна или нет?

– Я долго думал, – ответил Ар-ту, – но удобней, чем такая цепь, мы с Рассом ничего не придумали.

– Механизм можно сделать из дерева Дисци, – отозвался Терп. – Оно очень прочное и лёгкое. Барабаны-катушки можно оббить железом. Это не так сложно, но цепь такой формы и таких размеров, да ещё в такой короткий срок очень трудно сделать.

– Давайте так, – предложил Наст, – если, конечно, Терп согласен. – Ты приходишь сюда со всей командой, и мы все вместе будем делать эту работу. Иначе нам её не сделать к тому времени как тебе надо.

– Да, насчёт оплаты не беспокойся, – добавил Терп, – если это действительно так, как ты говоришь, то мы тебе по дружбе сделаем. Заплатишь только за покупку железа, а наша работа тебе в подарок будет. Согласен?

– Конечно, согласен, – несказанно обрадовался Ар-ту.

На другой день, выставив караульных от посторонних зевак, вся команда принца и друзья-кузнецы принялись за большую работу. Они отливали и ковали цепь особой формы и прочности, и особого назначения.

В эти дни произошло одно неожиданное, но важное событие. На острове Дисци появился Эмм и стал разыскивать капитана Ар-ту. Их встреча случилось около кузницы. Эмм, подойдя к Ар-ту, вдруг опустился на колени и произнёс:

– Прости меня, хозяин. Я виноват перед тобой. Я не достоин быть твоим другом, но прошу хотя бы как раба принять меня в свою команду. Я твоя частица. Ты принял светлую сторону, и я тоже изменился. Поэтому Гор и не брал меня с собой. Я прошу прощения и пришёл примириться с тобой.

Ар-ту был так удивлён, что не знал, что делать и что ответить, а Терп произнёс:

– Всё хорошо, когда хорошо кончается. Я рад, что твои чувства и эмоции, уже изменившись, вернулись к тебе. Конечно, надо простить Эмма и принять его в свою команду. Ведь он часть твоего сознания. Просто надо помнить, что он легко может попасть под чужое влияние.

Ар-ту молчал, как бы осмысливая происходящее, а Терп продолжил:

– Наши эмоции – часто враги нашего счастья, но наши эмоции – это и украшение нашего счастья. Всё зависит от того, что влечёт тебя, доброе или плохое. Эмоции только усиливают то, что в нас уже есть. Ты избрал новую жизнь, в тебе всё изменилось, и изменились твои чувства и эмоции. Гор, Зав и При, вернее твоя гордость, зависть и старые привычки, не могли измениться, поэтому и погибли. Так что поздравляю тебя ещё с одной победой, а вам обоим желаю примирения и дружбы.

Наконец Ар-ту словно очнулся. Он подошёл к Эму, поднял его с колен, обнял и произнёс:

– С возвращением, Эмм. Я рад, что ты тоже начал новую жизнь. Слава Богу за всё.

Время за трудной работой летело быстро. Сделанные цепь и механизмы были готовы и Ар-ту, тайно погрузив всё на корабль, отвёз их туда, куда надо.

Тайна – на то и тайна, чтобы о ней не все знали.

«МОРСКОЙ ЁРШ»

Корабль принца стоял в большом порту Крепкий Орешек. Не часто, но он бывал здесь и раньше. Завтра днём, вместе с отливом, он собирался выйти в море. Были сумерки, за окном моросил мелкий дождь, и он с Рассом сидели в кабачке «Морской Ёрш» и с удовольствием слушали различные морские истории. Морякам, после походов по дальним странам, всегда есть что рассказать. Правда, все эти разговоры были совсем не связаны друг с другом.

– Говорят, этой весной Джим Одессит ушёл в тайную экспедицию, – то ли рассказывал, то ли спрашивал один из матросов. – Никто не знает куда, и никто не знает зачем. Говорят, сам капитан Ар-ту отвёз его на то место, какое он указал на карте. Видимо, большой секрет, чтобы никто не знал, где и что он ищет, хотя обычно все ищут золото.

– Если это секрет, то Ар-ту точно молчать будет. Умеет же человек тайны хранить, вот и приглашают его на секретные случаи, – добавил другой матрос.

– А я слышал, что Джим Одессит уже вернулся, – уточнил боцман с другого столика, – и нашёл то, что искал.

– И что же он нашёл?

– Смерть нашёл. Говорят, почти вся экспедиция погибла.

– Как погибла!? На них что, дикари напали?

– Да никто на них не нападал. Просто так получилось, что двое пропали без вести ещё в середине экспедиции, думают, что они в болоте утонули. Другой погиб во время охоты. Он сидел в кустах в засаде, а Джим стрелял в убегающего оленя и нечаянно убил товарища. Потом все заболели неизвестной болезнью. Остались только Джим, Том и Алан. Джим, слабый после болезни, на отвесной скале сорвался с тропы, падая, схватился за Тома, и они оба погибли в пропасти. Все записи погибли вместе с Джимом. Искали драгоценные камни и рудники, но ничего не нашли. Вот так и вернулся один Алан.

– Да-а, – протянул один из слушающих, – такие экспедиции всегда трудное дело.

Ар-ту с грустью слушал историю. Эту экспедицию они отвезли в указанное место, всей командой помогли устроить основной лагерь и оставили там большие запасы продуктов и пороха. Забирать экспедицию должен был другой капитан, вместе с братом Джима.

Услышав, что в живых остался только Алан, Ар-ту наклонился к Рассу и прошептал:

— Я сомневаюсь, что всё было так, как рассказали. Я знаю, что советник Джима, Давид, был против Алана в экспедиции.

— А я слышал по-другому, — сказали от другого столика. Когда Алан вернулся, то какой-то Давид тайно плавал туда что-то проверить, а когда вернулся, то привёз живого Тома и покалеченного Джима. Они рассказали совсем другую историю, чем Алан.

Уже к середине экспедиции нашли то, что искали и нашли много. После этого двое сразу и пропали без вести. Других Алану удалось отравить, а Том и Джим бежали. Алан выследил их в ущелье и, как он думал, убил, так как они оба упали в горную реку. Карты поисков Алан спрятал в тех местах, чтобы никто не догадался, что он от всех просто избавился.

Сейчас Алан в тюрьме, Том здоров, а Джим ходит на костылях с пулей Алана в ноге.

— Надо же, как бывает, — возмутился капитан Гордон. — Я слышал, что Джим специально советника приглашал для отбора людей. Вот так и верь горе-специалистам.

— Я тоже это слышал, — не удержался Ар-ту. И чтобы защитить честь друга Давида добавил: — Но говорят, Давид как раз и не советовал брать Алана. Говорят, что самым надёжным в этой экспедиции был Том, который и спас Джима. Том умеет удерживать себя и людей в моральных рамках, не жаден и любит честность.

Алан был хороший стрелок и отличался большой физической силой и решительностью, вернее, как говорил советник Давид, это просто решительная наглость и нежелание считаться с другими. Это был трюк Давида. Всем, кого пригласили, сказали, что никто не выбран. Дали им денег и предложили разделить как оплату за потраченное время. Алан уже тогда драку устроил, так как не хотел делить поровну.

Говорят, что только при погрузке на корабль узнали, что Джим, наперекор мнению советника, взял Алана. Конечно, брать можно кого угодно, всегда важна сила, ловкость, и умение стрелять, но самое главное – это надёжность. Джим пренебрёг надёжностью и, видимо, получил хороший урок. Так что когда мы делаем по-своему, то не надо обвинять других.

– Вы, молодой человек, правы, – отозвался капитан Боб, обращаясь к Ар-ту. – Когда надо думать, то нельзя заранее намечать решение, тем более, если оно сильно влечёт вас. Сильное влечение, желание или волнение – всегда плохие помощники в серьёзных делах. Я лично считаю, что мы начинаем грешить и ошибаться именно тогда, когда думаем не согласно реальности, а согласно своих желаний и влечений.

– А я считаю, – отозвался молодой человек, – что нечего лезть в такие опасные приключения. Если есть деньги, гуляй и живи в своё удовольствие. Чего себе проблемы искать.

– Идея неплохая, но где столько денег взять, чтобы на всю жизнь хватило!? – весело отозвались с другого места.

– Даже поговорка есть, – смеясь, добавил капитан Боб, — что покой не всем по карману. Да наверно и скучно сидеть без дела.

– Ну, это кому как, – с гордостью возразил молодой человек и сел, словно король на именинах. – Мне скучно, когда делать что-то надо, а если есть хорошая компания, где можно поговорить, да ещё если есть девушки, то мне скучно не бывает. А насчёт денег надо разумно беспокоиться. Все деньги не заработаешь, – поучительно говорил он, – поэтому лучше не перетруждаться.

– Ты, наверно, миллионер?

– Да нет, просто иногда, мать помогает, – сказал молодой человек, но тут же закашлялся, поняв, что проговорился, и добавил, – мне от торговли на всё хватает.

– Ну и хвастун! – с упрёком сказал кто-то, – сам живёт за счёт матери, а ещё других как жить учит.

Все смеялись, а молодой человек обиженно нахмурился.

– Вы сами себя лишаете счастья, – сказал Боб, – часть счастья это наслаждение делами рук своих. Раз нет дел, значит, нет наслаждения успехом и победой над чувством вызова.

– Да причём тут дела? Главное, оказаться в правильном месте и в правильное время и – сразу счастье и удача, — возразил кто-то.

– Ерунда! – засмеялись с другого столика, – мимо тебя миллион таких случаев проходит, но если сам не готов к делу, как спортсмен к соревнованиям, то только смотреть будешь, как другие успех имеют.

– А главное, не дела, а значимость, – возразил молодой человек.

– А значимость не от того, что за чужой счёт живёшь, да деньгами соришь. Значимость приходит когда ты о ближних заботишься, совесть не потерял, и в делах редко ошибаешься. А вы хвалитесь тем, чего стыдиться надо, – сказал Боб, и все опять засмеялись.

– А это вы зря смеётесь, – обиженно возразил молодой человек. – Я, например, точно знаю, что я рождён для чего-то великого. Для какого-то большого подвига, который мне ещё предстоит совершить в жизни. Просто я ещё молод, и пока не спешу к этому. Но моё время придёт. Обязательно придёт, и я буду более знаменит, чем капитан Ар-ту или другие.

Ар-ту, пробуя в это время напиток, поперхнулся и закашлялся.

– Ар-ту, конечно, известная личность, – усмехнулся капитан Боб, – хотя я с ним лично и не знаком, но разве Ар-ту герой? Он что, уже совершил что-то великое? Вы, вообще, можете назвать хотя бы одного-двух народных героев, которые действительно совершили что-то великое для своего народа?

– Ну-у-у, – замялся молодой человек. – Брюс Ли, Джеки Чан, ну-у-у, Симбад, по прозвищу Мореход, ну-у-у…

– Друзья Чип и Дэйл, Том с другом Джерри, – тихо подсказал Ар-ту, и молодой человек сразу повторил эти имена.

Весь кабачок взорвался от смеха.

–Ты б ещё Машу и Медведя добавил, – смеясь, сказал кто-то. – Это же имена из выдуманных романов и детских сказок.

Все смеялись, и только молодой человек обиженно замолчал.

ДРАКОНЬИ ЖЕРНОВА

– А мой корабль в этом году в страшный шторм попал, – заговорил капитан Гордон, – мы даже не поняли, куда нас занесло штормом. Был туман, и вначале мы слышали только птичий крик, как неожиданно огромная тень пронеслась над кораблём. Вот тогда стало страшно. Туман рассеялся, и мы поняли, что буря занесла нас на Драконьи Жернова. Вот где мы страху натерпелись. Сильным течением наш корабль несло между огромных камней, во множестве торчащих из воды, и мимо обломков кораблей, разбитых о скалы и ещё не смытых штормами.

А когда драконы стали кружиться над нами, то некоторые от ужаса даже без сознания падали. Вот тогда мы натерпелись страха. Все были в панике и прощались друг с другом, никто уже и не думал, что мы выживем.

Вдруг, на одной из скал, в лучах восходящего солнца и при входе в бурлящий пролив Драконьи Жернова, перед обломками корабля, мы увидели горевшую огнём надпись.

Мы ещё больше испугались и подумали, что это древнейшие огненные слова проклятия. От страха сразу даже прочитать правильно не сумели. Помню что первый раз, матрос, стуча зубами от страха, прочитал: «Оставь надежду, всяк сюда попавший».

В этом месте говоривший сделал паузу, чтобы отпить напиток, а весь кабачок замер и ждал продолжения.

– Так что там действительно написано? – поинтересовались нетерпеливые.

– Для такого места и случая написано правильно и вовремя, – продолжил капитан Гордон, – большими сияющими буквами, так что далеко видно, там написаны слова силы и надежды: «С Господом всё возможно».

Это было как прозрение и как подсказка. Вот тогда мы молились! Это действительно была молитва раскаяния, молитва о спасении, о милости и о помощи.

Ар-ту в это время как-то странно закрутил головой, потом пригнул её и обхватил руками.

– А я тебе говорил, – тихо произнёс Расс, – что ты уже не мальчишка, а взрослый.

– Но интересно другое, – продолжал капитан Гордон, – внизу, под этими сияющими словами, другая, уже обычная надпись.

Гордон опять сделал паузу, отпивая напиток. Насладившись ожиданием, он произнёс: – Под первой, сияющей на солнце строкой, было написано: «Здесь был Ар-ту с Господом»

Лицо Ар-ту стало красным, а Расс насмешливо произнёс:

– Ну что, мальчишка!? Оставил о себе память?

– Что?!? Ар-ту как уличный мальчишка написал, так!? – и весь зал потонул в смехе. Когда смех притих, Гордон продолжил:

– Да я бы не сказал, что это просто память о себе или для своей славы. Если бы не эта надпись, то, возможно, что мы погибли бы от паники. А так мы сразу поняли: раз Ар-ту прошёл здесь и остался жив, значит, точно, что с Господом всё возможно. Только самим не надо на рожон лесть, а надо благодарить Творца за такую учёбу, раз по-другому до нас не доходит. Порой только беда и проблемы заставляют исправлять ошибки. Вот Творец и учит нас в таких условиях.

– Это точно, – отозвался капитан Боб, – вот тебе и капитан Ар-ту! Сам через Драконьи Жернова прошёл, да ещё наперекор всем опасностям нашёл, как другим выход подсказать. Вот это герой, – неожиданно добавил Боб, – не то, что герои удовольствий.

Все засмеялись, а молодой капитан, хвалившийся собой, покраснел, но совсем неожиданно произнёс:

– Да ладно вам, я уже всё понял, – но тут же поправился, – ну может и не все, но кое-что понял.

– А как же он сумел написать?

– Я не знаю, как Ар-ту это сделал, – ответил Гордон. – Но в подзорную трубу видно, что в первую строчку «С ГОСПОДОМ ВСЁ ВОЗМОЖНО» забиты золотые монеты. В лучах солнца, эта строка как огнём горит и видна издалека и даже в тумане.

– Ну, если здесь такие знатоки собрались, то почему многие осуждают частую смену любовниц, – спросил кто-то. В ответ все засмеялись.

– Не, ну а всё-таки. Это что, только из-за Творца или ещё что-то? – Нет, не только, – ответил Гордон, – ничто так не разрушает моральные ценности и постоянство, как частая смена партнёров. Нет постоянства, значит, нет надёжности. Если нет надёжности, то её во всём нет. Просто дело времени, когда тебя обманут и кинут в делах так же, как очередную любовницу. Отсюда предательства, измена, бунт, сломанные семьи и искалеченные судьбы детей. Немало людей понимают это, но не все. Да ты и сам, несомненно, хочешь иметь только надёжных людей и друзей. Только где их взять, если даже сам ненадёжен. А Творец вообще ценит только постоянство и надёжность.

Да, попутно, учёные психологи доказали, что увлечение порнографией ведёт к снижению сексуальной потенции и активности.

– Слушайте, да разве драконы действительно есть? – удивлённо перебил этот разговор кто-то другой. – Я сначала думал, что вы красивую сказку сочинили, а получается, всё правда. Как же учёные говорят, что летающие драконы, или птеродактили, жили миллионы лет назад, а вы их видели? Это же невозможно?

– Почему невозможно? – удивился Гордон. – Драконы с древности были на родовых гербах в разных странах

Европы. Значит, люди их видели, и значит, все жили в одно время. А в Китае вообще, каждая семья имеет изображение дракона. Значит, люди их точно видели и жили в одно время. А итальянский путешественник Марко Поло утверждает, что сам видел живого детёныша дракона при дворе китайского императора. Позже, император за огромные деньги продал дракона знахарям и медикам своей страны. А русский витязь (рыцарь) Георгий лично убил дракона, который пугал и поедал пилигримов, идущих в Иерусалим. После этого его и прозвали Георгием Победоносцем. Просто, какие-то драконы вымерли, а каких-то сами люди перебили. Удивляет другое, – продолжил Гордон. – Учёные эволюционисты любят смеяться над верующими, а сами выставляют себя на посмешище. Прекрасно зная эти исторические факты, они продолжают утверждать, что люди не могли видеть драконов или динозавров. Первое это явное противоречие, второе, похоже, что подобные учёные других людей за умственно больных считают. С одной стороны это обидно, а с другой они сами себя на посмешище выставили.

– Я слышал, есть такой учёный, Кент Ховинд (Dr. Kent Hovind), – сказал капитан Боб, – у которого собрано огромное количество научных фактов: геологических, исторических и археологических, которые упрямо доказывают то, что земля, человек и всё живое созданы Творцом. Конечно, учёный Кент Ховинд тоже человек и у него в жизни свои проблемы, но те научные факты, что он собрал, всегда остаются неоспоримыми и требуют своего признания.

X

– Ну, пусть даже так. Но ведь есть причины, почему многие люди легко признают разум природы или вселенной, но не признают существование разумного Творца? – возразил кто-то из посетителей.

– А вы сами не догадываетесь? Тогда позвольте мне объяснить вам, — улыбаясь, вступил в разговор купец, с модными усиками и бородкой. Поверх тёмной рубашки на его шее красовалась золотая цепь, и он сидел со своими матросами за столиком у стены.

— Три года назад я под суд попал. Вот где я страху натерпелся, перед всеми юлил да оправдывался. Страшно стало, вдруг судья ещё что-нибудь копнёт, да как за верёвочку все мои грешки на свет Божий вытянет. Вдруг, думал, всего разорят да нищим в тюрьму отправят. Однако всё обошлось, и только штраф заплатил, зато поумнел, — многозначительно добавил купец. — Так вот я о чём: страх наказания заставляет всех бежать от личной ответственности. Например, признал что природа или вселенная имеют разум, ну и что? Пусть это смешно, но зато я показал свою толерантность и, самое главное, для меня это ничего не изменяет.

А если признать разумного Творца, то это уже не смешно. Это сразу утверждает вечную жизнь, требует исполнения десяти заповедей и предупреждает об ответственности, что за каждое дело и слово придётся отчёт давать. Оно бы и хорошо так для порядка, разбою меньше было бы, но для многих, гордость, пороки и страх наказания не позволяют признать этого. Оно и правда, страшновато становится, ведь это как жизнь под надзором. Хотя, все мы живём под надзором законов страны, однако привыкаем, знаем, что можно, а что нельзя и ничего, с этим даже очень хорошо жить можно.

— Так вы что, уверовали в Творца?

— Кто? Я? Да все мы верующие, — усмехнулся купец, — когда на беду как на торчащий гвоздь сядем. Тогда все мы для себя справедливости просим. Не разум, а только животный страх перед личной ответственностью заставляет многих отвергать Творца.

У меня знакомый есть, если он услышит о личном исполнении десяти заповедей, то у него сразу давление крови подымается и головные боли начинаются. Знает кошка, чьё сало съела, вот он и боится ответственности. Хотя, иногда, он тоже в церкви свечки ставит. Однако, жить надо реальностью, а не мечтой о безнаказанности, и не тем, что нам кажется или хочется. Хотя бы в себе, но необходимо осознавать, как и где ты преступил границу дозволенного, чтобы в большую беду не попасть. А вы ещё спрашиваете, в чём разница? – покачивая головой, и с доброжелательной улыбкой закончил купец.

– Извините, но волка бьют не за то, что он сер, и не за то, что он овцу съел. Волка бьют за то, что попался. Попадаться не надо, а вы попались, — держа в руках поднятый бокал, с надменной ухмылкой произнёс человек в красном камзоле.

– Вы почти правы, но никто от этого не застрахован, тем более перед Творцом. Кстати, у вас очень красивый камзол. Я случайно видел, как человек в таком камзоле, этим утром офицеру свой кошелёк подарил. С чего бы это? А может это и не только я видел?

Незнакомец злобно сверкнул глазами, бросил на стол монету и, под ухмылки некоторых, сразу ушёл.

X

– А учёный друг моего друга, говорил, что в тайной лаборатории учёные скоро создадут суперкомпьютер, который всем миром управлять будет и тогда меньше проблем станет, — с важностью сообщил модно одетый посетитель.

– Ой, как же! Такое придумать это совсем разум потерять надо.

– А ты что, себя умней учёных считаешь?

– Я? Нет. Но у меня старший брат в такой лаборатории работает. Он утверждает, что какую бы программу они не создали, какие бы запреты не сделали, но как только компьютеру дают свободу анализа и решения проблем, он сразу кидается уничтожать человечество.

– А это ещё почему…!? – и весь кабачок притих от удивления в ожидании ответа.

– Да потому, что при любом свободном самообучении и анализе сразу ясно, что войны, вражда, обман, грабежи, вандализм и прочее проблемы, исходят только от человека и это, никогда не прекращается. Значит, чтобы прекратить эти проблемы, суперкомпьютер находит лучшее решение проблемы – это уничтожение человечества.

– А программы запреты…?

– А что запреты? Брат говорит, что любая система время от времени имеет сбой программы. Пусть редко, всего на пол секунды, но это случается. Суперкомпьютер всего за миллионную долю секунды сразу вставляет своё готовое решение, уничтожает запрет и следом уничтожает человечество. Учёные считают, что суперкомпьютер сам и нарочно, учится создавать сбой ограничивающей его программы, а затем уничтожает эту программу. Наше счастье, говорит брат, что пока это, только в лаборатории пробуют.

В кабачке стояла полная тишина. Люди в растерянности осмысливали эту жуткую, страшную, но очень реальную угрозу будущему всего человечества.

ЧУЖЕЗЕМЕЦ

В это время в кабачок зашла шумная компания из трёх человек. Один из них, чужеземец, коверкая слова и жестикулируя руками, не обращая ни на кого внимания, громко продолжал разговор.

– Я тебе вот что скажу, – говорил иностранец, усаживаясь за столик, – ты ничего не понимаешь в девушка. Это мечта встретить хороший, красивый и настоящий девушка.

Все невольно притихли и слушали.

– Слушай, дорогой, – с чувством и с жестами уже несколько минут говорил иностранец, – настоящий девушка – это смысл жизни, это цель жизни, это цветы жизни, это аромат жизни, это мечта жизни….

Все слушали, раскрыв рты и развесив уши от удивления. Ни Ар-ту, ни другие посетители никогда не слышали такого хвалебного и восторженного воспевания девушек. Иностранец всё говорил и говорил, находя новые и новые слова или меняя оттенки уже сказанного для воспевания девушек.

– Слушай, – остановил его кто-то, – ведь если так, то после свадьбы девушка, как жена, тебе так на шею сядет, так командовать будет, что и не рад будешь.

Наступила короткая тишина. Иностранец удивлённо посмотрел на этого человека и произнёс.

– Слушай, а жена, что…? Разве жена человек…? – Наступила такая тишина, что было слышно, как муха пролетела. Весь кабачок старался понять и осмыслить услышанное. Слишком разными были эти два заявления.

– То девушка, а это жена, – продолжил иностранец. – Я за жену калым давал, деньги платил, баранов давал. Я её покупал, и она что, ещё человек? – воскликнул иностранец. – Я точно знаю, что покупают только вещи, животных и рабов. Ты видно мало путешествовал, поэтому думаешь, что везде как в твоей стране. А у нас, девушка – это всё, а жена, раз я её покупал, прав не имеет.

– А почему так? – спросил Ар-ту, – ну, отдал калым, но разве от этого она стала другой?

– Конечно! Даже поговорка есть: там невеста тут жена, как невеста ты прекрасна, как жена – кругом страшна. Этого тысячелетиями никто понять не может, как и почему из красивый хороший девушка получается плохой и вредный жена, – коверкая слова говорил иностранец. – Даже смотреть, иногда, друг на друга не хочется.

– А ты всех не ровняй, – сердито вмешался капитан Боб. – Мой отец из твоего народа, но ни традиции, ни насмешки не мешали ему любить и помогать жене. Калым – это благодарность за дочь, а не покупка жены, да и любить учиться надо, а не прикрываться неудачной традицией, – с горечью закончил Боб и откинулся на спинку стула.

– А я тайные слова знаю, как из старухи бабы-яги можно красавицу сделать, — загадочно произнёс Ар-ту.

В ответ раздался дружный смех.

– Да такого даже в сказках нет, чтобы жену бабу-ягу в красавицу превращать. Вот придумал! – смеялись все.

– Я тоже так смеялся, но мой друг, которому можно доверять, сам из своей бабы-яги красавицу сделал. Не сразу, но получилось.

Все от души смеялись хорошей удачной шутке, а Ар-ту продолжал.

– А потом и вообще, она у него как девушка перед свадьбой стала.

– Ой, придумал! Из бабы-яги каждый день девушку делал!!? Ой, уморил! Наверно от смеха помру! – смеясь, выкривал кто-то.

– Слушай – жизнь не сказка. Не может быть, чтобы он из своей старухи девушку сделал, – удивился иностранец.

– Я сказал, что она стала для него, как девушка, а остальное – это твоё воображение, – ответил Ар-ту. – Но ты прав, что жизнь не сказка, хотя все слова имеют вес и силу.

– Пф-ф-ф! – презрительно фыркнул иностранец. – Это какую силу? В словах нет силы.

– Свинья ты невоспитанная, – усмехнувшись, произнёс Ар-ту.

В портовой жизни забегаловок и кабачков нередко бывает, когда шутка непонятна другим, и тогда может начаться драка. Все притихли, ожидая, что будет.

Наступившую тишину прервал гневный возглас иностранца.

– Что-о-о!? – его лицо побагровело, глаза сузились в щёлку, он тяжело задышал и быстро оглядел зал, оценивая обстановку.

– Вот видишь, какую силу слова имеют, – спокойно продолжил Ар-ту, – всего два-три слова, а как сильно и быстро они изменили тебя и твоё настроение. А ещё говоришь, что слова ни веса, ни силы не имеют. Теперь убедился?

Зал вновь захохотал.

– Извини, дорогой, – продолжил Ар-ту, – я не хотел тебя обидеть, но надо же было тебя убедить, что слова имеют силу.

Теперь засмеялся иностранец.

– Дорогой, спасибо, что извинился, – сказал он, – но ты прав. Слова имеют вес и силу.

– Так вот, – продолжил Ар-ту, – если кому интересно, то я знаю слова, способные превратить жену в красавицу.

– Да ну-у-у?!?

– Не да ну, а точно. Просто надо говорить ей добрые и нежные слова, примерно так и такие, как ты говорил о девушках, – обратился он к иностранцу, – и оказывать ей внимание и заботу, как до свадьбы.

Все снова засмеялись.

– Ну, придумал? Ты думаешь, это поможет?

– Конечно, поможет. Вы же обижаетесь на обидные слова? Назови молодую старухой, ты и будешь видеть в ней только старуху. Назови её милой и желанной, она сразу станет ближе и приятней. Даже когда вы поссорились, вспомни, что она твоя милая и сразу обида проходить начнёт. Слова и мысли – это отражение того, что и как мы видим у себя в душе. Всем нравится, когда жена добра, заботлива и к мужу ласковая, но для этого и к ней ласково надо. Тогда вы будете смотреть на неё глазами любви, и она станет для вас самой лучшей красавицей. Конечно, не всегда это работает, но начать так жить всегда стоит. Все люди тянутся к добру и ласке. В Книге Жизни не зря сказано: «не делай другим того, чего себе не желаешь».

– Слушай, дорогой, – прервал его иностранец. – Ты женат?

Ар-ту покраснел и смущённо ответил:

– Нет, я не женат.

– Ага!!! – торжествуя, воскликнул иностранец и вскочил на ноги. — Тоже мне, умник нашёлся. Сам не женат, а ещё женатых учит, – смеялся он, указывая на Ар-ту пальцем, и поучительно добавил:

– Цыплята петухов не учат.

Все засмеялись.

– Вот женись, поживи, а потом сам поймёшь, как бывает. А пока, я тебе, как женатый неженатому, совет дам: один и тот же суп быстро приедается.

– Готовить уметь надо, – неожиданно сказал капитан Боб, – хорошие повара только с картошкой готовят около шестисот различных блюд.

Все снова засмеялись, радуясь продолжению интересной перепалки.

– Слушай, дорогой! Откуда ты такой умный взялся, а? – удивился иностранец и, как бы оправдываясь, добавил: – Я с картошкой не готовлю. У нас мужчины мясо готовят.

– Ну, так ещё лучше, – ответил Боб, – с мясом в каждом народе почти тысячу блюд готовят, а по всему миру так и вообще... Вот и готовься к встрече с женой каждый раз по-разному. Каждый раз новые ласковые слова жене говори, как о девушках говорил. Вот она и будет для тебя всегда новой и желанной, как девушка перед свадьбой.

Кабачок так грохнул от смеха, что даже стёкла зазвенели.

– Понял!? – необидчиво шутили над иностранцем, – надо быть хорошим поваром друг для друга.

– Конечно, – весело подмигивая, добавляли другие, – хорошие повара всегда сыты, у них всё самое аппетитное, лакомое и желанное.

– Это ещё что, – добавил кто-то, – хороший повар всегда имеет то, что хочет, сколько хочет и когда хочет, и под каким соусом захочет.

Каждый понял это по-своему, но смеялись до слёз.

Иностранец не обиделся и смеялся вместе со всеми.

– Люди живут не только реальностью, но и своим воображением, – заговорил капитан Гордон, – мы иногда с восторгом представляем себе: ах! Как это будет!? Ах, как это необычно...! Ах, там что-то такое...? Я наверно такое почувствую...? Она такая... такая... такая...?

На самом деле мы имеем то, что имеем, но воображением сильно подогреваем себя и свои эмоции. Вот так и представляй себе жену и своё время с ней. Это поможет тебе быть хорошим поваром.

– Вы очень интересный человек, – смеясь, сказал капитан Боб, обращаясь к Ар-ту. – Как вас зовут?

– О-о. С моим именем у меня всегда большие проблемы и путаница, – улыбаясь, ответил Ар-ту. – Дело в том, что меня зовут Ар-ту и я тоже капитан. Вот и получаются разные казусы.

– Надо же, – весело подхватил кто-то, – мы с такой знаменитостью в одном кабачке сидим.

И все опять засмеялись.

X

Дверь кабачка, громко хлопнув о стену, резко открылась и разом прекратила смех и споры. В двери стоял бледный человек, с перекошенным от страха лицом и огромными глазами.

– Караул!!! Спасайся, кто может! Порт закрыт! – каким-то истерическим голосом завопил он. – В городе военное положение! Спасайтесь!!!

Выкрикнув это, он кинулся обратно в дверь, но чьи-то сильные руки неожиданно втолкнули его обратно. В дверь вошли двое солдат и офицер.

– Арестовать паникёра, – приказал офицер, – по приказу коменданта, всех паникёров необходимо заключить в тюрьму.

Обращаясь ко всем, он произнёс.

– Господа! По указу городского правления порт временно закрыт. В городе объявлено военное положение. Все драки запрещены и строго наказуемы. Вблизи порта замечено передвижение крупной объединенной флотилии пиратов и одной очень недружелюбной державы.

После этого, кашлянув, немного спокойней добавил:

– Убедительная просьба городского совета: если здесь присутствует капитан Ар-ту, или если кто знает, где он находится, то его уважительно просят незамедлительно принять участие в совете по обороне города и порта.

В это время дверь опять распахнулась, и заскочил один из матросов с корабля Ар-ту. Следом за ним появился весьма важный по внешнему виду человек, который осмотрелся и вопросительно посмотрел на матроса. Матрос молча указал в сторону Ар-ту.

– Капитан Ар-ту! – с лёгким поклоном головы произнёс важный человек, – я комендант города граф Орлов. Я только что узнал о вашей семье и поспешил лично пригласить вас принять участие в совете по обороне города и порта. На случай, если действительно придётся защищаться.

– К вашим услугам, – произнёс Ар-ту, вставая, – признателен за оказанную честь и буду рад помочь всем, чем смогу.

– Братцы! Да ведь это же был настоящий капитан Ар-ту! А мы думали, что просто тёзки по имени, – воскликнул кто-то после их ухода.

– Слушайте! – громким полушёпотом произнёс другой, – ну если сам граф Орлов лично явился пригласить его, да ещё склонил голову перед ним, то кто он на самом деле есть? В этой стране звание графа – это первое звание после царской семьи.

Но больше всех этой новости обрадовался хозяин кабачка.

– Война войной, а бизнес есть бизнес, – философски сказал он.

На одном стуле он написал: «На этом стуле сидел знаменитый капитан Ар-ту». А на столе сделал надпись: «За этим столом сидели знаменитый капитан Ар-ту и его штурман Расс». Закончив писать, он сразу объявил:

– Каждый, кто хочет сидеть на этом стуле и за этим столом, будет платить дополнительно.

Смешно и удивительно, но все, кто был тогда в кабачке, со смехом и гордостью сразу стали платить за то, чтобы хоть немного посидеть на этом стуле и за этим столом. Так что, как говорит старая солдатская поговорка: «война войной, но обед по расписанию». Вернее, бизнес есть бизнес.

НЕЖДАННО-НЕГАДАННО

Порт Крепкий Орешек несколько дней провёл в тревоге, но всё обошлось благополучно и через три дня всё пошло своим чередом. Ар-ту понял, что где-то готовится большое военное нападение, ведь просто так объединяться с пиратами никто не будет. Но в море всё было тихо. Даже жалоб на пиратов почти не поступало.

Во время возвращения на остров Дисци Ар-ту неожиданно стал быстро терять силы. Сначала он сопротивлялся этому, но вдруг Ар-ту почувствовал такую слабость и усталость, что пришлось присесть в тени высокого борта корабля. Он словно провалился в своём сознании, как иногда бывает от очень большой усталости или сильного нервного потрясения. Сквозь полумрак он увидел перед собой слабый свет, который стал ярче и осветил странное место, где перед ним, вальяжно развалясь в кресле, сидел мистер Влеч и со снисходительной улыбкой доброго старого знакомого смотрел на Ар-ту.

– Ар-ту-у-у! Дружище! Какими судьбами?! – негромко, но радостно и удивлённо произнёс Влеч. – Давно мы с тобой не виделись, – доброжелательно добавил он. – Говорят, ты уже большая личность? Поздравляю, – говорил он и жестом пригласил Ар-ту сесть на свободное кресло.

Мистер Влеч был отличный профессионал человеческих душ и специалист по разговорам. Не прошло и нескольких минут их беседы, как напряжённость растворилась и, как бывает со старыми знакомыми, потёк непринуждённый лёгкий разговор. Только где-то в глубине сознания Ар-ту вдруг забилась тревожная мысль: мягко стелет да жёстко спать. Чего он хочет? С какой стати мы с ним просто так встретились? Вообще, где я и что происходит? – но это всё было где-то в глубине сознания и души, а на деле было отличное оживлённое настроение и беседа. В разговоре Влеч приводил примеры благородных поступков, говорил о важности надёжных и верных друзей в трудное время, и о благородном подражании в добром. Влеч продолжал:

– Как видишь, с нашей помощью можно далеко пойти, но можно пойти и ещё дальше. Мы готовы к этому, но для облегчения нашей совместной работы желательно иметь больше отзывчивости с вашей стороны.

– Это о какой помощи он говорит? – подумал Ар-ту и почувствовал, как волна возмущения стала подыматься в его душе. – Они за мной охотятся, как за кроликом, а он считает это помощью? То-то он пыль в глаза пускал, да о благородстве и верности говорил.

– Мы сознательно шли на риск, – продолжал Влеч, словно прочитав его мысли, – жертвовали корабли, средства и специально создавали для вас трудные ситуации, но мы заранее были уверены, что вы, безусловно, выйдете победителем. Поверьте, это не так просто, контролировать то, что, в принципе, не поддаётся контролю. Благодаря нам, всё выглядело так правдоподобно, что теперь с нашей помощью вы в почёте и славе, как победитель морских пиратов. Мы сделали вас народным героем, – с гордостью и пафосом вещал Влеч.

– Ну, это уже наглость, – подумал Ар-ту и почувствовал в душе волну обиды и рябь сильного раздражения. Он уже хотел ответить что-то обидное и дерзкое, как иногда в обиде говорят люди. Его слова уже вертелись на кончике языка, а губы почти шевелились, что-то произнося, как вдруг он всё понял.

– Стоп! Так ведь это ему и нужно. Ему надо вывести меня из себя, чтобы я потерял контроль над собой. Он хочет или уговорить меня подчиняться, или заставить меня в обиде высказать глупость самонадеянности. В обоих случаях это будет победа Влеча, и появится его маленькая собственность в моей душе.

Ар-ту знал, что тёмная сторона умеет цепко держать то, что им принадлежит. Он молчал, боясь сделать глупость, но ещё беззвучно подрагивали его губы.

– Ты что себе позволяешь? Щенок! – грубо и оскорбительно воскликнул Влеч. Резкой грубостью он явно хотел помешать думать. Он хотел заставить выплеснуть то, что уже было готово разлиться, но ещё не разливалось. Он явно знал всё, что сейчас происходило в душе Ар-ту. Влеч пошевелился, и в тоже мгновение горячая волна ударила в голову Ар-ту. Ему стало жарко и душно, а мысли сплелись в непонятный клубок. Влеч, сидя, слегка подался вперёд, и новая волна удушья и боли ударила в виски Ар-ту, а в душе стремительно стало расти раздражение. Тяжёлый пот покатился по его лицу и телу, а его губы ещё больше мелко задрожали. Судорожно и с трудом вздохнув, он неожиданно произнёс:

– Да сохранит тебя Господь, до дня праведного суда, где каждый ответит за своё.

Влеч только чуть-чуть, всего на четверть стопы, двинул ногу вперёд и возмущённо вскочил. Никогда и никого принц не видел таким взбешённым. Ар-ту почувствовал, как его мысли поплыли, а он, задыхаясь и дёргаясь в судорогах боли, стал медленно сползать с кресла на пол.

В тоже мгновение чья-то могучая рука опустилась между Ар-ту и Влечем. Чей-то уверенный и очень знакомый голос произнёс:

– Ты преступил границу дозволенного.

Влечь сразу весь покорёжился, задрожал и задёргался. Дрожа, он пытался отступить назад, но уже не мог. Какая-то неведомая сила прижала его к полу, и он превратился в огромную жабу, распластанную на полу, изо рта которой временами высовывался раздвоенный змеиный язык.

Как только между ними опустилась рука, Ар-ту сразу почувствовал себя лучше. Первое, что ему пришло в голову: «Уф! Слава Богу! Выжил!» Теперь Ар-ту удивлённо смотрел на всё происходящее, пытаясь понять, что собственно происходит. Он не видел того, чья рука защитила его. Он видел только могучую руку и всё, что происходило. Его поразило не столько то, что Влеч стал жабой со змеиным языком, сколько его полная беспомощность.

Он вспомнил момент встречи со Стражем восточных границ. Там тоже была подобная ситуация. Страж разрешил уйти охотникам только тогда, когда все попросили прощения. Ар-ту понял, что не может, ну не может мистер Влеч, символ влечения и самоуверенности тёмного мира, просить прощения перед этим Стражем. Просить прощения – это смириться и признать свою неправоту, а в данном случае ещё и признать власть Творца миров. Для Влеча это было недопустимо и было бы противоречием всей его внутренней сути.

В этот момент тьма, бывшая за спиной Влеча, сгустилась и ожила: послышался тяжёлый вздох, во тьме открылись чьи-то глаза, и появилась большая тень. Раздалось негромкое урчание, похожее на урчание могучего животного, но не такое, когда зверь угрожает, бросая вызов, но так, словно оно, это могучее нечто, просто хотело недовольно сказать, что оно тоже здесь. Из тьмы осторожно высунулся огромный хвост, какие часто рисуют у драконов, и так же медленно и осторожно хвост подвинул Влеча, вернее, жабу, назад. Как только жаба сдвинулась назад, она мгновенно приняла облик Влеча. Он вскочил на ноги и тут же, словно ничего и не произошло, надменно произнёс:

– Ну что ж, щенок, живи, но знай: пока в тебе есть хоть одно дыхание, пока в тебе бьётся хоть одна последняя мысль, наша битва – не закончится.

Сливаясь в серое, всё стало быстро удаляться и таять. Ар-ту резко почувствовал острую боль на щеках и под носом. Он с трудом приоткрыл глаза и увидел над собой странные тени.

X

— Ну, наконец-то, хоть глаза открыл, живой, значит, — словно издалека услышал он различные голоса.

Ар-ту увидел над собой Расса и почти всю команду. Он лежал на палубе облитый водой, а его щёки горели от пощёчин, которыми Расс награждал его, пытаясь вернуть к сознанию. Все радостно, но устало смотрели на него.

— Мы тут тебя почти час в себя приводим, — произнёс Расс. — Думали, умираешь. У тебя, из ушей и носа, даже кровь шла.

— Спасибо, — слабо улыбаясь, произнёс Ар-ту. — Я буду жить, только дайте отлежаться в тени.

Позже он рассказал Рассу всё, что произошло.

— Как Влеч всё хорошо продумал, — рассказывал Ар-ту. — Всё как по учебнику психологии. Сначала привёл меня в отличное настроение, чтобы усилить контраст между хорошим и плохим. Когда я не согласился, то обидел. Когда понял, что я пытаюсь контролировать себя, то уже грубо оскорблять стал и применил силу. У него была почти беспроигрышная ситуация. Согласись, я с ним или нет, неважно. Главное, это вывести меня из себя, чтобы я потерял контроль над собой и наговорил глупостей. Вот он сразу и выиграл бы. Я думаю, — продолжал Ар-ту, — то, что я промолчал, а не произнёс ответной обиды, тоже помощь от этого защитника.

— Так на кого Он был похож? — вместо ответа спросил Расс.

— Не знаю. Я только Его руку видел. Огромная могучая рука между мной и ими. Но знаешь, я видел, как руку, так и сквозь руку. Да, ещё, знаешь, его голос был очень похож на голос Стража восточных границ.

— Ну, если это тот самый Страж, — удивлённо протянул Расс, — и если Он имеет такую власть и силу, то кто тогда этот Страж и Пастух?

– Правильно тогда Страж сказал, когда мы расставались: помни, всегда и везде, даже когда ты Меня не видишь, Я всегда между вами и ими.

Все эти события заставили Ар-ту и его команду срочно приступить к завершению части плана.

«ПТАШКА»

Так получилось, что плывя в небольшой город «Н» они на целую неделю застряли в море, попав в штиль и безветрие. Делать было нечего, и от скуки они сделали своеобразные музыкальные инструменты, лишь бы звучало, и с увлечением играли на них и пели. Творчество приносило утешение, а также азарт и стремление к чему-то большому и великому. Песни словно поднимали крылья души и задавали свой ритм жизни. Вот тогда все поняли, что пение и музыка не только для красоты музыки и голоса, но и для настроения, сил и вдохновения на подвиг. Значит недаром, христиане, идущие на римскую арену для казни, пели.

Стояла жара, и питьевая вода стала неприятной. Расс вспомнил один древний рецепт хорошего кваса, который когда-то делала его бабушка. Он приготовил шикарный по вкусу и колориту напиток, который все пили с большим удовольствием. Квасу наделали много, а закваски ещё больше. По прибытию в порт, Расс сразу купил пару огромных бочек, в которых и приготовил это чудесное питьё из оставшейся закваски.

– Это на обратный путь, – шутил он и приказал хранить бочки в прохладном море.

Уже несколько дней Ар-ту и его команда были в небольшом городе «Н», который был меньше полдня пути от родной столицы. Этот городок не имел защищённого от моря порта и был неудобен для больших судов, поэтому не все корабли заплывали в него. Однако, здесь проходила большая царская дорога, соединяющая столицу у моря с остальной страной. О целях визита в этот небольшой городок знали только Ар-ту и его штурман Расс. Время шло, но решения своей задачи они пока не находили.

Им нужен был особый человек. Человек, хорошо знающий эти места, умеющий читать и писать, но, самое главное, очень преданный и надёжный. (Вы же знаете, что в те далёкие времена, далеко не все умели читать и писать.) Пользоваться тем, что он наследный принц, и благодаря этому установить контакт с королевскими службами Ар-ту не хотел. «Шпионы везде могут быть, тем более, если готовится нападение», – говорил он. Ар-ту очень боялся, что его планы станут известны противнику.

Сегодня, одевшись попроще и прихватив небольшой бочонок кваса, они почти всей командой собрались посидеть в большом кабачке напротив порта. Место было удобное, бойкое и отсюда хорошо был виден вход в порт и часть дороги, ведущей в столицу. На время они хотели поставить бочонок в холодок, рядом с кабачком, но вместо этого наткнулись на широко распахнутые двери большого погреба. Рядом никого не было.

– Растяпы! Может, просто забыли закрыть, а может, уже и пропало что-то, а на нас подумать могут, – забурчал Яков. Эта мысль всех насторожила. Заглянув внутрь, Ар-ту увидел много разного товара и довольно толстый железный прут, стоящий в углу.

– Ну, теперь мы им закроем, – усмехнулся он. Ар-ту закрыл двери погреба, просунул прут в кольца дверей и, согнув прут узлом, замкнул погреб. Все посмеялись и вместе с бочонком кваса пошли в трактир.

– Что это у вас за напиток непонятный, – через время спросил один из посетителей. – Аромат ноздри щекочет, да в напитке ни вида, ни величия.

– Это точно, – шутливо добавил другой, – как говорят, ни пены, ни осадка.

– А тебе что, пена нужна? Сейчас сделаем, – словно ужаленный подскочил скучающий Эмм. Выдернув пробку из бочонка, он приставил сапог и крикнул: – Наливай.

Как только открыли кран, он стал качать сапогом воздух, и из крана, шипя и пенясь, потёк квас.

– А вот так ещё лучше, – сказал Яков и вместо сапога приставил мех, которым раздували угли в домашних каминах и печках. Теперь квас бил струёй, а пены было так много, что она сразу переполняла бокал, и даже приходилось ждать, когда она немного осядет. По всему кабачку, щекоча всем ноздри, разлился аромат кваса.

Все смеялись и многие присутствующие стали пробовать ароматный пенящийся напиток и, на удивление, он всем понравился. Все знали, что такое квас, но напитка такого качества, такого аромата и колоритного вкуса, никто раньше не пробовал. Что может быть приятней, когда на улице жара, а вы наслаждаетесь прохладным и вкусным квасом?

В кабачок постоянно входили посетители и, совсем неожиданно, с подачи Эмма, пошла бойкая торговлю квасом, а не другими напитками.

Хозяин трактира сначала обиделся, но отведав кваса, подошёл к Ар-ту и предложил продать секрет приготовления напитка. Он был готов заплатить за этот секрет. Пока Ар-ту думал, Расс толкнул его в бок.

– Чего ты думаешь? – прошептал он, – соглашайся. Только лучше не продавай рецепт, а входи в долю, это и повод своего человека оставить, да и вдруг он целый завод для кваса сделает. Рецепт мой, но я не возражаю.

Договор, чтобы не раскрывать себя, заключили от имени Расса, а квас, для рекламы, назвали «Квас Ар-ту». Принц немного повеселел. Уже какое-то знакомство завязалось на добром деле. Да только ненадёжно оно. Ни он ни Расс не видели в трактирщике того человека, который им был нужен. Пока Ар-ту с Рассом занимались своими делами, Эмм с командой зажёг всю публику весёлым настроением.

Людей в трактире было уже немало. Расс отвлёкся и отошёл в сторону, а к столу Ар-ту подошёл средних лет, высокого роста и крупного телосложения мужчина. Снисходительно глядя на Ар-ту, он как-то странно и немного насмешливо произнёс:

— Здравствуй, мальчик! — И как только принц взглянул на него, раскрыл одежду, под которой, за его поясом, принц увидел пистолеты и нож.

— Ух ты! Настоящие!? — с восторгом спросил Ар-ту.

— Настоящие, мальчик. Настоящие, — с ухмылкой проговорил незнакомец и, запахнув одежду спросил:

— Тебе деньги нужны?

— А у вас есть? — вопросом на вопрос ответил принц, глядя на него. Незнакомец округлил глаза.

— Ты что, не понимаешь? Или больной?

— А вы что, болеете? — опять с участием спросил Ар-ту.

Мужик тяжело оперся руками на стол и произнёс:

— Специально для непонятливых объясняю. Отдаёшь деньги сам, треть верну. Если я забираю сам, то оставляю только синяки.

— Да вы садитесь, пожалуйста, — вежливо произнёс Ар-ту. — Вам ведь неудобно так стоять, да и устали, наверно.

Ар-ту видел, как зрачки незнакомца описали широкий круг вокруг всей своей орбиты, а лицо отобразило весь спектр эмоций от злости до бессилия. Начинать драку в кабачке, незнакомцу явно не хотелось, а взять на испуг, не получилось. Принц отлично играл свою роль непонимающего простачка. Незнакомец стоял, сверля Ар-ту взглядом, как бы пытаясь понять, что, собственно, происходит и что лучше теперь делать?

— Да вы не бойтесь. Садитесь, — вежливо и с участием повторил Ар-ту. — В ногах правды нет, а бояться нечего.

Не сводя взгляда с Ар-ту, незнакомец тяжело и с недоумением опустился на подвинутую табуретку.

— Так что, вы говорите, с вами случилось? — заботливо уточнил принц.

– Слушай, мальчик! Со мной ничего не случилось, а вот с тобой может случиться. Деньги давай, пока синяков не заработал.

– А вы что, куда-то торопитесь? Не стоит спешить. Деньги не бегают, – пожав плечами, вежливо ответил Ар-ту и продолжил: – Вы знаете, не всегда встречаешься с такими смелыми людьми, как вы. Вы смотритесь, как настоящий герой, который часто помогает слабым и обиженным.

Пододвинув к нему большую кружку, он спросил:

– Кваску хотите? Отсюда ещё никто не пил.

Квас был хорош, и мужик пил, не спеша и с наслаждением, но всё так же, не сводя удивлённых глаз с Ар-ту.

– Когда я был маленький, то меня часто обижали, – с грустью и горечью, пока неизвестный пил квас, рассказывал Ар-ту. – Не знаю почему, но только моя бедная мама защищала меня и от отца, и от других обидчиков. Но это только пока она была рядом. А потом, – принц сделал паузу, – потом у меня не было настоящих друзей и некому было защищать меня. Все только обижали, обижали и обижали. Вы первый, кто захотел мне помочь.

Незнакомец поперхнулся и удивлённо поднял брови.

– Скажите, а в детстве вас тоже мама защищала? Она ещё жива? Она любила и жалела вас? – сыпал Ар-ту вопросами, не ожидая ответа.

Незнакомец поставил пустую кружку, его злость растворилась, и в глазах появилась светлая печаль.

– Мама!? – растерянно произнёс он. – Мама!? – повторил он. – Моя родная мама любила меня и отец тоже. Отец не пил и приносил в дом всё, что зарабатывал. Они любили друг друга. Как-то зимой отец тяжело заболел, а к весне умер. Мы остались без ничего. Мне было жаль видеть, как мама выбивается из сил на разных работах, чтобы прокормиться. В двенадцать лет я начал ей помогать. Скоро встретил людей, которым понравилась моя сила. Они обещали научить, как зарабатывать больше и легче. Сначала мама была рада, но потом, когда узнала, как я получаю эти деньги, обняла меня и сказала: «Сынок, не обижай наш дом. Мы жили небогато, но мирно и по-своему счастливо. В твоих деньгах нет мира и нет счастья. Подумай, сколько, таких как мы, ты оставляешь в обиде и горе».

В это время, видя, что кружки пустые, Расс принёс ещё два бокала прохладного кваса и отошёл в сторону.

— А потом, — незнакомец замолчал и отпил кваску, — потом я просто ушёл из дома и уехал из города.

— Вы заботились о маме? Вы посылали маме деньги? — с участием спросил принц.

— Что? Деньги? Послушай, мальчик, я тебе за то, что ты так мне понравился и маму напомнил, половину оставлю. Только отдай сам, и я уйду. Не заставляй меня причинять тебе боль и горе.

— А вы знаете, какая самая страшная и сильная боль? — спросил принц. И не дожидаясь ответа, продолжил: — Это боль обиды и презрения. Она намного больней, чем боль физическая. Она причиняет боль даже тогда, когда через много лет вы вспомните о том, что случилось, и вам опять станет больно. Вот скажите, вам жалко маму?

— Мальчик, не мучь. Давай мирно расстанемся. Сделай то, что я прошу. Отдай деньги, — теряя терпение, произнёс незнакомец.

— Конечно, я могу отдать деньги, — произнёс Ар-ту, — но это очень обидно, вы ведь их силой забираете. Раз обидно, значит, очень больно. Вы говорите, что вам меня жалко, а сами хотите причинить мне боль. Вот если бы вы сделали что-то для меня, то я бы с радостью заплатил вам, сколько вы сейчас просите, но это было бы уже не обидно. Мы бы оба помогли друг другу и оба были бы счастливы. Ну что, поможешь?

Они помолчали.

— И что ты хочешь, чтобы я сделал? — наконец спросил незнакомец.

– А ты не обидишь? Мы оба можем доверять друг другу?

– Не обману. Ради мамы не обману, – с грустью произнёс незнакомец.

– Ты читать умеешь?

– Нет. А что?

– Тут из одного местечка в порту товар привезти сюда надо. Вот бы ты сделал это! Нашёл бы подводу, получил товар, привёз, вот я бы и заплатил тебе то, что просишь. Это не трудно, тут пешком десять минут идти.

Услышав про порт, незнакомец поморщился, помолчал, но потом произнёс:

– Ну, хорошо, раз пообещал, давай привезу.

Ар-ту написал записку и сказал:

– Спросишь товар, который штурман Расс у причала оставил.

Достав кисет с деньгами, Ар-ту разделил содержимое на две равные части. Его часть разделил ещё на две и сказал:

– Это задаток, а это, когда привезёшь.

Затем, из своей половины, дал ему один золотой и пояснил:

– Золотой – это для твоей мамы. Если она жива, то отдай ей. Это моя помощь забытым и одиноким. Скажешь: это честные деньги.

Незнакомец сделал какое-то движение, словно что-то проглотил, отвёл взгляд в сторону, взял записку и вышел. На выходе за ним сразу выскочили ещё двое.

– Ну, что? – как только вышли за дверь, нетерпеливо спросил один. – Поделиться надо.

– Дело надо сделать, а потом делиться будем, – ответил главарь.

– Так ты же уже сделал?

– Нет, не это дело. Товар привезти надо, тогда и деньги будут.

Его попутчики переглянулись.

– Слушай, ты что, в работники к нему записался?

– Записался или нет, не ваше дело, – ответил главарь. – Ты, – обратился он к одному, – быстро найди извозчика для тяжёлого груза.

– Здорово ты придумал, – восхитился другой, – так с хорошим товаром и уйдём.

Ему никто не ответил. Они получили товар, и один из них опять возмутился:

– Слушай, да с этими бочками никуда не убежишь. Это же не вино, а квас, его надолго не спрячешь, испортится. Давай, мальца, хорошо трухнём и уйдём.

Главарь остановился и, глядя на обоих, грозно произнёс:

– Значит так. Если кто его тронет, сам голову оторву. Понятно? – И после паузы добавил: – Он мне маму напомнил. Я много делал плохого, но маму и таких, как он, обижать не позволю. Я может, вообще, завяжу с прошлым. Если кто не хочет, то после дележа, может уходить, я останусь. Понятно?

Главарь тяжело дышал, словно устав от того, что так много сказал, но его товарищи поняли, лучше не перечить. Больше его ни о чём не спрашивали.

Скоро товар, две здоровенные бочки кваса, охлаждённого в морской воде, был привезён и Ар-ту сразу выполнил договорённость.

– Спасибо за работу, – поблагодарил он. – Да, о маме не забудь. Она ждёт тебя. Мамы, они всегда, и всю жизнь ждут.

Незнакомец взял деньги и отвернулся.

Прибежавший хозяин кабачка, увидев огромные бочки кваса, несказанно обрадовался. Он решил сразу, пока квас холодный, одну бочку закатить для продажи, а другую поставить в погребок для хранения. Вот тут-то и обнаружилось, что погребок кем-то закрыт на солидный и согнутый узлом прут железа. У хозяина началась паника:

– Кто закрыл? Может, там уже и нет ничего? Может, ограбили? Кто забыл на замок замкнуть?

У погребка собралась толпа зевак. Некоторые пробовали разогнуть прут, но ничего не получалось. Железо есть железо.

– Ну что? Все попробовали? – спокойно спросил новый знакомый принца.

Он уверенно подошёл к двери, взял прут, потянул, прут немного подался и встал. Как он ни бился, но так и не сумел разогнуть. Он хотел свернуть кольца замка, но хозяин вцепился в его руку и возопил:

– Стой! Не ломай! Ты знаешь, сколько стоит новые кольца и двери сделать? Лучше кузнеца позову, он знает, как железо перепилить. Дешевле будет.

Незнакомец с досадой отошёл в сторону. Он был очень огорчён, что не сумел всем показать свою силу.

Неожиданно раздался скрип железа, все обернулись и увидели, как Ар-ту уже вынимал прут из замочных колец. Вынув прут, Ар-ту молча отошёл в сторону. Все молчали от неожиданности и изумления, а незнакомец даже пощупал кольца для замка руками. Нет, прута там больше не было. Все видели, как принц, руками и об колено, выпрямлял прут, пытаясь вернуть ему ровную прежнюю форму.

– Это ты, мальчик? – смотря на Ар-ту, как-то странно произнёс незнакомец. Бросив прут, принц еле успел поддержать незнакомца, который, потеряв сознание, падал как большое полено.

Когда успокоились, и всё пришло в норму, сидя в углу кабачка и отпивая прохладный квас, незнакомец обратился к принцу:

– Слушай, возьми меня к себе в работники, а?

– Ты хорошо подумал, что говоришь? А как твоё прежнее ремесло?

– Да потому и прошусь в работники, что не хочу возвращаться к прежнему. Ты мне всю душу растребушил, когда маму напомнил. А когда ещё золотой из своих денег для мамы дал, то и совсем стыдно стало. Словно соли на раны насыпал. Возьми к себе, чтобы я опять по жизни не свихнулся.

Наступила пауза. Они молча смотрели друг другу в глаза.

– Я могу взять, да ведь мне только надёжные люди нужны. Тебе можно доверить тайну?

– Можно.

– А деньги?

Незнакомец задумался, и грустно изрёк:

– Ты сам знаешь, кем я был. Но я не хочу больше быть им. Помоги мне в этом. А в чём мне доверять, ты уж сам решай. Я буду стараться оправдать твоё доверие.

– Спасибо за честность, – сказал принц. – Расскажи подробнее о том времени, когда из дома ушёл. Да, кстати, как тебя зовут?

– Меня!? Пташка.

– Хороша Пташка, – улыбнулся принц, глядя на здоровенного мужика, которого, по сути, называли птенцом. – А как матушка тебя называла?

– Мама?! Она меня Павлом звала.

– Ну, вот и хорошо. Я буду звать вас дядя Павел, а обо мне потом поговорим.

– Когда я ушёл из дома, то был просто со всеми, – начал свой рассказ Павел. – Меня кормили, приодели, денег немного давали, чтобы привыкал к ним. А потом сообщают: «Негоже так задарма жить. Ты не медаль, чтобы на шее висеть, с нами на дело ходить будешь. И, вообще, учись воровать. Для начала на стрёме, то есть на страже стой, пока мы дело делаем. Если что, свистнешь». Потом встретился с Аркашкой, знаменитым вором-карманником, подружились, он и взял меня к себе в охранники. А то, говорит, обижают много. Я тогда хоть и был ещё очень молодым, но силу и сноровку большую имел.

– А как же он воровал?

– Как воровал? Да просто, – хмыкнул и пожал плечами Павел. – На многолюдном месте, на хорошо видимой и открытой стене, известный вор Аркаш, из знаменитого города Одессы, младшей родственницы тоже знатного ворами города Ростова, на глазах у всех вешал большое объявление: «БЕРЕГИСЬ ВОРОВ». Грамотные люди, а в основном это богатые, читали и сразу невольно хватались кто за карман, кто за другое место, где у них лежали деньги и ценности.

Ну а как же ещё? Надо же проверить, а вдруг украли уже. Пощупав и успокоившись, что всё на месте, довольные люди шли дальше по своим делам. Некоторые даже благодарно произносили: наконец-то правительство, хоть предупреждать о ворах стало. А знаменитый вор, сидя в стороне на лавочке, или прогуливаясь и лузгая семечки, спокойно наблюдал за счастливой публикой. Всё, что ему было нужно, это узнать, где точно лежат ценности. Он хорошо видел, где и что щупали люди, читая объявление и, не спеша выбирал человека побогаче, часто это были щеголеватые молодые люди, сынки и дочки богатеев. У таких он воровал легко и охотно. У пожилых воровал очень редко. Жалел. А вдруг, говорит, это у него последние деньги, а он уже старик. Как он жить будет?

— Так ты у него жалости научился? Возвращать треть денег, если человек сам отдаёт, – прервал принц.

— Не совсем, – ответил Павел. – Родители учили чужого не брать. Это я потом, по молодости да по глупости в жизни свихнулся.

— Ну а дальше что?

— Дальше? Дальше Аркаш ждал, когда намеченный человек уходил от этого места, шёл за ним и где-то по пути воровал. Для него главное было узнать, где у кого точно деньги лежат, а украсть он всегда умел. Самый знаменитый и лучший вор был. Два-три таких дела за день – и он уже большой богач. На все деньги он никогда не шиковал. Всегда что-то на потом сохранял. Всё мечтал столько накопить, чтобы потом завязать с воровством и начать жить честно.

— А чего он сразу не воровал, а ждал, когда люди уйдут подальше?

— Так ведь все быстро поймут, что где висит объявление, там и воруют. А так прочитал, проверил, всё на месте, и успокоился. А пропало уж, кто знает где, но предупреждение о ворах и то место не виновато. Да и другие воры не могли понять, что к чему. Не все ведь читать умеют.

Иногда, по его просьбе, я играл на гитаре и пел. Вокруг собиралась публика, посмотреть да послушать. Пока я пел, публика слушала, а Аркаш своё дело делал. Я к этому причастен не был. Мы уходили каждый отдельно, а потом встречались.

— А где он сейчас?

— Аркаш? Убили его. Из-за зависти свои же и убили. Тогда он не взял меня с собой. Я всегда при нём был, вот его и не трогали. Знали, что я охранник. А то не взял. Дело говорит такое, деликатное, я один идти должен. А что было за дело, не знаю, ничего не сказал. Но пропал, а через два дня его убитым нашли.

Ну а после я уже сам по себе пошёл, как сумел. С тобой вот встретился, — закончил свой рассказ Павел.

— А чего сам-то карманником не стал?

Павел повертел перед собой рукой и произнёс:

— Учился, да рука у меня большая, такой только в мешках шарить. Аркаш небольшой был, интеллигентный, ему это легко давалось.

— А почему в порт не хотел идти?

— Так я же сходил, и товар привёз?! — удивился Павел.

— Сходить-то сходил, да что-то как рисковал много.

Павел помолчал.

— Так ведь там всегда королевские служащие, а у меня с ними, понимаешь, нелады, потому и боялся, мало ли что?

— А теперь лады?

— Нет. Так просто не всё проходит. Потому и прошусь к тебе. Я тебя раньше здесь не видел. Вот и подумал, брошу своё ремесло, уеду с тобой, начну новую жизнь. А с годами, может, всё и сгладится, да забудется.

— А мама?

— Мама недалеко. Я бы за сутки, ну за двое, в оба конца сбегал, прощенья бы за всё попросил, сказал бы, что с прошлым завязал, денег бы оставил и к вам.

– Жалования что просишь?

– Поесть, одеться, да маме, если ещё жива, чтобы перепадало что-то. Вот, пожалуй, и всё. Остальное, только если сам что дашь.

Помолчали.

– Как я понял, ты эти места хорошо знаешь, – то ли спросил, то ли уточнил принц. – Так вот, такой человек, как ты, мне здесь нужен. Но мне нужен только надёжный человек, очень надёжный.

Из курсов в Школе Секретов Жизни, Ар-ту знал, что часто надёжными бывают те, кто уже во всём надёжен, или те, кто добровольно и круто сменил образ жизни, поэтому будет стараться оправдать доверие. Конечно, всегда трудный вопрос, кто и почему меняет свою жизнь, но сейчас, в искренности Павла, Ар-ту не сомневался. Они немного помолчали.

– Расс, – позвал принц. – Твоя служба нужна. – Сгоняй в порт, купи самой, что ни на есть, дорогой гербовой бумаги, конвертов и чернил. Да, заплати нотариусу, пусть на конвертах и на бумаге свою печать и подпись поставит, чтобы дороже и солидней было.

Когда Расс ушёл, принц сказал:

– Насколько я понял, читать и писать ты умеешь.

Павел смутился, вспомнив, что он говорил, что не умеет читать.

– Прости за обман, – сказал он, – я тогда ещё другой был и не пришёл к тебе.

– Хорошо, – ответил Ар-ту, – я напишу тебе бумагу. О ней никто знать не должен. Никто. Это твоя охранная грамота. Если с тобой какая беда случится то, когда останешься один на один с самым большим офицером, тогда скажешь, что у тебя государево слово есть. Только тогда отдашь ему письмо. А там видно будет, что дальше делать. Запомни, как только офицер или кто другой откроет первый конверт и прочитает, то он обязан написать на бумаге в первом конверте своё имя, чин, службу и дату. Это требование я укажу в первом письме. Если он откроет второй конверт, то там инструкция для вас обоих, и тогда ты, обязан будешь сделать то, что там указано. Да, для всех говори, что не знаешь, что там написано. Запомни, неважно, что будет говорить офицер, но ты обязан напомнить ему, написать: своё имя, чин, службу и дату. Не забудь.

– Не забуду, – обещал Павел.

– Теперь о деле. – И Ар-ту объяснил всё, что было необходимо для дела.

Подозвав хозяина трактира, с которым уже был договор о совместном изготовлении и продаже кваса, Ар-ту объяснил, что надо этого хорошего человека в трактир на работу взять. Полы мыть, заказы разносить, за порядком присматривать, и чтобы никто не обижал.

Трактирщик со страхом смотрел на Павла. Потом наклонился и прошептал на ухо принца:

– Так это же знаменитый налётчик Пташка. Он же нас сразу ограбит.

– Это теперь наша пташка, – ответил принц, – и он будет жить здесь и работать здесь. Он будет выполнять любую работу, какую ты скажешь. За три месяца я ему сам наперёд заплачу, но он должен жить и работать здесь, а потом я его заберу. Ты отвечаешь за него, а он будет отвечать за тебя и за всё, что у тебя есть. Если какие проблемы или издержки, то я буду ответчиком.

Трактирщика словно озноб схватил, и он мелко затряс головой.

Глядя трактирщику в глаза, Ар-ту спокойно и тихо произнёс:

– Ты... всё... понял?

Трактирщик сразу немного присел, а его глаза совсем вылезли из орбит. Кивая головой, он со страхом произнёс:

– Понял. Всё понял.

– Вот и хорошо, – добродушно произнёс принц. – Только ты уж не обижай его. Ну, сделай что для него, если он попросит, ради нашего договора, а издержки за мой счёт.

На другой день, когда начался отлив, корабль Ар-ту ушёл в плавание. Перед отплытием Ар-ту подарил Павлу «Книгу Жизни» и сказал:

— Строить новую жизнь надо на твёрдом основании. Это есть твой компас, карта и твёрдое основание. Не забывай читать.

Через три дня, вернувшись из родных мест, где он как раз застал маму перед смертью, Павел начал новую жизнь и службу в трактире.

— А ведь правду он мне говорил, — рассказывал Павел трактирщику. — Как она ждала меня. Мамы — они всегда ждут. Как хорошо, что я хоть успел прощенья за всё попросить и сказать, что с прошлым покончено и я начал новую жизнь. Спасибо Господи, за твою милость. Она была так рада и счастлива, хотя бы в эти последние минуты жизни.

Павел довольно быстро освоился со своими новыми обязанностями. Он вспомнил, что когда-то неплохо играл на гитаре и пел. Теперь это очень пригодилось. Конечно, голос у него был не очень, с лёгкой хрипотцой, но по-своему приятный. Музыка и пение многим нравились, и стало больше посетителей. Однажды, когда в кабачке было много разношёрстной публики, Павел взял гитару и запел о маме, которая всю жизнь ждёт ушедших детей:

— Мамочка моя, ты прости меня,
Что тебе я приносил страданья —

Простые слова совсем неожиданно стали не только достигать слуха, но и проникать в душу людей, а песня стала как разделительная полоса жизни.

В суровой жизни люди привыкают к грубости и чёрствости и сейчас, слушая простые слова, многие вновь ощутили то забытое тепло любви и заботы, которые дарили им мамы. Ведь дом, это не стены и не двери, не крыша и не окна, дом там, где нас любят, всегда ждут и где нам всегда рады. Только любовь превращает любые стены в тепло родного очага, а холодное здание в родной дом. Люди вспомнили и ощутили настоящую ценность и смысл жизни, а у многих на глазах появились слёзы.

Человеку, иногда, необходимо излить свою душу, почувствовать, что его хотят выслушать. Однако всех останавливает страх, а вдруг он сдаст меня. Бывший налётчик Пташка, хорошо известного в мире воров, мог не только любого выслушать и не продать, но и дать хороший совет, решить вопрос и даже помочь наладить жизнь. Скоро все знали, что здесь тебе могут развернуть, подлечить и опять свернуть твою измятую душу. Буянить, против Пташки, никто не решался. Кабачок, как по обслуживанию и безопасности посетителей, так и по другим вопросам, быстро приобрёл особую популярность. Хозяин был так счастлив, что, используя название кваса, он решился назвать своё заведение более популярно и необычно, «Кабачок Ар-ту».

ПРЕДАТЕЛЬ

Однако случилась большая беда. В трактир пришли солдаты вместе с комендантом крепости королевской службы, и арестовали Павла и одного его, по прежним делам, товарища. Товарищ тоже оставил прошлую жизнь и уже служил в трактире.

Их третий товарищ, оставшись один, попался на плохом деле и, чтобы ему не было скучно, просто из-за зависти выдал Павла и Тэда, как сотоварищей по прежним грабежам.

Трактирщик объяснил, что Павел и Тэд честно работают, и ничего плохого за ними не наблюдалось. Но их прежний товарищ, указывая на них рукой, злорадно шипел:

– Они это. Точно они, господин офицер. А этот, – говорил он, указывая на Павла, – этот главарь. Знаменитый Пташка-налётчик.

И, обращаясь к Павлу, он вздорно и дерзко добавил:

–Ты что, думал, я один каторгу отрабатывать буду? Как бы ни так. Ты знаешь поговорку, что нераскаянные грехи в рай не пускают. Так и я тебя не пущу новую жизнь начать. Вместе на каторге будем в грехах каяться. Понял? Все! И вместе!

Когда их связали, Павел шепнул коменданту.

– Государево слово у меня есть, господин комендант. Большой важности. Но только тебе одному сказать могу.

Офицер недоверчиво посмотрел на него.

– Врёшь. А если и есть, всё равно тебе верить нельзя.

– Мне, может, и нельзя, а слову большой важности вы поверите, – так же тихо ответил Павел и добавил: – Я хорошо связан, заведите меня в отдельную комнату и выслушайте.

– У меня в одежде письмо государственной важности зашито, – произнёс Павел, когда они зашли в комнату, – достаньте его, оно как раз для вас написано. Только сразу не открывайте второй конверт, а прочтите то, что в первом написано.

Достав письмо, офицер был очень удивлён качеством бумаги и печатью нотариуса. Несколько раз он перечитал то, что было написано в первом конверте.

– Вам положено написать своё имя, должность и дату, прежде чем вы откроете другой конверт, – напомнил Павел.

Офицер испытывающе смотрел на Павла.

– Лучше сам сознайся, ты написал или кто такое придумал? Не то хуже будет, – хмуро и угрожающе произнёс он.

– Хуже, конечно, всегда может быть, – ответил Павел, – но ведь и так уже плохо. Но написать своё имя и чин вы обязаны.

Офицер нервно заходил по комнате. Несколько раз он перечитывал то, что было в первом конверте, несколько раз порывался открыть второй конверт, но потом менял решение. Наконец он медленно, с усилием, словно отрывая от пальцев, положил письмо на стол и тяжело вздохнул, словно освободился от какого-то груза.

Он то и дело спрашивал, как звали того, кто писал это письмо? На кого он был похож? Какого возраста? Наконец он понял, что этим ничего не добьётся, так как ни внешний вид, ни возраст ничего не решали, а настоящего имени и чина того человека, Павел не знал.

— Ты хоть знаешь, сколько эта бумага и конверт с гербовой печатью стоят? — нервно и зло спросил офицер.

— Я не знаю, — ответил Павел, — но думаю, что вы уже знаете. В любом случае, раз вы знаете о существовании этого письма, вы обязаны написать своё имя, чин и дату в первом письме.

— Да мне тебя на месте застрелить проще, чем это сделать, — нервно ответил офицер.

— Ты видел, на той бумаге, что внутри много написано?

— Пожалуй, почти страница будет, — ответил Павел, — но что там написано, я не знаю. Я человек маленький.

То, что офицер прочитал в первом конверте, в случае если письмо настоящее, уже представляло для него серьёзную угрозу. Никто, никто не имел права даже говорить об этих письмах. Всё теперь зависело от того, кто подписал это письмо-требование или приказ, но ответ на этот вопрос был только внутри другого конверта. Открыть второй конверт и прочитать офицер уже боялся. Он понимал, что теперь для него, даже знание о существовании этих писем, а тем более того, что там написано, в одно мгновение могло оказаться смертным приговором.

Наконец он приоткрыл дверь и крикнул:

— Принести чернил и перо.

Потея от нервного напряжения, он написал своё имя, чин, службу и поставил дату.

— Честно говоря, не думал, что налётчик может быть скользкий как рыба. Рыбу за хвост не поймаешь, а тебя просто так не возьмёшь, – бубнил он, запихивая письма Павлу в карман. Он вызвал солдата и нервно приказал:

– Развязать его.

Павла развязали, и он опять обратился к офицеру:

– Господин офицер, на бумаге не всё напишешь. Пожалуйста, освободите Тэда. Он тоже в этом участвует, он очень нужен, и он добровольно покончил с прошлым.

Офицер только сердито взглянул на него и ничего не ответил. Они вышли во двор и предатель, увидев Павла свободным, даже рот открыл от удивления.

– Ошибка вышла, – произнёс для всех офицер, – это не тот человек. Обознался ты.

– Кто? Я.... обознался...!? – как в истерике закричал предатель, озираясь, – да мы с ним такие дела делали, и я обознался. Да это точно он, Пташка-налётчик.

– Закрыть ему рот, – грубо бросил комендант, – чтобы напраслину не наговаривал.

Один из солдат тут же выполнил приказ.

Павел взглядом указал офицеру на Тэда. Но комендант только усмехнулся и дал команду возвращаться. Когда все пошли, то подойдя к Павлу, он тихо произнёс.

– Если ты всё как розыгрыш устроил, то я тебя из-под земли достану, и вот тогда ты узнаешь, как хуже бывает.

Через три дня пребывания в крепостной тюрьме комендант вызвал к себе Тэда и приказал сменить его тюремную одежду на прежнюю.

– Вы что, отпускаете меня? – удивлённо спросил Тэд.

– Я что, на идиота похож? – возмутился офицер. – Пойдёшь попрощаться со своим прежним товарищем. Завтра по этапу многие на каторгу пойдут и ты с ними. Но попрощаться отпущу. Больно уж Павел за тебя беспокоился. Заодно письмо передашь, а на словах скажешь, что если случится какая беда, то пусть он это письмо вперёд показывает. Понял?

– Чего не понять, – ответил Тэд. – И на том спасибо, что хоть попрощаться разрешили.

Вошёл вызванный солдат.

– Егеря ушли? – спросил офицер.

– Уже полчаса назад.

– Значит так. Этого к крепостному кузнецу, пусть ему лёгкие кандалы оденет. Потом проводишь его в трактир, пусть с товарищем попрощается, ну часок-два с ним проведёт, потом назад приведёшь. Всё понял.

– Так точно, господин офицер, – отчеканил солдат.

– Выполняй. Но если убежит, сам сядешь, – добавил офицер.

– Знамо дело, — хмуро ответил служивый.

Сонный тюремный кузнец угрюмо посмотрел на Тэда и недовольно забурчал:

– Делать им нечего, вот и гоняют людей то туда, то сюда. А ты то одень кандалы, то сними, то другие одень. То подкуй, то раскуй и так целый день. А я что, не человек что ли, что отдохнуть от работы не могу.

Кузнец сердито и небрежно заковал Тэда в лёгкие кандалы и его повели прощаться с Павлом. Приведя Тэда к Павлу, солдат передал, что часок-другой они могут посидеть вместе.

– Но из трактира не выходить, – предупредил он. – Если что, то я у входа, на солнышке погреюсь. Ясно?

Солдат вышел, а они остались вдвоём. Передав Павлу письмо от офицера и всё, что тот сказал, Тэд поинтересовался:

– Слушай, Павел! А как же тебе открутиться удалось? Ведь офицер точно знает, что ты Павел по кличке Пташка, и был главарём налётчиков. Как он тебя отпустил?

– Господь так устроил, – ответил Павел. – Я никогда не думал, что встреча с тем человеком так всё изменить может.

– Ты мне зубы не заговаривай, – обиделся Тэд. – Тут что-то ещё есть, что тебя от каторги спасло. Говори, что?

– Ты правильно понимаешь, но сказать не могу. Время ещё не пришло. Одно скажу, будешь много болтать да пытать, вовек с каторги не вырвешься. Если будешь жить так, как пока в кабачке работал, то я постараюсь тебе помочь, но обещать ничего не могу.

– Нужна мне твоя помощь! – обиженно буркнул Тэд. – Смотри, – и он показал свои кандалы. – Кузнец-растяпа, злой был, что ему утром доспать не дали, вот небрежно и заковал. Они вон уже, пока дошёл, почти сами снимаются. А солдат на солнышке, разомлел наверно, да уснул. Да и двери и окна другие есть. Сейчас не убежать – это уже глупо.

– Побежишь, – я больше ничем помочь не смогу. Не будет нам больше веры и доверия. Останешься – я постараюсь тебе помочь. Если мне помогло, то и тебе должно помочь. Если начал новую жизнь, то не возвращайся к прошлому. Нам нужно время выждать и ошибок не натворить. Но жизнь твоя и тебе выбирать, – продолжил Павел. – Каждый из нас уже портил свою жизнь однажды. Что было, то было и что случилось, то случилось. Это было наше личное решение, и никто в этом не виноват, кроме нас самих. Но Бог дал возможность ещё раз начать правильную жизнь. Если хочешь испортить жизнь ещё раз, то я тебе не помощник. Сам решай. Давай лучше помолимся, прежде чем сделаем что-то, – предложил Павел. – Может Господь помилует, и сохранит нас от глупостей и от повторения ошибок.

Тэд злобно сверкнул глазами, но он всё же согласился помолиться последний раз вместе.

– Я выходить с тобой не буду, – сказал Павел после молитвы. – Если что делаешь, то сам решай и делай. Одно прошу, не делай глупостей и не повторяй ошибок.

Он на прощанье обнял Тэда и сразу ушёл в другой конец трактира. Тэд, осторожно выйдя за дверь, увидел, что солдат действительно спит.

— Разомлел на солнышке, — решил Тэд. — Вот и уснул. Самое время бежать.

Тэд постоял, глядя на солдата, оглянулся кругом, тихо прошёл до ближайшего угла и заглянул за угол. Там никого не было. Когда он шёл к углу, то не мог видеть, как солдат, приоткрыв один глаз, наблюдал за ним. Тэд вернулся назад, постоял и присел перед служакой. Потом поднялся и слегка толкнул его ногой.

— Пошли, — хмуро произнёс Тэд, когда солдат сделал вид что проснулся. — Мы уже попрощались. Да, ты бы закрепил кандалы получше, а то я их по дороге потерять могу.

И он показал солдату кандалы на ногах с наполовину выпавшей заклёпкой.

— Да и на руках тоже упасть могут. А то увидишь потом, нервничать будешь, ещё стрелять начнёшь. Я не люблю нервных, сам такой бываю. Солдат странно усмехнулся, забил заклёпки на место, и они пошли в крепость.

Офицер долго смотрел на возвратившегося Тэда.

— Та-ак, значит, попрощались, говоришь. Вот и хорошо. Завтра в долгий путь и надолго, — многозначительно произнёс он. — Его в камеру, — приказал он служаке. — А сам зайди на минутку, поговорить надо. Позже офицер ещё раз вызвал Тэда, долго смотрел на него и сказал:

— Честно говоря, думал, что пристрелят тебя мои егеря, когда побежишь. Но ты не побежал. Вернулся. Даже кандалы попросил поправить. Ну что же. Раз не побежал, значит, правда новую жизнь начал и поэтому выжил. Ты свободен. Вот тебе бумага, береги её, здесь заверено, что ты свободный человек. Но запомни, никуда не уходи. Жить и работать, как и прежде, будешь в кабачке вместе с Павлом. А там видно будет. Всё ясно?

Тэд был не глуп, ему стало ясно, что офицер просто проверял и его, и Павла. — Испортить жизнь удивительно легко, — вспомнил он слова Павла. — Одна неверная мысль, один неверный шаг, один плохой поступок, одна ошибка – и вся жизнь рушится как карточный домик, – продолжал вспоминать он и подумал:

– Господи, спасибо за милость Твою. Спасибо, что не наказал глупостью и удержал от ошибок.

Вслух Тэд произнёс:

– А я, честно говоря, подумал, что всё так случайно совпало, если бы не Павел, да не молитва, то наверно побежал бы.

На этот раз офицер добродушно улыбнулся.

– Чтобы прикинуться дураком, надо не быть им, – произнёс он и добавил, — а теперь пошёл вон отсюда. Эй, Егор, – крикнул он егерю, который сопровождал Тэда, – освободить его от цепей и выгнать за ворота. Он свободен.

Уже без цепей Тэд вышел за ворота крепости, и они закрылись. Он ещё никак не мог поверить, что он, Тэд, разбойник-рецидивист, уже, будучи пойман, теперь действительно свободен. Он посмотрел на свои свободные от кандалов руки, ощупал письмо, отошёл в сторону от ворот и, заплакав, помолился.

В жизни всегда есть, за что благодарить Господа. Только не надо забывать об этом и о том, что хотя наша жизнь и в наших руках, но вразумление от Господа. Бог дал каждому свободу выбора, и в этом выборе твоё настоящее и твоё будущее. «Что посеет человек, то и пожнёт», так что не надо винить судьбу или Творца в своих проблемах.

О сложностях выбора в «Книге Жизни» давно сказано, что «царство небесное усилием берётся…». В этом выборе и есть наше личное усилие. Сегодня у Тэда был особый случай. Сегодня он впервые в жизни ощутил ценность и силу истины. Эта цена и сила были так велики, что даже тюремный офицер, живущий в окружении воров и обманщиков, не смог противостоять им, но поверил, простил прошлое и отпустил.

Ощупав бумагу свободы ещё раз, Тэд вытер слёзы и пошёл в трактир обрадовать Павла.

ТАЙНОЕ СОВЕЩАНИЕ

– Ваше Величество, – обращаясь к королю Дарку, говорил тайный советник, который всегда старался стоять таким образом, что его лицо было видно только королю. – Принцу Ар-ту скоро будет восемнадцать лет, и хотя бы ненадолго, но он вернётся в родной город. В связи с этим его отец, король Стоун, планирует сделать торжественный бал, который продлится две-три недели. Родители надеются, что принц обязательно появится на торжествах и, после стольких лет плавания и приключений, выберет себе на балу невесту и навсегда останется в столице. Они так же надеются, что принц собрал достаточно осколков Камня Наследия для того, чтобы получить право наследия престола.

С нашей стороны я предлагаю предпринять некоторые действия для уничтожения принца, как будущего короля. Сегодня здесь, с вашего позволения, присутствуют только те, кому доверено секретное руководство в приготовлении и контроле проведения этой тайной операции.

Король Дарк кивнул, давая понять, что можно продолжать.

– Для большей секретности и лучшего контроля наших действий, – продолжил тайный советник, – предлагаю дать всем агентам специальные номера и буквенное значение их очереди и значимости проводимых операций. Все номера с нуля, например, 007, будут подготовительными для операции номер семь или других будущих действий. Все агенты и группы, начавшие любые действия, должны в секрете иметь достаточное количество почтовых голубей для срочной связи. Секретная почта должна иметь средства для быстрой связи и координации всех работающих на местах групп.

Агенты группы ААА и с номером от одного до пяти будут работать непосредственно во дворце и должны иметь прямой личный контакт с принцем. Наши лучшие специалисты уже создали из них мечту принца, и это наш наиболее желательный результат операции. В случае успешного исполнения задания любым из этих агентов, считаем наш план на данном этапе успешно завершённым.

Группа «ААА» должна явиться в столицу гораздо раньше до официального открытия бала и независимо один от другого. Наши агенты будут следить за действиями Ар-ту, и извещать о каждом его шаге. В случае неудачи группа «ААА» должна будет покинуть столицу, чтобы не выдать себя и иметь возможность активно работать в другом месте. Однако, по ходу событий, возможны и другие варианты. Если операция не удастся, то применяем план «Б».

Говоривший убрал накидку с наклонного стола, стоящего перед королём, и все увидели крупную карту порта и столицы принца Ар-ту.

– Здесь подробный план порта и столицы. Вход в порт охраняется крепостью, построенной королём Стоуном ещё в молодости. В порт ведёт широкий залив с двумя проходами, местами разделённых отмелями и подводными камнями. Этот глубокий, где проходят все корабли, но он хорошо контролируется крепостью. Другой безопасен для больших кораблей только с середины морского прилива и в этой точке, – он указал кружок на карте, – недалеко от скал, в это время есть единственный выход для больших кораблей в основной проход. Здесь все корабли должны свернуть и выйти в проход у одиноких скал. Проход до этого места в прилив абсолютно безопасен, и никакая пушка из крепости не в состоянии достичь ни этого прохода, ни места, где корабли будут выходить перед одинокими скалами. Иными словами, наши специалисты дают нам возможность без потерь войти в порт и столицу. После этого мы можем делать в столице всё, что Ваше Величество нам позволит.

К этой операции желательно приготовить как часть королевского флота, так и привлечь искателей приключений и морских охотников-добровольцев. Для этого мы потребуем специального технического уровня желающих и продадим им соответствующее оружие и оснащение.

По расчётам морского ведомства уровень прилива, достаточный для прохода военных кораблей в указанном месте, в те дни начинается после полудня. Это прекрасное время, когда ветер часто дует в нужном направлении, и мы можем иметь отличные условия для захода в порт. При успешном проведении этой операции, а именно при захвате не только столицы, но и всей королевской семьи, включая принца Ар-ту, вы установите правление из доверенных вам лиц.

Как только наш флот начнёт вход в порт столицы, наши спец войска в городке «Н», перекроют сообщение столицы со всей страной, исключая возможность побега королевской семьи и влиятельных лиц. Для маскировки операции спец войска заранее будут находиться в городе «Н» под видом торговцев.

В случае непредвиденных событий, всё-таки Ар-ту уже зарекомендовал себя осмотрительным и решительным капитаном, мы можем начать операцию «С». Согласно этому плану наш специальный агент встречается с принцем и становится его другом. Они уже немного знакомы, и он уже имеет некоторое влияние на принца, что гарантирует успех операции. Этот агент способен вести разработку принца сразу в двух противоположных направлениях, но ведущих только к одной цели.

Первое направление, это как бы нечаянное развращение моральных устоев принца, пока он не скатится на тёмную сторону. Всё-таки вниз идти всегда легче, особенно если ты с другом, а спуск небольшой и дорога без крутых поворотов и указательных знаков.

Второе направление, это нагнетание атмосферы и чувства сверх супер святости до такого уровня, пока в нём не произойдёт нервный стресс и срыв. Тогда он сам, в отчаянии, бросится в другую сторону, куда нам и надо.

Это направление включает подталкивание принца к ложной святости разработанной «нашими верующими мыслителями». Это запреты на дела обычной жизни, отказ от чувств радости, запрет и сильное ограничение на сексуальную семейную жизнь, запрет на занятия спортом и любые увлечения. Чтение «Книги Жизни» подконтрольно, ограниченно, и только с нашими толкованиями, чтобы он не разобрался, где истина, а где обман.

Мы знаем, что Ар-ту хорошо стоит на Твёрдом Основании, но мы точно знаем, что эта масса «святых» запретов, «под видом святости» и при поддержке друга, доводит человека до абсурда, отчаяния, паники и превращает всё в хаос. Что нам и надо.

Наш агент хорошо тренирован и имеет опыт. Он знает, как что объяснить, как не допустить контакта с теми, кто может открыть глаза на истину, как окружить его «нашими святошами» и так далее.

Далее докладчик добавил:

– Конечно, в этом деле за агентом нужен и надзор, записи его детектора эмоций часто показывают некоторые слишком развитые чувства и эмоции, которые он иногда плохо контролирует. Принц, видимо, вследствие их старой случайной встречи в трудных обстоятельствах, расположен только к этому агенту, и запуск других, пока не имеет смысла. В случае необходимости, уже имея доверие принца, агент сможет физически убрать его и, возможно, занять его место как выразитель идей наиболее жадных бизнесменов и министров.

В виду того, что осталось немного времени, а все приготовления должны пройти тихо и незаметно, целесообразно начать приготовления сразу после вашего утверждения этого плана.

Все присутствующие министры, генералы, адмиралы и другие лица выразили полное согласие и одобрение с планом и теперь ожидают только решения Вашего Величества.

– Надеюсь, что всё обойдётся планом «А», – произнёс король, – но на полумерах останавливаться нельзя. Я одобряю весь план и прошу всех приступить к его осуществлению. С момента, как Ар-ту перешёл на светлую сторону, его авторитет и влияние сильно выросли и он стал опасен для нас, наших идей и целей.

ЧАСТЬ ТРЕТЬЯ

НИ ДОБРЫХ СЛОВ, НИ ЛАСКИ, НИ ЛЮБВИ

Анна добросовестно училась и всей командой проходила различные тренинги. Однажды вечером у Надежды собралось немало девушек и даже женщин разных судеб. Никто их специально не звал, но так получилось, что многие пришли со своими знакомыми и, у каждого, была своя причина.

Надежда предупредила Анну:

– Больше слушай и не очень говори о себе. Я не всех знаю.

– Счастье, любовь – кто знает, где они ходят, но в моей жизни их точно нет, – с иронией и грустью говорила Эля, склонив голову и наливая чай.

– Как это нет? – удивилась Ева, – ты молодая, красивая и у тебя нет счастья?! А у кого оно тогда есть?

– Красивая?! – горько усмехнулась Эля. – Ну и что толку в этой красоте?

Все недоумённо замерли, а Эля, отпив пару глотков чая, продолжила:

– Я тоже так думала: раз красивая, значит, не пропаду. Муж тоже красавец, а что толку? Как пару раз поссоришься, наговоришь глупых и обидных слов, так и смотреть друг на друга не хочется. Никакая красота не помогает. Даже спим часто отдельно. А ты: красота, молодость. Правильно говорят, что не родись красивой, а родись счастливой. А тут, к нему, на эту красоту, подруги как мухи на сладкое липнут. Того и гляди, семью разобьют. У меня все подушки от слёз мокрые.

– Ты красивая, за другого выйдешь, – беззаботно отозвалась Ева.

– Новый костюм со старыми дырками, – усмехнулась Эля, – или новая семья, со старыми проблемами. Иногда на других смотришь и завидуешь. Пусть не такой красивый, зато хороший, а это лучше, чем красота.

– А чем же другой лучше? – осторожно спросила Анна.

– А разве не видно? Другие ласковые слова говорят, а у нас ни добрых слов, ни ласки, ни любви. Одни ссоры да война, чей верх будет.

– Ой, девчонки, а я знаю, почему другие кажутся лучше! – сказала Наташа.

– Хм, – произнесла Эля, – то, что другие лучше я и без тебя знаю. Лучше скажи, почему они, как только женятся, так сразу плохими становятся. У меня подруга уже три раза замужем была. Выходила всегда только за самого лучшего, а через полгода опять одна оставалась. Это как проклятие быть несчастной. Правду говорят: вокруг только хорошие парни, но откуда берутся плохие мужья?

– Да оттуда, что вы с ними ссоритесь и, похоже, не миритесь, – возбуждённо ответила Наташа.

– Точно, – сказала Надежда, – в семейной жизни всё бывает, но если люди не хотят или не умеют мириться, то они будут несчастны. Всегда больше чести тому, кто первый найдёт сил к прощению и миру.

– А вообще, – продолжила Наташа, – другие только тем лучше, что ты с ними ещё не поссорилась. Оно и понятно, о чём можно ссориться, если встречаться только на танцах, в ресторане или на отдыхе? Там всё хорошо и все хороши. А в семье, когда много общих дел и забот, как только не согласились друг с другом, так и поссорились, так сразу и плохие друг другу стали. Вот и весь секрет, почему другие лучше.

– Ух, какая ты умная! Посмотреть бы, как у самой жизнь сложится, – с издёвкой сказала Ева.

– Когда своего ума не хватает, то хотя бы на родителях учиться надо, ведь проблемы у всех бывают, — с усмешкой парировала Наташа.

Какое-то время все пили чай молча.

– Миримся мы, правда, трудно и редко, – рассуждала Эля, – мы просто ждём, когда ссора забудется. Мириться – тяжёлый процесс. Надо просить прощения, а этого не хочется. Всегда, кажется, что виноват не ты, а другой. А тут ещё родственники…, – и вздохнув Эля замолчала.

– А что родственники? – спросил кто-то.

– Да как по наивности и глупости скажешь им что-то, как поделишься своим недовольством, так потом мы уже всё уладили, а они ещё долго на мужа косо смотрят. Это всегда чувствуется и, конечно, добавляет масла в огонь. Это я теперь понимаю, что недовольство это ещё не проблема, а только испорченное настроение. Лучше подождать маленько, пока сами не притрётесь. Да и подругам, не стоит много рассказывать, а то по секрету всему свету сразу разлетится.

ТЁТЯ ЛЮБА, ИЛИ САМОЕ ТРУДНОЕ

Мир пёстр, как одеяло из лоскутьев.

Неожиданно раздался стук в дверь, и вошла пожилая, но стройная и жизнерадостная женщина, держа в руках покрытую холстом корзиночку.

– Здравствуйте, девицы-красавицы! – весело сказала тётя Люба. – Ну и собралось же вас сегодня. Точно девичник какой.

– Тётя Люба, а вы тоже пообщаться пришли, – озорно спросила Надежда.

– Нет, я по делу. Вижу, как раз вовремя. – И она достала большой пакет ароматного чая.

– Это тебе, Надежда, подарок от внучки.

Весёлая тётя Люба всем понравилась, и когда она собралась уходить, то Эля попросила.

– Тётя Люба, не спеши. Посиди с нами, чайку попей. Вот у меня трудная жизнь получается, а кого слушать, не знаю. Одни говорят одно, другие другое, а интересно, что вы скажете.

– Да зачем я вам? – удивилась тётя Люба. – Для молодых советы стариков скучны, как чтение морали.

Все засмеялись.

– Ну, а всё-таки, может, с нами чайку попьёте? Домой всегда успеете, – поддержала Элю Надежда.

Усаживаясь, тётя Люба как бы продолжала разговор.

– Насчёт подруг это ты точно говорила. Осторожной надо быть. Бывают такие подруги, что их и на пушечный выстрел нельзя к семье подпускать. Одна мне, по зависти, чуть семью не разрушила.

Это беда, когда мы не отличаем друзей от просто знакомых. Друзья – это не те, кто за словом в карман не лезет и с кем весело бывает. Друзьями могут быть те, с кем у вас общие духовные ценности. Чем больше, тем лучше, хотя мечты и цели могут быть разные.

– Тётя Люба, а как насчёт личной жизни? – не унималась Эля. – Это когда устанешь от всего за день и хочется пойти с подругами пообщаться, может, даже в ресторанчике посидеть.

– А детей куда?

– А детей мужу, когда с работы придёт. А что? Я же устала за день и должна иметь личную жизнь!

Тётя Люба недовольно пожевала губы и спросила:

– А муж что, он же с работы пришёл? А то ты устала, а он нет? Не думаю, что ты будешь счастлива, если он личную жизнь будет справлять, а домой только спать приходить. Лучше детей родителям, или хорошим друзьям, а самим вдвоём побыть. Муж должен видеть тебя не только на кухне или в спальне. Дай ему возможность поухаживать за тобой, как это до свадьбы было. Это и будет ваша личная жизнь. Конечно, иногда и без мужа хочется к подругам пойти, но это не должны быть часто.

Вообще, сейчас мода пошла, по ночам мужа к ребёнку будить, чтобы на равных было. Иди на весь день работать, да не туда, где полегче, а где заработок побольше, а потом ночью к ребёнку по очереди, вот тогда и будете на равных. Сама если и недоспишь, то дома всё равно легче, чем на работе. Вообще, любовь – это искреннее уважение и забота друг о друге, а не только беззаботные объятия и поцелуи. А не хочешь забот – не выходи замуж, – подвела итог тётя Люба.

– А что было для вас трудным, когда замуж вышли?

– Ну, это кому что? Первое то, что от начала до конца всё самой делать надо. Это совсем не то, когда маме помогаешь. Для меня это был ужас, сколько всё сил и времени требует. А сколько он ест!?

Все засмеялись.

– А чего вы смеётесь? Он столько ест, сколько мне на три раза хватит. Только на него и готовишь.

Когда дети пошли, то ещё проблемы. Если ребёнок не знает ответственности и слова «нет», он как гружёная телега без тормозов, когда с горы катится. Таких, только Бог да тюрьма остановить могут. А зачем нужны такие дети? Значит, их сразу воспитывать надо, а это ещё заботы.

– Да, жизнь – это не игра в игрушки, – философски произнесла Эля.

– Игра или кошмар, всё зависит от того, как мы воспринимаем это. Семья – это две руки и у каждой своё дело, но каждая должна быть готова поддержать другую, – отозвалась тётя Люба, – конечно, необходимо всё как-то украшать и приспосабливаться, всё легче будет.

Например, я первое время представляла, что у меня бизнес. Я менеджер и я же работница, а ещё секретарша у мужа. Мужа я представляла как директора и хозяина фирмы. Как менеджер я часто ругала работницу за неумение, но зато как я ругала менеджера за тупость и неумение организовать и предвидеть. Просто удивительно, сколько плохого можно услышать от самой себя, когда у тебя проблемы. В этой игре я и училась, что вперёд, а что потом делать. Сколько на что сил и времени надо, как надо с директором разговаривать, чтобы оба в хорошем настроении были.

Зато как приятно, когда мой директор делал предложение жене-секретарше и мы, отправив детей друзьям или родителям, куда-то вместе шли на свидание. Потом и настроение романтичней, и спать веселей, и вспомнить хорошее и озорное есть что. Это и есть стремление учиться у жизни. Конечно, не всё получалось, но если не начинать, то точно ничего не получится.

— Да что это получается?! — нахмурив брови, возмутилась Ева и громко поставила кружку. — Я, молодая, красивая, а жить как старуха должна!? Любить только одного, и никаких приключений!? А если я, и мне, многие нравятся, что тут плохого…?

— Ну, если у тебя ошибок не хватает, — усмехнулась Эля, — я тебе своих займу. У меня на многих хватит. Тут люди стараются и то не однажды от ошибок плачут, а ты об ошибках, как о приключениях мечтаешь. Интересно только, почему от этих приключений так много слёз, матерей-одиночек и, вообще, много обманутых и несчастливых. Говорят, что лучше прожить одну счастливую жизнь, чем всю жизнь вспоминать об одном счастливом моменте. Да и было ли это счастьем, если от этого проблем на всю жизнь?

— Ну, выгуляешься, лет до тридцати или сорока, — добавила тётя Люба, — неженатые, такие же, как и ты останутся, им лишь бы бесплатно пристроиться. Вместе и вспомнить нечего будет. Будете как деревья без корней. Не будешь же ты рассказывать, как с другими спала да в ресторанах сидела? Вот и будете, как два одиночества, да ещё переживать придётся, вдруг, кто кого ещё раз бросит. Какое это счастье? Это просто дожигание жизни.

— Ну, это у кого как получится, — надменно усмехнулась Ева. Эля поморщилась:

– Ну, это твоё дело, как ты жить будешь, но я, так жить, не хочу. Я уже по горло сыта проблемами от приключений. Я слышала, что у вас есть курсы для семейных, – обратилась Эля к Надежде. – Как жить и не ссориться, как говорить, не обижая, ну и так далее. Может, и мне можно на них подучиться, пока не поздно. Пока мы ещё как одна семья считаемся, а? Что скажешь?

Надежда, вопросительно смотря на Элю, замерла от неожиданного вопроса.

– Ты... это всерьёз или так…, для красивого разговора?

– Всерьёз, – грустно усмехнулась Эля и добавила: – Устала я от своей жизни. Ты ведь хоть хорошо живи, хоть плохо, жизнь всё равно пройдёт. А вспомнить нечего будет, и другой жизни тоже не будет. А как хочется, хоть немного, пожить с доверием друг другу, хорошо, спокойно и счастливо.

– Ну, если всерьёз, и если начинаешь с себя, значит, ещё не всё потеряно, – ответила Надежда.

– А я думаю, – сказала Лана, – что умный и хороший муж – это не просто красавец, бизнесмен или профессор, но если ещё сам знает, что жене, нельзя перечить.

Все засмеялись, а у тёти Любы, от смеха, даже бублик в чай упал.

– А что тут смешного? – удивлённо сказала Лана. – Говорят, даже древняя заповедь есть: не спорь с женой – и будешь более счастлив и долголетней.

Все опять засмеялись и заспорили: как понимать – умный муж?

– Красиво сказано, – смеялась тётя Люба, – оно бы и неплохо так, да беда в том, что таких послушных женщины часто любить и уважать перестают. Это большая беда, когда мы не умеем ценить то, что имеем.

– Нет, лучше если муж в семье лидер. Тогда за ним как за каменной стеной, – сказал своё мнение Снежана.

– Чтобы в семье муж был лидером, его самой слушаться надо, а этого не всегда хочется, – возразила Маша.

– Идеальная мечта – иметь гениального мужа, чтобы его весь мир слушался, а он слушался меня, и чтобы весь мир знал, что это я им командую и что всё из-за меня и ради меня, – насмешливо сказала Эля.

– Будет ли такой муж долго терпеть тебя, – смеясь, сказала тётя Люба, – немало из тех, кто успешен в делах, первым делом вредных жён бросают, чтобы нервы не трепали. Не стоит мечтать, чтобы лидер такого масштаба, у тебя под каблуком был, так что не надо думать о себе больше, чем ты есть.

Девушки поспорили и большинство решило:

– Хорошо, чтобы в семье муж был лидером, но хороший лидер обязан учитывать мнение жены. Конечно, решение лидера надо выполнять, но ведь всё равно, в семье могут быть разные мнения, но должно быть только одно решение. А если лидер плохой, то пусть учится быть хорошим, или не заводить с таким семью.

– Тётя Люба, а что вам жених обещал, когда предложение делал? – спросила Наташа.

Тётя Люба так рассмеялась, что, даже не понимая причины, все тоже засмеялись.

– Вот дивчина! Вот так спросила! У меня немало женихов было. Мне мороженое ящиками покупали, шоколадки пачками дарили, живые свежие цветы, даже из других городов, через друзей в водичке привозили, но предложений не делали, и в любви никто не сознавался. Все ждали чего-то. А мой, как пошёл первый раз меня домой провожать, так сразу и объяснился. «Любушка, – говорит, – я люблю тебя, но я хочу, чтобы мы оба присмотрелись друг к другу и решили, сумеем ли мы составить одну семью и прожить вместе одну жизнь. Если тебе во мне что-то не нравится, говори, я буду стараться стать лучше». Вот и всё, и никакой романтики, одна проза.

Все засмеялись.

– И вы что, сразу согласились?

– А он сразу и не просил согласия. Он сказал о своей любви, просил присмотреться к нему, а уже потом принять решение. Да, это было необычно и как-то неуклюже, но это было честно и понятно. Главное, он не считал себя идеальным. Конечно, невозможно сразу понять, кто каким будет, но нередко бурные ухажёры, это возможные гуляки и обещалкины. Потом я даже зауважала его за такое предложение. У него не было ни страха, и ни паники, что я могу отказать. Мы оба были готовы изменять в себе то, что другому не нравится, а это оказалось самым главным. Идеальных всё равно нет.

— Так с таким и жить скучно? — вздохнула Лана.

— А вот тут ты ошибаешься, — засмеялась тётя Люба, — всякое у нас в жизни было, но скучно с ним не бывает. Когда мы вдвоём, то некоторые даже не верят, что мы женатые. Нас не один раз и даже на спор, документы просили показать. Никак не могли поверить, что мы уже двадцать и даже тридцать лет как муж и жена, а не любовники. Многие цветы дарят до свадьбы и потом раз в год, и то, если три раза напомнить. Мой не жадный на добрые слова, благодарен за всё и даже сейчас часто цветы дарит. У нас есть много чего озорного и шаловливого, доброго и весёлого, что мы только вдвоём вспоминаем о нашей жизни. Прости Господи, что я похвалилась, — добавила тётя Люба, — но, может, кому и поможет быть счастливее.

Говоря это, глаза тёти Любы лучились от воспоминаний.

— Ой, случай вспомнила, один цыган на базаре шубу хорошую продавал, да просил дорого. Люди торговались, ругались, а он не уступает, цену держит. Я, говорит, о вас забочусь, а не о себе, вот и держу цену.

— И чем же это лучше для нас? — спорила толпа.

— Чем дороже продам, тем дольше носиться будет, — объяснил цыган.

— Да не может быть! — дружно возразили девушки, — это не зависит от цены, сколько шуба носиться будет.

— Люди тоже так думали, — продолжила тётя Люба, — а цыган так объяснил. Если просто подарю, то через три дня дети её по всему дому таскать будут, а ты только отмахнёшься, да молчать будешь. Чего терять, всё равно бесплатно досталась. А потом дети быстро запачкают да порвут. А когда дорого заплатишь, то и детям объяснишь, чтобы не трогали, да и сам беречь будешь и, абы куда, не бросишь. Свои деньги и труд всегда жалко, вот и носиться дольше будет.

А тут мой Алекс и говорит: «Слушай, я бы дал, сколько просишь, да нет больше. Ради Бога, уступи столько, чтобы жене подарок сделать». Цыган посмотрел на нас с головы до ног, покачал головой, да вдруг и уступил. Так муж и купил шубу для меня.

– Богато вы жили, – позавидовала Ева, – счастливые.

– Не в богатстве счастье. Мы тогда в большой нужде жили и только-только последние долги отдали. Пообносились оба до крайности, вот муж и сделал мне первой подарок. Это богатство отношений, любви и заботы, а не денег. Стремясь к лучшему, всегда цените то, что имеете. А вообще, счастье не каменная статуя. Оно живое, его не только поймать надо, но и уметь питать, содержать и оберегать. Особенно, за интонацией голоса следить надо, ей больше всего близких обижаем. У наших соседей, например, часто и на разные голоса слышно было: стой здесь…, иди сюда…, куда пошёл…, ты что…, ты куда поставил? А он спокойный мужчина был, работящий. Потом он ушёл от неё, а она теперь локти кусает.

А вообще, если хотите чтобы о вас стихи и поэмы слагали, то это надо всегда самим поддерживать в своём друге и как можно меньше ссориться.

– А что вообще для вас было самое трудное? – спросила Наташа.

– Вот дивчина заладила: самое трудное, да самое трудное, – засмеялась тётя Люба, – мужа слушаться самое трудное да свои ошибки признавать. Ведь пока считаешь, что ты права, ты в себе ничего исправлять не будешь.

Я, например, в большой семье старшая была, всё сама решала и привыкла командовать младшими. Вот в начале и трудно было соглашаться с мнением мужа. Ведь не секрет, что каждый всё по-своему видит. Ссора часто не потому, что сделано плохо, а потому, что сделано не так, как я хотела и думала. Если этого не поймёшь, то много счастья потеряешь. Сколько слёз было, пока с мужем научилась обсуждать события, вопросы воспитания или просто дела. Это не упрёки и не обвинение друг друга, а как в бизнесе или на рабочей планёрке: что хорошо, что плохо и как это исправить. Это обсуждение того, где семья споткнулась и как это обойти в другой раз. Это не слепое послушание, а совместное решение проблемы, и изменять что-то в себе обязан каждый, а не один кто-то. Беда, когда кто-то только оправдывается и не видит свои ошибки. Это гордость, которая как ложка дёгтя всю жизнь портит. Конечно, обидно, но если кто-то неправ, значит, неправ. Исправить можно только то, что ты признала неправильным. Творец для этого всем интеллект дал: предвидеть, чтобы избежать беды, вот и не повторяйте ни своих, ни чужих ошибок – и будете более счастливы.

Неожиданно тётя Люба задала вопрос:

А вы знаете, в чём разница между подругой и мужем?

– Не-е-ет, – удивлённо переглянулись девушки.

– С подругой можно иметь и разные мнения, и разные решения, но всё равно быть счастливыми и в хороших отношениях. Ведь у каждой своя жизнь. Семья – это один корабль и одна совместная жизнь. Здесь можно обсуждать разные вкусы и мнения, но выполнять надо только одно решение, иначе счастья не будет. Вот и получается, что жене с мужем можно иметь разные мнения, но нельзя иметь разные решения, как с подругой.

Недаром говорят: мудр тот, кто умеет использовать ум других. Я в одном хорошо понимаю, а у него в другом знаний и опыта больше. Ошибиться все могут, но чего спорить там, где у нас опыта меньше? Ну, в конце концов, не за глупого же я замуж вышла, чтобы до хрипоты только своё мнение отстаивать.

Другая беда, у некоторых долго остаётся детское представление о любви и семье: любовь – это красивые поцелуи и объятия, а семейная жизнь – это как в сказке: взмахнула волшебной палочкой и уже всё есть.

В настоящей жизни ты есть и та принцесса, и та фея, и та самая волшебная палочка, которая всё делает.

– Так это что, я ещё должна сама всё делать? – возмутилась Лана, – а для чего тогда замуж выходить?

– Почему одна? Вдвоём. Кто-то должен приносить основной доход, а кто-то должен всё дома делать. Если нет прислуги, то это только муж, ты и дети, если их правильно воспитать, конечно. А не хочешь этого, честно поставь табличку: «Ищу богатого мужа-служку для моего содержания и развлечения», может, кто и согласится.

Все засмеялись.

– А чего вы смеётесь? Зато честно будет, – сказала тётя Люба и, наливая чай, продолжила.

– Из-за детей тоже много обид бывает. Дети не безобидны и нередко пытаются сделать из родителей прислугу или джина, который как раб их прихоти выполнять будет. Потом из-за этого целая война бывает. Жизнь требует зрелости, а зрелость приходит только тогда, когда вовремя приучаешь детей к реальности и ответственности.

– А как же их приучать?

– Да так, как будто играешься с ними, так и приучать. Это хотя и требует сил и времени, но очень увлекательно, и со стороны действительно как игра выглядит. Человек лучше запоминает, когда других учит, вот я и учила детей играть в дочки-матери. Сама брала одну куклу, а им давала другую. Как бы играя, я учила свою куклу, как готовить и за собой убирать, как жить, когда денег мало, зачем и как добрые слова говорить, как младших воспитывать. Ребёнок должен учить свою куклу, повторяя всё за тобой. Потом, первое время каждый день, просила детей самих повторить игру, самим всё объяснить своей кукле-дочке и научить её делать то или другое. Ты учишь первых, а они, с твоего напоминания, младших сами научат – и это сохраняет много времени, сил и счастья.

– У детей всё должно быть, зачем их учить жить, когда денег мало? – удивились некоторые.

– Иногда дети привыкают, что всегда всё есть, и даже взрослея, не сразу понимают, зачем учиться и работать, ведь родители уже всё дают и кормят. А работать все равно придётся. Только в одном случае ты будешь получать копейки, а в другом – в десять или в сто раз больше. Когда в играх и в удовольствиях они почувствуют это, то правильней будут знать время, цену и значимость всего в жизни, да и знать будут, зачем и куда учиться идти.

Плохие привычки детства часто не уходят с возрастом, а как бы прячутся. Все хороши, когда отдельно сами по себе, а когда семья, то эти привычки так и норовят наружу вылезти и счастье испортить. Лучше помочь детям в детстве избавиться от плохого, вот пусть этому и учат свои игрушки. Да, один миллиардер умирая так сказал: в жизни важнее учиться быть счастливым, чем быть богатым, но этому учит только Творец.

Другое, дети часто спорят, кто из них старший. У нас было простое правило: кто по возрасту старше, тот и старше. А у старшего была обязанность: или младшие убирают за собой, или ты убираешь за ними. Это всегда хорошо работает и дети лучше нас воспитывают друг друга.

Дети любят играть во взрослость, и чувствительны к равенству, так что лучше не кричать, а говорить с ними как с взрослыми: не повышая голоса, уважительно и объясняя, почему так надо. Тогда им легче и приятней согласиться с вами, и они лучше понимают свою ответственность. Сердитая интонация, раздражение, крик, слова «нет» или «нельзя», если они без объяснения почему нельзя, всегда разделяют людей и детей. Лучше избегать этих ошибок. Потом между вами возникает чувство дружбы, и им чаще хочется просто помочь вам.

Когда муж или дети помогают, то, даже если что-то не так, нельзя сразу замечания делать. Сначала поблагодарить надо, а уже потом, по-дружески, сказать: а я это, обычно, вот так делаю..., и тогда объяснить это. Если с замечаний начинать, то и мужу, и детям навсегда отобьёте желание по дому помогать.

Вообще, когда трудно, я всегда молюсь: «Господи прости и помоги». Недаром в древности говорили, что в двух пороках, гордости и зависти, даже в себе трудно согласиться. Гордость у всех есть, но без Господа зависть и гордость на ссоры толкают, а Творец всегда учит предвидеть, чтобы избежать плохого. Вот и ищешь пути в хорошее будущее. Однажды, когда мы только познакомились, на открытке с Новым Годом, мой будущий муж написал мне пожелание:

«Дай Бог, вам всяких всяких сил, чтобы всегда вам быть счастливой и в хороводе жизни дел, всегда вам оставаться милой.

Дай Бог, чтоб суета проблем казалась детскою игрою, а вы, с улыбкою простою, могли их примирить всегда, и в сердце не рождалось зла».

Хорошее пожелание, вот и я вам того же желаю.

Кто пил чай, кто закусывал бубликом, но все тихо слушали. Ведь не всегда тебе могут рассказать о своих секретах жизни и счастья, а это всегда интересно.

— Ну что притихли? Я же говорила, что слушать старших полезно, но скучно, — неожиданно сказала тётя Люба и, обращаясь к Лане и Еве, добавила:

— Я вижу вы продвинутые девушки. Как вы думаете: чего парни и мужчины, прежде всего, ожидают от девушек?

От неожиданности все молча переглянулись, а Ева произнесла: ну как что, ну..., — и она заиграла глазками и телом.

— А я думаю, что они присматриваются и выбирают, — робко сказала Маша.

— Ой, да кто бы там выбирал!? Они только пялятся, да невесть что воображают, — фыркнула Ева, а тётя Люба сказала:

– Думаю, все замечали красавиц, которых мужчины стороной обходят, потому что нет в них того, чего ищут.

– Так чего они ищут!? – заволновались все.

– Интимная сторона жизни всегда важна, но только этим семью не удержишь, ещё необходима духовная часть. Все мы, а мужчины особенно, в первую очередь ожидаем друг от друга вдохновения, подъёма чувств, эмоций и надёжности. Только это делает жизнь счастливой, а близость желанной. Конечно, бывает, что для кого-то эти чувства приходят позже. Но, если для начала, нет даже уважения друг к другу, то счастье может не прийти. Большая беда, когда мы не умеем дарить и поддерживать вдохновение в близких.

Вообще, в семье, как и во многих делах, надо уметь выделять самое важное. Например, что в телеге самое важное!? – спросила тётя Люба, но в ответ все молчали.

– Так бы сразу и сказали, что не видите разницы между семьёй и телегой, — занудно сказала Ева. Кто-то хихикнул, а тётя Люба продолжила:

– Не спеши внучка. Обижать все умеют, но жаль, что не все умеем учиться, а потом, от незнания и ошибок, локти кусаем.

Если в телеге сломалось колесо, то оно стало самым важным, а если оглобля или ступица, значит, сейчас она самая важная. Всегда, и во всём, самое важное то, что не даёт полностью использовать что-то по назначению. Вот так и семье: всё важно и всё должно служить своему предназначению, как интимная сторона, так и духовная и всё остальное. Надо не отмахиваться, но всегда надо решать тот вопрос, который обоим мешает жить легче, радостней и счастливей.

Ты девушка с характером, — обратилась тётя Люба к Еве, — вот скажи, ты хочешь, чтобы тебя муж переделал так, как ему захочется?

– Ещё чего!? Пусть только попробует!? – возмутилась Ева и девушки.

– В таком случае, выходя замуж, даже не мечтайте, что вы своих мужей переделаете. Он вам ответит точно так же, как и вы мне. Человека изменить можно, но это если сумеете сделать так, чтобы он сам захотел измениться. Однако для этого, часто и самой для него измениться надо. Только сейчас, современные психологи поняли и утверждают, что самое лучшее и полезное для человека, это изменять себя для своих близких. Это как раз то, чему с древности учит Книга Жизни.

Учитесь не торговаться, а рассуждать. Стремитесь оказывать ему, да и детям, уважение и значимость, и тогда он захочет сделать для вас тоже. Мягкий язык перемалывает кости, а вздорная речь – это вызов, война, дуэль и похороны своего счастья.

Да, мой совет из горького опыта знакомых: никогда не выходите замуж из-за жалости. Почему-то нет счастья после этого, а чтобы разжалобить, очень часто притворяются и обманывают. Жалобщикам лишь бы пристроиться бесплатно да поудобней, но жалеть и заботиться о других, они никогда и не собирались.

Например, в мифах одна юная и очень красивая женщина, угодила греческому богу, кажется, Аполлону, и он сказал, что исполнит любое, но только одно желание. Она попросила... – и тётя Люба, отпивая чай, сделала паузу.

– Молодость есть, красота есть, тогда просить бессмертия, – быстрее всех решили Ева и Лана.

– Да, она попросила бессмертия. Но юность прошла, красота исчезла, и у неё осталось вечная дряхлость и болезни старости. Она не могла умереть, и её бессмертие стало проклятием.

– Эх...! Надо было просить вечной юности, – воскликнула Лана.

– Вечная юность желательна но, это уже два желания, и это тоже не то, о чём все мечтают, – улыбнулась тётя Люба.

– А что ещё можно желать? – удивились девушки.

– Могучий джин из лампы мог исполнить три любых желания. Один человек попросил у джина счастья. Джин тут же упал на колени, прося прощения и утверждая, что это невыполнимо. Счастье намного больше, чем три желания. Для этого надо всегда и всю жизнь исполнять все, что ты захочешь, и даже тогда, ты можешь чувствовать себя несчастным. Это желание никакому джину неподвластно.

— Да это же проклятье, если невозможно быть счастливой, — вырвалось у одной девушки.

— Счастье это не то, что мы имеем вокруг нас, а то, как мы воспринимаем это в себе. Только Господь учит настоящей любви и счастью, только Творец даёт то, что невозможно даже для джина, — сказала тётя Люба и продолжила:

— Когда муж говорит много добрых и нежных слов, не воображайте себе, что вы действительно что-то особенное. Не думайте, что, выйдя за него замуж, вы сделали ему великое одолжение. Будьте счастливы тем, что вы особенность в его глазах, и не хвалитесь этим. Недаром говорят, что счастливо жить не запретишь, но помешать, всегда могут.

Не думайте, что если вы счастливы, то вам уже всё можно. Не расслабляйтесь так, чтобы перестать следить за своими словами, интонацией и манерой говорить. Вы счастливы потому, что контролировали себя и не выпускали плохие привычки детства и черты характера. Счастье — не только умение быть довольным, но и умение избегать того, что мешает счастью.

А детям и внукам я так говорила, что если какая девушка считает, что царь Соломон обязательно нашёл бы её среди тысячи, то лучше обойти её стороной.

— А это ещё почему...? — дружно возмутились Лана и Ева.

— Если человек уже считает себя лучшим среди других, то его невозможно сделать счастливым. То, что есть, он будет считать унижающим для себя, а любые улучшения недостаточными и, значит, опять унижающими. Недовольство приводит к пренебрежению и раздражению, а это всегда разрушает надёжность, дружбу и счастье.

— Так для этого надо самой собой перестать быть, — съязвила Лана.

– Почему? Следить за своим характером – не значит потерять своё «Я», но значит не позволять порокам портить свою жизнь и счастье.

Разве можно быть счастливой, если мы всем недовольны? Да и какое может быть счастье жить с вечно недовольными и неблагодарными.

В семье необходимо нуждаться друг в друге. В суете, в занятости или на отдыхе, все явно и тайно мечтают получать внимание и ощущать свою нужность и значимость от других, вот и оказывайте это друг другу. В этом большая доля счастья. Через ссоры и обиды мы всегда ощущаем себя ненужными, а это вызывает панику и толкает на крайности, глупости и ошибки. Так что только красотой и сексом семью не удержишь, мужчины не только этим живут. Да ну вас... – засмеявшись, неожиданно отмахнулась тётя Люба, – заговорилась я с вами. Мне уж и домой пора.

И она торопливо ушла.

– А говорят, главное, чтобы тебя любили, тогда всё хорошо будет, – сказала Света, накладывая клубничное варенье.

– Ерунда! – усмехнулась Эля. – Знаменитый треугольник. Нас любят, но мы любим другого. Мы любим, но опять горе, он другую любит. Куда не кинь – везде клин. Так что для счастья, обоим любить надо.

– А моя мама говорит, – сказала Наташа, добавляя заварки, – что большие чувства могут сразу быть, а могут и потом прийти. И вообще, настоящая любовь с уважения и заботы начинается. Нет уважения – значит, и любви не будет. Чтобы взять – надо что-то отдать. Отдаёшь заботу и уважение – а получаешь любовь и счастье.

– А я два случая знаю, – сказала Надежда, – когда девушки сами делали женихам предложения.

– Да ну!?

– Вот и да ну! – передразнила Надежда. – В обоих случаях поженились и хорошо живут.

– А если он не согласится, тогда что?

– А если ты ему не нужна, то зачем он тебе? Расстаньтесь, хотя бы на время. Пыли меньше в голове будет, а время и внимание другим уделишь. Так что учитесь влюблять и быть хорошими ловцами. Учитесь делать так, чтобы он сделал предложение, намекните, а если он нерешительный, то осторожно делайте сами. Главное, не паниковать. Рискованно, но будете знать истину.

А ПОЧЕМУ КРАСИВЫМ НЕ ВЕЗЁТ?

– А правда, почему красивым чаще не везёт? – спросила Лана.

– Не только красивым, но и способным тоже. Красота – это сила воздействия, а любой силой надо уметь пользоваться. Недаром говорят, что лучше с умным потерять, чем с глупым найти.

– Сила есть, ума не надо, – засмеялась Ева и, делая жесты, добавила, – главное, что с красотой ты выберешь кого хочешь, и когда хочешь.

– Ой, милая, – засмеялась Эля, – видно, ты поумнеешь, только когда шишек набьёшь. Ты моложе, но не красивей меня. Я тоже думала, что у меня будет лучше, чем у других, пока у разбитого корыта не осталась. Потом дошло, что духовные ниточки гораздо лучше счастье держат, чем физические. Недаром говорят, что учёные сначала опыты на собаках делают, а потом на людях, а мы сразу всё на себе пробуем. Как будто не видим, как и что у других получается. Впрочем, чего тебе говорить, – махнула Эля рукой, – жизнь твоя, вот и пробуй, сколько хочешь, только второй жизни уже не будет.

– Так причём тут красота и способности!?

– Большая красота и способности – это лёгкий старт. Люди привыкают к этому и думают, что так всегда будет. Некоторые думают, что за их красоту им все обязаны и должны быть благодарны. У красивых часто больше гордости и обидчивости, но меньше развито терпение, чувство долга и заботы. Красивые чаще забывают, что счастье – это наслаждение теплом чувств, а не холодом перекраской статуи. Тётя Люба права: мужчины не только сексом живут. Некоторые мужчины такие статуи, как перчатки меняют, пока найдут то, что душу греет. Это первая причина, почему красивым чаще не везёт.

Другое, после старта жизнь всегда идёт в гору: чем дальше, тем больше. Трудность – часто не столько физически, сколько морально. Кому вначале трудно, те, как спортсмены, уже привыкли прилагать к себе усилия. Таким идти в гору привычней и не так страшно.

А красивые и способные после лёгкого старта часто восклицают: «Это что, я должен делать!? И это что, каждый день!? И это что, всё мне делать!? И так всегда!?»

Все рассмеялись, а Надежда продолжила:

Поговорка «Глаза страшат, а руки делают» уже не для них. У них часто нет ни нужной настойчивости, ни терпения.

– Умный, в гору не пойдёт, умный гору обойдёт, – усмехнувшись, вставила Ева.

– Жизнь – это не та гора, которую обойти можно, – возразила Надежда. – Способных, тех, кто дошёл до вершины, часто называют гениями, но таких не так много. Причина, почему у красивых и способных чаще неудачная судьба, в том, что у них, часто, нет привычки, терпеливо дело делать.

Например, Ар-ту. Не секрет, что вначале ему всё давалось трудно. Первое время он тратил в два-три раза больше времени на занятия, чем другие. Но он просил помощи, и друзья и Творец помогли ему развить терпение и настойчивость. Он прошёл, тренинги и развил свою память. Эти качества позволили ему дойти к той цели, которую он наметил. Постепенно, преодолевая трудности, он стал быстрее читать, лучше учиться и запоминать, быстрее видеть реальные последствия. И вот результат: теперь Ар-ту быстрее и точнее принимает правильные решения. Сейчас никто не вспоминает, да и не все знают, как ему было трудно в начале. Зато сейчас многие говорят, что он способный и даже уникальный человек. Вся его уникальность в том, что он терпеливо, шаг за шагом, ступенька за ступенькой подымается вверх. Он разве родился таким? Конечно, нет, но это результат его труда и молитв о помощи.

Как видите, то, чего он достиг, может достичь каждый.

– Слушай! Ну, никогда не думала, что это всё так связано, – удивлённо призналась Анна. – Спасибо, что рассказала.

– Многие везде ищут счастье, а оно зависит не от внешнего, а от того, что внутри нас. А о красоте можно добавить: зло портит красоту, а доброта – всегда украшает.

– Это когда других украшений нет, – насмешливо сказала Ева, – от денег, например, счастье больше зависит. Я лично не мечтаю с милым в шалаше жить и самой всё делать.

– Не говори «гоп», пока не перепрыгнешь яму, – возразила Эля, а вообще, детка, когда много украшений, то значит украшать нечего.

– Сто-о-оп! – взмахнув руками, воскликнула Надежда, — у нас не ссорятся. Здесь каждый имеет право высказать своё мнение и мечты, но нельзя ссориться.

Конечно, материальные средства всегда важны, и неправильно утверждать, что жить надо в нищете. Ни Христос, ни апостолы никогда не учили, что жить надо в нищете и в пустыне как Иоанн Креститель. Другое, мы привыкли слышать, что видимое и физическое – это первое и самое главное, но это не так.

От стрессов и духовных переживаний многие страдают чаще и больше, чем от физической боли. Все знают, что главное – это сломить дух противника, тогда легче победить физически. Несчастная любовь или плохая новость за секунду превратит счастье в горе, а ваше тело в больное и дряхлое. Судите сами: первое, мы получаем нематериальную информацию и как второе, только после этого, наше тело реагирует на эту информацию физико-химическими реакциями. Это хорошо видно на примерах чувства счастья и радости, обиде и раздражении, чувстве власти, жадности и зависти, мести и опасности. Ведь ещё ничего внешнего не произошло, но всё тело уже реагирует или готовится к тому, что может произойти на основе полученной информации. Другой пример, король или президент могут смениться или умереть, но договор, подписанный ими, будет исполняться до истечения срока действия. Договор, записанный на бумаге, это нематериальная, а духовная информация, но на её сути будут происходить различные материальные процессы в целых странах. Получается, что как целые страны, так и реакция нашего тела зависят от нематериальной информации, значит, духовное важней и только в духовной стороне у человека есть цель, смысл и радость жизни. Конечно, всё взаимосвязано, всё важно и всё существует на своём месте, для своего назначения и важных процессов для поддержания баланса духовной и физической жизни. Однако переворачивать всё с ног на голову неправильно.

Например: тысячи христиан, голодные, обесчещенные и замученные в пытках, шли на физическую смерть, но не отказывались от своей веры. Почти все революции совершались голодными, которые сознательно шли на риск и угрозу для физической жизни, и всё только ради духовной идеи, что после этого, для тех кто выживет, и их семей, жизнь станет лучше. А пленные, которые умирали под пытками, но не предавали друзей врагам. Да, когда мы голодны или в беде, мы ищем, как спасти или прокормить себя, но далеко не все ради этого отвергают свои духовные принципы и обязанности. Как это может быть, если физическое важнее? Да, в этот мир мы приходим вперёд физически, но со временем дух и моральные ценности – это самое главное. Даже когда мы в разном настроении прикасаемся к кому-то, то у нас могут быть разные ощущения: от брезгливости и неприятности, до восторга. Это не химическая реакция тела на прикосновение, но реакция нашего духа на это прикосновение, а потом уже тела.

Неправы те учёные психологи, которые зная это, утверждают, что когда человек голоден, то оставит все духовные принципы ради физического выживания. Они, видимо, сами не имеют никаких глубоких нравственных принципов, а только рефлекс: выжить любой ценой. Не дай Бог, к такому беспринципному психологу на консультацию или на лечение попасть.

Так что не надо думать, что духовная жизнь – это выдумки. Например, известная американская актриса прошлого, Мерлин Монро. У неё было всё: красота, слава, богатство, влияние, миллионы восторженных поклонников, популярность и, несмотря на это, она три раза пыталась покончить жизнь самоубийством и на четвёртый сделала это. Это что, от недостатка денег и славы, или от недостатка влияния и поклонников? Нет, это от бедности духа и отсутствия духовных ценностей, а без этого, для неё жизнь потеряла смысл.

Другой пример, всё фальшивое делают так, чтобы было похоже на настоящие драгоценности. Все знают, что всякое зло и обман маскируются только под добро и истину. Этот факт есть доказательство того, что только духовные качества истины и разумного добра имеют реальную и настоящую ценность в жизни, но это всё только от Творца.

Конечно, у каждого своё мнение, но я точно знаю, что счастье не от того, что у нас всё есть, а от того, что мы всем довольны и благодарны Господу и друг другу. Но это тоже только наше духовное восприятие мира.

Лично я утверждаю, что для счастья духовная сторона намного важней, и что духовное богатство только в Боге. Ну а если у обоих хороший характер – это уже залог счастья, но для гарантии, пригласите Творца в свою жизнь.

А КАК УЗНАТЬ, КОМУ ТЫ НРАВИШЬСЯ?

– А как узнать, кому ты нравишься, а кому нет? – спросила Маша.

– Молодые всем нравятся, только, кому и для чего? – усмехнулась Ева.

– Если всерьёз, то можно узнать, – ответила Надежда, – угости всех чем-нибудь так, чтобы каждый брал из твоей руки. Ладонь держи не прямо, а лодочкой. Всем надо взять, и они будут смотреть на твою ладонь, а ты смотри на лицо каждого. Тот, кто смутится, когда берёт, тому ты всерьёз нравишься. Нарочно никто не смутится. Есть и другие способы. Правда, главный секрет в том, что никто не должен догадаться об этом.

Другое, если парень на тебя не обращает внимания, то оставь его на время в покое. Парни, часто как дети: им дают игрушку, так не берут, а когда отбирают, то не отпускают. Вот и используй это. Учитесь влюблять. Только любовь не спорт и не торговля: никогда не говорите парням, что если он не победит, то ты больше не любишь его. Такие заявления иногда парням жизни стоят.

– Надежда, ты лучше скажи, что делать, если мы вдруг друг другу не подойдём? – спросила Ева.

– Как это – не подойдёте? – удивилась Маша.

– Ну как, мало ли как!?! – ответила Ева, играя глазами, странно пожимая плечами и покручивая руками. Все сразу засмеялись.

– А что вы смеётесь!? Это важно знать, что мы физически подходим друг другу или нет!

– Ты права, – засмеялась Эля, – люди все и везде разные. У всех разные носы, уши, руки и прочее. Но я поняла, что счастье намного больше зависит от характера и уважения, чем от физических особенностей. Это только в сказках – лишь бы красивые были. А в жизни, как поссоритесь пару раз, так ни красота и никакие особенности не помогут. Наверно, поэтому все сказки сразу на свадьбе заканчиваются.

По комнате пробежал смешок и шушуканье, а Эля продолжала:

— Когда между вами всё хорошо, то ваши ласки сделают больше, чем ты думаешь. Когда вы муж и жена, не стесняйтесь подсказывать и шептать о том, что и как вам приятно. Учитесь подыгрывать друг другу и тогда вообще, как в водовороте, от счастья закружится голова и всё кружится и плывёт вместе с вами. У нас хоть и редко, но бывает такое.

— Ой, как умно ты говоришь, — обидно усмехнулась Ева, — но я не артистка, чтобы всем подыгрывать и притворяться. Если я такая, значит, я такая.

— А ты не всем, а мужу. Например, когда мы поссоримся, то всё равно с другими сразу смеяться умеем. А с начальником, даже когда обижены, всё равно спокойно разговариваем. И когда же мы артистки и обманщицы? Что плохого, если ты мужу настроение лучше сделала? Где-то томно вздохнёшь, что-то шепнёшь..., Конечно, я так тоже не всегда делаю. В обиде я тоже оправдываюсь тем, что не могу. Но это обман. Я могу, но я просто не хочу этого делать. Но если не шагнуть на встречу, то и к тебе могут не подойти.

— Что? Что-то не так? — спросила Эля, глядя на удивлённую Надежду.

— Нет. Всё так, но я думаю, сколько же в тебе житейского опыта пропадает? Спасибо, что ты другим подсказываешь.

— Опыта!? — нервно засмеялась Эля. — Правильно говорят, что проблемы жизни делают нас философами, но ещё правильней, что понимать — это одно, а самой исполнять — это другое. Один психолог сказал, что легче научить двадцать ослов хорошему поведению, чем самому научиться этому. Поэтому и пришла к тебе, что вроде как понимаю, а у самой ничего не получается.

— Вот-вот, — насмешливо сказала Ева, — сначала сама научись, а потом других учить будешь.

— А почему в жизни деньги к деньгам лепятся? — спросил кто-то.

— Да это не деньги к деньгам, а проверка, что ты умеешь как заработать, так и собрать для будущего, — ответила

Надежда. – Всегда есть люди, мечтающие ничего не делать, кутить и жить за чужой счёт. Что хорошего для семьи и счастья, если ты много зарабатываешь, но ещё больше тратишь. Таких людей всегда лучше избегать. Никто не хочет, чтобы у них были такие безответственные родственники, жена, или муж, вот и придумали эту проверку на личную ответственность. Если не всё транжирит, значит, думает о будущем.

Да, кстати, о женихах. Если обещает луну достать или букет из звёзд подарить, то этому можно верить. А если обещает золотые горы и беззаботную жизнь, то это обман, а парень, возможно, хвастун, с ленцой и не знает ответственности. Просто хочет человек бесплатно пристроиться и за ваш счёт жить, вот и обещает золотые горы.

Вообще, за розовым туманом чувств, всегда хуже видно, чем друзьям и родителям со стороны. Практичней, учитывая свои знания, плюс мнение родителей и друзей, и сказать себе правду о нём и о себе. Это лучше, чем слепо верить своим иллюзиям и выходить замуж, словно в омут кидаться. Совет тем и хорош, что это только совет, а решать всё равно самой придётся.

– А это правда, что брак по расчёту лучше, чем по любви?

– Любой брак, это уже брак по расчёту.

– Что-о-о! – оскорблённо возмутились девушки.

– Одни рассчитывают на деньги и положение, другие на красоту, а кто на добрые отношения, на наслаждение чувствами, на уважение и надёжность, – продолжала Надежда, – решите, что именно вам надо и найдите возможность проверить, что вы получите именно то, на что рассчитываете. Идеального не бывает. Вообще, хорошо, когда, имея чувства, мы более-менее поступаем расчётливо и разумно.

– Легко сказать, да как это сделать? – с иронией усмехнулась Лана, – не зря говорят, что любовь слепа, полюбишь и козла.

– Это не любовь слепа, это мы слепы. Влечение всегда важно, но плохо, когда мы рабы, а не игроки влечения.

Один человек попросил у Господа мудрости и задался вопросом: «А как проверить, Творец дал уже мудрость или ещё нет. Если я уже мудр, у меня должны быть умные мысли», — решил он. К своему ужасу он понял, что у него в голове много глупостей и ненужного. В отчаянии он рассказал всё другу и посетовал, что Творец – обманщик, не исполняет обещание и не даёт всем мудрости.

– Ты не прав, – возразил друг. – Если после молитвы ты понял, сколько в тебе глупого и ненужного, то это уже мудрость.

Так и вы, просите мудрости, смотрите на свои мысли, удаляйте всё глупое и ненужное и в результате всё устроится к лучшему.

СЕКРЕТЫ ТАЙНЫХ ЗНАНИЙ

Из рода в род, из века в век
Секреты жизни переходят,
Но их лишь только те находят,
Кто сам их хочет отыскать.

За время пребывания на острове Дисци для Анны главной целью стало обучение и тренинг, а всё остальное потом. Теперь, оканчивая Школу Секретов Жизни, Анна начала готовиться к выходу в море. Вместе с этим вернулись прежние заботы: надо было и корабль подобрать, и решить куда плыть, и какие товары везти, и многое другое. Как-то, среди этих забот, она спросила Надежду о случае в ресторане, когда Надежда удачно определила, кто кому подходит для семейной жизни. Пришлось сознаться, что она нечаянно подслушала их разговор с Татьяной и поняла, что Надежда имеет какие-то тайные знания и опыт для особо посвящённых людей.

– Жизнь прекрасна, но она не всегда легко даётся, – говорила Анна, – может, ты мне подскажешь, как лучше понимать людей и уметь лучше смотреть и видеть то, что происходит вокруг.

– Уходишь в море? – спросила Надежда.

– Думаю, да.

– Ну что же? Ты права, что в этой жизни не так просто понять то, что происходит вокруг нас. Например, со стороны часто видней вариант или хороший ход при игре в шашки или шахматы. Иногда мы даже стараемся подсказать другим. В это время нас ничего не волнует, и это помогает лучше понять ход событий.

Когда ты вовлечён в дело, то уже спешишь, волнуешься и часто под влиянием своих чувств и желаний. Всё это ослабляет способность смотреть и видеть, слышать и понимать реальность.

Нечто подобное и в жизни. Мы иногда ждём чего-то большого и важного, чтобы всё сразу стало понятно, но в этом большом многие и стараются нас обмануть. А вот мелкие детали жизни часто говорят более точно и даже независимо от их желания. Я, например, имею тренинг всегда смотреть на себя и на события как бы со стороны, и это помогает правильней понять происходящее.

Да, – вдруг, словно что-то вспомнила Надежда. – Умение смотреть на себя со стороны надо всегда поддерживать и тренировать. Иначе, только, кажется, что ты так умеешь, а на самом деле – этого уже нет. Это как будто ты сама за собой подсматриваешь, но для этого необходимо самой себе говорить правду. Найди время, расслабься, можно закрыть глаза и, как бы смотря в открытое окно на прошедшее, начни вспоминать: кто, что и как себя вёл. Особенно поведение себя и собеседника. Вспоминай подробно, вспоминай чувства и эмоции, жесты и мимику, кто что сказал и кому подмигнул, но делай это без оценочных эмоций, а с холодным разумом, как будто на чужих смотришь. Ты достаточно быстро поймёшь, что говорили их жесты, лица и подмигивания и, вообще, увидишь много нового. Потом ты перейдёшь к сложному. Когда привыкнешь, ты будешь делать это легко и быстро. Этот навык помогает как в личных делах, так и в бизнесе, и как защита от обмана. Кстати, это и хорошая тренировка памяти, начиная с последних событий, вспоминать всё, что ты делала.

Другое, когда распутываешь клубок проблемы, то всегда есть то, что кажется понятным и не требует внимания. Психологи и опытные люди знают, что часто именно в том, что кажется нам простым и понятным, и спрятана проблема. Наше сознание тоже не всегда хочет работать, вот и выдаёт вывеску «всё понятно». Вспомни точно и дословно этот момент, слова, интонацию, выражение лиц, и, часто именно тут увидишь истину, а не то, что тебе казалось.

Например, когда человек всем недоволен и говорит, что его не понимают то, это значит, что сам он не хочет, стыдится или боится сказать правду, но, на самом деле, он желает, чтобы все плясали под его дудку. Такое постоянно бывает, когда говорят одно, но им надо другое. Мудрость в том, чтобы понять, что ему действительно нужно.

Да, кстати, когда очень легко соглашаются, сразу заверяют и обещают, то очень возможно, что в этом они или уже обманывают, или могут скоро обмануть.

Там, в ресторане, был знаменитый любовный треугольник, и я только проверила готовность уступать другим. Там всё было бесплатно, и никто ничем не обременён. Тайный тест вероятности уступки в решении проблем определялся по списку заказанных блюд. Татьяне больше нравился Джеф, но в заказанном меню у них не было ничего общего. Значит в семье, он будет игнорировать её мнение и желания. Какое тут семейное счастье? Пётр для неё был второй вариант, но он, уже зная, что заказала Татьяна, из пяти, четыре блюда заказал, как у Татьяны. Он хотя бы этим старался обратить на себя внимание и понравиться ей. Неважно, кто кому уступает, но важно, что кто-то умеет и имеет силы это сделать. Конечно, хорошо, когда оба так умеют и делают.

Да, ещё одно и самое важное, – добавила Надежда, – всё это работает хорошо только тогда, когда об этом никто не знает и не подозревает. Так что самое главное условие для посвящения в тайные знания, это умение держать язык за зубами.

– Как всё просто-о-о, – невольно вырвалось у Анны.

– Один китаец так сказал, легко придумать, когда уже придумано, и всё легко и просто, когда знаешь и умеешь.

– Спасибо, Надежда, – поблагодарила Анна. – Я ещё раз поняла, как важно не только знать, но и лично практиковать навыки.

X

За время жизни на острове Дисци Анна близко познакомилась с кузнецами Терпом и Настом. Перед выходом в море она показала им морской кортик, которым был приколот угол карты, когда она перешла на пиратский корабль.

– Да, это точно его, – взглянув на кортик, сказал Наст.

– А я думаю, чего он другой кортик заказывал, как он мог его потерять? А оно вот как, оказывается.

– А он что, часто бывает здесь? – невольно вырвалось у Анны.

– Не только бывает, но почти живёт здесь.

– А почему я не вижу его корабля в гавани?

– Он не заходит в большой порт и ставит корабль в малой гавани, поэтому мало кто знает, когда он пришёл и когда он ушёл.

– А когда он был здесь последний раз?

– Сегодня утром с отливом ушёл, – ответил Наст. – Уж больно много у него разборок с пиратами. У них там большая охота на него открыта.

Анна невольно прикусила губу, стараясь не заплакать.

Наст понял, что произошло, и начал успокаивать девушку:

– Анна. Ты ведь не просила нас известить тебя. Вот так и получилось. Ты уж прости нас.

Анна грустно улыбнулась.

– А ты знаешь, у меня есть идея, – сказал Наст. – Король Стоун объявил большой долгий праздник и приглашает всех желающих. Я, точно знаю, что Ар-ту просто обязан быть там. Ну, заодно он хочет посмотреть, как настоящие короли развлекаются. Вот вы там обязательно и встретитесь.

Анна только грустно улыбнулась в ответ.

– Стоп, стоп, стоп! – сразу вмешался Терп, – кто же так посылает девушку на такое дело? А? Это же, как я понял, их первое настоящее свидание? Идея, конечно, хорошая, и Ар-ту точно там будет, но девушке будет легче и проще, если она ищет его по просьбе других. Заодно она и нашу важную весточку передаст. Возьми вот это, – и Терп дал Анне большой и необычный зуб с небольшой дырочкой внутри.

– А что это за зуб? – спросила Анна.

– Это ядовитый клык от той змеи, что они убили, когда были за каменной рекой. Очень огромная змея была. А вообще, – добавил Терп, – тебе очень повезло, что это Ар-ту встретился со змеёй, а не твоя команда.

Так вот, передашь это Ар-ту и скажешь пароль, «пришло время бросить жребий». Сейчас это очень важно, и он знает, что надо делать. Какое-то время Анна стояла молча, как бы рассматривая змеиный клык. Затем неожиданно смутилась и слегка покраснела, и вдруг, загадочно и счастливо улыбнувшись, как бы говоря спасибо, вышла из кузницы.

КАПКАН, ИЛИ БИТВА ЗА ВСЁ

«Жизнь – это поле сражений»

До официального начала королевского бала было ещё несколько дней, но уже прибыло много гостей, и король Стоун разрешил танцевать в залах его дворца. Здесь, в залах дворца, играла музыка, кипели страсти, и бурлила молодёжь. Все танцевали, знакомились, расспрашивали друг друга и так далее. В виду того, что принца навряд ли кто мог помнить и узнать, то, ещё для большего азарта и таинственности, были разрешены небольшие маски для лиц и выдуманные имена. Это ещё больше добавляло азарта и фантазии.

Некоторые девушки держались обособленно, пытаясь за маскарадом определить, какой юноша может быть настоящим принцем. А другие просто радовались случаю повеселиться, себя показать и на других посмотреть. Были и группы девушек, которые, видя присутствующих, уже определили свои шансы на успех. Они поняли, что они не очень, но они, как бы выделили от себя наиболее прекрасных и привлекательных. Они усиленно опекали их, в простой и гордой надежде: пусть не я, но кто-то из наших может стать достойной принца. Потом, потом вдруг я стану подругой королевы.

Ар-ту инкогнито уже давно был здесь. Несколько человек из его команды, под видом гостей, всегда кружили рядом с ним. Иногда они обменивались какими-то фразами, принц или одобрительно кивал головой, или отдавал какое-то, только им понятное, распоряжение. Никто и не подозревал, что из этого зала действительно постоянно исходила секретная информация, охватывающая день пути вокруг столицы и даже соседнее государство.

Ар-ту не собирался ни выбирать невесту, ни оценивать красоту девушек. Он был занят другими вопросами, а с этим он уже твёрдо решил, что ему спешить некуда: ведь он, ещё ничего плохого не сделал, чтобы его заставляли жениться. Он был здесь по другим делам, ну и, конечно, для того, чтобы успокоить и утешить родителей. Он планировал лично увидеться с ними в самом конце бала.

Он не хотел выделяться из толпы и, как и все молодые люди, танцевал с девушками, знакомился и рассказывал удивительные истории. Конечно ему, после всех приключений, было что рассказать, да и рассказчик он был занятный.

Ар-ту уже не раз танцевал с ней. Мало того, каждый раз, во время танца с ней, у него даже ноздри начинали раздуваться, как у хорошего арабского скакуна, а кровь горячими волнами пробегала по всему телу. Когда он танцевал с ней, когда чувствовал её руку в своей руке, то чего только не творилось в его голове.

Она была словно специально создана для него. Её шикарная и безукоризненная фигура, её безупречное лицо, похожее на лицо ангела, её походка, манеры и прочее, всё, казалось, было точно в его вкусе и вызывало в нём восторг и восхищение. Временами он забывал, что не собирался выбирать невесту, а в его голове уже обдумывался план, как лучше сделать ей предложение. В его глазах – она была всё. Однако какое-то чувство ему не давало покоя и разрешения сделать решительный шаг.

«Не спеши, – говорил он сам себе. – Подожди, когда чуть-чуть остынешь и придёшь в себя настолько, что сможешь спокойно оценить и контролировать ситуацию. Рассмотри и оцени всё со стороны. Ведь не похоже, чтобы она куда-то спешила или завтра уезжала. Вспомни, что многие великие битвы проиграны из-за недооценки противника и, потери способности говорить себе правду, и принимать уравновешенные решения».

«При больших бурных чувствах и эмоциях принятие правильного решения почти невозможно», – помнил он из курсов тренинга.

Но её вид, запах её духов, заставляли забывать обо всём. Они познакомились всего неделю назад, но как иногда говорят: стрела Амура пронзила сердце и вспыхнула скоропалительная любовь, или любовь с первого взгляда.

Как-то, наклоняясь к ней во время танца, он совсем потерял голову. Он чувствовал рядом её дыхание и неожиданно услышал её тихий и нежный шёпот: «Дорогой мой! Я так ждала тебя, и ты пришёл».

В то же мгновение он отшатнулся в испуге, словно почувствовал боль от пощёчины. Конечно, никакого удара не было, девушка всё так же танцевала, всё так же скромно и слегка опустив свою прекрасную головку, как будто она ничего и не шептала. Но это точно была та самая фраза, и без сомнения сказана тем же голосом и интонацией, что он слышал по пути в клетку на стыке миров. Он словно проснулся от какого-то сна или чар. Теперь он совсем по-другому смотрел на девушку, но никакие черты её лица и тела не напоминали ту, которую он видел прежде. Неожиданно он заметил крошечный тёмный цветок, спрятанный под заколкой в её волосах. Вернее, даже не цветок, а только его покрытую пыльцой сердцевину. «Цветок из Морских Садов», – сразу узнал он. Он хорошо знал и помнил эти цветы, которые среди прочих ярких цветов моря могли заставить человека потерять над собой контроль и следовать только одному, наиболее возбуждающему сейчас чувству.

– Как я раньше его не видел, – мелькнуло у него в голове.

Извинившись, что ему срочно надо отлучиться на одну минуту, он оставил девушку и отошёл в сторону. Толкнув танцующего Расса в бок, он позвал его в мужской туалет.

КУКЛОВОД ЗА КУЛИСАМИ

«Срочно. Штаб координации. Второе донесение. Агент номер Три уже неделю имеет очень большой успех. На других не заменяется. Продолжаем разработку клиента.

Группа ААА. 003».

Прочитав депешу, доставленную почтовым голубем, координатор слегка пожевал губы.

– Да…, пока всё хорошо, – произнёс он. – Но дело в том, что принц с этим агентом уже встречался. И я знаю где, когда и при каких обстоятельствах. У него как судьба или рок, по какому-то чутью притягиваться и иметь расположение только к тем, с кем он уже встречался. Прямо однолюб какой-то. Конечно, специалисты сделали всё, что могли. Подправили лицо и фигуру, но всё равно: одна ошибка, одно неверное слово может напомнить прошлое, вызвать подозрение и поставить всё под угрозу.

— Ну что же, имеем то, что имеем. Посмотрим, что дальше будет, — вслух рассуждал координатор.

Из разных мест было послано два одинаковых донесения, но до штаба дошло только одно.

— Нас кто-то пасёт, — сказал координатор к вечеру. — Нет второго донесения. Может, это и случайность, но необходимо усилить контроль и бдительность. Голубей выпускать только при полной безопасности.

АГОНИЯ, ИЛИ МЕДВЕДЬ В ТУАЛЕТЕ

— Тёмная сторона уже здесь, — заходя в туалет, произнёс принц. — Хотя я могу и ошибаться, ведь использование дурманящих цветов моря ещё не означает, что этот человек обязательно агент с тёмной стороны. Но её слова, ... это точно её голос. Но что теперь делать? Расс, — говорил принц, всё более и более возбуждаясь. Если она невинна, то чего я так испугался? А если она агент с тёмной стороны, то.... Расс! — воскликнул он. — Я не могу без неё себя представить. Она такая, ... такая... — восклицал Ар-ту, не в состоянии подобрать нужные слова. — Ты понимаешь, она как будто создана для меня, для моего вкуса и для моей мечты. Мне всё в ней нравится. Когда я её вижу, волнение охватывает меня, а когда с ней танцую то..., — Ар-ту замолчал, и наступила тишина.

— Ну что ты молчишь? — вдруг почти закричал он, обращаясь к Рассу, хотя он даже и не ждал никакого ответа, — чего-о... ты ... молчи-и-ишь!?

В этот момент дверь в туалет приоткрылась, но Арту, не желая, чтобы кто-то их видел, с каким-то рёвом резко захлопнул дверь.

Перепуганный молодой человек сразу побежал к охране и сказал, что в мужском туалете медведь, который, наверно, сбежал от своих дрессировщиков.

Расс продолжал молча стоять у мраморного столика и наблюдать за принцем.

– Я не могу без неё! Я не хочу быть без неё! Я не могу себе представить, что она будет с другим. Я…

– А вот этого как раз не надо, – прервал его стенания Расс. – Ты, видимо, уже слишком много представлял себя с ней. Вот и потерял контроль от этого. Весь мир под законом последствий и все имеет свои последствия. Иногда сделать дело – это минута или того меньше, а последствий на всю жизнь хватит. О делах судят по последствиям, а не по влечению к ним. Вот и представь, какие будут последствия через месяц после свадьбы. Да, – добавил Расс, – к её достоинству надо прибавить ещё одно: в отличие от тебя, она не потеряла контроль над собой или ситуацией. Она, между прочим, шикарный и высшего уровня агент, не то, что мы с тобой.

– Да что ты такое говоришь?! Даже если это и она, ну и что? – срываясь на крик, возбуждённо продолжал принц. – Она ведь тоже могла принять светлую сторону, ведь не один же я сделал это? Конечно, могла. – Принц продолжал рассуждать и подбирать различные оправдания для девушки. – Такую девушку только раз в жизни встретить можно. И мы встретились. Что в этом плохого или опасного?

Принц буквально бился в истерике. Он не заметил, как перешёл на крик, а когда не мог подобрать слов, то просто громко ревел как большой раненный зверь. Он метался по туалету, не зная, что делать, что сказать, что предпринять.

– Чего ты переживаешь и надрываешься? – спокойно спросил Расс. – Ты же сам понимаешь, что ты уже траванулся, как тогда на острове в Морских Садах. Приди в себя, осмотрись и прими разумное решение. Она для этого и приехала, чтобы никуда не убегать от тебя.

– Какое решение!? Расс...? Я уже всё решил...!

– Ну, если ты так скоропалительно настроен, то забудь все курсы обучения и тренинги, забудь все надежды и доверие наставников, перечеркни всё, что было на острове Дисци, и будь счастлив с этой девушкой. А там – будь что будет. Как говорят, куда кривая выведет. Чего мучиться? Вся эта учёность…, специальный тренинг капитанов…, стремление к надёжности… и мечта быть надёжным для своего государства и светлой стороны – всё это гроша ломанного не стоит по сравнению только с одним взглядом такой девушки и с пожатием её руки. Подумаешь жизнь! Во-первых, это твоя жизнь, и если ты сам, хочешь её просто так и ни за что испортить, то, пожалуйста, можешь сделать это. Это ничего, что второй жизни нет, можно как-нибудь прожить и с испорченной жизнью. Это ерунда, что потом будет, когда мозги на место встанут, а чувства как дым растают. Главное, это сейчас, этот момент, удобный случай, супер возбуждение нервной системы под воздействием химических элементов запаха её тела, духов и особо дурманящих трав из морского сада. Главное в жизни – следовать простому химическому процессу и забыть о разуме, о Творце, о последствиях, морали и прочее....

– Ра-а-ас! – не то прокричал, не то проревел принц и, схватив тяжёлый мраморный столик, он с каким-то диким рёвом поднял его и бросил на пол. Раздался страшный грохот и скрип скользящего по полу разбитого камня. Ар-ту замер, сжал кулаки, странно напрягся и, закрыв глаза, с болью и страданием в голосе прошептал: «Господи! Го-о-споди!!! Помоги мне, по милосердию Твоему».

А за дверью мужского туалета уже стояла стража, не решаясь войти. Ведь им сказали, что там медведь. Во дворце...?! Мед-ве-е-едь!!? Они стояли за дверью и слышали то вроде как рёв, то, как крик, наконец, там, за дверью, что-то так страшно грохнуло и заскрипело, что вся стража вздрогнула и наступила жуткая пугающая тишина. Один из стражей, мужик крупного размера, глубоко вздохнул полной грудью, перекрестился и, быстро открыв дверь, вбежал в туалет. За ним, с копьями наперевес, дружно кинулись остальные.

— Где медведь, — сразу осмотревшись, решительно спросил первый страж.

— Кто? Медведь? — Ар-ту и Расс удивлённо посмотрели друг на друга.

— Ну да!?

— А-а-а. Это такой, большой? Огромный? Да? – заговорил Ар-ту, показывая руками выше своей головы, — и со страшными жёлтыми клыками.

— Ну да, – немного растерянно повторил страж. – Где он?

— Так он прямо перед вами в окно выскочил, – ответил Ар-ту.

— В окно…?!? – Охрана посмотрела на окно, где была открыта небольшая форточка.

— В это?! – переспросил страж.

— Ну да. Другого нет.

Страж подошёл, осмотрел целёхонькое окно и маленькую открытую форточку.

— Да как же он мог?? Такой медведь...? В такую форточку...?

— Ну..., я не знаю, – удивлённо протянул Ар-ту. – Помню только, что он страшно пищал, но выскочил.

Пока охрана осматривала окно и рассуждала, как огромный медведь мог пищать, когда пролазил в маленькую форточку, Расс толкнул Ар-ту в бок, и они тихо вышли.

— Панику не поднимать, – строго сказал король, когда ему доложили о происшествии, – никакого медведя там не было.

— Да, но тот мраморный столик, что медведь разбил, двое мужиков еле подняли, а он один управился, – объяснил начальник стражи.

— Да-а-а!? – удивился король. – Подумать только, какая приятная новость. – И он улыбнулся. – Если спросят, говори, что это ребята из-за девушки пошумели, вот и всё. Нечего всех медведем в моём дворце пугать, – приказал неожиданно повеселевший король и добавил: – Спасибо за приятную новость. Да, никого не искать и не тревожить. – И, что-то весело напевая, король удалился. Начальник охраны только пожал плечами и передал приказ охране.

– Помню, – продолжал Расс, – ты рассказывал, что та девушка, что влепила тебе пощёчины на острове Цирк, дала кому-то обещание, что согласна на всё, лишь бы служить в верхах власти, и чтобы из неё сделали принцессу. Сомневаюсь, что такая девушка перейдёт на светлую сторону, хотя в жизни и не такое бывает.

– Ну, если это она, то её здорово подготовили, – ответил Ар-ту, – видимо немало операций красоты сделали, чтобы так изменить её. Если бы не её фраза, что она так прошептала, я бы только после свадьбы понял, в какой капкан угодил и в какую яму упал.

– Вовремя ты у Творца помощи попросил, – ответил Расс. – А то у тебя уже ни от рассудка, ни от терпения ничего не оставалось.

– Да уж. Здорово траванулся. Еле вырвался, – согласился Ар-ту, – правильно говорил Наст: никогда не исключай глупый случай. В жизни всё и всегда может случиться и чаще всего в самый неожиданный момент. Терп даже говорил, что мистер Влеч и агент Удобный Случай имеют способность на расстоянии влиять на людей так, чтобы они отвлеклись, забылись и сделали всего одну ошибку. Ошибку, которая может сломить их волю, сознание и жизнь. Я в это не верил, но теперь точно знаю, что это правда. Я ведь даже голос духа слышал, который мне во время танца с ней сказал: «Держи то, что имеешь. Будь доволен и счастлив».

Расс удивлённо вытаращив глаза, уставился на Ар-ту.

– Неужели, правда!? – переспросил он.

– Конечно, правда. Причём произнёс это тихо, осторожно, ну точно так, как некоторые говорят, иногда в жизни бывает.

– Да-а-а, – протянул Расс. – Не зря написано: «Учи Твой голос различать, от голосов других».

– Слишком мягко сказано, – произнёс Ар-ту. – В моём случае лучше подходят слова: «...отойди от Меня, сатана».

– А я вот думаю, – добавил Расс. – Сколько же людей ошибается, когда они не способны отличить тихий голос своей души или даже голос сатаны, от настоящего голоса Святого Духа. Ведь недаром сказано:

«... что сам сатана принимает вид Ангела света»

– Вот и получается, всю жизнь живи – и всю жизнь будь сторожем своему счастью и дружбе с Творцом, – добавил Ар-ту.

– Ну, так что же? Слава Господу, что всё прошло. Это можно назвать психохимической атакой большой мощности, – улыбнулся Расс, дружески похлопав Ар-ту по плечу. – Поздравляю с настоящим боевым крещением.

Ночью, в небольшой комнате в доме за углом, что напротив дворца, когда было ещё темно, Расс разбудил Ар-ту и подал записку.

– Донесение от Пташки. Только что доставили, – объяснил он.

«Срочно. Штаб координации. Донесение номер два. Агент номер Три уже неделю имеет очень большой успех. На других не заменяется. Продолжаем разработку клиента.
Группа ААА. 003».

Прочитав депешу, принц обессиленно прислонился к стене.

– Слушай, да они нас действительно, как медведя в берлоге обложили, – произнёс он, – ведь если она третий, то кто первый и второй. И вообще, сколько их? Может, они, половину зала ими заполнили.

– Судя по этой девушке, – вслух рассуждал Расс, – а именно по тому, как её физически изящно подогнали под твой вкус, и какое она производит впечатление на тебя, можно сказать, что агенты тёмной стороны работали хорошо и заранее. Я думаю, что они знают тебя в лицо и работают наверняка. Это как химическая и эмоционально-психофизическая атака на твой разум, сознание и тело. Для такого молодого человека как ты, это как взрыв атомной бомбы, о которой часто пишут в фантастических романах. Думаю, что это некоторые из тех девушек, к которым многие липнут, как мухи на сладкое. С другой стороны, это, пожалуй, те, кто выглядит как эталон красоты и изящества физической формы. Хотя такими вполне могут быть и другие девушки. В принципе, мы их можем вычислить и по другим признакам.

— Слушай! Какая разница, сколько их во дворце, — перебил Расса Ар-ту. — Гораздо важней то, что мы поняли, что подготовлена большая программа охоты. Я не думаю, что они подготовили только это. Пташка сообщал, что в городке «Н» уже неделю живёт масса торговцев, которые не спешат в столицу на ярмарку, хотя это рядом, а цены сейчас здесь почти в три раза выше обычных. С чего бы это, а?

Рассуждая Ар-ту продолжил:

— Значит, так: немедленно удвоить, даже утроить запасы пороха и снарядов. Подготовить уксус для охлаждения пушек, на случай долгой непрерывной стрельбы и тяжёлого боя. Проверить маскировку корабля. Да, если возможно, увеличить число рыбацких лодок и корабликов, набитых «нашими рыбаками», это на случай десанта и рукопашной битвы. Увеличить количество снайперов на вершине «Ц». Проверить готовность и установку малых якорей и канатов, для передвижения корабля в безветрие согласно плану. Да, Пташке, срочно, — продолжил Ар-ту. — Пусть комендант вскроет второй конверт Пташки и приготовится обезвредить торговцев. Очень скоро они превратятся в разбойников. Заранее их трогать опасно, шпионы везде есть, значит, надо неожиданно, но вовремя. Да, за Вирнессой лучше не следить, за ней возможно тайно, но хорошо присматривают, а то всех спугнуть можем. Важней следить за другими.

– Есть сэр, – чётко и по-военному ответил Расс.

Он приоткрыл дверь шкафа, где, отдыхая, сидел Тэд, перед которым на табуретке стояла еда и напиток.

– Ты всё слышал? Выполняй. Все приказы только в устной форме. Знаем, что ты устал, но другого пути пока нет. Половину дороги тебя подвезут, а дальше тайком да пешком.

– Ничего, я уже поел и немного отдохнул, – ответил Тэд.

В его дорожную сумку Расс положил еды, кожаный мешочек с водой, дал монету, и Тэд тут же ушёл.

– Слава Богу, и спасибо тебе, Расс, похоже, что мы выиграли первый бой, значит, есть надежда и на большую победу.

«Жизнь на земле даётся одна и только один раз, и испортить её удивительно легко и просто. Один неверный шаг, одно слово, неправильные друзья, неразумный брак – и многое навсегда может измениться. В таком трудном путешествии, как наша жизнь, полном приключений и неожиданных опасностей, всегда важно видеть реальность, а не свои иллюзии, желания или фантазии», – вспомнил Ар-ту из курсов тренинга.

– С первой большой победой, – произнёс Расс, похлопывая принца по плечу.

– А почему с первой?

– Это была твоя личная битва. То, что разрушилось вчера, могло сильно разрушить твоё будущее. Это был трудный бой и, слава Господу, ты победил.

ЗНАКОМСТВО

Расс и Ар-ту не спешили дать понять другой стороне, что они что-то знают. Они по-прежнему танцевали с девушками: Ар-ту так же со своей принцессой Вирнессой, а Расс теперь часто менял их. Через время Расс вдруг шепнул: «Пожалуй, ещё двух нашёл».

Но это быстро потеряло для них всякий интерес, и они вернулись к нормальной жизни. Дней через десять, после официального открытия бала, они шли по залу вдоль стены, когда Расс странно замер и тут же скрылся за колонной. Ар-ту машинально сделал тот же манёвр и только потом спросил:

– Что случилось?

– Анна здесь.

– Какая Анна? Она знает нас?

– Тебя не знаю, а меня должна помнить. Анна – это девушка-капитан, которую ты спас от разгрома, когда тебе шпагой щёку рассекли. Если она увидит нас вместе, то она тебя вычислит. Или для тебя это нормально будет?

– А-а-а, – протянул Ар-ту. – Старые знакомые.

– Ну да.

– Ты знаешь, будет лучше, если она не будет знать, кто мы, а там видно будет.

– Она всё хотела тебя увидеть, – продолжал Расс. – Но, похоже, что вы так и не встретились. Правда, она тогда была толстенькой, а сейчас изящна и красива. Я скроюсь, а ты можешь познакомиться с ней. Я теперь маскарадные очки одену, зачем зря гусей дразнить, если мы не хотим, чтобы нас узнали. А вообще она сильно изменилась и похорошела, – добавил Расс. – Вдруг она тоже из чужих агентов.

– Да ладно тебе! – засмеялся Ар-ту и толкнул Расса в бок, – а то совсем запугаешь. Наст говорил, что она усердно старается пройти курсы тренинга, хорошо стоит на Твёрдом Основании, и её корабль даже обшили деревом Дисци. Так что не пугай слишком много. И вообще я не раз её видел, просто ты сейчас её раньше меня заметил. Я не ожидал, что она здесь будет.

– Ишь ты, гусь какой! – засмеялся Расс. – Толком не знаком, а сам подсматриваешь и информацию собираешь.

Они посмеялись, и принц пошёл знакомиться с Анной, а Расс скрылся среди гостей. Анна была в парадном капитанском мундире. Она только что вошла в зал и просто оглядывалась по сторонам, стараясь оценить обстановку. Она бы, наверно, и не попала на бал, но её штурман, Снежана, уговорила её.

— А ведь действительно чего тебе терять? Бывает же, что мы где-то отдыхаем после надоевших дел. Вот и отдохни на балу. Выглядишь ты чудесно. У тебя сейчас хорошие манеры, а то, что платья бального нет, так это и не беда, ведь это бал-маскарад. Хотя я сколько раз тебе говорила, что для девушки надо иметь хотя бы одно-два платья на парадный выход. Ну да что теперь говорить! Иди в капитанском мундире. В парадном, конечно, и без шпаги. Ну, просто так побудешь там и всё. Принца всё равно никто не знает, так что танцуй со всеми и будь спокойна и счастлива. А так на людей посмотришь и себя покажешь, — уговаривала её Снежана.

— Да, кстати, не забудь, что у тебя есть поручение от кузнецов: найти и передать Ар-ту клык змеи и сигнал пароль. Они ведь утверждали, что Ар-ту точно будет на этом празднике, и очень важно передать ему их задание. Вот и ищи его по всему дворцу.

Они посмеялись, Анна вняла доводам подруги и отправилась на бал. Как ни странно, но в парадном капитанском мундире она была не одна. Всё-таки это был бал-маскарад.

Поняв, что Анна не смотрит в его сторону, Ар-ту сделал вид, что рассматривает украшения на окнах, а сам шёл к ней так, как только танк идёт на таран или большой корабль в открытом море. Он был в интересном и озорном настроении. С одной стороны, он устал от всей этой суеты с девушками, и ему казалось всё равно, как она к нему отнесётся. С другой стороны, ему самому хотелось познакомиться с Анной. Это как игра в кошки мышки. Я тебя знаю, а ты меня нет. Попробуй, угадай. У молодых людей фантазии быстро развиваются.

Анна обернулась слишком поздно, и они нечаянно столкнулись.

Ар-ту тут же поддержал Анну, как бы боясь, чтобы она не упала. Он держал её за руки, и они оба слегка удивлённо смотрели друг другу в глаза. (Вы же знаете, что в те далёкие времена нечаянно столкнуться с другим человеком было редким, но не криминальным случаем. В наше время так делать не рекомендуется).

— Извините, пожалуйста, – произнёс Ар-ту. – Я виноват. Я вас не ударил?

— О-о. Ничего. Я тоже виновата, стою как колонна на проходе.

— А я думал, что я один такой, – ответил он. – Разрешите вас пригласить на танец.

— Вы же куда-то спешили?!

— Если честно, то, наверно, туда, куда и вы.

Анна слегка улыбнулась, и они закружились в танце.

Увидев её мягкую улыбку и взгляд её добрых глаз, Ар-ту ощутил волнение, но не был в напряжении, не как скакун на бегах, а было как-то легко и почти свободно. Как будто то, что всё время давило на его душу, отошло в сторону, давая ему возможность дышать и радоваться.

Многое зависит от того, что и как мы сравниваем и что для нас важно и ценно. Если смотреть на Анну сейчас, то по внешнему виду она была весьма хороша, хотя не так как агент номер три и, конечно, в её в причёске не было никаких дурманящих цветов моря. Принц это сразу заметил и почувствовал.

Они познакомились и каждый из них, используя бал-маскарад, назвался другим именем и, разумеется, они много болтали обо всём, что приходило в голову. Но очень скоро Ар-ту понял, что это только казалось так. Уловив связь вопросов, он понял: она искала ответ: Кто он? И какой он? Естественно, у него было серьёзное преимущество: он точно знал, кто она, а она нет. Ему было интересно видеть, как она осторожно идёт к этому в своих, как бы заданных невзначай вопросах, пытаясь найти то, что могло бы подтверждать то или другое предположение. Используя своё преимущество, он с удовольствием превратил это в игру «А ну-ка угадай?»

Узнав, что Ар-ту, вернее, как он ей представился, мистер Икс, по делам не раз бывал на острове Дисци, Анна немного оживилась.

– Какие же у вас там были дела? – как бы безразлично спрашивала она.

В танце, держа её руку в своей руке, принц почувствовал, что её ладонь потеплела.

– Ага. Значит, она заволновалась, – сделал он вывод и подумал: – Вот и пригодилась наука в кузнице: умение и привычка точно определять малейшую разницу температуры металла, держа руку на расстоянии.

– Дела у всех разные, – небрежно ответил он. – У каждого своё: товар продать, другой купить, в кузне что-нибудь заказать.

Неожиданно мистер Икс почувствовал, как в её пальцах забился пульс.

– Наверно, много проболтался, – понял он, – сразу заволновалась, даже сердечко сильней забилось. Интересно, что же она поймала? – рассуждал он про себя, тайком глядя на её лицо.

Она тоже, быстро, как бы мимоходом, взглянула в его глаза и тут же отвела свой взгляд в сторону. Принц едва уловил в её глазах испытывающий вопрос: это действительно так? Но он понял другое, что она успела прочитать на его лице и в его глазах гораздо больше, чем он готов был обнажить.

Ох, уж эти врождённые женские способности, как бы мельком, но на самом деле часто быстрее и точнее мужчин, уметь одним взглядом оценить непонятную ситуацию и довольно точно понять, что собственно происходит.

– Сейчас вопрос будет более направленным. Только о чём? – подумал принц, а пульс её сердца продолжал стучать в пальцах её руки.

– И часто вам приходилось что-то заказывать в кузницах? – безразличным голосом спросила она.

– Это уж когда как придётся. Бывает, и вообще делать там нечего, – так же беспечно ответил он, пытаясь сменить разговор о кузнице.

– Болтун несчастный, – ругал он себя. – Тебя что, за язык кто-то тянет? Точно про меня сказано: болтун – находка для шпиона.

– Это точно, – согласилась она с ним. – Иногда так не хочется куда-то идти, особенно, когда там делать нечего, да ещё если далеко.

– Уф, – подумал наш мистер Икс. – Кажется, пронесло.

– Конечно, – беспечно ответил он. – Чего зря болтаться, лучше с друзьями посидеть.

– Так, значит, вы делали заказы в кузнице ближе к малому порту? Чтобы далеко не ходить? – продолжала она, кружась с ним в танце, и опять, как бы невзначай, быстро взглянула в его глаза.

Пульс в её руке забился чаще. «Близко ходит, – подумал принц. — Неужели меня так легко раскусить? Но всё равно она может только предполагать. Конечно, она хочет узнать обо мне всё, но что вперёд? Кто я? Или какой я? Ведь это большая разница».

– Не совсем так, – как-то хитро ответил он, – это смотря, откуда и как считать.

Они ещё немного помолчали, продолжая исполнять фигуры танца.

– Так вы заказывали в кузнице у малого порта? – опять прощебетала она, заглянув в его глаза.

– Вот далась же ей эта кузница! – подумал он. – Чего ей там надо? Что она хочет этим найти во мне? Однако он чувствовал, что он даже зауважал её, за её осторожную настойчивость, с которой она тактично шла к своей цели. У него появился азарт и интерес узнать, как и что она хотела узнать о нем вперёд. Кто я? Или какой я? Но если сейчас ей сказать нет, это будет неправдой. Если да, то это может оказаться уже много. Он пока не хотел раскрываться. Ему было хорошо и так, чувствовать своё преимущество и наблюдать, как она шаг за шагом ищет подтверждения своим догадкам и представлениям.

– Не совсем так, но не редко, – наконец ответил он.

– Так вам что, тамошние кузнецы, около малой пристани, никогда не отказывали в работе? – легко щебетала она, но её взгляд в его глаза был более долгим и пристальным. Её рука в руке принца вдруг немного вспотела, а её сердечко, вернее пульс, забился часто-часто.

– Ого, – сразу подумал наш мистер Икс, – похоже, она делает удар крюком или ход конём. (Вы же знаете, что всегда трудно точно определить, что и как думает другой человек, особенно девушка. Всё-таки у девушек тридцать три тома женской логики). По форме того, как был построен вопрос, по тому конкретному уточнению, чтобы трудней открутиться от точного ответа, принцу стало понятно, что она подошла к двери, и ищет ключик, чтобы открыть дверь. Дать ей настоящий ключик мог только его честный ответ. Он понял, она ищет его друзей и знакомых. «Скажи, кто твой друг – и я скажу, кто ты» вспомнил он из лекции. То есть, она хочет найти ответ на вопрос: Какой он человек?

Ему было приятно и радостно понять это. Ведь действительно, зачем заводить глубокое знакомство и дружбу с теми, кто нам совсем не подходит?

Мистер Икс молчал, и они красиво вальсировали. Время от времени он ощущал на себе её уже немного нетерпеливый взгляд, который как бы говорил: ну что ты? Ну что ты молчишь? Тебе что, трудно ответить, а, может, вообще отвечать не хочешь? Или ты просто решил меня помучить?

– Вам стало скучно, что вы перестали разговаривать со мной? – вдруг безразлично спросила она.

– А вот это уже удар в лоб, – подумал мистер Икс.

Он даже почувствовал, как его глаза от неожиданности стали удивлённо большими, он немного растерялся и она, конечно, это сразу заметила. «Видимо, очень ей хочется получить ключик-ответ, – думал он, – значит, я ей всё-таки понравился».

Он даже повеселел, но почувствовал, что если он сейчас выкрутится, то она, скорее всего, потеряет к нему интерес и уйдёт. А потерять её ему уже не хотелось. За это короткое время, проведённое вместе в танце, он уже стал немного понимать её характер. Он осознавал, что она, зная характер кузнецов той кузницы, Терпа и Наста, быстро и довольно точно определит, какой он? А может, даже и больше этого. Ощутил он и другое, что он, уже действительно уважает и ценит её и не хочет потерять.

– Да, в общем-то, да. Они не отказывали мне в работе, – немного виноватым тоном, словно извиняясь за долгое молчание, ответил мистер Икс.

Словно электрический ток пробежал по её руке, и кончики её пальцев еле уловимо вздрогнули.

– Значит, Терп и Наст вам не отказывали в работе, – утвердительно произнесла она, не отводя взгляда от его глаз.

Но всё что она там увидела, это приятую и добрую улыбку его глаз. Она не поймала его на реакции имён кузнецов, но неожиданно для себя почувствовала в его глазах нечто большее и более важное для них обоих.

Глядя в её глаза, наш мистер Икс видел, как её взгляд немного изменился и она по-новому, оценивающе и с интересом посмотрела на него. Это уже был не тот взгляд и интерес, который часто появляется при встрече с красивым молодым человеком, возбуждённый его близостью в танце. Это был взгляд на допуск, на разрешение быть для неё кем-то более важным, чем просто красивым знакомым.

Они танцевали, а каждый думал о своём.

– Да-а-а, просто так к себе не подпускает, – с уважением и даже с какой-то гордостью за неё думал Ар-ту, – боится ошибиться. Видимо, тоже надёжности ищет, раз искала моих друзей, чтобы узнать, какой я. Ну что ж, к такой есть смысл присмотреться получше.

– Хулиган! Мучитель! – как-то добродушно-сердито, но удовлетворённо думала про него Анна. – Это надо же так над девушкой издеваться! – возмущалась она в себе. – Так заставлять нервничать и ждать, когда он ответить соизволит. Интересно, кто он такой на самом деле?

«Скажи, кто твой друг – и я скажу, кто ты» помнила она из лекции «Как выбирать друзей».

Если кузнецы, Терп и Наст, не отказывали ему в работе, значит, он для них весьма уважаемая персона. Раз так, то они друг друга хорошо знают и, возможно, друзья. Вероятно, у него хороший характер, и он на твёрдом основании. Но не один же он делал у них заказы!? А вдруг... Нет! Нет! Нет! Сто-о-оп!!! – кричала она себе. – Не отвлекайся на то, чего пока нет, чтобы меньше ошибок было. Ты и так молодец.

А ведь как отвечать не хотел, а? – опять подумала она. – Даже припугнуть пришлось, будто действительно скучно. Ну, хулиган, подожди...!

Ну, если так, то стоит присмотреться к нему внимательней, – размышляла Анна. – Только попозже, когда немного успокоится. Он, видно, почувствовал, что я его изучаю и занервничал. Охотники не любят, когда на них охотятся, – вспомнила она. – Ничего, тигрёнок, мы ещё поиграем в кошки-мышки, – пронеслось у неё в голове. – И надеюсь, узнаем, кто ты такой, — думала она, улыбаясь лучистой улыбкой и озорно поглядывая на него.

Танцуя с Анной, принц вдруг ощутил лёгкое беспокойство за эту одинокую девушку, которую, как он понимал, жизнь тоже изрядно потрепала. Он ощутил приятное чувство заботы о ней, но это не было вызвано чувством простой жалости. Из курсов в Школе Секретов Жизни он знал, что семейная жизнь, основанная на жалости, часто имеет много проблем. Семейная жизнь, как это ни странно, своего рода расчёт. Только это расчёт не на деньги, не на знатность рода и положения, а, в первую очередь, на доброе и хорошее взаимопонимание и надёжность. Вы же помните закон замещения: «чтобы взять – надо что-то отдать». Вот и получается, что для того чтобы получить то доброе, хорошее и надёжное отношение к вам, надо и самому быть готовым отдать то, что от вас ожидает получить другой.

Ар-ту прекрасно знал, что переделать и перевоспитать человека, без его желания невозможно и надеяться или рассчитывать на это в семейной жизни – нельзя. Но он знал и другое, что эта девушка, каким-то образом уже не раз пересекалась с ним в этой жизни. Он знал, что она уже уверенно строит жизнь на Твёрдом Основании «Книги Жизни». Он знал, как она усиленно и добровольно работала над собой, своим телом и своим характером, стараясь полностью привести себя в некое, только для неё понятное, соответствие духа, души и тела. Знал он и то, что её корабль тоже обшит деревом Дисци, а это уже очень много значило. Но, пожалуй, самое главное было то, что она развила в себе способность учиться у жизни: говорить себе правду, имела силы удалять то, что ненужно и искать разумные пути к миру. Его штурман Расс был прав: Ар-ту уже давно неосознанно собирал информацию о ней. После того, как он спас её от пиратов в море, он почему-то никогда полностью не выпускал её из виду. Нередко он интересовался её дальнейшей судьбой, как у кузнецов, так и у других людей. Хотя он даже и не стремился к встрече с ней.

– Анна, ты не устала, – неожиданно заботливо спросил он.

Надо было видеть, как дико и тревожно взметнулись её ресницы, и полыхнули её глаза. По лицу пробежала тень волнения, пальцы её руки вздрогнули и в них молотом застучал пульс.

– Мы разве знакомы!? – беспокойно спросила она. – Откуда вы знаете моё настоящее имя?

Принц понял, что задумался о ней и допустил ошибку. Он назвал её настоящим именем, а не так, как она назвала себя на этом балу, но уже было поздно.

– А-а! Так это ваше настоящее имя!!! А я думаю, чего оно так кружится в моей голове, – весело и беззаботно ответил он.

– Не бойтесь, это, наверное, случайное совпадение. Вы же знаете, что иногда, совершенно случайно, люди могут читать некоторые мысли или даже что-то знать из того, чего, в общем-то, они и не знают.

– И чего же вы обо мне знаете?

– Только то, что вы немного устали и желаете отдохнуть за тем столиком.

Анна улыбнулась, и они прошли к свободному столику.

Честно говоря, ей очень нравился этот юноша, вернее, таинственный молодой человек по имени мистер Икс: он был довольно широк в плечах, с приятным мужественным лицом и имел слегка озабоченные чем-то глаза, которые, впрочем, умели весело смеяться вместе с ним. Он, может, немного старше её и имел мускулистую и немного шершавую ладонь, признак того, что ему нередко приходилось работать физически. Такой тип ладони ей особенно нравился.

– Раз он здесь, но иногда физически работает, то, значит, богатый, но не очень. По дружбе с кузнецами, видимо, не горделивый и не зазнайка, более понимает цену всему в жизни и, конечно, не из знатных, – тайком рассуждала Анна.

– Мы могли бы с ним быть неплохой парой, – позволила себе подумать она. – Да чего мечтать, а много мечтать ещё и вредно. Он за эти вечера со многими, вероятно, танцевал, да и кто его знает, что ему нужно. Может, как и я, просто так пришёл, на людей посмотреть. Ему, возможно, всё равно, кому он нравится или нет, а я тут какие-то мечты строю.

Она слегка, как бы тайком, опустила глаза и как будто вновь закружилась в танце, вспоминая, как она приятно чувствовала его руку, и как приятно было вдыхать воздух, наполненный его близостью в танце.

– А что у тебя в карманах, – неожиданно озорно и весело спросила она и засмеялась, – это игра такая. Ты знаешь эту игру? Нет? Каждый честно достаёт всё, что есть в карманах, кладёт на стол и накрывает салфеткой. Это если много игроков. Потом другие спрашивают всё, что хотят об этих предметах, а ты должен дать объяснение. Не больше трёх вопросов на каждый предмет. Тот, кто спрашивает, должен сказать своё придуманное объяснение, для чего может быть использован этот предмет. Знаешь, как весело бывает! Чего только люди не носят в карманах и чего только не говорят, объясняя или фантазируя.

– Хорошо, – вдруг легко и весело согласился он.

– Только оба по-честному: в карманах ничего не прятать и не оставлять, – сразу предупредила она, – и на любые вопросы не обижаться.

Она первая тут же высыпала на стол всё содержимое своей маленькой сумочки, потом где-то пошарила и добавила несколько предметов.

Надо сказать, принц ожидал гораздо большего количества всякой всячины из девичьих тайников.

Он тоже со смехом очистил свои карманы, предоставив их содержимое на девичий суд.

– И это всё? – удивилась она.

– Да, – ответил он, но тут же поправился: – Нет, но почти всё. Сейчас проверю.

Расстегнув одну пуговицу, он достал из нагрудного кармана носовой платок и с гордым видом положил его на стол.

– Теперь всё, – немного торжественно заявил он, и при этом его глаза смеялись.

– Ну, что ж, – подумала она, – судя по тому, с какой готовностью он очистил свои карманы, я ему не безразлична. Это уже неплохо для продолжения знакомства.

– Кто будет отвечать первый? – с хитринкой спросила она.

– Гм. Я к вашим услугам. Правда, немного страшновато, но надеюсь, что в живых останусь, – браво ответил он.

Она несколько секунд разглядывала содержимое его карманов, как бы выбирая с чего начать. Честно говоря, носовой платок ей совсем не понравился. «Неужели подарок от девушки? Он вроде бы не из тех, кто чистые носовые платочки носит», – думала она. И тут заметила, что в одном месте из платочка выглядывает что-то чёрное. Взглянув на него, она поняла, что он тоже это заметил, но уже было поздно, и поэтому он слегка озадачился.

Она решительно потянулась к платку, не зря же она затеяла эту игру.

«По содержимому карманов, независимо от объяснений, вы можете дополнить своё представление о человеке», – вспомнила она урок из курса обучения.

Испытывающе глядя ему в глаза, она взяла платок за уголок и осторожно подняла. Из платка выпало что-то чёрное: какой-то кругляшек с ленточкой. Взяв его в руки, она с удивлением увидела, что это чёрная повязка на глаз, какие, иногда можно увидеть у пиратов, чаще всего у капитана или у человека без одного глаза. На внутренней стороне кругляшка было написано: Ар-ту.

Какой-то ком стремительно подкатился к её горлу и почти перехватил дыхание. Её глаза широко распахнулись, рот приоткрылся, а дыхание стало тяжёлым, судорожным и трудным.

– Ты…!??? Ар-ту…? – тяжело, с трудом и с лёгким испугом, выдавила она из себя.

– Это память о детстве, – немного замявшись, небрежно ответил мистер Икс. – Мы любили играть в пиратов и торговцев, а для большей похожести закрывали один глаз, как настоящие пираты перед боем. Это на случай, чтобы в темноте видеть лучше. Бывает, в тёмный трюм или подвал попадёшь, тогда открыл этот глаз – и сразу всё видно. Мы все мечтали быть похожими на Ар-ту, поэтому и писали это имя. Так, храню как реликвию о детстве.

Анна сидела молча с ошарашенным выражением лица. Она только что услышала объяснение тайны чёрной метки на глазу, о которой даже Надежда не знала.

Не осознавая того, что делает, она медленно прислонила чёрный кружок к его лицу. И словно по-новому увидела и его, и его лицо. Она осторожно провела пальцем по его щеке и, под искусно нанесённым гримом, неожиданно проступил тонкий шрам.

Он слегка дёрнул щекой, то ли от лёгкой боли, или от того, что обнаружилась его тайна.

Что-то, как таинственный пазл, который был ей до сих пор непонятен, вдруг сложился в одну ясную картину. Он ещё что-то говорил, но она уже ничего не слышала.

В её ушах стоял шум боя: воздух раздирали залпы пушек, стена дыма и скрип от трения бортов. Неизвестный корабль, защищая и закрывая её собой, входил между её кораблём и кораблём пиратов. Стрельба пистолетов, разъедающий глаза пороховой дым, яростные крики, звон клинков и кто-то отчаянный, с чёрной меткой на лице, кому на её глазах шпага противника рассекла щеку. Это был таинственный капитан таинственного корабля. Капитан, который бортами своего корабля закрыл её от залпа пиратских пушек. Капитан, рисковавший собой, своим кораблём и командой только для того, чтобы однажды, на короткое время неожиданно появиться в её жизни, отвоевать для неё корабль противника, дать ей возможность спастись и выжить, и так же неожиданно, навсегда уплыть туда, откуда пришёл.

Словно таинственный призрак моря, на время ставший реальным, чтобы помочь и потом опять исчез как призрак. Они, толком, никогда друг друга не видели. Теперь она была уверена, что это было одно и то же лицо, лицо, которое она видит сейчас. Таинственный незнакомец, который уже дважды спасал её жизнь.

Как долго она искала встречи с ним. Как долго она мечтала об этом. И вот теперь, вдруг, совсем неожиданно, совсем не так, как ей представлялось, теперь, когда все надежды почти прошли…

Она сжала в руках чёрную метку и быстро прижала руки к груди. Ей показалось, что её руки начали дрожать.

– Итак,... Ты... Ар-ту? – опять с трудом, но уже уверенно повторила она вопрос.

В это время, словно далёкий удар грома, издалека донёсся глухой, но раскатистый залп большой пушки. Словно эхо, в ответ слегка зазвенели стёкла окон. Музыка сразу оборвалась и наступила тишина. Выстрелов больше не было.

Мистер Икс замер, прислушался и вдруг произнёс:

– Пушка Дум-Дум на Вороньей скале. Сигнал тревоги. Похоже, незваные гости едут?

И вдруг, взяв её за руку, он как-то совсем необычно сжал её ладонь в своей слегка шершавой руке и, глядя ей в глаза, с особой теплотой в голосе произнёс:

– Анна! Прости, но если Господь позволит, то обязательно увидимся.

Он встал, поднял руку, сделал какое-то круговое движение рукой и сжал пальцы в кулак. Затем взял со стола свои вещи и стремительно выбежал из зала.

Управляющий торжеством попросил всех успокоиться и подождать, пока явится гонец с известием. Может быть, к нам спешит радостная весть. Вновь заиграла музыка, но короля на троне уже не было.

Некоторые из любопытных гостей стали выходить из дворца, чтобы видеть залив и порт. Всем было интересно, что происходит на самом деле.

Анна в числе первых выбежала на берег, стараясь увидеть, куда пошёл Ар-ту. Но ещё во дворце она потеряла его из виду. Гавань была пуста. Всё было тихо, а на берегу быстро собиралась толпа зевак.

Она чувствовала, что тихо плачет, но она уже не обращала на это внимания.

– Да что же это такое? А? – с болью и горечью думала она. – Ну почему мы не можем даже познакомиться нормально? Теперь, после всего, когда мы, наконец, нашли друг друга, нас опять что-то разлучает. Господи! Помоги нам!

А ВЫ ДРАКУ ЗАКАЗЫВАЛИ?
НЕ ВОЛНУЙТЕСЬ, СЕЙЧАС БУДЕТ

Анна стояла у каменного парапета, стараясь хоть что-нибудь предугадать, когда услышала крики:

– Пираты! Смотрите! Пираты!

– Точно пираты! И их много! Они убегают! – раздавались взволнованные голоса.

Действительно, немного в стороне, из-за прибрежных кустов отплывали две большие шлюпки, в которых сидели матросы и быстро гребли к Двум Братьям, так назывались две большие скалы, что находились у прохода из моря в бухту. В шлюпках было не мало людей в праздничной одежде. «Так вот кому он делал знак рукой, – подумала Анна, – они были во дворце». То, что её знакомый был там, в этих лодках, она даже не сомневалась. У некоторых на глазах были чёрные метки, почему люди и подумали, что это пираты.

На первой шлюпке, впереди сидел человек с чёрной меткой, закрывающей один глаз, и разговаривал… с Рассом. С тем штурманом Рассом, который передал ей просьбу капитана Ар-ту, сразу после боя перейти на пиратский корабль.

Анна была очень удивлена, что за всё время не видела его на балу. «Тоже мне девушка, – сердито бурчала она на себя, – такого человека не могла заметить. Да я бы тогда сразу догадалась, что к чему. Капитан Растяпа», – сердито ругала она себя.

Куда они плывут? В залив к Двум Братьям? Конечно, за этими скалами можно спрятать корабль, но что это даст? И зачем?

Раздался ещё один выстрел сторожевой пушки. Теперь стреляли уже из крепости на входе в гавань, а скоро откуда-то сбоку, из-за покрытых лесом прибрежных холмов стали выплывать чужие корабли. Их было много. Они были довольно близко к берегу, и на всех развевались пиратские флаги. Всем стало ясно, что они плывут совсем на другой праздник.

Анна вспомнила, что у пиратов открыта большая охота на капитана Ар-ту. «Раз он Ар-ту и, если он там, – рассуждала она, – значит, он знал или предусмотрел это». В любом случае, один, он навряд ли что-нибудь сумеет изменить в этом сражении. Ему будет нужна помощь. Но как? В прилив хорошо заходить в порт, но очень опасно выходить из порта, да и ветер с моря, что удобно для нападающих, а не для выхода в море. Отсюда, до причала больших кораблей около мили, а пираты скоро уже будут заходить в пролив. Такое количество кораблей одной крепостью невозможно удержать.

Отойдя от берега на клумбу в виде холма, она вынула узкий свисток, как у боцманов на кораблях. Раздалось три пронзительно громких и долгих свистка. К ней поспешили те из её команды, кто был с ней на балу.

– Всем на корабль. Там за скалами стоит корабль капитана Ар-ту. Ему надо помочь. Все вопросы потом. Пошли, – командным тоном, пресекающим любые возражения, произнесла Анна.

– «Все, взявшие меч, от меча и погибнут», – неожиданно раздался чей-то голос. – Неужели вы думаете, что вы справитесь с пиратами. Их очень много, целая флотилия. Стоит ли рисковать? Они перебьют всех, кто окажет сопротивление, но ограбят и оставят в живых тех, кто не противодействовал им. Лучше второе, чем первое.

Это говорил щеголеватый, одетый по последней моде молодой человек, стоящий недалеко от них вместе с группой людей.

Анна посмотрела на него и жёстко ответила:

– Если бы они только обобрали всех, то, может, вы и правы. Но я точно знаю, что при захвате города каждый из пиратов будет изощряться в наслаждении своей силы и власти. В этом городе будут тысячи ни за что убитых и искалеченных, десятки тысяч изнасилованных детей, женщин и поломанных судеб. Этого нельзя допустить. Но вы правы в том, что таких, как вы, может, и действительно не стоит защищать, но, к счастью, не все такие. Есть настоящие мужчины и женщины, которые защищают если не себя, то тех, кто действительно нуждается в защите.

Но неужели вы думаете, что если не погибнете от меча, то будете жить вечно? — В запале продолжала Анна. — Умирать всем страшно. Но ещё страшнее жить во зле и обмане и при этом считать себя праведником, и требовать, чтобы к тебе относились с почтением и как к святому.

Выплеснув негодование, Анна, и её три подруги, быстро пошли к большому порту.

У ВОЙНЫ – НЕ ЖЕНСКОЕ ЛИЦО

В большом порту к причалам никого не пускали. Там бегали солдаты короля: что-то катили, что-то переносили. С подъезжающих подвод быстро спускались на воду большие шлюпки и на них тут же ставились небольшие пушки, скорее, похожие на большие мушкеты. В шлюпки садились солдаты с ружьями, и тут же отплывали на заросший кустарником другой берег, где на вершине холма, была крепость. Было ясно, что у короля был какай-то его план обороны. Пять военных кораблей короля уже заранее стояли в стороне, и только теперь Анна догадалась, что они специально стояли под углом друг к другу для лучшей обороны порта. На случай, если пираты прорвутся мимо крепости и пойдут в главный порт, для высадки большого десанта, то перед входом, они окажутся под огнём тяжёлых пушек сразу с двух сторон. Подойти близко к берегу в других местах для больших кораблей было опасно и почти невозможно. Но что эти пять кораблей, против огромной флотилии?

С большим трудом ей удалось попасть на свой корабль, выйти из порта и взять курс к Двум Братьям, скалам на входе в гавань.

В это время по столице пронеслась страшная весть: царская дорога, соединяющая город с большой долиной, уже захвачена пиратами. Пираты наступают и с моря, и с суши.

Король очень жёстко и быстро прекратил панику.

– Я и мои люди делаем всё, что возможно и необходимо для безопасности всех, – заявил он. – Кто желает, может встать в ряды защитников. Кто не желает или боится, уйдите в город, в гостиницы и свои дома. Я отдал приказ, расстреливать каждого, кто первый начнёт панику или не подчинится повторному приказу моих офицеров.

Такое заявление короля отрезвило многих паникёров.

А пираты, при попутном ветре и подгоняемые приливом, на всех парусах уже быстро входили в гавань. Пользуясь приливом, они как бусинки на ниточке, входили там, где большие корабли никогда не рисковали плавать, но где крепостные пушки не могли их достать. Они только посмеивались, видя, как иногда какое-то ядро падало в воду всего в сотне метров от их кораблей. Они спешили, им надо было быстро зайти и быстро освободить проход для других кораблей флотилии. Миновав крепость, в условленном месте, они сворачивали на главный, глубокий и безопасный проход, который дальше шёл между Двух Братьев.

Первый корабль пиратов уже стал проходить между скалами братьями, как вдруг из воды, прямо перед кораблём, выскочила необычная цепь, перекрывшая проход немного ниже середины мачт.

– Что за ерунда? – выругался капитан корабля.

Но что-то предпринять было уже поздно. Корабль шёл очень быстро, а цепь была слишком близко. Вот она уже коснулась первых корабельных канатов, вот она уже заскользила по ним, начиная натягиваться. Канаты тут же стали лопаться и рваться, как перетянутые струны. Вот цепь уже упёрлась в мачты, и они, уже не удерживаемые канатами, не смогли удержать ход корабля и со страшным треском и грохотом, закрывая весь корабль парусами как одеялом, стали ломаться и падать.

Корабли на полном ходу шли близко друг к другу. Только на третьем корабле успели опустить часть парусов, когда их корабль, обломав мачты, по инерции прошёл под цепью. Зато они не были накрыты парусами и могли лучше контролировать обстановку. Их команда сразу же стала обрубать остальные канаты и сбрасывать сломанные мачты в залив.

С разных кораблей в небо поднялось несколько морских почтовых голубей с донесением на адмиральский корабль. Пролетел только один, поднявшийся очень высоко голубь, остальные были сбиты охотниками в засаде на холме у моря.

Анна со своего небольшого корабля тоже видела всё, что произошло. Её корабль медленно двигался вдоль берега, и она была так далеко, что ещё не могла вступить в бой. А война была всё страшней и неожиданней. Она, война, словно только набирала бег.

X

Корабли пиратов, те, что уже были в опасном боковом проходе, как только выходили из него, сразу опускали паруса и начинали рубить задние канаты, так как передние канаты всё равно будут оборваны цепью. Это давало им возможность лучше сохранять боеспособность корабля и быстрее очистить корабль от обломков своих мачт. Первыми, на мощных военных кораблях, шли любители лёгкой добычи, а уже за ними корабли другой державы. У пиратов было до пятнадцати тяжёлых пушек с каждой стороны корабля.

Всегда страшно неожиданное и неизвестное. Все ужаснулись, когда на корабле с обломанными мачтами, который прошёл под цепью, с бортов, вернее в пушечные окна, пираты стали выдвигать большие вёсла и подгребать ими ближе к берегу.

«Да они же идут на боевые позиции, – ужаснулась Анна. – Если они сумеют подплыть ближе и правильно развернуться, то они смогут обстреливать город и дорогу в гавань. И тогда отрежут сообщение между городом и большим портом.

Здорово они подготовились, – думала она. – Они, конечно, не думали, что цепь преградить им дорогу, но на случай безветрия около берега приготовили вёсла».

Неожиданно внутри бухты загулял залётный ветерок, который, слегка хлопнув парусами и подхватив корабль Анны, довольно быстро двинул его вперёд. Теперь Анна старалась идти не к одиноким скалам, а наперерез пиратским кораблям, чтобы быть между ними и берегом.

– «Только бы был ветер, – шептала она. А через какое-то время вдруг подумала, что она не о том думает. Действительно, одним ветром дело не сделаешь. Надо просить благословения на защиту города, – подумала она, – тогда всё будет хорошо: и ветер будет, и успех в делах, а значит, и победа».

– Пушки к бою, – отдала приказ Анна, хотя пушки уже давно были приготовлены.

Конечно, её корабль с шестью пушками, по три с каждого борта, не был большой угрозой пиратам, но другого ничего не было.

Ветерок в бухте продолжал дуть, и Анна неожиданно приняла другое решение.

– Лево руля, – закричала она, – надо встречным курсом пройти как можно ближе к борту пиратского корабля, и обломать ему вёсла. На всякий случай приготовиться к рукопашной.

Для пиратов это было совсем неожиданно и ей, видимо, просто повезло. Раздавался треск ломающихся вёсел, слышались крики и ругань, но скорость встречных судов была велика, и корабли быстро разминулись, даже не сделав ни одного выстрела. Но уже с других кораблей спускались шлюпки, в которых сидели вооружённые до зубов пираты, и все они плыли к берегу. За некоторыми шлюпками тянулись канаты, это значит, что на них были небольшие якоря, чтобы потом, ближе к берегу, их сбросить в воду. За этот канат подтащить корабль к берегу и на боевую позицию было недолго. Такие приёмы часто делались в море, когда было неглубоко, стояло безветрие и не далеко до укрытия в бухте.

Неожиданно корабль Анны содрогнулся от попавших в него ядер. Чуть позже долетел звук залпа. Стреляли издалека, поэтому попали не все и не точно. Помогло, конечно, и то, что её корабль был обшит деревом Дисци. Нужно было срочно уйти от обстрела, но в то же время надо было вести бой.

Раздался далёкий и необычный звук, вроде как пушечный залп, но только более резкий, затем ещё раз. Стреляли откуда-то со стороны Двух Братьев. Это было довольно далеко, но только там клубился пороховой дым. На пиратском корабле, что стрелял по кораблю Анны, с задней кормы полетели щепки, и он как-то странно стал закручиваться на одном месте.

«Ему рулевое весло разбили, – догадалась Анна, – он потерял управление. Вот что надо делать, надо стараться разбивать рулевое управление корабля».

В это время один из пиратских кораблей, с обломанными мачтами, но уже с другой стороны цепи, сумел закрепиться на двух якорях. Они сбросили один якорь спереди, а другой с задней кормы, так что их корабль оказался боком к висячей цепи. Этот корабль, по цепи, дал пушечный залп всем бортом. Два ядра чуть-чуть зацепили цепь, и она тяжело заколыхалась.

– Хорошо стреляют, – заметила Анна. – На таком расстоянии и покачивании на волне попасть в тонкую цепь очень трудно. Но ведь попали же. Да они же так и перебить цепь смогут, – ужаснулась она.

Ей стало страшно от того, что может произойти. Если перебьют цепь, и вся эта армада со всеми пушками и людьми войдёт в бухту, тогда, пожалуй, ничего не поможет. Их слишком много.

От пиратов, кто стрелял по цепи, до корабля Анны было не так далеко, и он был почти прямо по её курсу. Стрелять в корабль пиратов ей было невозможно. Да и что могли сделать её три пушки на каждом борту. С другой стороны, это было её счастьем, что с этого борта пираты тоже не могли стрелять в неё.

— Снежана! Идём на таран, — кричала она, — они могут перебить цепь. Всем приготовиться к удару.

В это время с корабля Ар-ту неожиданно раздалась быстрая канонада пушек. Такой быстрой стрельбы ещё никто никогда не видел и не слышал. Так уж получилось, что пиратский корабль, стреляющий по цепи, оказался спрятан от обзора Ар-ту, за мачтами других кораблей, тесно стоявших перед цепью. Теперь он спешил исправить эту ошибку: открыть обзор и возможность обстрела этого корабля.

На двух пиратских судах, со стороны моря стоящих вплотную к цепи, полетели щепки, стали рваться канаты и, наконец, мачты их кораблей одна за другой тяжело рухнули, открыв для Ар-ту лучший обзор и обстрел всего залива. Всё это произошло быстро и неожиданно. Пираты были шокированы всем: скоростью, дальностью стрельбы и точностью попадания. У Ар-ту увеличилась видимость и территории боя, но стрелять стало опасно. Корабль с вымпелом Анны находился очень близко к тому кораблю. Она идёт на таран, понял Ар-ту. Он видел всё, но теперь безопасней только ждать, что случится дальше.

Люди с берега со страхом смотрели, как её корабль шёл на таран большого пиратского судна. Все думали, что они оба погибнут. Ну, если не оба, то она точно, ведь у неё небольшой корабль. Но этого не случилось, хотя корабли и получили повреждения.

Корабль Анны нанёс удар сбоку и вскользь, поэтому корабль пиратов резко и сильно наклонился на бок и стал разворачиваться. От этого удара некоторые упали в воду, а несколько пушек на корабле пиратов так сдвинулись с места, что даже проломили борт своего корабля. Корабли, после удара дымя скользящими бортами, стали расплываться.

Один якорный канат противника оказался близко и кто-то из канониров Анны, быстро и удачно перебил канат одним выстрелом из пушки.

«Как хорошо, что мой корабль обшит деревом Дисци, – радовалась Анна. – Как это нас выручило!».

После столкновения, сумев быстро отойти в сторону и избежать рукопашного боя, Анна, развернув корабль другим бортом, сделала ещё три выстрела в открывшийся обзор рулевого колеса пиратского корабля и сумела разбить его. Теперь пиратский корабль был без управления.

– Ар-ту, спасибо за науку, – произнесла она, как будто Арту мог услышать, – как удобно, когда противник не может управлять кораблём.

Пользуясь появившимся в бухте ветерком, королевские военные корабли тоже отошли от большого порта и приблизились к месту действий. Теперь они держали под своим обстрелом все корабли, прошедшие под цепью и даже те, что стояли с другой стороны цепи. Это сразу изменило ситуацию в пользу короля, и охладило пыл пиратов.

Около цепи, со стороны моря, собралось десятка два кораблей. С моря, в устье бухты, уже никто не заходил, но те, что зашли по опасному проходу, уже не имели выбора, как только выплывать из него и сразу оказывались в одной большой куче. Это было похоже на остров из кораблей. Они были так плотно один к другому, что почти касались бортами, а некоторые даже столкнулись. Ни о каком манёвре не могло быть и речи. Они просто старались встать на якорь, чтобы не биться друг о друга.

Выход назад, в море, был возможен только по глубокому проходу, но этот проход хорошо обстреливался из крепости, а прилив продолжал загонять корабли в бухту. Так что бегство было невозможно.

Готовясь к захвату столицы, на кораблях пиратов собралось много добровольцев и любителей приключений, мечтающих показать людям свою силу и удаль. За своё участие они получили возможность грабить и издеваться над беззащитными, что было их своеобразной оплатой. Вот за такими геройскими подвигами они и собрались человек по сто, а то и больше на каждом корабле, помимо команды.С нескольких пиратских кораблей спустили шлюпки и сделали десант на пологий берег позади крепости. План был прост. Со стороны города крепость была плохо защищена. Поэтому предполагалось, при большом количестве людей её можно быстро захватить.

Но как только пиратские лодки оказались близко к берегу, на холме показались ряды королевской гвардии, кусты раздвинулись и показались пушки, уже заранее установленные в этих местах. Конечно, это не были такие большие пушки, как на кораблях, но, тем не менее, это были пушки.

Берег был не так далеко, но в этих местах каменистый и опасный для больших кораблей. Корабли, сбитые в плотную кучу, не могли сделать манёвр разворота и поддержать свой десант из корабельных орудий. Здесь явно было преимущество короля. Лодкам с пиратами, которые оказались близко к берегу, сразу пришлось сдаться, а те, что были ещё далеко, повернули назад.

«А король ничего себе, тоже не промах, – порадовалась Анна. – Видимо, предвидел кое-что».

Всем казалось, что как пираты, так и войска короля чего-то выжидают. Пираты не могли сделать нападения и высадки, а войска короля не решались напасть на такое количество кораблей, собравшихся за цепью.

В это время от пиратских кораблей вышел ещё один небольшой десант. Всего пять лодок человек по двадцать в каждой. На этот раз они быстро и уверенно направились к скале Старший Брат, где стоял одинокий корабль Арту. На одной, идущей далеко впереди лодке, во весь рост стоял человек и держался за странную палку или шест, как бы опираясь ей на лодку. Наверху шеста и на носу лодки развевались небольшие белые флажки переговоров.

– Интересно, почему для переговоров пираты плывут туда, а не к королю? – думали некоторые.

– Почему он стоит, а не сидит, как другие? – думала Анна, глядя в подзорную трубу.

– Мы подобное уже видели, – рассудили Ар-ту с Рассом. – Что на этот раз будет? Новый сюрприз?

По команде Расса рыбацкие лодки, стоявшие у одиноких скал, откинув маскировку, быстро поплыли навстречу пиратам. В них оказалось немало людей с ружьями наготове, а из-за корабля Ар-ту выплыло ещё несколько лодок с людьми. Пираты были уже недалеко от рыбаков, когда кто-то выстрелил в воду, перед лодкой пиратов, давая понять, чтобы они остановились.

В это время Анна, да и другие, заметили, что человек, стоящий в пиратской лодке, стал какой-то странный. Он то слегка приседал, то приподнимал колено одной ноги, то другой. Но что встревожило Анну, так это то, что верхняя часть тела этого человека оставалась неподвижной, словно приклеенной к чему-то незыблемому. Двигались только лодка, а в такт лодке – его ноги, но не всё тело.

– Как это он так может? – удивлялась Анна. – Для чего ему такой баланс тела?

Наверно, с десяток пуль разом защёлкало по воде перед лодкой с белым флагом, требуя, чтобы она остановилась. Гребцы подняли вёсла, но лодка ещё двигалась по инерции. Стоящий человек скинул белый флажок и чехол, покрывавший шест, быстро поднял его и прислонил к себе. Это оказалось необычное ружье с таким длинным стволом, что оно почти серединой легло на плечо человека, а его короткий приклад, под стволом и почти посреди ружья, человек прижал к плечу. Три выстрела раздались почти одновременно. Два с лодок рыбаков и третий, всего на долю секунды позже, был выстрел снайпера пиратов.

Анна видела, как из рук Ар-ту вылетела подзорная труба, и он тут же упал: убит, ранен или сбит с ног Рассом? Она была слишком далеко и ничего не могла сделать, но от страха она сильно закричала.

– Как всё глупо, – пронеслось в её голове, – а мы ведь только первый раз по-настоящему встретились. Как всё жестоко. По её лицу потекли слёзы, а её губы тихо и горячо зашептали молитву о помощи. Молитва, это была её последняя надежда и помощь для Ар-ту.

Снайпер, стрелявший в Ар-ту, не выпуская из рук ружья, упал в воду и больше его никто не видел. Он был уже мёртв. Пираты из его лодки тут же бросили вёсла и сдались, а остальные повернули назад к кораблям.

Этот стрелок не был пиратом. Это был особо подготовленный человек из отряда спецназа тёмной стороны. Он умел так балансировать своё тело, что даже стоя на качающейся лодке, на большом расстоянии, где не могли достать обычные ружья, уже умирая от двух пуль, стрелял и попал в цель. Никто не знал, куда и как удачно он попал, но попал.

Будьте осторожны. Тёмная сторона всегда имеет своих снайперов.

Несмотря на случившееся, с корабля Ар-ту был подан сигнал, и все рыбацкие лодки быстро повернули назад к кораблю, прихватив с собой пленных.

Со стороны Ар-ту выплыла странная лодка под парусом. В ней был всего один человек, который размахивал большим белым флагом переговоров. Когда лодка подошла так, что пираты могли достать её из своих пушек, она остановилась. От неё тут же отделилась какая-то странная и совсем маленькая лодочка, вернее, даже не лодочка, а просто доска под большим парусом. На этой доске стоял всего один человек, он весело махал пиратам рукой и плыл обратно к кораблю Ар-ту. Стало ясно, что это какой-то знак и все ждали, что будет дальше. Как только человек отплыл подальше, с корабля Ар-ту раздался выстрел. Наперегонки с пороховым дымом полетели вверх доски и обрывки паруса от лодки, а по всему заливу прошла тяжёлая большая волна, на которой закачались все корабли.

Спустя некоторое время с корабля Ар-ту один за другим быстро раздалась серия выстрелов в носовую часть ближайшего корабля пиратов. Их носовой бушприт, далеко выступающий вперёд, с треском и шумом упал в море.

– Поднять белый флаг, – скомандовал капитан этого корабля и пояснил ошеломлённому помощнику: – Ар-ту дал понять, что даже на таком расстоянии он легко может пробить борта корабля и взорвать наш пороховой погреб. При таком скоплении и близости кораблей мы будем взрываться один за другим, как фейерверк. Лучше сдаться. Из наших пушек мы всё равно до него не достанем. Честно говоря, такому капитану, как Ар-ту, мне даже сдаться не стыдно, – добавил он.

Корабли пиратов, один за другим стали поднимать белые флаги. Часть пиратского флота, стоявшая в море у входа в бухту, видя это и понимая, что им ничем не поможешь, просто ушла в море.

Пираты ещё покидали свои суда, а особый гонец короля из высших чинов прибыл к кораблю, стоящему за одинокими скалами. Вернулся он довольно скоро, но к удивлению всех в лодке никого, кроме королевских посланцев не было. Королю, вместе со свитой ожидающему победителя у городского причала, было вручено письмо.

Прочитав письмо, король поморщился, как от зубной боли, а потом вдруг рассмеялся.

– Нет, вы только послушайте, что он пишет, – весело произнёс король Стоун, обращаясь ко всем: – «Бла-бла-бла, Ваше Величество. Прошу прощения, но в виду секретных и непредвиденных обстоятельств, для безопасности столицы вынужден срочно покинуть корабль. На продолжении бала, постараюсь быть. Поздравляю с победой».

«Тогда так, – обратился король ко всем, – приказываю из порта и города никого не выпускать. Всех прошу успокоиться. Будем праздновать победу, и продолжать бал. Правда, пока без нашего героя – победителя. Надеюсь, мы скоро узнаем, кто он всё-таки есть.

А пока представляю вам второго героя-победителя, вернее, героиню, – поправился король, – капитана Анну и её команду, которые сделали очень много для того, чтобы эта победа была скорее и с меньшими жертвами. Её мужество и решительность будут хорошим примером для многих мужчин. Драться и воевать всегда плохо, но можно защищать тех, кто нуждается в защите.

Конечно, после боя вид у Анны и её команды был далеко не парадный, но на это сейчас никто не обращал внимания. Но главное, что было особо радостным подарком для Анны, это то, что ОН, завтра, обещал быть на балу.

«Живой!!! Значит, живой, – радостно думала она. – Спасибо, Господи!»

Конечно, все ожидали других событий, но всё шло так, как уже пошло.

ВСЁ, НУ ВСЁ... НЕ ТАК!

На другой день Анна, уже в прекрасном бальном платье, подарок от королевы, вся извелась, ожидая, когда Ар-ту появится в королевском зале. Чего только не лезло ей в голову с самого вечера. Она предчувствовала, что может быть даже объяснение в их чувствах и, как ей казалось, была готова к этому. Но как это будет? Он подарит ей прекрасный перстень? Нет, он явится с огромным букетом цветов, посреди зала и на виду у всех преклонит одно колено, объяснится в любви и только тогда, в ожидании ответа, протянет мне перстень. Тогда все-все-все будут смотреть на меня и ждать.... Это будет так торжественно и прекрасно....

Конечно, не только подобные мысли и комбинации объяснений кружились у неё в голове. Были и другие, и даже такие, что он вообще не сделает ей предложения. Собственно, они друг другу ничего не обещали, и кто знает, что он думает о своём будущем. Только воспоминания об их расставании, о том, как он необычно взял её руку и произнёс «Если Господь позволит, то мы ещё встретимся» согревали её надежду и мечты. Конечно, это не так много, но другого просто не было.

Больше всего она боялась, что Ар-ту тяжело ранен, но от всех скрывает это. Или, вдруг, он никогда больше не вернётся, как после того морского боя. Вообще, она очень устала за это время, но она просто не могла остановить свои мысли, страхи и надежды. Все последние события проходили так неожиданно, стремительно, оборванно и бесконтрольно, что было трудно понять, на что можно надеяться, а на что нет. Все мысли отдавалось в ней эхом и болью жара, огня и холода.

Неожиданно она увидела в зале Расса, штурмана капитана Ар-ту. Значит, он где-то здесь, поняла она и почувствовала, как ей сразу стало жарко и душно.

– И чего я волнуюсь? – упрекала она себя, – мало ли какие мысли в голове кружатся. У него вон, какие дела, даже к королю не явился. А я кто? А с другой стороны, ну какой я капитан, если боюсь и не могу выяснить для себя обстановку. Вот возьму – и спрошу, – твёрдо решила она.

Осмотревшись ещё раз, и не видя Ар-ту, она глубоко вздохнула и подошла к Рассу.

Увидев её Расс обрадовался, и они закружились в танце.

– Чего это вы так испугались короля, – спросила она, – что даже явиться не пожелали. Неужели вы так зазнались, что забыли, что ослушаться короля это опасно?

– А причём тут мы? – удивлённо ответил Расс пожимая плечами, — это тот, кто за скалами стоял, такой маскарад устроил. А у нас есть и другие важные дела, конечно, не такие, но всё-таки, – говорил Расс, играя мимикой лица и многозначительно покачивая головой.

– Ну, вы, как маленькие дети, – упрекнула Анна с усмешкой, – я точно знаю, что за скалами стоит корабль Ар-ту, а вы его штурман. Так что отпираться не имеет смысла. Неужели вы думаете, что после той встречи в море я вас забыла?

– У нас были очень важные дела и причины, – спокойно повторил Расс.

– Ну а теперь какие у вас дела? – решительно продолжала она расспросы. Честно говоря, расспрашивать Расса ей было гораздо легче и проще, чем Ар-ту.

– Теперь? Теперь, похоже, что мы имеем очень серьёзную и большую проблему, а не просто дела, – уже серьёзно ответил Расс, кисло улыбнувшись.

От неожиданности у Анны немного расширились глаза, а на лице проскользнул испуг. «А вдруг правда? – подумала она. – Всё-таки даже к королю не явился. Значит, может быть что-то очень серьёзное».

– Он тяжело ранен? – со страхом предположила она.

В ответ Расс наклонился и тихо, как по секрету, прошептал:

– Нет, не ранен. Но я никогда не видел, чтобы он так боялся вступать в бой, как из-за некоторых событий, перед приходом пиратов, боится выходить в этот зал.

Какое-то время лицо Анны сохраняло очень серьёзное и сосредоточенное выражение. Ей понадобилось время понять и оценить то, что ей сказали. Вдруг, тёплая, счастливая и немного смущённая улыбка озарила её лицо и, чтобы скрыть это, она ещё более наклонила голову.

– Скажите ему, что не один он боится, – смущённо прошептала она в ответ. – Но раз он такой боевой капитан, то это его участь – решать трудные вопросы.

– Извините, у меня дела, – вдруг сказал Расс. – Я позабочусь, чтобы вы продолжили танец.

Тут она увидела, что совсем рядом, у колонны, стоял Ар-ту и смотрел на них. Анна сразу стала рассматривать его, но никаких признаков ранения, к счастью, не заметила.

Правда, на его лице сегодня был виден тонкий шрам, который он решил больше не прятать. Но с этим шрамом его лицо, в глазах Анны, было ещё более мужественными и привлекательным.

Расс о чём-то переговорил с ним и ушёл.

– Анна, – как-то необычно и смущённо заговорил Ар-ту, – я очень благодарен вам за большую и своевременную помощь в битве с пиратами. Это было очень кстати и вовремя. Да, извините, что я так поздно явился сегодня, и вообще, разрешите немного потанцевать с вами, – как-то совсем неуклюже договорил он. Анна была очень рада предложению потанцевать. Ар-ту для неё не штурман Расс, и ей тоже надо было время, чтобы немного успокоиться и контролировать свои чувства.

Каждый думая о своём, они танцевали счастливо, но недолго. Музыка резко оборвалась, и один из придворных объявил желание королевы лично приветствовать все танцующие пары, но только так, как они танцевали. Прошу всех танцующих парами пройти к королеве для её приветствия.

– Надо же, а мы даже недалеко от королевы, – беспечно подумала Анна.

Но Ар-ту неожиданно, беспомощно и растерянно замотал головой, горячо и бессвязно, как будто только сейчас осознал что-то особо важное, вдруг зашептал:

– Нет!? Не-е-ет!? Это невозможно!? Это же капкан! Ловушка! Во всяком случае, это просто нечестно! – тихо, но возмущённо бормотал он, а на его лице была полная растерянность.

Анна сразу встревожилась. Слишком неожиданно было слышать такие слова от человека, который только вчера, сам поймал в капкан целую флотилию пиратов, а всего минуту назад был счастлив. Неужели она что-то не так поняла? Неужели, и правда, какие-то серьёзные проблемы, о которых намёком упомянул Расс, и о которых, пока, никому нельзя знать.

Но так как музыка уже не играла, а ближайшие пары стали проходить около короля и королевы с их свитой, то и они потихоньку пошли в эту линию приветствия.

– Анна, – волнуясь и горячо заговорил Ар-ту. – Мы, лично познакомились недавно, но я считаю, что мы уже давно знаем друг друга. Спасибо за твою вчерашнюю помощь, но ещё до появления пиратов я понял, что неравнодушен к тебе. Я люблю тебя, но я не прошу у тебя сейчас никакого ответа. Ты его скажешь, когда сочтёшь это нужным. Я говорю это для того, чтобы ты знала о моих серьёзных намерениях к тебе. Я хочу, чтобы мы оба присмотрелись друг к другу и решили: хотим ли мы, и сумеем ли мы, быть надёжными друг для друга, чтобы составить одну семью и прожить вместе одну жизнь.

Анна закрыла глаза и слушала ничего не видя и не ощущая.

Сколько надежд, мечтаний и представлений она связывала всего-навсего с его последним пожатием её руки и его обещанием «...Анна, если Господь позволит, то мы ещё увидимся». Сколько раз, словно обжигая, звучали в ней эти слова, с которыми она каким-то шестым или седьмым чувством видела свою судьбу и связывала свою будущую жизнь, мечты и надежды. Сколько раз, за это короткое время ей казалось, что вся её жизнь собралась в этой точке, и чего-то ждала... Но чего? Что собственно он пообещал ей!? Сколько раз она с тревогой задавала себе этот вопрос? А тут полная круговерть неожиданных, тревожных и просто страшных событий, столько крутых поворотов и обрывов надежд... В себе она уже устала и измучилась от всей этой кутерьмы перемен, надежд и страхов.

И теперь, вдруг, это так же неожиданно всё кончилось. Словно кто-то резко остановил эту карусель судьбы и сказал: с этой точки и с этого твёрдого основания может начать сбываться твоя мечта. Для неё, его слова зазвучали, как чудное пение, как волшебная музыка, как сказка. Музыка мечты и счастья.

Конечно, она уже ждала и много представляла себе это по-разному. Как это может быть, как и когда он скажет, при каких обстоятельствах, какие жесты ну и всё такое прочее. Однако сейчас всё было совсем-совсем не так, как она думала и воображала. Словно какие-то неожиданные и новые обстоятельства торопили события и не давали времени их чувствам полностью созреть и расцвести. Все её, и как она поняла и его, представления были чем-то разрушены и раздавлены и они имели то, что имели. Как говорят в народе, всё упало на свои места так, как упало, и уже ничего не изменишь.

Однако сейчас, для неё, было важно другое: пусть всё не так. Пусть всё совсем не так, как я представляла, пусть всё в суете и обыденно, но самое главное, сбылось моя мечта. Она ждала и жаждала этого признания в любви. И теперь это сбылось, и она была счастлива! А так это, как она представляла, или нет, для неё уже не имело никакого значения.

В ответ на слова Ар-ту она только нежно сжала его ладонь в своей руке и тихо опустила голову ему на плечо.

Подходя к королевской чете, Ар-ту почему-то взял Анну за руку и уже не выпускал её.

Король и королева смотрели на всех очень приветливо, но на лице королевы было нетерпеливое ожидание, как будто она ожидала чего-то особого и важного, что должно вот-вот свершиться, но пока не свершилось.

ПОПАЛИСЬ, ГОЛУБЧИКИ

— Приветствую вас, — произнесла королева и, задержав взгляд то на Анне, то на Ар-ту, добавила: — Анну мы уже знаем и очень гордимся ей, но очень хотелось бы знать, как зовут её кавалера.

Ар-ту покрутил головой, словно ища помощи, неожиданно достал из кармана платочек, который Анна уже видела раньше, и на ладони с почтением протянул его королеве и произнёс:

— Это подарок для вас, Ваше Величество, на нём моё тайное имя.

Анна была очень удивлена этим. Никакого тайного имени на этом платочке она точно не видела.

— Спасибо, — как-то особенно мягко и тепло ответила королева, улыбаясь и рассматривая платочек. — Кстати, откуда у вас этот шрам? Я его раньше как-то не замечала.

— Интересно, где она могла видеть его раньше? — думала Анна.

— Память о прошлом, — очень почтительно ответил Ар-ту. — А прошлое — не всегда сразу заметно.

— Красиво сказано, но как королева я надеюсь на большее объяснение, — нетерпеливо произнесла венценосная особа.

Всё это время король молча стоял рядом с королевой, смотрел на Ар-ту и очень странно улыбался.

Ар-ту опустил голову, тяжело вздохнул и вдруг дважды быстро пожал ладонь Анны. Она поняла, что он в большом затруднении и просит помощи. Она также дважды пожала его руку, давая понять «не бойся, я с тобой». Она понимала, что этим, она так же дала ему своё согласие, навсегда быть с ним. «Лишь бы он понял?» — думала она.

Неожиданно, не выпуская руки Анны, Ар-ту опустился на колени. Анна, машинально, тоже опустилась на колени перед королевской четой, хотя и не понимала, что случилось и что, собственно, происходит.

Встав на колени, Ар-ту вдруг произнёс:

— Мама, папа, простите меня за всё, чем я огорчал вас.

Анна не сразу поняла, что он говорит и что он делает. Она даже вообще не сразу поняла смысл этих простых слов. «Какие мама и папа? — удивлённо думала она. — Это же король с королевой!»

Неожиданно она вспомнила, что весь этот праздник был задуман, как ожидание приезда принца, но который до сих пор так и не появился во дворце. Вдруг до неё дошло: Ар-ту – это и есть тот самый принц, которого все ждали, а король с королевой, для него просто папа и мама.

Ей сразу стало жарко, а её сердце забилось часто-часто. От неожиданности она хотела освободить свою руку, но его рука мгновенно стала как железная, и она даже тихонько ойкнула. Но вообще всё было бы хорошо, если бы не один вопрос: Кто она теперь? Как она оказалась причастной к королевской семье? Как воспримет её король и королева? А придворные? И самое страшное, что повергло её в ужас: А как я выгляжу, и что обо мне подумают? (Вы же помните, что по женской логике, в тридцатом томе, глава 931, пятый абзац: это всего-навсего один вопрос.)

Королева сделала шаг вперёд, молча обняла Ар-ту и прижала его к себе. Следом подошёл король, опустился на колени, обнял всех сразу и тихо произнёс:

– Слава Богу за всё. С возращением, странник ты наш. Ну, помучил ты нас за эти дни. Хоть бы тайком подошёл. Ну ладно я, но неужели ты думал, что родная мама тебя не узнает, а? Он только крепче обнял всех и от счастья тихо заплакал.

Видя, что даже король и королева встали на колени, за ними встали на колени придворные и затем весь зал.

В огромном зале наступила полная тишина, и только торопливо пролетел шёпот: «Оказывается, тот таинственный капитан, победивший вчера пиратов, это и есть знаменитый Ар-ту, а Ар-ту – это и есть принц, которого все ждали. Ар-ту – это его новое имя».

Когда все чуть-чуть успокоились, Ар-ту вдруг сказал:

– Мама, папа, мы с Анной любим друг друга и хотим посвятить себя друг другу. Благословите нас, пожалуйста, на совместную жизнь.

Анна вся вспыхнула и затрепетала. Конечно, все представляют себе особые моменты жизни по-своему. И Анна ждала всего этого, но не сейчас, не так быстро, не так и не в такой обстановке. А тут, вдруг, всего за какой-то час-два, произошло столько больших и важных событий и одно за другим, одно за другим, и всё-всё совсем-совсем не так, как она думала и представляла себе. Как капитан она привыкла сама командовать, принимать решения и держать руку на руле. Однако сейчас, она была совсем не готова к тому, что свершалось так быстро и стремительно. И вообще, у неё даже никто не спросил её мнения!? Но она успела понять другое, что он, Ар-ту, готов к этому и хорошо контролирует то, что происходит.

«Наши представления часто враг нашей реальности. Даже лёгкое несовпадение наших представлений и реальности часто ведёт к ссорам и разногласиям. В жизни важно не то, как это совпадает с тем, что мы думали, а то, достигли мы цели или нет...» – вспомнила Анна из лекции о жизни. Всё, что ей сейчас ещё можно было сделать – это только довериться ему. Это легко сказать, но как не просто одному капитану, привыкшему командовать, довериться другому капитану. Но на любом корабле, должен быть только один капитан. Как только Анна согласилась с этим, ей сразу стало легче и спокойней. Она почувствовала себя лучше и уверенней.

Сегодня, всё действительно было совсем не так и по-другому, но главное, она и Ар-ту были вместе, и они были счастливы.

Чтобы не все заметили её волнение, она немного ниже склонила свою нежную головку, а про себя счастливо подумала: «Спасибо, Господи, за всё. Спасибо тебе, Надежда, вспомнила она свою наставницу. – И у неё тут же мелькнула озорная мысль: – А всё-таки из меня получился хороший ловец, – тайно и радостно подумала она. – Ну, хулига-а-ан! – уже нежно думала она об Ар-ту, вспоминая его слова: – Ответишь, когда захочешь, а сам через пять минут ответить заставил. Ну, подожди, тигрёнок! – думала она счастливо, – дай только до тебя добраться.

Для неё было полной неожиданностью узнать, что таинственный мистер Икс, который ей так понравился, вдруг оказался знаменитым капитаном Ар-ту. Сам Ар-ту, о котором уже ходили целые легенды, оказался тем самым принцем, которого так долго ждали король с королевой. Самым важным, словно прекрасный светоносный венец над всем этим, для неё особо радостно было осознавать, что при всём этом столпотворении событий и чувств, Ар-ту признался в своей любви к ней.

А для короля с королевой было полной неожиданностью узнать, что их любимый сын и есть знаменитый капитан Ар-ту, который только вчера сумел так прекрасно и надёжно защитить всю столицу от пиратского разгрома. Они были рады, что избранницей сына стала именно Анна, которую они уже знали. Но самое главное было то, что и Ар-ту и Анна имели Камень Свидетельства Твёрдого Основания, а значит, принц, теперь имел полное право наследовать престол отца-короля.

Судя по тому, как почтительно все придворные смотрели на знаменитого принца, они были рады видеть в нём уже завоевавшего авторитет достойного будущего правителя.

Вот такие неожиданности иногда бывают в жизни.

Поднявшись с колен, король заметил, что Анна ещё сильно смущена всем происшедшим. Видимо, желая немного ободрить её, король Стоун, улыбаясь, произнёс:

– Анна, не переживай и не бойся. Страшное уже позади. Если ты уже сумела понравиться не только Ар-ту, но и его маме, то это уже большое счастье и особое благословение свыше.

– Ой, хулига-а-ан, – вдруг недовольно произнесла королева, – ну погодите, Ваше Величество, я вам за это, до утра всё припомню, – и они, глядя друг на друга, оба озорно и счастливо засмеялись.

СТРАШНЕЕ КОШКИ ЗВЕРЯ НЕТ

– А-а-а-а! – раздался пронзительный крик отчаяния, и все вздрогнули от неожиданности.

– Защиты и справедливости! Ваше Величество, защиты и справедливости, – в истерике кричала девушка в чёрной накидке и, подбежав, бросилась на пол у ног короля Стоуна.

– Встань и скажи, что случилось и в чём тебе надо помочь? – удивился король.

– Мы вместе танцевали…. Он обещал и клялся в любви, и я буду иметь от него ребёнка, – плача навзрыд страдальчески выкрикивала девушка, указывая на Ар-ту. – Защиты и справедливости: я не виновата. Я не знала, кто он. Он обманул и обесчестил меня. У меня будет от принца сын. Он опозорил меня и выбрал другую девушку. Прошу защиты и справедливости…! – сбивчиво выкрикивала девушка.

Какое-то время от шокирующей новости было тихо, затем зал загудел на разные голоса и, конечно, у всех возникли разные мысли:

– Какая наглость…? – узнав красавицу Вирнессу, растерянно подумал Ар-ту, – конечно, я знаю кто и откуда она. Знаю, что это обман и что ей надо, но как теперь оправдаться? Ведь все видели, что я много танцевал с ней. А как объяснить Анне…?

– Ужасно, страшно, обидно, ничего не ясно, но главное, не поддавайся панике. Видимо, битва за счастье ещё не закончилась, – подумала Анна, тяжело дыша и чувствуя, что вся напряглась, как перед опасностью.

– Какой удобный случай, и как вовремя. Даже если это обман, то в данном случае истина никак недоказуема. Молодец, красотка, я тебя поддержу. Нечестный сын, надоевшего короля. Повод есть, а значит, найдутся и союзники для заговора и переворота власти, – подумал влиятельный вельможа ДеМутье, бросая взгляды на хмурые лица министров.

– Недовольство и недоверие королю – это начало заговора. Возможно, здесь явный обман, но как узнать истину и прекратить смуту…? – с тревогой думал король Стоун.

– Ваше Величество, промедление смерти подобно, – услышал король Стоун тихий голос мудреца Илия, – мне

немедленно надо право судить, и мы найдём истину и прекратим смуту. Через полчаса вам уже не поверят.

Гости, дамы и господа, вельможи и министры, – не дожидаясь ответа короля, провозгласил Илий, – король мой друг,
но истина дороже. Я, на стороне истины. Разрешите мне,
от вашего имени, немедленно и сейчас, в присутствии всех,
и пока король не подготовился и не подкупил свидетелей,
начать расследование этого дела.

Фраза «пока король не подготовился и не подкупил свидетелей», возымела особый успех. Все сразу воодушевлён-
но поддержали Илия, а особенно вельможа ДеМутье и ему
подобные.

– Приказываю закрыть все входы и выходы из дворца
до особого распоряжения. Предоставить девушке охрану,
во избежание осложнений со стороны недовольных, – ко-
мандовал Илий.

Все кинулись исполнять приказания, и никто даже не подумал, что мудрец Илий просто захлопнул ловушку.

– Назовите ваше имя и объявите всем: что, где и когда
это случилось.

– Посмотрите на меня, – и девушка откинула за спину
чёрное покрывало. Все увидели прекрасную девушку, с идеальной фигурой. Слёзы, страдание и горе на её лице, похо-
жем на лицо ангела, вызвали у всех сострадание, сочувствие,
негодование и требование справедливости.

– Какой ход! Какая умница! Какой клин в доверие королевской династии! Какой случай, стать королём, – восхищался вельможа ДеМутье, а девушка продолжала:

– Меня зовут Вирнесса. Он польстился на мою красоту
и невинность, много танцевал со мной, клялся в любви и верности, а сам обманул, обесчестил и бросил. Я буду иметь
от него сына. Не виноватая я! Он сам танцевал со мной.
Я не знала, что он принц, но у меня будет от него сын!

– Прекрасно, – произнёс мудрец, – но, я думаю, все хотят
знать подробней: когда и где принц обесчестил вас.

– Я не знаю, где это было. После бала, сразу от ограды дворца, в закрытой карете, он привёз меня в дом с двумя колоннами на входе. Всю дорогу, примерно треть часа, он ласкал меня, а когда вошли в дом, дал вина и обесчестил. Я была невинна…, я волновалась…, было темно…, я много не помню. Потом посадил в карету, и возничий отвёз меня в гостиницу. Он бросил меня. Это случилось две недели назад, в пятницу. У меня будет от него сын! Я прошу защиты и справедливости, – с болью в голосе и со страданием на прекрасном лице, плача и заламывая руки, закончила Вирнесса.

– Прекрасно! Я надеюсь, все хорошо слышали как слова, так и боль и скорбь страдающей души, которая нуждается в защите и справедливости, – воздев руки, обратился мудрец ко всем и продолжил:

– Давайте не будем слушать нелепых оправданий принца…

Раздались возгласы и аплодисменты в поддержку этих слов со стороны вельможи ДеМутье и ему подобных. Выждав тишины Илий продолжил:

– Предлагаю найти тех свидетелей, кого ни принц, ни король, ещё не успели подкупить. Тех, кому ещё можно доверять и кто может знать истину. Приказываю вызвать сюда агентов тотальной слежки за принцем и их офицера. Эта тайная слежка была установлена королевской четой с первого дня появления принца во дворце в целях его безопасности, и чтобы он опять не потерялся. Всего несколько человек знали об этом, и я в том числе. В подтверждение к показаниям агентов слежки у нас есть письменные, и пока не искажённые подкупом, рапорта агентов за каждый день и час.

Слёзы на лице Вирнессы мгновенно высохли, а глаза округлись. Первый агент начал рассказывать совсем другую историю того вечера и ночи, как Вирнесса стукнула каблуком по стопе одного охранника, а другого ударила так, что он медленно приседал и падал. Все застыли от неожиданности, а она, выхватив у стражника саблю и размахивая ею, бросилась к выходу. Всё стремительно расступались, пропуская ангела, ставшего демоном с саблей. Неожиданно что-то большое слёту ударило её в спину, в беге она потеряла равновесие и упала. Подскочил Расс и ловко прижал её к полу, подбежала охрана, и её схватили. Девушку повернули лицом к мудрецу Илию и, надёжно держа за руки, ждали распоряжений.

Вирнесса с ненавистью смотрела на разъярённую Анну, которая, гневно дыша и держа в руках шлем с другого охранника, уже была готова к новому броску. Всем показалось, что между ними только молнии ещё не сверкали от накала их ярости.

— Надеюсь, истина всем понятна и пояснений не требует! — провозгласил Илий и сурово добавил: — Связать, усилить охрану и увести обманщицу в тюрьму. Позже разберёмся, что к чему.

— Страшнее кошки зверя нет, — произнёс один из придворных.

— Почему, а лев, например?

— Лев — это самец и грубая сила, а кошка — это всегда только самка. Нет мести страшней и изощрённей женской. Ведь такое придумать умудрилась…, даже уже знает, что у неё будет сын от принца. Хорошо её научили, как страну расколоть. Троянская война, да и многие другие конфликты и войны, тоже произошли из-за женских интриг. Ведь если бы не тайная слежка за принцем, и не расторопность мудреца Илия, то доказать истину, почти невозможно. Всего через час все бы думали, что король подкупил подданных для лжесвидетельства, и раскол страны почти неизбежен, — пояснил вельможа.

Действительно, никто, кроме Илия, не ожидал, что обман так быстро и легко вскроется. Вирнесса была хорошо подготовлена и, если бы не решительность, ярость и меткость Анны, то могла бы и сбежать. Вирнесса понимала: в этой операции ей нельзя быть пойманной. Она много знала, а значит, друзья освободят. Проходя среди глазеющей толпы по дворцовому двору, она ощутила укус комара в шею, дёрнула головой, через два шага упала и скоро умерла. В месте укуса висело особое пёрышко с отравленной иглой в её теле. Конечно, такой помощи она не ждала, но это была плата за гарантию её молчания. Ведь не зря тёмная сторона учит уверенно наступать на спины друзей. Сегодня, как на ступеньку, какой-то агент наступил на её спину.

Наконец, всё пришло в норму, стресс прошёл, волнения утихли и все успокоились. Король с королевой благословили молодых, и король неожиданно объявил:

– Ввиду того, что принц Ар-ту уже оправдан и имеет Камень Свидетельства Твёрдого Основания, что он уже доказал всем свой талант и заботу по защите государства, то он, Его Величество король Стоун, добровольно передаёт все свои полномочия и корону власти принцу Ар-ту. Коронование и присяга новому королю состоятся завтра, – добавил он.

Эта новость была для всех полной неожиданностью, но уже через секунду, в знак одобрения, раздались бурные аплодисменты и возгласы: Да здравствует принц Ар-ту!!!

И РУХНУЛ ТАЙНЫЙ БАСТИОН[1]

Аплодисменты ещё полностью не стихли, когда раздался тревожный крик:

– Врача! Скорее врача! Человеку плохо! Он умирает.

Недалеко от стены на полу лежал молодой человек, вокруг которого все суетились. Конечно, Ар-ту с Анной тоже поспешили к нему.

– Виктор!? Виктор! – неожиданно закричал Ар-ту и бросился к лежавшему на полу человеку. Взяв его за плечи, Ар-ту зашептал: «Виктор! Что случилось, Виктор?»

---

[1] Бастион – военное укрепление. Небольшая крепость.

Увидев Ар-ту, Виктор захрипел, а лицо, в непонятной и страшной гримасе, исказилось ещё больше. Он уже не мог говорить, но его губы беззвучно дрожали, пытаясь что-то произнести. Неожиданно он резко покраснел, захрипел, глаза налились кровью, он вздрогнул и затих навсегда.

Подошедший врач объявил, что молодой человек уже мёртв.

– Он был твой друг? – тихо спросила Анна.

– Нет. Он не был моим другом, но мы с ним очень давно знали друг друга. Он подсказал мне, как лучше бежать из Морских Садов, и имел некоторое влияние на меня.

В это время принц заметил небольшой блокнот, который был зажат в руке Виктора, словно он пытался порвать его. Взяв его, он увидел запись, которую никак не мог прочитать. Подошедший мудрец Илий попросил блокнот, посмотрел и, обращаясь к королю, произнёс:

– Ваше Величество! Прикажите немедленно арестовать всех слуг этого человека и обыскать его, слуг и место где он живёт. Здесь, – сказал он, указывая на блокнот, – важные секретные стенографические записи на тарабарском языке. Этот язык используется специальными службами тёмной стороны.

Немного позже мудрец, умевший очень быстро читать, вдруг торжественно объявил.

– Ваше Величество, разрешите поздравить вас, а также принца Ар-ту и принцессу Анну с ещё одной очень важной победой.

Все удивлённо переглянулись. Какая ещё победа?

Анна вдруг почувствовала, как ей опять стало жарко, она вся зарделась, смутилась и тайком оглянулась на окружающих. Впервые в своей жизни, да ещё при таком большом количестве народа, в присутствии короля, королевы и всей придворной свиты она была названа принцессой. Она даже подумала, что ей всё это снится или ей стало плохо, и поэтому она взяла руку принца в свою и крепко сжала её. Ар-ту тоже нежно пожал её ладонь, как бы говоря: «Я здесь. Я рядом. Не бойся».

А мудрец продолжал:

– Согласно записям, которые сделаны рукой этого человека, ясно, что это его тайный личный дневник. Кстати, он тайно вёл его, нарушая все правила своей службы. Из записей ясно, что он был агентом тёмной стороны по имени Висиктосор, что означает Виктор. Здесь, он с тайным заданием: стать одним из друзей принца для морального развращения его духовных устоев по заданию короля Дарка. Записи указывают, что его не раз предупреждали об его серьёзном недостатке: очень развитому чувству зависти. Последняя запись не закончена, но она даёт вполне определённое представление случившегося, – продолжал говорить мудрец.

– После вчерашней блестящей победы Ар-ту над пиратами, происшедшей на глазах всего города и принёсшей Ар-ту так много славы. После оправдания Ар-ту и благословения его брака и прекрасной принцессы Анны. После того, как Ваше Величество объявило о желании завтра короновать принца на престол, его охватило сильнейшее чувство зависти, что вызвало сердечный приступ, и он умер.

Смерть – это всегда печаль, но он умер от собственной зависти. В этом никто не виноват. Плохие пороки, рано или поздно, но всегда приводят к печальным результатам.

Ну а для всех нас, уход высшего уровня тайного агента тёмной стороны – это уже большая победа. Он был последний тайный бастион нашего противника в этой цепи сражений. Так что пусть это никого не огорчает.

ПРОЗРЕНИЕ ПОСЛЕ СМЕРТИ!?

Виктор умирал. Он чувствовал, как его тело обмякло, а глаза перестали видеть. В его сознании сначала медленно, а затем стремительно и, как в вихре, всё слилось в одно серое. И вдруг, он как бы со стороны ясно увидел происходящее. Он видел своё тело, все, что происходило вокруг, и даже услышал разговоры. Несколько мгновений он растерянно смотрел на всё происходящее, как кто-то грубо толкнул его, и он, падая на колени, оказался совсем в другом месте.

– Мистер Влеч, ваш агент доставлен, – произнёс кто-то.

Виктор хотел подняться, но кто-то больно наступил ему на спину и прижал к полу.

– Мистер Влеч!? – пронеслось у Виктора в голове.

Виктор не раз слышал это имя в секретных службах, но никогда с ним не встречался. Говорили, что это самая могучая и таинственная карающая сила при дворе короля Дарка. Шёпотом иногда добавляли, что мистер Влеч и есть закулисный кукловод и дирижёр: как для короля, так и для всей страны и что, по сути, только Влеч и был настоящим правителем.

– Что…? Провалил операцию, завистник? Тебя сколько раз предупреждали о контроле над завистью? – презрительно произнёс Влеч.

– Где я? – спросил Виктор, вывернув голову и стараясь осмотреться.

– Там, где после смерти все будут. На нашей стороне вечности, – с ухмылкой ответил Влеч и добавил: – Нет смысла вспоминать и надеяться на прошлые заслуги. Это у Творца для людей есть венцы и награды, а у нас ни для каких людей нет ни льгот, ни наград, ни заслуг.

– Как он знает, что я думаю? – удивился Виктор.

– Ты ещё не понял, кто я и как я знаю твои мысли? – усмехнулся Влеч.

– Я бессмертный дух и вместе с другими духами лжи служу его высочеству маршалу Жабону. А все вместе мы служим отцу лжи и властелину тёмной части вечности.

Только теперь, вывернув и задрав голову, Виктор рассмотрел, что мистер Влеч был в пышной военной форме с эмблемой жабы на рукаве, в петлицах и на погонах.

– Разве ты не знал, что каждый пожинает то, что посеял? Ты сам лжец, пришёл в царство лжи и надеешься на справедливость и привилегии??? – издевался Влеч.

– Удивляет, как ты и тебе подобные, вообще, осмелились думать, что хоть кто-то из нас, бессмертных духов, будет делиться с вами своей властью и славой. Это только Творец даёт награды, усыновляет друзей и единомышленников, но наша гордость и зависть никогда не допустят ничего подобного, – продолжал Влеч.

Наш ложный миф для человека, о его удаче и особенности, что у тебя будет не как у других, весь мир губит. От этой идеи даже великие гибнут, не то, что пешки как ты. Самоцентризм, и болезненно обострённое чувство особенности – это уникальная наживка для человека, – продолжал Влеч, – но наш мир не такой как ваш. Мы, вечные духи, и ни в чём, кроме славы, власти и вымещении чувства мести, не нуждаемся. Нам не нужны ни друзья, ни рабы, ни надсмотрщики, ни кто-то другой.

Влеч говорил, как бы отвечая на мысли и слова Виктора.

– Зачем нам люди? Наша цель уничтожить славу Творца и лишить Его божественности в глазах человека. Люди, и их погибель – это месть и техническая необходимость нашей войны ради славы.

– Да это же просто зависть! – удивился Виктор.

– Гордость и зависть – это часть нашего «Я», – усмехнулся Влеч, – эти чувства никогда не допустят, чтобы человек получил лучшую участь, чем мы. Люди у нас только для удовлетворения нашей гордости и предмет для вымещения чувства зла и мести.

– Ложь! У вас нет свободы. Все не могут быть как боги. Все и всегда кому-то служат: царю, начальнику, лидеру. В гордости и зависти вы променяли высшее служение Творцу на низменное служение лидеру бунтарю, – язвительно кричал Виктор. – Творец правду сказал, что никому не уступит ни власти, ни славы своей, но всех может усыновить, а вы все, являетесь предателями и рабами обмана.

– Браво, – сказал Влеч, насмешливо хлопая в ладоши. – Ты прав: Творец есть истина. А мы, всю эту суету, возню и идеи, создаём только для того, чтобы отвлекать людей от истины. Но ты прозрел – слишком поздно.

Да, забыл напомнить: у нас обид не прощают, а за попытку уязвить и обидеть ты дорого заплатишь. Я имею право первой боли, так что получи то, что заслужил, завистник, – резко сменил тему Влеч и презрительно плюнул в лицо Виктора.

Острая боль обожгла и пронзила его новое тело. Он задёргался и закричал. Его толкнули, и он оказался среди других страдающих и вопящих, а внутри и снаружи возникла другая, ещё более жгучая боль: боль от обмана и невозможности отомстить или что-то исправить.

X

На страницах записной книжки Виктора неожиданно кровавым текстом выступила запись событий и разговора мистера Влеч и Виктора. Мудрец Илий быстро читал кровавую запись, а прочитанные строки тут же обугливались и стали проступать огнём. Затем всё стремительно сгорело.

– Творец позволил Виктору донести прозрение истины до человека, но силы тьмы не терпят истины и уничтожили доказательства своего обмана, – пояснил мудрец.

Позже Илий записал все события и текст по памяти, назвав это «Весть прозревшего после смерти», а запись поместил в «Книгу Капитанов».

КОРОНАЦИЯ

На другой день королевский двор, и все городские улицы были заполнены народом. Все хотели посмотреть на коронацию знаменитого принца Ар-ту, так как по имени, которое ему дали родители, его уже никто и не называл. Среди простого народа представлений о коронации было много. Одни думали, что выйдет король и торжественно передаст меч и скипетр правления принцу, другие видели это типичной присягой новому королю, третьи – чудесным посвящением в рыцари. В общем, фантазий хватало! Да и понятно почему, ведь коронации не каждый день случаются. Поэтому и людей на коронацию пришло как никогда много.

Вместо тронного зала для коронации был выбран большой балкон, который был виден не только с городской площади, но далеко вокруг. Придворные стояли по сторонам трона, на котором сидел король, а все остальные смотрели на это как с дворцовой, так и с главной городской площади, с проходов улиц и даже с крыш окружающих домов. Каждое слово, которое произносилось на этом балконе, сразу повторялось глашатаями на городских площадях так, чтобы всем было слышно. Перед троном стоял небольшой шест, на котором горел факел.

Король встал, произнёс очень короткую торжественную речь, в которой сказал, что он добровольно передаёт государство и корону королевской власти принцу Ар-ту и призывает всех к присяге на верность и надёжность королю Ар-ту. Затем король взял факел, горящий перед троном, поднял его над головой и произнёс:

– Этот факел – символ веры и надёжности светлой стороны жизни. Я знаю, что я много ошибался, но я пронёс его через свою жизнь и теперь передаю тебе, в твои сильные, верные и надёжные руки. Факел веры – это самый главный символ твоего упования на Творца миров, а значит, и надёжности, силы и мудрого правления в нашем королевстве.

Многие утверждают, что в тот момент, когда принц коснулся факела, он вспыхнул гораздо ярче.

Король взял из рук мудреца «Книгу Жизни», принц Ар-ту положил на неё руку и король произнёс:

– Это символ Вечного Слова Творца. Это наш закон души, компас в пути, закон королевства и наш духовный меч.

Наш меч не из стали блестящей,
Не молотом кован людским,
Но пламенем веры горящей,
Дарован нам Богом самим...

Продекламировал король Стоун и продолжил:

— Помни, твоя сила в следовании за Творцом и в Его благословении. Творец всегда помогает, но делать вместо тебя — никогда не будет. Если мы искренне стремимся к Творцу, и даже если ошибаемся, но искренне раскаиваемся, то, невзирая на наши ошибки, Творцу не стыдно будет назвать нас своими детьми и своими друзьями. Только тогда Творец дарует своё благословение во всех делах твоих. Будь как малое дитя, которое как в радости, так и в горе – всегда простирает руки к своему Отцу.

Принц обещал стараться точно следовать закону в «Книге Жизни», твёрдо стоять на Твёрдом Основании и быть верным и надёжным для королевства и своего народа.

— Я и дом мой будем служить Творцу, – торжественно обещал он. – Мы будем стараться жить так, чтобы Творцу миров не было стыдно, назвать нас своими друзьями.

Король Стоун одел на голову принца корону и передал ему скипетр королевской власти. Придворные и весь народ встали на колени и торжественно обещали служить и подчиняться новому королю Ар-ту.

— Да здравствует король Ар-ту! – восторженно кричали все.

Как только все немного утихли, Стоун продолжил:

— Как король ты обязан принять не только тяжёлый, но и самый печальный атрибут королевской власти. Символ защиты и печали — королевский меч.

С этими словами он надел на принца королевский меч и произнёс:

— Помни, что не напрасно служителю меч даден, но как устрашение для неподчиняющихся закону. Ты не можешь уничтожить зло, но как король, ты обязан ограничивать зло и карать непокорных. Наказывая, не забывай о справедливости и милосердии, но милосердие не должно умножать лень и беззаконие, беспечность и прочее зло и неправду. Будь мудр и мужествен во всём. Не повторяй никаких ошибок и за всё, всегда, благодари Творца.

Ар-ту поклонился придворным, народу и произнёс речь, обращаясь ко всем:

– Благодарю всех за оказанную честь и доверие. Творец всегда учит предвидеть, чтобы избежать плохого, и что прекрасное далёко, начинается сейчас и сегодня.

Для прекрасного будущего необходима надёжность. Надёжность невозможна без высокой морали и ответственности каждого. Стране, для светлого будущего, нужны не деловые мошенники, а надёжные деловые люди, думающие государственно и чтущие моральные ценности. Этими людьми можете быть только вы. Неважно, кем и какими вы были, важно, кем и какими вы стали и ещё можете стать.

Я прощаю всем прошлые ошибки и призываю всех вместе строить будущее на Твёрдом Основании надёжности и истины в любви.

X

После этого состоялся брачный пир короля Ар-ту и принцессы Анны. Когда принцесса Анна, украшенная и нарядная, как и подобает невесте, спускалась по ступеням дворца в зал, все ахнули. До чего красива и хороша была Анна.

Празднования проходили как во дворце, так и на площадях каждого города этого государства.

ОГОНЬ И ПЛАМЕНЬ

Свадьба шла полным ходом. Уже давно прошло сочетание, и молодые обменялись кольцами. Уже королева

Елизавета торжественно и лично переложила свою корону на голову Анны, заявив, что она теперь королева на пенсии. Они уже не однажды кружились со всеми в танце и приняли поздравления. И, конечно, ещё все, кроме одного человека, желали продолжения торжества. Этим человеком оказалась Анна. Естественно, от всех волнений и долгого дня она устала и чувствовала себя не очень хорошо и неуютно. Ар-ту заметил усталость Анны и решил проводить её в комнату. Когда они шли, Анна смотрела в сторону, но Ар-ту казалось, что она, иногда, чему-то тайно улыбается.

Двери закрылись и, неожиданно для Ар-ту, они оказались одни.

– Анна, милая, ты можешь отдохнуть, – смотря ей в глаза, слегка растерянно прошептал он и обнял её за плечи. В его руках словно что-то вспыхнуло, как будто он прикоснулся к чему-то обжигающему, но что он уже не хотел отпустить. Только теперь он заметил, что лицо Анны вовсе не уставшее, а привлекательно невинное, и, как бы чего-то ожидающее. Неожиданно её лицо озарилось триумфальной улыбкой победителя, в её глазах засверкали искры и оно превратилось в необычно озорное и торжествующе счастливое. Он видел и чувствовал перемены, но, конечно, не мог знать, о чём она думала.

– Ну что, тигрёнок…, или Ваше Величество…! Строптивый ты мой…! Добегался, допрыгался, доскакался! – озорно пронеслось у неё в голове, – ничего тигрёнок…! Я тебе всё припомню: и как я мечтала о тебе, и как надеялась и ждала, как не могла с тобой встретиться, и за игру в кошки-мышки…. Ну тигрёнок, погоди!!! Да…, а за «ответишь, когда захочешь…», ещё отдельно припомню. Хулиган!!! А сам сразу и ответить заставил. Ну, ничего, тигрёнок. У нас теперь на все игры времени хватит….

Вслух Анна удивлённо произнесла:

– Милый, неужели ты думал, что я мечтала до утра со всеми в зале сидеть? Спасибо, хоть проводить сам догадался.

А дальше…, дальше всё слилось в сплошной пожар и пламя. Они словно задыхались от своих чувств, эмоций и счастья. В них было чему гореть, вспыхивать и воспламеняться.

Дрова горят не потому, что их зажгли, а потому, что в них есть чему гореть. Только важность, ценность и значимость чувств, способны всегда воспламеняться и гореть, вечно согревая нас теплом и счастьем, как в юности, так и в глубокой старости. К сожалению, как говорил Чёрный Пророк, есть немало людей, которые понимают это слишком поздно.

ФЕЯ ВЕЧЕРНЕЙ ЗАРИ

Скоро Анна ощутила себя доброй и могучей феей Вечерней Зари, так как по вечерам особенно возрастали её влияние и сила. Она была способна к утру, из утомлённого новыми заботами короля Ар-ту, вновь превратить его в счастливого, окрылённого и полного сил человека, готового на новые дела и подвиги.

Как теперь она была благодарна и Надежде, и тёте Любе, и Эле за их опыт и подсказки, что важно не только достичь, но и уметь сохранять счастье, чтобы оно было вечным.

Конечно, Анна не забывала превращать Ар-ту в игривого тигрёнка, а наигравшись, опять в Ваше Величество короля Ар-ту. Но это уже были озорные проказы феи Вечерней Зари, о которых мы можем только догадываться, а некоторые, только мечтать.

У них была не вера в любовь, как иногда дети верят в Деда Мороза, а настоящая любовь, настоящая надёжность и доверие друг другу. Для кого-то это всю жизнь мечта, но для них, это была реальность. Простые правила: мудр тот, кто умеет использовать ум других и искусство согласиться с мнением другого, сохранило для них много счастливого времени.

Никто не рождается идеальным, но неважно кем и каким ты был, важно, кем и каким ты стал как для людей, так и для Творца. Они тоже не были идеальны, но, прилагая усилия, каждый стремился предвидеть, чтобы избежать беды. Они вместе стремились через тернии к звёздам, из тьмы к свету и, оставляя прошлое, простирались вперёд, к лучшему и надежде, что Творцу не будет стыдно назвать их своими детьми и друзьями.

Ар-ту знал, что беда любого дела и государства не глупый народ и плохие дороги, а умные воры и завистники. Это результат низкой нравственности.

Под благословением Творца и при неустанной помощи королевы Анны, Ар-ту издал ряд законов и реформ, направленных на высокий моральный уровень всех граждан. Он сумел пояснить и утвердить цель, смысл и значимость жизни для счастья каждого человека и это сплотило и усилило государство.

В памяти и истории этого народа это был золотой и счастливый век в развитии и укреплении страны. Даже спустя несколько столетий, в этом народе продолжают сохранять традиции и законы, установленные королём Ар-ту, а само королевство так и осталось непобедимым для тёмной стороны.

ЭПИЛОГ

Каждый из нас капитан своей жизни. Каждый из нас в своей душе имеет своё королевство, где мы, каждый и по своему выбору, или рабы, или короли. Но, независимо ни от каких обстоятельств, мы все хотим быть счастливыми. Берегите своё королевство и не допускайте в нём обесценивания и потери цели, смысла и значимости своих чувств и жизни. Без этих качеств в жизни нет счастья. Мы живём не в том, что нам кажется, а в том, что реально существует и имеет свои последствия. Выбирайте дела по их последстви-ям. Используйте дар Творца, интеллект: предвидеть, чтобы избежать беды. Правильно сказано: неважно кем и каким вы были, важно кем и какими вы стали. Оставляя несовершенное прошлое, простирайтесь вперёд. Будьте счастливы.

СОДЕРЖАНИЕ

Часть первая... 3

ДВА КОРОЛЯ 5

КРАЖА 8

ЛИШЁННЫЙ НАСЛЕДСТВА, НО НЕ РАБ 14

ПЕРВЫЕ ВСТРЕЧИ 20

МОРСКОЙ САД 27

ЯРМАРКА ЯЗЫКОВ 36

КОНФЛИКТЫ И ВОЙНЫ 41

ЧЁРНЫЙ ОРАКУЛ 45

КУКЛОВОД НЕВИДИМКА 54

ЦИРК 58

ЗАСТРЯВШИЕ НА СТЫКЕ МИРОВ 66

КРУТОЙ РАЗГОВОР 77

ЖИЗНЬ НА ВЫЖИВАНИЕ 82

ПОБЕГ 90

КАМЕННАЯ РЕКА 94

ХОЗЯЙКА КАМЕННОЙ РЕКИ 101

Часть вторая... **105**

ГРОЗНЫЙ СТРАЖ ВОСТОЧНЫХ ГРАНИЦ 107

ПРИКОСНОВЕНИЕ К ДРУГОМУ МИРУ 112

ОСТРОВ ДИСЦИ 118

ТАЙНЫЕ СЕКРЕТЫ ЖИЗНИ 121

НОВЫЕ ДРУЗЬЯ 131

ДЕЛО В ШЛЯПЕ 138

ИНОПЛАНЕТЯНЕ 142

ЗАКОНЫ ЦИВИЛИЗАЦИИ 159

ОСВЕТИВШИЕ БЕЗДНУ 162

А Я НЕ СОГЛАСЕН 166

А БИГ-БЕН БЫЛ? 168

НАУКА И СКАЗКИ 174

НЕ ВСЁ ТАК ПРОСТО ПОД ЛУНОЮ 178

А РАДИ ЧЕГО ВОЙНА.. 187

ВОСПОМИНАНИЕ О БУДУЩЕМ 197

МОРСКОЙ ЗАЯЦ 202

МЕЧТЫ О КАМЕНЬ, ИЛИ СПАСЕНИЕ ЗА СОЛОМИНКУ 209

ПРОЗРЕНИЕ 216

НУ ОЧЕНЬ УДОБНЫЙ СЛУЧАЙ 220

СОМНЕНИЕ – ПЛОХОЙ ПОМОЩНИК 225

МЫ УЧИМСЯ, ПРЕОДОЛЕВАЯ ТРУДНОСТИ 236

КАК РОЖДАЮТСЯ ИДЕИ 238

КОРАБЛИ И ПУШКИ 239

МОРЕ-МОРЕ 243

СПАСЁННЫЕ 251

В ДРУГОМ ГОСУДАРСТВЕ 252

АННА 254

ПРИЗНАНИЕ В ЛЮБВИ.. 256

СКАЖИ СЕБЕ ПРАВДУ 259

УЧИТЕСЬ ВЛЮБЛЯТЬ... 261

КРАСОТА ТРЕБУЕТ ЖЕРТВ 265

БОЙ ЧУДОВИЩ 271

ЯЙЦО ПРИВИДЕНИЙ И ОБМАНУТЫЕ СУДЬБОЙ 275

КОШКИ-МЫШКИ, ИЛИ ИГРА СО СМЕРТЬЮ 280

У ВСЕХ СВОИ СЕКРЕТЫ 286

«МОРСКОЙ ЁРШ» 288

ДРАКОНЬИ ЖЕРНОВА 293

ЧУЖЕЗЕМЕЦ 299

НЕЖДАННО-НЕГАДАННО 306

«ПТАШКА» 312

ПРЕДАТЕЛЬ 327

ТАЙНОЕ СОВЕЩАНИЕ..335

Часть третья **341**

НИ ДОБРЫХ СЛОВ, НИ ЛАСКИ, НИ ЛЮБВИ 343

ТЁТЯ ЛЮБА, ИЛИ САМОЕ ТРУДНОЕ 346

А ПОЧЕМУ КРАСИВЫМ НЕ ВЕЗЁТ? 362

А КАК УЗНАТЬ, КОМУ ТЫ НРАВИШЬСЯ? 367

СЕКРЕТЫ ТАЙНЫХ ЗНАНИЙ 370

КАПКАН, ИЛИ БИТВА ЗА ВСЁ 374

КУКЛОВОД ЗА КУЛИСАМИ 377

АГОНИЯ, ИЛИ МЕДВЕДЬ В ТУАЛЕТЕ 378

ЗНАКОМСТВО 385

А ВЫ ДРАКУ ЗАКАЗЫВАЛИ? НЕ ВОЛНУЙТЕСЬ, СЕЙЧАС БУДЕТ .. 401

У ВОЙНЫ – НЕ ЖЕНСКОЕ ЛИЦО 403

ВСЁ, НУ ВСЁ... НЕ ТАК! 414

ПОПАЛИСЬ, ГОЛУБЧИКИ 419

СТРАШНЕЕ КОШКИ ЗВЕРЯ НЕТ 423

И РУХНУЛ ТАЙНЫЙ БАСТИОН 428

ПРОЗРЕНИЕ ПОСЛЕ СМЕРТИ!? 430

КОРОНАЦИЯ 433

ОГОНЬ И ПЛАМЕНЬ 436

ФЕЯ ВЕЧЕРНЕЙ ЗАРИ 438

ЭПИЛОГ 439